大戈壁

第二部

◎曹炜/著

DA GEBI

新疆人民出版社
XINJIANG PEOPLE' S PUBLISHING HOUSE

图书在版编目(CIP)数据

大戈壁. 第 2 部 / 曹炜著.—乌鲁木齐 : 新疆人民出版社, 2012.4
ISBN 978-7-228-15256-8

Ⅰ. ①大… Ⅱ. ①曹… Ⅲ. ①长篇小说—中国—当代
Ⅳ. ①I247.5

中国版本图书馆 CIP 数据核字(2012)第 051899 号

出 版	新疆人民出版社
地 址	乌鲁木齐市解放南路 348 号
邮 编	830001
电 话	0991-3652361
制 作	乌鲁木齐形加意图文设计有限公司
印 刷	呼图壁阳光彩印有限公司
开 本	787 × 1092mm 1/16
印 张	22
字 数	400 千字
版 次	2012 年 5 月第 1 版
印 次	2012 年 5 月第 1 次印刷
印 数	1~3 000 册
定 价	45.00 元

三十一

1950年2月初，暴风雪继续笼罩在大戈壁上，雪串成幕布隐没了一切物体。是晚上、是半夜，还是凌晨，风暴依旧在戈壁滩上肆虐，雪时稀时密，时大时小……

史兆明、王锡东、于翔龙率领八一七团战士穿过冰封雪冻的玛河，赶着大车、拉着爬犁，沿着碾压坚固的雪层，不断向前开进。部队朝西北方向一拐，直扑炮台子，这支队伍便被淹没在了暴风雪之中……

凌厉的暴风雪过后，部队开进了炮台垦区。在白茫茫的、依稀可辨的残垣里，战士们隐隐约约地可以辨别出昔日拓荒者的遗迹。

史兆明带领指挥员们在残墙破壁的土墙、围栏、古遗址走了一圈，便在一间倒塌的土围墙前停下脚步。他对身边指挥员们满怀豪情地说："同志们，看到了吧！这就是昔日屯垦将士留下来的遗迹。几百年以来，在维护国家统一、领土完整的战场上，他们不畏艰险，不怕牺牲，守卫边防，扎根边疆，如颗颗灿烂明星，闪耀在天山南北荒芜的大戈壁之上、茫茫夜空之上。"

指挥员们朝政委身边围了过来，战士们也围了上来。他们站在无序的行列中。指战员们冻得发紫的脸依然闪着铁一般的意志。黑压压的枪刺和立在胸前的坎土曼无序排列着。战士们昂起头来，望着政委坚定的神情，倾听他洪亮的声音。

面对这样的行列，史兆明用锐利的目光环视了眼前的指战员们。他们没有语言、没有喧闹，只有期待；站在主力军的行列中，只有肃穆庄严的目光。他继续说："但是，这些将士在和大自然的抗争中失败了。这些遗址给我们的启发是什么？就是于参谋长说过的那句话：人们败给了天灾人祸！"

战士和指挥员们望着他，他们希望自己的政委说更多、更多的话。

"今天，我军几万将士开进贫瘠、古老的荒地。当我们看到眼前这些遗址就应当知道，要想完成屯垦戍边的伟大事业，是一件多么不容易的事啊！"

刹那间的火花把士兵们冰冷的心刺透了，巨大的人潮开始骚动起来，枪刺在凌乱地摆动，战士们的心开始沸腾起来。

政委像岩石一样耸立在风雪中，望着指战员们，略微停顿一下，目光如炬地说："失败并不可怕，可怕的是那些在失败面前胆怯了、退缩了，认为古人没有办到的事，今天我们也办不到的胆小鬼们，让他们站在一边去唱他们的悲歌吧！"说到这时，他狠狠地挥动着坚强有力的手臂，用坚定的语气把这沉寂的空气砸破了。

"同志们！今天我们这一代军人踏上这块土地，为了什么？就是为了保卫祖国边疆、建设祖国边疆。前人没有做到的事，我们有信心、有决心、有能力去完成他们未完成的事业，在大戈壁、在大漠深处建设起我们新家园！"

政委的话像太阳一样光明，像海浪一样奔腾。

指战员们向大戈壁发出了怒吼："屯垦戍边！保卫边疆！建设新家园！"一股巨大的热潮在战士们心中涌动，他们向前涌去，全团战士在八一军旗面前，发出了庄严的宣誓：

"我们接受中国共产党的重托，肩负起人民军队的光荣职责，在戈壁荒原安营扎寨。我们站在光辉的八一军旗面前，向祖国、向边疆各族人民宣誓：保持和发扬人民军队光荣传统，屯垦戍边，扎根边疆……我们是保卫边疆的战斗队，我们是巩固和平秩序的工作队，我们是建设边疆的生产队，我们是维护民族团结的宣传队，我们为建设伟大祖国、为边疆各族人民幸福生活而奋斗不懈！"

林雪梅在军区组织部办完手续出来，一辆草绿色吉普车从她身边驶过。突然，在离她不远地方停下，就听车里有人喊："是雪梅同志吗？"

她听见有人喊，回过头去看，从吉普车里伸出个脑袋——啊！原来是张师长。她满目惊喜地问："张师长，您怎么也在这里？"她朝吉普车跑去。

张仲瀚从吉普车上下来，微笑着说："半年没见面了，还是这么风风火火，你这是去哪里呀？"

"我去九军办事处，看看有没有去兆明那里的车。"

这时，吉普车上又下来一位中年军人，眼睛里流露兴趣盎然的神情，问："仲瀚政委，请问这位女同志是谁呀？"

张仲瀚微笑着向中年军人介绍说："参谋长，这位是八一七团政委史兆明同志的夫人,林雪梅同志。雪梅,这位是我们二十二兵团参谋长陶晋初同志。”

她赶紧向参谋长行军礼,并道一声:“首长好!”

陶参谋长伸出手说:“这么说林雪梅同志是来我们九军工作的?”他的手同林雪梅的手握在一起。她虽然有点紧张,但还是回答:“是,首长!”

“欢迎!欢迎!这么说你是要去八一七团了,不过八一七团刚到炮台垦区。仲瀚政委,我看那里目前还不适合女同志去!”陶参谋长关心地说。

“政委?”林雪梅惊讶地说。她眼睛尖,已经注意到张师长在一旁对着她笑呢。她把他这副神情当做默许。陶参谋长笑起来说:“雪梅同志,你可能还不知道,仲瀚同志已经是我们二十二兵团九军政委了。”

林雪梅恍然大悟,“张师长,不!张政委,我说史兆明怎么会跑到八一七团去,原来是您在这里呀?”

张政委听了哈哈大笑。

“雪梅,这几天没有去下面的车,你先找个地方休息。部队现在准备生产,军里的事忙不过来,你先在军机关帮几天忙。”

“哦,”林雪梅两只眼睛瞪得大大的,一只手却不安地扯着衣襟的角,嘴唇微微一颤,“那咱们说好,我只是帮忙,您可不能把我留在军部啊!”

“我是想把你留在军部,我还想搞个文工团,让你来当这个团长。”张政委快活地说,“可是不行呵!史兆明同志不同意,他要是知道了还不来军部找我干仗!”

“干仗?那是不可能的。”林雪梅面红耳赤,心快活地跳动起来。她觉得自己要是再不走的话,后悔都来不及;只怕自己快活得要晕过去了。“张政委,你们是要去哪里?”

“王司令员找我和参谋长谈工作。你先回去吧!找时间我们再聊。”张仲瀚说。

“首长再见!”林雪梅向他们敬了个礼,便转身离去。

参谋长望着张政委、林雪梅想,一个高级军官同下级同志用那种半玩笑半亲切的口吻说话,让他感到羡慕。当林雪梅身影消失后,他的手还举着。

张仲瀚说:“参谋长,我们走吧!司令员还等着我们。”

“哦,我们走!”参谋长说。

胡慧慧在街道上不紧不慢地走，路过一个卖莫合烟的小摊，一眼看到原来是一个漂亮的小铜烟盒摆放在那。她走近货摊前，渐渐俯下身子仔细看，又拿起来看，目不转睛地看，眼光里充满了全是喜欢……

她恍惚看见何长林望着她，但是，他那双眼睛像是无边无际的戈壁，在浑厚和苍茫之间闪动着，像剑一样刺透了她的灵魂。

"会卷莫合烟吗？"何长林问。

她摇了摇头。

"我来教你，"他说着，拿起一张小纸条把烟末撒在上面，两根手指头一起卷，便把烟末裹在里面，形成一个小圆筒。一只手掐住小圆筒一头，一只手在另一头拧巴了几下，舌头在纸面上舔了舔，把纸面粘住，一支卷烟就制作成了。

胡慧慧微笑着划着了火。

何长林摇摇头说："你也来卷一支吧？"胡慧慧学着他的动作卷起了莫合烟，但始终不能把烟末和纸卷捏把到一起，不免惭愧起来。何长林笑了，然后，把着她的手教她……这仅仅是何长林的诡计？她倚在他的怀里，两双手在一起摆弄一张小纸片。刚开始，她还不觉得什么，随后隐约地听到他急促的喘气声，而且越来越近，愈来愈清晰，仿佛钻进她心底去了。渐渐的，她的心变得舒适和欢愉起来。

忽然间，她害怕了，害怕自己喜欢上何长林，又担心何长林不喜欢她，并且，幻想和他在一起时的快乐——她的理智，被搅乱了。

"小姐！买不买？"商贩问。

她一怔，这一切都是幻觉，便不好意思地问："老板，多少钱？"

"两块！"商贩说。

她惊疑起来，不由得说："这么贵呀？"

商贩轻蔑地看着她。

胡慧慧考虑了会儿，问："老板，能便宜点吗？"

商贩冷漠的眼神似乎对这笔生意不感兴趣，转回头来说："不能便宜了！真心要，我可以送你一盒上等莫合烟。"

"好吧，我买一个。"她的声音好像是被逼出来的。

买卖成交，商贩脸上露出了笑容。胡惠惠从兜里往外掏钱，商贩开始往铜盒里灌进莫合烟，灌满后，接过她递上来的钱揣进怀里，然后把烟盒递给了她。胡慧慧接过烟盒，闻了闻，好像品出了什么味道儿似的。

这时，林雪梅从她身边走过，两个人彼此看一眼，她看见胡慧慧贪婪的样子，误以为碰见了大烟鬼，不由多瞅了她几眼。胡慧慧觉得有些尴尬，赶紧把烟盒放进包里。

柳原营地，会议室里的炉火正燃着旺。指挥员们围坐在一起，耷拉着脑袋听教导员给他们讲部队开展大生产的现实意义。军官们面部表情虽然没有热情，但每张脸上都写着忠诚于军队、服从命令的职业精神。

当我离开你，可爱的家乡，
来到大戈壁，大荒原……
我们的青春，我们的前途埋葬在戈壁荒原，
何时何日才能回到我可爱的家乡。

凄凉的歌声打断了赵子健的讲话，他竖起耳朵静静地听。刘少贤跟没事似的，似乎习以为常。其实，他心里明白，他和自己的士兵并没有同共产党人一样，对屯垦戍边事业怀着强烈的责任感，也没有甘心为屯垦戍边事业牺牲自己和自己所有的一切。

赵子健稳住情绪，问："刘营长，战士们唱的是什么？"刘少贤睁开眼睛，面部毫无热情地回答："没什么，队伍马上要开荒生产，一时半载回不了家，士兵们有些思乡情绪。对，是情绪，发泄发泄也就过去了！"

"难道只是发泄吗？"赵子健心想。他推开露台的门走出去，暮色在炊烟与篝火中降临，士兵们围坐在篝火旁。

赵子健沉思了，他了解士兵们的一切情感，现在这种感情反映到生活表面上来。怎么办？他思绪万千，慢慢地抬起头眺望远方。夜空中闪亮的星星仿佛也被这个寒冷的冬天冻住了似的。

从这一刻起，赵子健产生了这样一个念头：到战士中间去。他重新回到会议室，动员指挥员到战士中间去。

几百战士站在夜幕里，睁大眼睛，不安地听教导员讲话。

"同志们！二十万大军汇聚新疆。二十万人要吃饭、要穿衣、要有房子住。怎么办？军区要求驻疆部队不能增加边疆各族人民的负担，命令全军部队自己动手，丰衣足食！我们营也不能例外，各级指挥员必须到生产第一线去。团部已经开到炮台地区，准备生产。我们营也要做好准备，今后一切工作都要为生产建设服务！”

半个月亮在几片稀薄的冻云之间缓慢浮动。在寒冷的夜幕下，八一七团官兵驻扎下来。帐篷里外温度一样，冷如冰窖；睡在被窝里的士兵身穿棉衣，头戴皮帽，在严寒中度过了一个不眠的夜晚。

团指挥部帐篷里，指挥员围在用弹药箱摆成的桌子面前，在微弱的煤油灯下看地图、听王副团长布置工作。邵良驹实在没有耐心听下去了，冻得在帐篷里不停转圈子、搓手，时而忍无可忍地跺跺脚，嘴里不停诅咒这个坏天气。

史兆明抬起头，扫一眼在场指挥员，他们愁苦的表情渗透在皮帽子下面的眼神里，知道这个会开不下去了，便对王锡东说：“王副团长，今天的会就开到这里，下次找时间接着开！”

王锡东点点头，说：“好吧！会就开到这里，大家回去休息。明天各营连长跟我去实地考察。”指挥员们一听，立刻散去。

史兆明没想到，指挥员的两条腿像装上火箭似的飞了。

“政委，我去烧壶热茶。”于翔龙说。

“不用了，天太冷，我去各连走走，你们俩也早点休息吧！”史兆明说。“这只马灯我拿走了。”他提起桌上马灯朝帐篷外面走去。

史兆明离去后，于翔龙深有感触地说：“王副团长，我们也去到各营连看看，今晚肯定有许多士兵冻得睡不着觉……这一点呀，我们应该向政委好好学习，了解共产党人是怎样赢得士兵们的心！”

王锡东微笑着说：“是的，共产党军队之所以取得一面倒的胜利，就是共产党军队的指挥员和士兵们甘心情愿地为他们的信仰而战斗。”然后，他打了一个短哈欠，提起桌子上的另一盏马灯同于翔龙一道走出帐篷。

一股迎面而来的寒风使于翔龙、王锡东打了个寒战，赶紧把脑袋缩进皮帽子里去，然后顶着逆风向警卫连宿营地走去。

史兆明提着马灯来到一堆篝火处，几个战士正围坐在篝火旁闲聊。他们看见政委走来，赶紧让出个座，请政委坐下。其中一个战士说：“政委，听人说这里曾经流传这样一首歌谣：炮台子，炮台子，十种九不收；富人住土房，穷人住地窝。女儿嫁到炮台子，眼泪流成河；娃儿生在炮台子，落地没了娘。”

“是啊，民间歌谣来源于生活。”史兆明深情地说，并吹灭手里马灯，把它放在身边。接着说：“同志们！十几天的长途行军，加上恶劣气候，你们觉不觉得苦，觉不觉得累啊？”

“不觉得！”战士们七嘴八舌抢着回答。

“不苦不累，我看你们说的不是心里话。不怕苦、不怕累才是真的。你们说是吧？”战士们听政委这样说，正是他们想的，便觉得不好意思起来。史兆明接着问：“当兵前，你们都是庄稼汉吧？”

“当兵前我在家种过几年地。”有士兵回答。

“是啊，这里绝大多数战士都是农民的儿子。我当兵前也跟着父母种过地，也是农民的儿子。”

战十们把惊奇的目光投向政委脸上，竭力在他身上寻找出农民的影子。

“政委，我们还以为你是当官家出来的呢？”战士们没有掩饰自己出乎意料的喜悦。

“为什么？”

“我们看您有学问，什么道理从你嘴里说出来都和别人讲得不一样，我们特别爱听，也能听得懂！”

“当兵前我读过几年私塾。可是日本帝国主义打到咱们中国来了，我参加了八路军。当时思想很简单，就是把日本强盗从中国赶出去，让老百姓过上太平日子。”史兆明说。

“是啊，是啊，我们当兵也是为了打日本鬼子。”战士们嚷了起来。“可是我们没有去前线，却来到新疆，上当受骗了……”

“话不能这么说，保卫边疆，保卫国防也是我们军人的责任。”史兆明语重心长地说。“八年抗战，三年解放战争，新疆没有从祖国版图上分裂出去，你们这些守卫边疆的军人功不可没啊！”

战士们惊愕得一片肃静，接着“嗡嗡”声又响起来。“我们也有功劳呀？”

“当然有。几百年来，有多少英雄豪杰，为了祖国统一大业，不畏艰险，不怕牺牲。早在汉朝，郑吉将军不但驻守天山南北，抗击匈奴侵扰，而且屯垦戍边，因此，可以说郑吉将军是屯垦戍边事业的开拓者。”

更多战士围拢上来，可着劲往前挤，都想离政委更近些。

“古代，汉与匈奴、唐与突厥、清与准噶尔的战争，依照当时生产力，出关与守卫边疆的军人几乎都得负担自己的给养，所以屯田是唯一选择。那时，征战、守土与屯垦戍边实际密不可分。后来，这些屯垦戍边的将士先后成了西域一些绿洲上的居民。西域较早的屯垦之地，比如米兰、轮台和后来的玛纳斯河流域。”

战士们愿意同自己喜欢的首长坐在一起谈心，他们从政委的谈话中了解了更多的历史知识和革命道理。史兆明坐在战士中间，简单阐述什么是人民军队，新疆和平解放的深远意义。还谈到当前新疆的经济状况以及屯垦戍边的光荣使命。他所讲的士兵们都听得懂，而且是那么深刻，有些地方他还拿出生动的例子打比喻，随便引用一下，使得他的讲话更加深刻。

夜渐渐深了。

“好了，今天我们就说到这里，我还要到别的连队走走，你们谁要是烤暖和了就早点回去休息！大伙儿记住了，身体是革命的本钱，只有休息好了才能更好地工作！”史兆明说。他重新点亮马灯。

“政委，放心吧，我们烤热了就回去睡觉！”战士们回答。

史兆明提着马灯往前走，前面一团篝火，在火光的暗影下，老班长正给每匹马盖上一条棉被。

“老班长，这么晚了还没有休息？”

老班长立刻辨别出史兆明的声音，说：“你怎么也没有休息？”

“睡不着啊！出来走走。你这是干什么？”

“给马盖被子，人都冻得受不了，马也冷啊！”老班长说。

“老班长，您也要注意休息啊！”

“这么冷的天，这些马也没个待的地方，兆明啊，给马盖个棚子吧？”

“知道了，明天找几个人过来给马盖个大棚。”他答应着老班长。这时，枣红马见了史兆明兴奋得不得了，他不得不过去安抚一下，并用手抚摸枣红马的大脑袋，它天生就有一双鹰的眼睛，不但看得远，就是在浓雾里、在黑暗里，它都把四周看得清清楚楚。

“一匹好马！”老班长说，随后回到篝火旁，抽出腰间烟杆枪对着火星点燃了烟锅里的烟丝,蹲在一旁抽了起来。

“老班长,不早了,你该回去休息了!”他说着,来到老班长身边坐下。

“人上了年纪觉就少了。兆明呀!你也早些回去睡吧!全团的人还指望着你呢。这里的工作刚开始,今后的路还长着呢!可不能把身体累垮了!”老班长说这话时,完全是父亲望着儿子的一副神情。

“老班长,这正是我要对你说的。张政委把你交给我,我可不能对不住你!”

“没什么对不住,我就一个人,冷暖自己都掌握着呢。兆明呀!你事多,以后就别往我这里跑了。”

“您是越来越固执了!”

“我都这么大岁数了,别把我当孩子!”他板起脸来用低沉的声音说。

三十二

军政干校部分学员除了在吐鲁番分配到北疆地方工作外,其余学员继续南下。聂子龙所在大队出发不久,突然接到上级命令,根据军区党委指示,学员们要到工作队去,投入农村搞社会调查。

聂子龙、李宝林跟着小分队来到一个村落,这是他们见过的最孤单的村庄。黄昏时,村里就静悄悄了。他们连敲了几户老乡家的门,都没有回应声——战士们找到一个废弃的羊圈,也许是刚刚进行了一场马拉松式的长途跋涉,也许他们太疲倦了,卧倒在羊圈旁,很快进入梦乡。

清晨,听见了小鸟鸣唱。大伙儿睁开了眼睛,满日风沙,咂吧一下嘴皮,都是苦涩的咸味。战士们拍打着身上的尘土、脸上的沙粒,然后抬起头,村落由小到大进入视野,逐渐变得清晰起来了。

聂子龙、李宝林和苏丽亚分在一个小组。他们一起走进村子。村里院落四散,树木凌乱,积雪没踝。在村口碰见艾力大叔,苏丽亚便走上前去说几句他们都听不懂的维吾尔语,老人脸上渐渐浮现出笑容。

“好了,大叔邀请我们去他家里。”苏丽亚欢愉地说。

聂子龙、苏丽亚、李宝林到了艾力大叔家的院子——院子里不但打扫得很干净,而且有棵大大的杏树。艾力大叔的女儿阿米娜见家里来了客人，欢喜地端上奶茶、玉米馕，热情款待远方来的客人。

“大叔，家里几口人？”聂子龙问。

苏丽亚翻译，艾力大叔边说边用手比画，“老伴前年去世了，家里七个孩子。四个女儿已经出嫁。大儿子在城里（县、乡他们都认为是城）跟着师傅学手艺，小儿子跑买卖去了，身边只有小女儿了。”

“呵？七个孩子。大叔，家里生活怎样？”聂子龙接着问。

艾力大叔捋着山羊胡子，生活的苦难全刻在脸上。“还行，给巴依老爷交完租子和税，粮食凑合够吃。现在大伙都这么过。今年要是挣上点钱，准备给大儿子娶个媳妇。”老人脸上露出祈望的表情，李宝林深感工作的艰巨。

阿米娜对李宝林甜甜地笑。因为李宝林脸上显出副怪相逗她玩。李宝林问她一些话，她也听不懂。所以不用再说话了，乐得坐在毡子上不用动弹。

“她想干什么呢？”这个温柔、可爱、漂亮的小姑娘一定对他有话要说。李宝林稍微动下脑子：“苏丽亚同志，她想说什么，告诉我吧！”

“她想知道你身边这个东西是什么？”

“手风琴，和你们的热瓦甫一样，是会唱歌的一种乐器。”李宝林说。苏丽亚翻译给阿米娜听。

“你现在能让它唱歌吗？”

苏丽亚把阿米娜的话翻译给李宝林听。

“当然可以！”李宝林内心的热情迸出来，那孤单的脸也闪亮了。他触动琴键，演奏起一首新疆流行歌曲：

掀起了你的盖头来，让我来看看你的眉
你的眉毛细又长啊，好像树上的弯月亮
……

艾力大叔、阿米娜笑了，笑得那样快乐、那样开心。艾力大叔拿起热瓦甫，将快乐融进琴弦中。阿米娜脸上激动得泛起了红光；情不自禁跳起舞来。苏丽亚、阿米娜，正像歌中唱的那样：“你的眼睛明又亮啊，好像那秋波一般样。”

音乐似乎不直接关系民生问题,但却直接关联民族的性格、精神、思想和情感。这种精神在不同民族间聚合,汇集成震撼心灵的交响曲。

热烈的达卜鼓敲起来,热情的热瓦甫琴弦拨动起来。几分钟之前,这里看上去还是个很大很冷寞的院落,现在,院子里却挤满了村民。他们引吭高歌,不分男女老少、不分民族,翩翩起舞。

聂子龙抬起头遥望飞翔在天空中的小鸟,心想:“只要有蓝天,鸟儿似乎在任何时候都充满欢乐。它们不停飞翔,不停歌唱,不知疲倦,不怕寒冷,充满活力。一个民族也是这样,只要有了音乐,就有欢乐,就能让心灵自由飞翔!”

猛烈的西北风卷起地上宿雪,在大戈壁上肆虐……

史兆明、于翔龙带领指挥员骑着马逆风前行。这支骑兵队伍骑着马逆风前行艰难地向前行进。大伙儿的脸冻得僵硬,有人愁眉不展,狠狠用嘴咒骂:“他妈的,这个鬼天气!”

史兆明知道这都是一种情绪发泄。在极端艰苦、疲劳的状态中,他不想对这种情绪采取什么态度。而且他也知道,今后一段时间生活会越来越苦,劳动会越来越累。

“参谋长,我们没有走错地方吧?”史兆明大声问。

“没有。”于翔龙顺着风回答。

“你不是说只有五十来里路吗?”

“这样的风雪天恐怕要多走一个时辰。”

史兆明回头看看跟在身后的指挥员,大声说:“下马走走吧!活动活动身子,会暖和些。”指挥员们顾不上回答,纷纷下马。倔犟的军马几乎混乱,亢奋地不听引导,一起向前涌。

邵良驹下马,膝盖冻得僵硬。脚下没站稳,身子便跌倒在马屁股下面去,脑袋上漂亮的狐皮帽子落地,被风吹得在雪地上滚得老远。

指挥员哈哈笑了起来。

邵良驹急速爬起来追赶帽子,嘴里却发着暴怒和恶毒的咒语。

于翔龙快步上前,帮他收住马。

邵良驹追回帽子,气顺不过来,举起手里鞭子把满腔愤怒发泄到毫无过错的军马身上,立刻遭到于翔龙训斥:“邵副参谋长,你这是干什么?”他听到于翔龙严厉的语气，便牵马往前走了。

队伍过了盐泽地后，陷入一片茂盛的芦苇丛中。指挥员们举目望去，古河道旁长满了芦苇。芦苇粗壮结实，虽然在冬季而叶青不凋，伴随着风，芦苇东摇西摆，叶子互相碰撞，发出“沙沙”的响声。

建设新营区，他们太需要这些芦苇了。

于翔龙兴奋地说：“政委，这里就是盐泽地，你看这里的芦苇长得多茂盛！”

史兆明欣喜地说：“是啊！是大自然赐给我们的礼物。参谋长，我们造房子的材料就靠它了！走！我们进里面去看看！”

在芦苇丛中骑马根本是不可能的，指挥员便把马拴在一起，跟上政委、参谋长向苇丛纵深走去。“政委当心点……”于翔龙话还没说完，史兆明一只脚便陷进泥淖里去，后面的指挥员忙把他从泥淖里拖出来……泥浆已经灌进他的翻毛皮鞋里，还好，皮鞋还在脚上。

于翔龙试图想笑，但这一丝笑容几乎还没有触及嘴角便消失了：“政委，这里是盐泽地，地层表看起来是冻的，其实根本就没有冻住，脚一下去就能陷进去半条腿，这就是盐泽地的特征。”

史兆明似乎不以为然，开玩笑道：“无知者无畏。我今天替大家先探个险，总结一下经验。大部队上来后，不要再犯我这样的错误！”指挥员听了政委这句话，轻松地笑了起来。

陆军说：“政委，我去生火，你得烤烤鞋，要不你就回不去了。”

“这里不能生火，不然会把我们的芦苇烧光的。我还是到苇丛外面找个地方。”史兆明说。他已经想了一个简单的计划，还没有来得及说，就出了这么一档子事：“参谋长，你去给各连分配下场地，队伍上来后按分配的地方开割，不能搞乱了。还有，告诉同志们，不能在芦苇丛附近生火做饭，以免引起火灾。”

“是！政委你快出去烤鞋，这里有我们呢！”于翔龙说。

史兆明便站起来，手里提着一只鞋子，向苇丛外走去。现在他们走出苇丛，在一块洼地前停下。这个地方位置很好，有利于躲避寒风。陆军在周围拾了些柴，堆在一起，点燃。由于柴火有些潮湿，他费了点劲总算是把火点着了。小小的火焰跳跃着，史兆明一边烤鞋，一边等候参谋长他们回来。

黄昏快要到了，陆军拾柴回来，放在一旁，然后在政委身旁坐下。史兆明一边烤鞋，一边问道："陆股长，今年多大了？"

"二十五岁了。"

"有媳妇吗？"

"没有。"

"为什么？"

"出来当兵一直没有安定过，所以也就没想过这方面的事。"

"要想啊！有个家生活才会安定下来。中国有句老话：安居乐业……"在火光里，史兆明的嘴唇和他的眼睛都洋溢着热情。"我知道，我知道！在我出来当兵时，班里有个女同学一直在等我。我想等这里生活安定下来就回去结婚。"陆军说，眼睛变得柔和，脸庞也变得轻松愉快。

"不是回去结婚，而是把新娘子接来结婚才对！新中国的成立，使我们有了和平安定的生活。我们应该对未来有信心啊！"

"哪那么容易啊！"陆军心想。"在戈壁滩、在荒原上开创一番新天地——哪里那么容易啊！也只有共产党人敢想。"他没有再吱声。因为言之无物的东西对他来说不切合实际，他勉强笑了笑，折断几根树枝加在火堆上。

天黑前，指挥员陆续回来，大伙围着火堆烤起火来。

"看来我们有些干部、战士还没有做好长期扎根边疆的思想准备。我们八一七团军官不少人出生在剥削阶级家庭，但是你们中的绝大多数是热血青年，国富民强的政治理想支撑你们，对未来满怀希望、满怀追求……"史兆明语重心长地对陆军说，其实也是对所有指挥员说。

于翔龙来到火堆旁边找个地方坐下，听史兆明讲话，他充满热情，充满真诚和力量，这是一个共产党人的肺腑之言，抓住了所有指挥员们的思想。

"你们中大多数是有知识、有文化、有能力的青年，是建设新中国、建设边疆的宝贵人才。祖国需要你们，边疆人民需要你们。我坚信你们有敢于奉献青春、敢于牺牲自我的勇气，并且像真正的军人那样扛起屯垦戍边的战旗！"

于翔龙看着与自己同龄的政委在工作中显示出优秀的组织者的才能。他善于把自己同这个团紧密联系在一起，使指战员们团结成一个整体，克服重重艰难险阻，带领全团朝着一个目标又一个目标向前推进。

这天,聂子龙、李宝林接到通知,回学校接受新任务。两人吃过早饭准备出发。全村乡亲倾巢而出。艾力大叔说:“你们是共产党、毛主席给我们派来的亲人,让我们知道了什么是新生活。”阿米娜站在一旁,难过得一句话也说不出来。苏丽亚嗓音渐渐弱了下去,语言仿佛变成泪水,乡亲们祝福的话她好像永远翻译不完,使她的喉头不由哽住了。聂子龙、李宝林挥手和乡亲们告别。

聂子龙、李宝林出发了。几十公里的路他们要靠两只脚走完。清冷的早晨,太阳灿烂地升了起来,昨晚结冰的土地开始融化,温暖的空气从苏醒的地面上升起来,蒸汽微微地颤动。他们俩离开村子不久,就步入荒原。两只脚一会儿踏在积雪上,一会儿陷入泥巴里。但这对他们来说已经不算什么,只顾向前走,为去追逐春天的到来而欣喜若狂。他们以勇敢者的姿态,冲破大戈壁,朝着他们向往的队伍赶去。

胡慧慧刚睡下,忽然一束灯光射进屋子里来。她赶紧起床跑到窗前向外张望。何长林坐在驾驶室,见窗上有个身影晃动,便打两声喇叭。她转回身,飞快地去点燃煤油灯,来不及穿衣服,在睡袍上披一件毛衣就跑去开门了。

汽车大灯熄灭了……

何长林推门进来和她照个对面,两人都在端详对方。何长林看见她上身披件红毛衣,下身一条浅色衬裙,小腿袒露,光着脚,趿一双旧拖鞋。他好生奇怪,两个月没见面,她的肚子怎么微微凸了起来?

“怎么啦?”她望着何长林奇怪的眼神问。

“没什么,两个月没见面,怎么发胖了?”

胡慧慧一听,觉得有点儿窘,脸也有点儿热,眼睛却显得骄傲:“谁说的?我这儿装着你的小侄儿。两个月都没见了,你跑到哪儿去了?”何长林哈哈大笑起来,玩笑地说:“不会是我儿子吧?”

“哎呀!不要胡说八道,我和你又没有那个……”她神色紧张,脸都臊红了。

“那个,是什么意思?”何长林明知故问,接着,他又调皮地说,“开个玩笑!最近出了趟远门,运兵去了。”他从背包里掏出个纸袋把它打开,里面赫然是一条咖啡色的俄罗斯羊绒披肩。

“喜欢吗？”他笑眯眯地问。

胡慧慧吃了一惊：“怎么？”她接过披肩，跑到对面镜子跟前，把披肩围在肩头上，觉得自己漂亮极了。“是给我的吗？漂亮吗？”她说，其实她心里早知道是他送来的礼物。她两脚一踮、转身，让他欣赏——她已经看见何长林赞许的目光了。

“当然是送给你的。”他说，“还有谁比你更适合这条披肩呢？”他坐下来，慢慢地寻味对方脸上的喜悦。

“多少钱，挺贵吧？”

“不要说钱，说钱就没有意思了。”

“好吧，不说钱，说声谢谢还是可以吧！今后你可别再送我这么贵重的东西了，真的不好意思。对了，这两个月在外面玩得开心吧？”

“哪顾得上玩，解放军同国军可不一样，管得严啊！”他那失望的表情里似乎有苦涩。

“你等一下，我去给你沏杯茶去。”

何长林注视着她，她的腰身粗实了些，可是没有臃肿之处；胸部比先前发达，看上去更加丰满，浑圆的臀部更加地诱人了。

“看什么呢？”她沏好一壶茶走过来问。

“没看什么。不过在这样的晚上，对于一个单身汉来说，往往会产生许多罪恶的念头。”何长林说这些话的时候，嘴唇往下带着一丝苦的微笑。然后从衣兜里掏出一卷纸条。她明白这话是什么意思，脸红了。“你等等，”她说着，便跑去翻腾什么东西去了。

对于她紧张的神色，何长林看在眼里。不一会，她拿着一个铜烟盒来到他身边，推开上面的盖子把莫合烟倒在纸条上，手指轻轻一放，盖子便自动弹了回去。何长林先稍微犹豫了一下，接过铜烟盒看了看就知道是怎么一回事了。

“是给我的？”

“当然，喜欢吗？”她用温柔的口吻说。

“喜欢，喜欢！”他用激动的声调回答。同时，他对自己那些不纯洁的念头暗暗地惭愧。他不停摆弄手里的铜烟盒，把盒面上的盖子推来推去，显示出这是一种内心的矛盾。胡慧慧看得见，她知道他爱上了自己，她也喜欢他，但这种爱是痛苦的，也是不应该有的。她动手卷烟，不知怎么地，纸卷跟烟末始终拢不在一起，何长林教会她的那点本事全没有了。

她听到何长林说："怎么又不会了？我来教你吧。"她抬起头看，他的手已经伸出来。她推开他的手，说："得啦，还是让我自己来吧。"

何长林大大地惊骇了，她这份神情里，表示出她刚才的热情已经降温了。"这么晚了，我该回去了。"他马上换了一副愠怒的语气说。她没料到自己的态度使对方误会了，更不料他要起态度。

"再坐一会吧，抽支烟再走。"她温柔地说。

"可是你半天也没有卷起一支烟，叫我抽什么？"

她抬起头，望着这双眼睛，就成了那种把对方唤醒、勾魂摄魄的目光了。她知道这不是爱，而是一种欲望。从一开始，她就对这种欲望而痛苦。

几分钟之后，她也没有把烟卷起来，纸条揉烂了，莫合烟末散落在桌面上。

"好了，还是我来帮忙，请把手给我。"他说着，一边抓住她的手。她心慌意乱了，忙不迭地告诫自己，自己是有丈夫、快有孩子的女人了。"不能这样，不应该是这样……"虽然心窝里觉得一片冰凉，但感情还在，血液还在涌动，心在怦怦地跳动。她不由得把手缩回来，可是手还在他手里握着。

"别害怕，我不会对你怎么样的。"

她注视着何长林，对他这句话怀疑得很。"你不能这样呵……不要，"她从嗓子发出沉闷、恐慌的声音，但是他的手一碰到她，她就战栗起来，而且就跟她多次在梦中一模一样了。她怕自己坠入情网，使劲想把手挣脱出来，可是没有成功。

"你要这样，我生气了……"她毫无目的地向他重复说，因为她想到了罪恶，可是她又无法摆脱这种动人心魄的幸福感。何长林对自己的勇气感到骄傲，能够仔细欣赏眼前这个女人。她真的很美、很动人，如果不能把这样的女人搂在自己怀中，真是一种悲哀。于是他紧紧地握住她的手，把它送到唇边去吻。

她仿佛从梦中惊醒似的，用力将他的嘴推开。"你走吧！你走吧！我不想再见到你。"她叫了起来。

何长林没有料到她的这个反应，尴尬、失望地走了。

夜已深沉，于翔龙所住帐篷里，一盏煤油灯依旧燃着，用弹药箱摆起来的桌子上摆放着地图和资料。箱子旁支了一张行军床，床头边箱子上堆放了一些小玩意和几本书。一盆炉火放在地中间，上面支了个架子。架子上是洗刷干净的钢盔，当做煮咖啡的锅。

这时，史兆明掀开门帘走进来，一股香喷喷的咖啡味儿扑面而来。看见于翔龙趴在箱子上草拟计划书，便问："参谋长在忙些什么？"于翔龙抬起头，回答："没忙什么，修改一下计划。对了，你来得正好，我这儿刚煮了一锅咖啡，等会儿咱们喝一杯。"

于翔龙见咖啡沸腾了，便端起钢盔倒了两杯。然后给一只咖啡杯里加了方块糖，递给史兆明，说："政委，真正的非洲货！"史兆明脱了大衣，接过杯子，眼睛都发亮了，说："没进门，已经闻到咖啡的香味儿了！参谋长，你这里还藏有不少好东西吧？"

"哪里，哪里，只是备了点货，有时候馋了应个急。"于翔龙笑着说。史兆明抿了口咖啡，说道："果然味道纯正，好长时间没有喝过这么纯的咖啡了。"

"听说政委是农民的儿子？我怎么就看着不像？"

"不瞒你说，我家虽然在镇子上是大户人家，但在农村还有几十亩地，本质上是农民。我们家乡离北平近，中学时和同学去过几次那里。"

"原来是这样，我一看就知道你是见过大世面的！"

"什么大世面呀，就是乡下人进城开了眼。虽然后来去过许多大城市，那都是跟着咱们队伍。"他忽然打住了，望着于翔龙微笑一下，接着说："对了，明天队伍就要出发，工作都安排好了吗？"

"安排好了。政委，明天你还是留在家里，让我带队伍去吧？"

"不用争了，明天还是我去。家里的工作也很重要，赶紧把地窝子挖出来，等芦苇打回来上了顶，战士们就不会再挨冻了。"

"我知道。还有一件事，现在团里物资紧缺，邵副参谋长在迪化商界认识很多人，我想让他去筹些物资。"

"这件事你就看着办。王副团长去军里开会已经四天了吧？"史兆明说，点上一支大生产牌香烟，抽起来。

"今天是第五天，这个会怎么开这么长时间？"

“要把领导们的思想统一到生产建设上来也是一件不容易的事呀！”

“统一思想？”于翔龙皱起眉头，显出一副既诧异又担心的神情。“现在各营进入垦区。我去看过了，撂荒地时间太久，土质都变坏了，不是沙漠就是盐碱，许多指挥员担心在这样的地上打不出粮食来。”

史兆明拿起煤油灯，打开地图看起来，说：“撂荒地……盐碱滩……是呀！我们就是要在这样的地上打出粮食来，不管有多大困难都要想办法克服！”这话听起来似乎很轻松，其实，它代表着一种决心和信念。

“今年是关键一年，不是我们收复撂荒地，就是让荒漠、盐碱把我们赶走。”

“我看参谋长信心有些不足啊！”史兆明说。他知道这是一种情绪，也是军心。他要负起这种责任，调动起全团指战员们的信心。

“我只是说说。政委，最后得用事实来说话！”于翔龙微微涨红脸说。

“好！用事实来证明这一切。参谋长，柳原方面联系上了没有？”

“联系上了，陈棋圣这两天就把四连带过来。柳原还支援了我们一部分木材。不过，陈棋圣这个人老是到处告状，他来司令部当股长，我还是有些不放心。”

“一个教官在营里当参谋有些怨言可以理解。这次师里给他调整了工作，只要他能干好本职工作就不要太计较过去的事了。”

“还是政委宽宏大量，什么人都能接纳。政委，再来一点！”于翔龙给史兆明杯子里添加些咖啡。史兆明看着杯子里的咖啡，说：“今晚上真是不应该来参谋长这里呀！恐怕这个晚上是睡不着觉了。好吧，咱们就说会儿话。”

三十三

又是一个清冷的黎明，太阳还没有升起来，满天都是星星，亮晶晶的。

外面的脚步声惊醒了史兆明，醒来后才觉得四肢发木，一时想不起自己在什么地方。想起昨晚他就在于翔龙帐篷里睡着了，身子底下的木箱硬邦邦地抵着脊背，身上沉甸甸地压着自己和于翔龙的两件大衣。

他赶紧起来，活动活动麻木的腿，然后走出帐篷。只见一支队伍以行军步伐开出营区。原来是机炮连悄悄地出发了。

不一会，各个连队争先恐后地出发了。战士们手提镰刀、肩扛坎土曼、背着大绳，马儿拉着雪爬犁，谁都不说话，只有翻毛皮鞋踩在松软的雪地上发出来的沉闷脚步声。

“政委，队伍怎么这么早就出发了？”

史兆明听到说话声便转回头，见是参谋长，便说：“是啊！看来宣传工作做得不错，各连的积极性看样子蛮高的嘛！”这时从前排队伍末尾闪出一个人，来到史兆明、于翔龙面前，说：“政委、参谋长，战士们知道去打芦苇，热情可高涨了！大伙都憋着一股子劲要和三营、机炮连比试比试！”说话的人是二营毛教导员。

史兆明嘴角含着微笑，眼睛闪着喜悦，回答：“好啊！毛教导员，告诉同志们这就叫做劳动竞赛！在这场竞赛中，看哪个营打芦苇多，房子盖得好！”

“是！”毛教导员满怀豪情地说。“政委，参谋长，我们营保证在劳动竞赛中打一场胜仗。我先走了！”他把右手举到帽檐边向首长敬礼，然后追赶队伍去了。

这时，团机关队伍准备出发……

“参谋长，我也该走了，家里工作就托付给你了！”他说着，纵身跃到马背上，接过警卫员手里的缰绳，骑在枣红马背上，挥手道一声：“再见！”然后，同警卫员一道疾驰进前行的队伍当中。

聂子龙坐大卡车北上，一路上脸上显露出若有所思的神情。当卡车来到冰封雪冻的九军司令部所在地——景化城。迎接学员们的是政治部的几名干部。

招待所里的火炉燃得正旺，宿舍里温度竟到了22摄氏度。聂子龙打开背包，很快收拾好床铺。这时，看见同宿舍学员还在忙碌，也不知他们都在忙些什么，便拿起盆子出去打水。

招待所中间有个水池。聂子龙在水池洗了脸，然后整理身上的军服，准备离开。忽然看见对面墙壁上有面镜子，便停下脚步对着镜子看自己的映像，心中千头万绪、百感交集。几个月来的艰苦跋涉已经把他温热、青春的面部取得干干净净，脸上硬痂越积越厚。他用手使劲揉了揉面部，随后对着自己的映像满意微笑，并向自己的映像告辞。

回到宿舍，他把盆子放下便悄然出门。

他很快打听到九军司令部所在地。司令部离学员驻地并不远，门口有哨兵把守，他上前去打听，原来没有证件是进不去的。他便站在司令部门前，小心地朝里面张望，眼睛在进进出出的人中寻找着……

终于从司令部里走出一位军人，聂子龙急忙迎上去，问："首长，请问林雪梅在这里吗？"军人略迟疑了下，说："谁是林雪梅？不认识。"说完走了。

几分钟以前，他还沉湎于满腔热情里，听到这句话以后，热情立刻烟消云散了。他站在那里想，他们怎么会不认识林雪梅呢？她那么漂亮、那么善良、那么引人注目。算了，还是问史兆明在哪里吧。

他决心等下去。这会儿他站在冰天雪地里想着心事。几乎忽略了从司令部里走出来的一名军人。这时，哨兵赶紧提醒他说："同志，你去问问这位首长，他是我们司令部的人。"

"谢谢！"他说。然后赶紧追上这名军人，问："首长，请问史兆明在吗？"军人很快回过头看了他一眼说："史兆明？你是说八一七团史政委吧！"

聂子龙立刻激动起来，总算有人认识史兆明了。忙回答："对，就是史政委！"

"八一七团在炮台，离这二百多里路，你去那里找他吧！"军人说完走了。

"二百多里路？"聂子龙傻眼了，此刻，他怀着沉下去的心往回走。西北风那个吹啊！吹在脸上、吹在心里，吹得他的心冰凉冰凉。

迎面驶来一辆卡车，他急忙往路边闪，给卡车让出道来。但是卡车轮子扬起的泥雪还是溅在他的裤腿上。他立刻升起一股怒火，本想骂几句，发泄心中不快。忽然间，他见卡车一个急刹车，便没有出声，拍了拍裤腿上的泥雪，继续往回走。

"子龙！是聂子龙同学吗？"

忽然，他听到喊叫声，停下脚步，回头四下张望，路上什么人也没有。转回头，继续向前走，接着，又听见更强烈的喊声："聂子龙——"

这会他听清楚了，是雪梅姐的声音。

他猛然回过头去，只见林雪梅从驾驶室里下来。他真有些不相信自己的眼睛，呆立在原地，望着她快步向自己走来。"子龙，真的是你呀！你怎么会在这里呢？"她说着，已经来到他面前。

热切的呼唤使聂子龙清醒了，他的脸色发红。"雪梅姐，真是你！"他说这话的声音微微有些发颤。忽然间，他就像个受了委屈的孩子，眼眶里充满了泪水，忍了忍，便没有让它流出来。

"不是我是谁？你们不是去南疆了吗？你怎么会在这里呢？"她吃惊地问。并且微微一笑。这笑容，让聂子龙回忆起在老彭家牛肉面馆里第一次见到她时的那种笑容。顿时一股热情从心里涌了出来，说："我们分配到九军了，我就是来找您的。"

"真的呀？"林雪梅喜出望外。"走，到我宿舍里去。"她说着，拉起聂子龙的手朝自己宿舍走去。

"他们说你在炮台，离这里有二百多里路呢。"

"是吗？"说着，她微微一笑。"我还没去八一七团呢。看来咱们还是有缘。我去迪化办事，今天没打算回来的，办完事刚好有辆车要来景化，我就搭车回来了。刚才在路上看见你我还有些不信呢，试着喊了声，没想到果真是你。"

"我也是，想着今天见不到你了。"他坦白说。

两人说着来到林雪梅的宿舍门口。她打开宿舍门请聂子龙进去。他走进去立刻觉得宿舍里寒气袭人，比外面还冷。她似乎习惯了，没觉得什么。"子龙你坐，我把炉子生着，"她说着，挽起了袖子。

"雪梅姐，还是让我来吧。"他说。

"好吧！我去打壶水，"她说着，提上水壶出门打水去了。

聂子龙把火炉生起来——但炉膛里的煤烟好像在阴暗潮湿的烟囱里找不到出去的路，于是直往屋子里窜，结果弄得满屋子里烟雾弥漫。这时林雪梅打水回来，把水壶坐在炉面上，忙打开了窗子。

"雪梅姐，你这个炉子咋搞的，烟怎么往屋子里跑？"他抹着脸蛋，抱怨着说。

"烧热就好了。"林雪梅回答，似乎很有经验。这会儿，她眼睛望着聂子龙抿着嘴笑。他不知道林雪梅为什么笑？跟着傻呵呵地笑，黑糊糊的脸上只露出一口白牙。"子龙，你去洗个脸，赶快去。"她用权威的语气吩咐他。

"好的。"他说。"雪梅姐，你不去上班了？"

“你来了，我给自己放假。子龙，你们不是去南疆了吗？”

“你走了以后，我们接到通知去农村搞了半个月的社会调查，然后我们分配了，坐着大卡车来到这里。”

“彭雅莹、李宝林他们呢？”

“也都来了。”

“哦，他们为什么没有和你一起来呢？”

“我们也是刚到，他们都忙着呢，我就自己先过来了。不过，他们说了，他们是要来看你的。”他说，神色慌张，脸都涨红了。林雪梅知道他那双眼睛是不会撒谎的。

炉膛烧热了，烟果然不往屋子里跑。屋子里的空气也渐渐清新起来。林雪梅关好窗户，从被窝里摸出两个香梨说：“子龙，这是张政委从库尔勒带回来的，可好吃了。”

“我知道，在吐鲁番就听说了，肉如水，汁如糖。当时听着就馋得直流口水，没想到在这里能吃上这种梨。”

“你就把这两个香梨吃了。”林雪梅说，把洗好的香梨递在他手上。

“我吃一个就行了，您也吃。”

“我吃过了。”她说。“子龙，你们具体分配到哪个单位了？”

“还不知道，听说过了年才分配下去。”他说，眼睛愉快地闪耀着。这时，屋子里渐渐热了起来，水壶里的水沸腾开来。林雪梅把开水灌进暖瓶里，再给聂子龙沏上一杯热茶，然后在他对面坐下来。

他忽然问：“雪梅姐，你和张政委熟吗？”

“当然熟啦！我们家兆明就是跟张政委一起出来参加革命的。”她回答。她的眼睛带着和她以前一样的真诚和亲切。

“你跟张政委说说，把我和您分在一起吧？”

“张政委可不管这种事。”

“那……张政委管什么？”

“张政委管军中的大事。分配的事由组织部门统一管理。”

“是这样啊？”聂子龙叹了一口气，像泄了气的皮球，沉默不语了。对于他来说，张政委什么都应该管——他脑袋里闪过这种念头，因为那件事，雪梅姐不愿和他在一起。

“怎么啦？”她说。“子龙，我也是在军政治部临时帮忙，过几天我就要去八一七团了。部队刚进入垦区,听说那里的条件可艰苦了。”

“只要和你在一起,再苦我也不怕!”他抬起头说。这会他想起自己来干什么了,“雪梅姐,我在吐鲁番买了一个小镜子,挺好看的。一直想送给你,可是出了那种事以后再没敢开口。本来想,没有这种机会了……”他缓慢而激动地说,并把铜镜从上衣口袋里掏出来,递给她。

“子龙,为什么送我镜子呢?”她接过铜镜说,“你这是什么意思?”她思忖着接不接受聂子龙的礼物。

他注意到了林雪梅的脸微微红了,于是鼓起勇气说:“我见玉洁她们喜欢,我想你一定会喜欢,你应该有这样一面镜子。”

“那就是说玉洁她们都知道这件事?”她柔和地问,眼睛里却有种惊慌的神情。“不!我是偷着给你买的,谁也不知道。”他直白地说。

林雪梅把头扭开,全身涌过一股热流。

“雪梅姐,你不高兴啦?”聂子龙忧郁地皱起眉头说,因为他立刻想起了那晚,在舞池中他们相遇时,她就是这种神情。想到这,他的脸色苍白了。

“不,我高兴还来不及呢!”林雪梅说。这时,她头脑清醒,明白自己要认真对待他的这种感情了。“子龙,以后别做这种傻事。你还年轻,还要谈对象,让同学们知道多么不好啊!我要是不接受你的礼物,你会怎么想?”

“什么意思?”他想。他忽然发现,她那双清澈的黑眼睛里有令他困惑的一丝冷漠。“子龙,我给你讲讲我的故事……”她话音一落,聂子龙便体察到弦外之音了。

“我也是从农村出来的孩子,记得我刚上中学,城里女同学瞧不起我,可是只有他……”

生命、青春、情感回到记忆里来。

校园里,城里来的女同学讥笑我打扮得土气。可我并不在乎,以自己独有的方式抗拒这些女同学的嘲弄。男同学贪婪的目光在我身上扫来扫去,更是招来这些女同学妒忌,她们用尖刻的、恶毒的语言中伤我。这时,一个男同学出现了,他总是善意地帮助我,并维护我的尊严和体面,对那些贪婪的坏小子报以拳脚。对妒忌她的女孩子加以嘲弄。他就是学校女同学公认的白马王子……毕勇强。

毕勇强主动把我介绍进学校剧社,我们经常在一起排节目。那时,我愿意和他接近,接近的目的只是为了报复那些嫉妒她的女同学。一晃两年就过去了,在一个风雨交加的黄昏,毕勇强来到我宿舍,告诉我。他家里出了点事,要立刻赶回去。

虽然外面气温有些凉,我还是和毕勇强一起走出校园,从巷子一直走到植物园。来到园中的八角亭,我们靠在一起坐下,身子紧紧挨着。一时间,相对无语,就这样默默地坐着,手握着手那样地长久。不一会,风停了,雨歇息了,一弯新月高高挂在了天上。树枝上不时缓缓落下一片叶子、又落下一片叶子。那些落下来的树叶安静地浮在池塘水面上,用黄色、绿色、红褐色给池塘水面上的月亮编一个图形,造一道波澜,沉静的池塘有了生命。

毕勇强走了,我却失眠了。这个意想不到的挫折增加了我内心的矛盾和痛苦,我经常自语,我恋爱了?我怎么会恋爱呢。我不能够一分一秒不思念他!这种可怕的痴情,使得我的初恋一开始就在痛苦和思念里生长。

她说到这稍停了下,接着往下说:“不久我病倒了,学也上不成了,父亲把我接回家。”聂子龙的热情、好奇心投向她面部,她接着把故事说下去。

回家养好病,父母就忙着把我张罗给县上一个姓荣的大户人家。我不愿意,反对、抗争,可是不管用。一个偶然机会……

屋子门被打开,母亲端着一碗饭走进来,说:“天这么黑了,怎么也不把灯点上?”说着,借月亮射进屋子里的弱光,把手里端着的饭碗放在炕桌上,然后从兜里摸出一盒火柴,“哧”地一声划出一道红色的光点,把桌上油灯点亮了。

“雪梅,起来吃点饭。”母亲说。我坐在炕上,双手紧抱弯曲着的膝盖,头埋进两腿之间的缝隙里,回答:“我不想吃。”母亲一边在炕沿上坐下来,一边抱怨起来:“你这孩子咋就不懂事呢?爸妈不是都为你好嘛。”

“妈,你跟爸好好说说,还是让我回去念书吧!”我苦苦地哀求母亲。

“这孩子,现在到处都在打仗,兵荒马乱,哪里还有书念?听妈的话,快把饭吃了。”

“没书念我也不嫁人。”

“女孩子大了哪有不嫁人的？今天荣家的人把彩礼都送来了，就等着挑个好日子。你可不能再胡思乱想。”我注意到母亲家长式的强硬和粗暴终于施展了出来。这时候，我们母女俩之间的态度是敌对的。“要嫁，你们嫁给荣家好了，反正我不嫁人！”我冲母亲大声嚷嚷起来。我的语调让母亲受不了，生气地说：“咋跟妈说话呢，让外人听见还不笑话。都是念书念的。念那么多书有什么用，连个事理都分不清了。”

“读书有什么不好，要是不读书，荣家少爷能看上咱家雪梅。”父亲说着，从外面走进屋子里来，父亲听见母亲唠叨，不大高兴了。我从父亲脸上看到的满是钱财的虚伪，心想：“他们一定把我卖了个好价钱。”

“都是你把孩子给惯的。你看看，孩子现在都成啥样了？”母亲抱怨起来。

“你们别吵了，烦不烦！”我说着，索性放声哭了起来。哭我无缘享受青春、哭我失去念书机会。

“现在就烦我们了。我们供你吃，供你穿，供你上学，不就希望你能嫁个好人家嘛。我看这孩子是白养了。”父亲深深叹了口气，然后把手里的烟枪对着油灯上的火苗，点燃锅里的烟丝吸了起来。

“就是，这孩子养得跟仇家似的。”母亲在一旁帮腔。

“啪、啪——”外面传来几声枪响，打碎了沉闷。

蹲在门槛上吸烟的父亲赶紧竖起耳朵仔细听，并很快把手里的烟锅朝地上磕两下，惶恐地说：“枪声，我出去看看。”他站起身朝门外走去。母亲担惊受怕地用目光瞅着父亲离去的背影，随后回过头看了看坐在炕上已经停止哭泣的我，说：“快……快吃点东西，还不知出什么事了，我出去看看。”她跟在父亲屁股后面匆匆离去了。

我见父母出门，稍微犹豫了下，便迅速从炕上跳起，抓起早已准备好的包裹跳下炕头，急速朝门外跑。跑到门口忽然想起什么，迅速返回，抓起炕桌上的馒头塞进包裹里，熄灭炕桌上油灯，溜到院子里。仔细听听，四处没什么动静，便翻过不高的院墙，急匆匆朝巷子深处跑去。

我沿着巷道边跑边不时回头，生怕后面有人追上来。我拼着命跑，在巷道口转弯处一头闯进迎面走来的一个军人怀中。一切发生得太突然和意外，我吓得差点晕死过去。还好，我既没有晕，也没有乱喊乱叫，眼睛却紧张地注视这张陌生面孔。

“姑娘不要害怕，我们是新四军。”

“新四军？”

我在学校听同学们说过新四军，我睁大眼睛好像在辨认他们似的。

“姑娘，你知道赵家集怎么走?”

我仿佛刚从梦中惊醒似的点了点头，随后立刻用手指着他们来的方向。这一刻，军人的脸陡然变成灰色，接着问：“姑娘，还有别的路可走吗？”他的声音蕴含着无比的失望和渴求。

我摇了摇头。

“指导员，我们走错方向了，怎么办？”

我听到了战士急促的、紧张的声音。我望着军人，知道了眼前的人叫指导员。

“姑娘，谢谢你！赶紧回家去吧，前面马上要打仗了。”然后，指导员对身边战士坚定地说，“走，我们回去。”

战士听到命令立刻提起枪，跟在他身后往回跑。我惊呆了，马上叫起来：“哎，你们等等我。”我回过头望了眼深暗的小巷，赶紧跟上他们。

当我跑出镇子，就见指导员和过来的队伍汇合在了一起。这支队伍军容不整，也分辨不出谁是军官、谁是兵。战士们扛枪的姿势七扭八歪，看样子十分地疲惫。令我不可思议的是，他们眼睛里却闪动着坚定和勇敢的光芒。

“指导员，路找到了吗？”

“方向弄错了，我们还要杀回去！”

“要是找个向导就好了。”

“这里是敌占区，老百姓对我们不了解，我们还是赶紧离开这里。”

我听到了指导员和战士对叫高连长的人的话，说：“我……我可以给你们带路。”我话一出口，就看见许多战士的眼睛望着我。在这些眼睛里燃烧起希望之火——我和他们的心接近了。

“你？”高连长惊讶地发现队伍里站着个姑娘，从上到下地打量着我。

“连长，这是我们在镇子里遇上的，是她告诉我们走错了方向。”指导员说，又接着问我：“赵家集离这里还有多远？”

“三十来里路。”

“你不会搞错吧？”高连长问。

“不会，我舅舅家就在赵家集，以前经常去的。”

“连长，我们不能再犹豫了，趁天黑，我们赶紧杀回去。”指导员说。

姓高的连长点下头，果断地说：“只好这样了。同志们，我们坚决打回去，狠狠杀敌人一个回马枪。大家跟紧点，不要掉队！”他一挥手，号令如山。战士们毫不迟疑、毫不犹豫地端起枪跟着连长往回冲。

“谢谢！前面就要打仗，跟紧我，”指导员说，拉起我的手赶紧跟上队伍。当时，我既不知道打仗的危险与恐惧，也不懂得杀回马枪意味着什么。

刹那间火花一闪，枪声四起。追上来的敌人还没有弄清楚是怎么一回事，就遭到高连长和战士们狠狠的阻击。一阵猛烈射击，“冲出去——”高连长大声呼号，带头从地上一跃而起，朝敌人冲了过去。

我吓呆了，用双手捂着脑袋。子弹不断从我头顶上飞过，厮杀声震耳欲聋，世界好像裂为两半，毫无知觉的身子沉重地往下滑，惊恐而萎缩的面部只是失措和害怕。

一瞬间，一只强有力的手把我从地上拎了起来，耳边响起一个坚强而有力的声音：“快走，别停下！”我看清楚是指导员，他那粗大而强有力的手把我的骨头几乎要捏碎了。这时，我才觉得自己还活着，我眼前，被惨烈的战斗和战士的勇敢所燃烧。

战士们猫着身，前伸下颚，不断地向前跃进。“冲出去——”我听见指导员强有力的声音，战士们如狂暴的长矛向敌人心脏刺去。

一排子弹射来，打中高连长，他的身子稍稍往后倾斜了一下，通信员跑过来扶住他——高连长甩开通信员的手，坚决说：“不要管我，你们快走……”通信员不肯离去，痛苦地喊道：“连长，我们不能没有你！”

指导员上来，二话不说背起连长就走——忽然一只枪口顶在他胸膛，只听高连长说：“指导员……不要管我……你们快走！”

“连长，要走我们一起走！”指导员坚决说。

“兆明，咱们村出来几十个弟兄参军，现在就剩下我们两人，不能就这样完了。等革命胜利了，总得有人给家里捎口信——快走！”

“指导员，敌人上来了……”通信兵一边狂喊，一边向追来的敌人射击。此时，高连长挪开枪口，说：“你们快走——兆明，一定要把队伍带出去！”我从连长眼睛里看到了紧张与愤怒，这种目光只有用自己的死换来战友们活的勇士才有。

指导员把身上的两枚手榴弹留在高连长身边，含着眼泪带领着通信兵快步朝前跑。随后便是一阵激烈的枪声，接着一声巨响——我回头望一眼，一颗巨大的火球在那里燃放，泪水便从眼睛里滚落出来。

指导员带领这支队伍用尽最后气力朝前跑。我一直死死地跟着指导员，一刻也不敢分离。枪声渐渐低沉下去，这之后，就全然听不见了。这时战士放缓了脚步，他们肮脏的脸上毫无表情。

黎明前，队伍终于来到赵家集，目光所及之处都是兵。“你们到井里去打些水来——”指导员话没说完，战士们已经倒在地上睡着了。

“指导员，我们已经到赵家集了。”我简短地说，“我要去舅舅家了。”

“谢谢你！”他说。

听到这句话，我仿佛受到痛苦似的。心想，自己冒生命危险，给指导员带路，竟然这么一句不冷不热的话就把我给打发了。但是我没有说什么，便离开队伍去舅舅家。可是，乡里的人都跑光了，舅舅家里也是一样，没有人。

我无奈地坐在舅舅家的台阶上，愁眉苦脸四下看——忽然发现，无论是舅舅家院子、棚子里还是邻居家，到处躺着都是兵。我心里直纳闷，这些兵竟然不进屋子，却在黄土地上像喝醉酒的庄稼汉那样酣然大睡。

不久，我又和指导员见面了。他问我：“姑娘，找到舅舅了吗？”

“舅舅家里没有人，乡里面的人都跑光了。”

“你有什么打算？”

“还没有。”我回答。说来也怪，我竟然没有考虑到处于这种情况之下，自己该怎么办，“我能跟你们一起走吗？”

指导员一愣，然后说：“根本不可能。”

“为什么呀？”

“我们还没有冲出敌人包围，很危险。今后还有很长路要走，还要打很多仗!”

“我不怕！”我说这话时，连自己都不相信。想起昨晚上自己的狼狈模样指导员是亲眼所见。我偷偷地瞅指导员一眼，生怕被他取笑了。

指导员脸上的微笑是善意的，接着问：“你要是跟我们走，家里怎么办？”

“没关系的……他们(父母)已经不在乎我了。”我说。这时,我才想起自己还有家,还有父亲、母亲。要不是父母亲逼我结婚,自己这会儿怎么会无依无靠、怎么会走投无路、怎么会落到如此地步呢。

通信员匆匆跑来报告:“指导员,团长说旅部找到了,队伍马上出发。命令你们连跟在团部后面。”

“是!”指导员回答完,然后看了我一眼,便匆匆朝自己的队伍跑去。

“哎,请等一下,你还没有答应我呢?”

“请原谅,我什么都没有答应你,赶紧想办法回家去吧。敌人马上就要到了,待在这里很危险。”

我愣了好一会,眼睁睁地看着他走了。

哨子声、口号声响彻一片——战士们从睡梦中惊醒,爬起来拍拍身上的土,立刻站进自己的队伍里。滚滚尘土又扬起来,大队人马出发了。我这才想起来,自己面对一个铁的事实,就是敌人要来了,指导员和他的队伍在这里把我撇下了,由我单枪匹马地闯回家去——简直太可怕、太荒唐、太不可思议了!我就把恐惧统统抛到九霄云外去了。“向前——向前——冲出敌人包围!”这是战士们步伐踩出的节拍。我一跃而起,迈着同样脚步同战士们的步伐融为一体。

最后,林雪梅激动地说:“我就这样和史兆明认识了。往后的日子,我们走了很多路,打了很多仗。仗不是打得很大,但很惨烈,牺牲了许多战友。后来我才知道,这就是解放战争史上著名的中原突围。我加入这支英雄队伍,跟着史兆明胜利到达了革命圣地——延安。”

林雪梅的故事打动了聂子龙的心:这是血与火的爱情。同时,他对自己曾有过的一些念头暗暗惭愧,并向她发出歉意的微笑。“雪梅姐,故事太精彩了,有时间写成小说吧。对了,我该回去了,我出来时,同学们都不知道。”

她早已经预料到了,笑着说:“好,我送送你。”并且说起自己有一个心愿,从今天起她把聂子龙认作弟弟。

他愉快地接受,并且说:“我也是一样。”

三十四

九军会议室，屋梁上方悬挂两盏燃气灯。灯下面摆放一个长型桌，桌面上铺条草绿色军用毛毯。靠墙的火炉正燃着，白铁皮的水壶坐在炉面上发出“咕嘟咕嘟”的声响，并且从壶嘴里冒出一串串白色气体。

陶参谋长将各师、团生产任务下达后，指挥员们你看着我，我看着你，在没有弄清楚别的指挥员态度之前，他们不发表任何意见，真正的想法不让人们知道。

长时间沉默……

政委用锐利的目光扫视在座每一位指挥员的面部表情。由于多年的战争经验，他知道，领导几万战士与戈壁荒漠作斗争，不是几个指挥员所能办到的事。决定会战命运的不是司令部，而是那种不可捉摸的力量——士气。

他重视这种力量，在他权力范围之内坚决领导这种力量。这时，他站起身，谆谆告诫指挥员们说：“同志们！刚才参谋长给我们讲了当前形势和任务，下达军区首长给我军的生产任务，我相信在座的每一位指挥员已经听清楚了。下面我来说几句。”

指挥员们抬起头，注视这位新来的政委。一身土布制成的黄军装穿在他魁梧的身上，同在座的大多数军官相比（一身呢子军装，腰扎武装带，脚蹬长马靴，头发梳理得光亮），并不失去他应有的英俊和威武。

指挥员们听他把话讲下去：

“当前，二十万大军云集新疆，缺粮少衣，我们该怎么办？第一，我们伸手向国家要，等待国家支援。同志们都知道啊！新中国刚成立不久，国家正处在困难时期，拿不出更多粮食和物资来支援我们。就是筹到一些粮食和物资，新疆路途遥远，加上恶劣的自然环境，运输条件差等因素，也会有很大困难。第二，在当地筹措物资。新疆是个多民族地区，当地群众长期受统治阶级剥削和压迫，生活不但贫困，而且阶级矛盾、民族矛盾由来已久。我人民解放军刚进新疆，边疆各民族群众求和平、求幸福生活的愿望都寄托在我们身上。”

政委说到这停顿一下，会场里一片寂静。他接着讲下去：

“自汉唐统一西域以来，我们的前辈就开始在这片土地上屯田戍边。历史证明，屯田戍边事业的复兴不但影响到战争胜负，还影响到国家领土完整，边疆安定和各族人民的生活。屯垦戍边与保卫国防，维护和平秩序，维护民族团结实际密不可分。”

指挥员们知道，军人是保卫国防和维护和平秩序的国家武装力量。会场上的人交头接耳议论起来。气氛活跃起来。指挥员们望着这位年轻政委，想听他讲得更多、更多……

“保卫国家领土完整，维护边疆稳定，维护各民族团结是我们每一位军人的职责。我们军人不会屈服于任何困难和压力，也不会被任何困难所吓倒！二十万大军看起来是一种经济负担，其实是保卫边疆的主力军，也是建设边疆的劳动大军。我们有两只手，一只手要拿起保卫国防战斗的武器，另一只手要拿起建设边疆生产的武器，到戈壁荒原中去，向大自然宣战，向戈壁荒漠要粮！”

政委那厚实的嘴唇，宽阔的额头，充满战斗经验和激情的演讲，感染了在场的每位指挥员。他给指挥员们一种坚定信念，给指挥员们一把信仰的火炬，把他们的思想燃烧起来。

指挥员们伸长脖子，竖起耳朵，聚精会神……

“同志们！解放军四师、五师、六师部队已经在塔里木、阿拉尔、孔雀河畔，吹响开荒造地的进军号角。北疆的春天虽然来得有些晚；但是，我们身边六军部队也已经向戈壁荒滩进军。一场二十万劳动大军的歌声在天山南北唱响。我们九军全体指战员也要站到这一光荣行列中去，巩固国防，建设边疆，实现一代军人的伟大梦想！”

政委的手指向深邃的天空，指向大戈壁，他的眼睛是红红的火焰，燃烧着每一位指挥员的灵魂。

苇丛中，史兆明使了老大劲才砍下几根芦苇来，手中镰刀的刀刃已经卷得不能再使用了。他抬头仰望清冷的天空，红彤彤的太阳把热情的光撒向大地。这会儿，苇丛左边，阴影处是黑暗的；苇丛右边，阳光处是潮湿的。

史兆明揉了揉麻木的手腕，伸展开手，只见掌面上打出几个血泡来，虎口处被震出一道道带血的伤痕。忽然，听到一阵“叮叮当当”的打击声，他抬起眼，只见不远处一个战士不知道从哪儿搬来几块石头，敲打着损坏的工具。

史兆明提着镰刀来到这个战士跟前，蹲在一边观察这位战士修理工具。只见战士敲敲打打几下，一把镰刀修好了。他又拿起身边另一把镰刀修理起来。

“小伙子，修得不错！”

战士抬起头，见是政委便有点不好意思，说：“政委，这些工具都不好使了，再不修理就不能用了！”

“是啊！小伙子，你以前是干什么的？”史兆明饶有兴趣地问。

战士诚实地回答：“我家是开铁匠铺的，当兵前跟父亲学了几年——我看咱们也应该搞个修理铺，工具坏了需要修理，要不这活就干不成了。”

“你这个意见提得好啊！我们是应该搞个修理铺。”

战士听政委赞成自己的意见，立刻喜上眉梢，说：“政委，如果把镰刀打直点，像砍刀就更好使。”

“把镰刀打直点？难吗？”

“也不是很难，镰刀就是刀刃薄了点。刀刃要是打厚点也不大容易卷，还会更好使。”

“我把改造和修理工具的事交给你负责行吗？”

“当然没问题！”战士自信地回答。

“咱们可说好了。我和你们连长、指导员说一声，由你负责组织一个修理组，保证把每天损坏的工具都修好，行吗？”

“行！保证完成任务！”小伙很高兴也很自豪。

邵良驹手里的镰刀坏了，他把镰刀扔在一旁，朝前走去。一不小心，一只脚陷入泥塘里去，忙往后退，翻毛皮鞋里已经灌了泥浆。他立刻抱怨起来。政委陷入泥塘，自己是亲眼所见，自己怎么也会犯这样低级的错误呢？他坐在砍倒的芦苇上，解开鞋带，脱下皮鞋抖落上面的泥浆，嘴巴里骂着：“他妈的，这哪里是人干的活。”

忽然，他想起自己为什么要往那里去——简直是被鬼牵着走。想到这些，他吓得直哆嗦，赶紧起身，拎着皮鞋往回走。他对正在打芦苇的战士命令道：“今天不打了，收拾收拾工具准备回去。”

他坐在捆好的芦苇上定下神，辛班长走过来问："参谋长，我们应该从哪里出去？"他有些不耐烦地说："这还用问吗？从哪里进来就从哪里出去。"心想：这些人真是不动脑子，这么简单的问题还用来问吗？

辛班长直愣愣对他注视许久，然后小声说："参谋长，进来的路找不到了。"

邵良驹一听，感到问题严重了，抬头朝四周看看，心想："怎么会呢，怎么可能呢？"他赶紧穿上湿漉漉的皮鞋去找路。他撑开帐幕般的芦苇，在光明与阴暗中，已经看不见进来的路。他抬起头，看看天空，光明与昏暗交合在一起，他茫然了……

"参谋长，找到路了吗？"战士们小心翼翼地问。

他咬一咬牙，颧骨马上隆起，说："我们应该从这里出去。"

忽然有个叫胡子的兵说："副参谋长，我记得我们是从那边进来的……"他所指的方向正好跟邵良驹说的方向相反。

邵良驹有些犹豫，说："你没记错吧？我记得我们是从这里进来的。"胡子斜眼看他，坚持说："我没有记错，我们是从那边进来的！"

他截住胡子的话，说："这样吧，你带一队人从你指的方向走，我带几个人从这里走，谁走出去也好回来通报一声。"说罢，就朝前走去。

胡子不由得愣住了。战士们愿意跟邵良驹走，他们背起捆扎好的芦苇赶紧追上去。在旁看热闹的辛班长过来拉胡子的胳膊，低声说："难道你没有看出来参谋长不高兴了？"

这一下，胡子整明白了："胳膊拧不过大腿。"

陆军来找史兆明，报告说："政委，简直糟透了，有的小组进入苇丛太深，也许迷失了方向，可能走不出来了。"

"也许？是什么意思啊！"史兆明抬起头，向周围望了一遍，然后说："通知各营、连清查一下人数，看看有多少战士失踪，想办法把这些战士找回来。快去，赶紧去！"

"是！"陆军答应后，立刻跑去通知各营、连指挥员。

不一会，各连指挥员向史兆明报告了失踪人员情况。"看来我们组织工作还是有些问题。各连马上组织找人，指挥员带队，三人一组，保持间距，每组十分钟放一声枪，各组之间保持联络。找到人后放三枪。天黑之前一定把所有失踪战士都给我找回来。”他用严厉的语气说。

“是！”指挥员们立刻分头离去。

邵良驹带领战士往外走，芦苇仿佛结成一个密密的网，要把他们挡住似的。有一种可怕的、阴暗的、寒冷的东西正从芦苇的黑暗中望着这些走路的人。战士们疲乏地走着，结果，转了一圈又回到了原地。

“你不是记得进来的路吗？”邵良驹问胡子，这会儿他把希望完全寄托在胡子身上。胡子立在一旁，溜溜转动两粒眼珠向四周张望，脑袋快速地打转，他知道带错路的后果是什么。

“我也记不大清楚了。”胡子既紧张又恐慌。

“他妈的，那你刚才说了个屌！”邵良驹骂一句脏话。脸立刻沉下来，吩咐道：“谁都不要乱跑了。天黑了我们只有在这里等，政委会派人来找我们的。”

“政委要是也迷路了呢？”辛班长问。

“住嘴！”邵良驹往地上狠狠啐了口唾沫。训斥道：“不准瞎说！”只要战士在他面前提到政委两个字，他会觉得很不舒服。他恨政委恨得要死！是政委把他们带到这条道路上来。但是，这会儿谁要是诅咒政委，就跟诅咒他是一样。

突然，苇丛深处传来呼喊声：“附近有人吗……”

“参谋长，有人喊我们。”辛班长说。

大伙儿立刻屏住呼吸，竖起耳朵仔细听了起来，果真是有人呼唤。战士们激动、兴奋起来，“是叫我们，找我们的人来了！”

呼声越来越近，吸引着战士们朝声音传来的方向走去。不一会，双方战士汇合在了一起，拥抱、握手。“可找到你们了！”

“是啊！你们要是不来，我们恐怕要在这里熬夜了。”

“什么……什么……原来你们也是迷路的？”邵良驹说。

突然，一阵沉默，热情、激情、兴奋就像被一场暴风雨袭来立刻给熄灭了。战士们品到了乐极生悲的滋味儿了。邵良驹大脑立刻失去思考功能，呆站在原地，瞪着一双发痴的眼睛，迷离恍惚地看着这些战士。

“邵参谋长，我们还是去找路吧！”辛班长说。

“找路？”邵良驹仿佛刚从梦中惊醒，只有一半意识进入现实。“走错方向就更麻烦,你们谁能负责?”

“总比待在这里等死强吧?”胡子说。

辛班长见胡子这样说,胆子也壮了,说:“对!我们应该去找路,不能在这里等死。”邵良驹气急败坏,说:“别嚷嚷了,嚷嚷有什么用!现在我们朝哪个方向走,从哪里走出去,意见都统一不起来,还怎么走?”他嗓子发出颤音,用手发出威胁。

“邵参谋长,你要是不走,我们可走了。”胡子说。

邵良驹看硬的不行,只好来软的,说:“不是我不走,是从哪里走,我们应该统一思想。你们不要急,我们是不是商量一下……”正说着,传来一声枪响。

战士们被枪声惊醒,停止争论,竖起耳朵静静地听……

“是枪声?”邵良驹半信半疑问辛班长。

“是枪声!”辛班长肯定地回答。

“会不会和我们一样,也是迷路的?”有战士问。

“谁进芦苇丛会带枪呢,肯定是来找我们的。”战士们纷纷议论。“啪!”又是一声枪响,这一声给他们带来希望。战士们再次兴奋起来,大声地呼号:“我们在这里——”他们像着魔似的朝枪声传来的方向跑去,而且一个比一个跑得快。

黑暗而寂静的夜空,响起了清脆的枪声。

春节前的最后几天,白天温暖的阳光可以使地上积雪溶解,但是到了晚间,温度却降到零下十几度,雪面上冻结了一层冰。这样的夜,星星在夜空中闪烁,而无数营火在荒原上燃烧。

赵子健走来,手里抱着一捆红柳,开玩笑地对坐在营火旁的战士说:“多好的东西,编织好了用处可就多了。”他把这捆红柳放在严参谋身边,坐下来开始编柳耙。严参谋脸上闪过一丝微笑,他把手里削好的柳条递给赵子健,说:“教导员,给我们讲讲保卫延安的故事吧。”

“还没有听够?”赵子健微笑说。

“这样的故事好像永远听不够似的。”严参谋的眼睛快活地闪着光。战士们听严参谋这样说,嚷嚷起来:“教导员,给我们讲讲吧,我们没有听过呢。”

这段时间，赵子健给战士们讲了许多这样的故事。他晓得怎样在战士中间树立威信，那就应当使战士成为精神上的俘虏，使战士们认识到人生不只追求战斗和劳动热情，还要追求英雄、追求革命理想。

他还有一个习惯，讲故事时，要在战士中间找一两个忠实听众，通过他们的表情评估自己所讲的故事效果。可是现在已经不需要了，因为每个战士的面部表情都是一样。

“记得那是1947年3月初，吕梁山上还是冰天雪地。胡宗南调动了三十几万大军向我革命圣地延安发起进攻。这时，我们纵队接到党中央毛主席的命令，回延安。在一个夜间，我们纵队从陕西中部出发，不分昼夜向西挺进，大家心里只有一个信念，就是回延安，保卫毛主席，保卫党中央。那时候，我们枪不离身，马不卸鞍，急行军十来天就赶到黄河岸边。可是敌人发现我军意图，对我过河部队狂轰滥炸……”

战士们急切地问：“后来呢？”

“后来我军强渡过了黄河，一路急行军回到延安，同已经在那里战斗的部队汇合在一起，共同抗击胡宗南的进攻……”

这时，刘少贤走过来，坐在战士中间听教导员讲故事。

“当时，我军在西北战场上只有两万多人，武器是小米加步枪。而胡宗南三十几万大军全是美式装备。天上有飞机，地下有坦克、大炮。这是一场实力不对称的战争，为了保存我军实力，有效打击敌人，毛主席、党中央决定放弃延安。”

“放弃延安？”战士们紧张地问。

“对！我军在抗击国民党军队七天七夜后，主动放弃了延安。当时，许多战士都想不通啊！我们千里迢迢赶回延安不就是来保卫党中央、保卫毛主席、保卫延安的吗？我们为什么要放弃延安呢？彭德怀副总司令说得好‘存人失地，人地皆存；存地失人，人地皆失’。我们当时还不明白这个道理，许多战士撤离延安时都哭了。”

“后来呢？”战士们迫切地问。

“后来我军转战在西北战场，用了不到三年时间，打败了胡宗南，消灭了马步芳。我军不仅收复延安，还解放了整个大西北。同志们，你们说说我们现在吃苦受累是为了什么？”

“建设新中国！”战士们抢着回答。

“对，大家说得好！我们保卫延安是为了解放全中国，我们吃苦受累是为了建设新中国，而且要建设起一个强大的新中国。一百年来，就因为我们国家贫穷、落后，所以受帝国主义欺负和压迫，挨帝国主义打，失去了许多疆土。今天，我们这一代军人要承担起建设强大祖国、强大人民军队的职责。不能再让我们的祖国和人民受苦难，受侵害！

三十五

1950年，大年三十，林雪梅起个大早，开始忙着打扫宿舍。她想到聂子龙和同学们今天也放假，同学们一早准会过来。她计划着和同学一起包饺子，吃完饺子一起上街转转。

北风那个吹，雪花那个飘，
雪花那个飘飘，年来到……

她快活地哼起来，转起来。

突然间，走廊里响起脚步声，她从自己的想入非非中清醒过来，急忙跑过去打开宿舍门，瞧见邻居宿舍里的同志正出门呢。

“雪梅，这么好的天不出去走走？”

“不去了，我还有点事，”她说着，赶紧把门关上，心里很是失望。还不到九点钟，宿舍里的一切东西都清洁整齐地布置好了，她再看看还有什么事没有做，忽然想起来还没有烧开水，于是，便提上水壶到外面打水去了。

她从外面打回一壶凉水，把水壶坐在火炉上。看着时间还早，已经无事可做，才觉得自己起来得有些早，应该睡个懒觉才是。可是床已经铺整齐，就舍不得破坏了。想起小铜镜来，自己难得有心情坐下来照镜子，这会儿把它找出来对着镜子照来照去，忽然想起母亲的话：女孩子一定要温柔、可爱、会打扮。

“是呀，还没有打扮呢！”她找出从办公室带回来的一张红纸，抹抹嘴唇、擦擦脸蛋，把纸上那点红粉整到自己脸上，再看看镜子里的女人——真是漂亮极了。她笑了，便情不自禁把嘴皮凑到镜面上去，吻了镜子里的自己。

火炉上水壶里的水沸腾了，她把开水灌进暖水瓶里，准备再烧一壶水。走道里又传来脚步声，打开门看，原来是机关里的同志打饭回来。他们见到林雪梅，便问："雪梅，食堂开饭了，怎么不去吃饭？"

"哦，这就去，"她说，这才想起来过年机关食堂只开两顿饭。幸好自己没有离开宿舍，赶紧回到宿舍拿上碗筷去食堂打饭。

林雪梅来到食堂的时候，看见干部处处长刘冰一个人坐在餐桌前吃饭。想起聂子龙的话"能和你分在一起？"她打上饭，不由自主走到刘冰跟前，微笑问道："刘处长，怎么您一个人在这里吃饭？"

刘冰抬起头，某种本能的力量把他的目光吸引到她的脸上，只觉得她今天打扮得特别漂亮，为什么？他一时找不出答案。"是雪梅同志，坐下来一起吃吧！"他说着把桌上的碗往自己跟前拉，给她腾出一块地方来。

"谢谢！"林雪梅说一句，然后坐下来，心不在焉地往嘴里扒拉一口饭，紧张地盯着他。刘冰注意到她的表情，探问一句："雪梅同志，有事吗？"

"我？……我想问问，学生分配了吗？"

"已经分了。你打听这些干什么？"

"这些学生大多数是我在洮县招来的，后来我们一起来到新疆。我能问下聂子龙分去哪儿了吗？"

"聂子龙？"刘冰沉思了会儿，"我给你看看吧，"他说着从衣兜里掏出学员花名册，放在餐桌上翻起来。林雪梅注视着学生花名册，就是想知道聂子龙分配到哪里去了，却又装成不以为然的样子。

"是聂子龙吧，二十七师宣教科。"

"是这样啊？"林雪梅自语，若有所思。

"你对聂子龙同学分配有什么意见吗？"刘冰问。他的话让林雪梅感到吃惊。"聂子龙同学找过我，想和我一起去八一七团。"

"是这样？这好办，让他去八一七团就是了。"刘冰说着，把聂子龙名字从二十七师宣教科划掉，又在八一七团名单里添加上聂子龙的名字。

林雪梅惊骇地望着他，问道："刘处长，这样可以吗？"

"在没有宣布前还是可以作调整的。再说了，年轻人从上往下走是一件好事，我们应该支持。"刘冰说，"雪梅，我吃完了，先走一步。"他端起饭碗离去了。

林雪梅万万没有想到稀里糊涂地把事给办了。因为这件事办得太容易,她自己都不敢相信。当她的心渐渐接近到快乐的时候又被一种古怪的念头刺激起来——她后悔了。

林雪梅心绪缭乱地回到宿舍,期盼同学们来的心愿一点也没有了,因为她不知道怎样面对聂子龙。现在,她真的怀疑自己的目的和动机了。

忽然有人来敲门……

她的心颤抖了下。"请等一下,来了!"她打开门,面前是个女人,二十岁上下,上身穿一件花布棉袄,头上围着一条大红色羊毛围巾,一双黑溜溜的大眼睛闪闪地望着她。

"你是林雪梅同志吗?"她微笑地问。

"是我,有什么事吗?"

那女子取下头上围巾,大大方方地伸出手来,说:"我叫胡慧慧,是迪化师院的老师。"林雪梅听清楚了,心想,师院老师和我有什么关系?但还是忙把手伸出去,握住她的手说:"请进来吧!"

胡慧慧走进屋里,扫一眼说:"宿舍收拾得挺干净!"

林雪梅瞪大眼睛望着她,还没明白她来干什么?胡慧慧回头看,在她脸上自然流露出来的不是喜欢,而是惊愕,便不好意思地说:"我男人也是八一七团的,叫刘少贤。"

"哦,"林雪梅整明白胡慧慧来找她的原因,脸就变得柔和了,说:"你坐!你男人在团里是干什么的?"胡慧慧在铺上坐了下来,不紧不慢地回答:"是营长。我听说你过几天要去团里,想着今天过大年,过来看看你!"

"我有什么好看的,你是不是想给刘营长带些什么东西?"

"那倒是没有,就是看你有什么需要帮忙的。"她微笑着回答。

"看你说的,我有什么可帮助的,一个铺盖卷往背上一扛,这个家就全带走了!"

她知道林雪梅说的都是实话,说道:"我看也是。你们当兵的都是这样,走到哪,哪里就是家。你们家史政委我也见过,年轻威武。我想他夫人也一定漂亮,就特别想过来看看,一见到你果真如此。"

"看你说的!对了,你在迪化城工作,怎么会到这里来了?"林雪梅说着,给她倒了杯热茶。

“我父母家住在这里，过年了回家看看。今年春节少贤他们要在戈壁滩上过。”她说到这，就觉得不愉快了。此时，有种伤感的神情流露在她柔美的外表上。

“想刘营长了？”林雪梅问。

“咋能不想？新婚不久他就走了。本来想新疆和平解放了，解放军来了，他就可以回家。没想到队伍都开到戈壁荒滩上去了，也不知道他们什么时候才能回家！”她说着，眼睛里突然充满泪水。

林雪梅望着她，本来想安慰她几句，可是胡慧慧强烈的感情传染了自己。“过年了，我这也没有什么好东西招待你，喝杯热茶吧！”

“谢谢！”她喝一口茶，继续说：“你今年多大了？”

“快满二十三岁了。”

“我二十二岁，农历十月的。”胡慧慧说着，手在围巾上搓来搓去，神情完全像个孩子。她的容貌让人看起来比她的年龄要小。

“我比你大些，农历五月的。”

胡慧慧惊喜地说：“这么说我们是同年，我还得叫声姐呢！”其实，她早已经打量过对方相貌，要不是林雪梅穿一身军服，没有别的地方可以区别她俩，也许人们还以为她们是姐妹呢。

“叫什么都行，我这个人倒不在乎这些。”

“还是叫你姐，这样亲切。”胡慧慧说，欢喜的光辉在她眼睛里闪耀。此时的林雪梅完全忘记了同学们，也忘记了聂子龙。

“雪梅姐，你是不是在等什么人？”

林雪梅听到她问这话脸红了。她自己都觉得奇怪，为什么会把聂子龙的事给忘了呢？刚才她还在悔恨，现在一点儿也不觉得了。“也不是，我的几个学生刚分配到这里，不知道今天他们来不来？”

“这么晚了我看是不会来了。你一个人待在屋里挺没意思，不如到我家去坐坐。”

“不去了，挺麻烦的。”

“有什么麻烦，不就是走几步路的事。再说了，队伍上伙食也不好，不如去我家给你改善伙食。”

“这样我就更不能去了，队伍上有纪律。”

“我都知道，咱们现在是姐妹，回家吃顿饭还犯纪律呀！”胡慧慧挽起她的胳臂,拉她出门了。

林雪梅来到胡慧慧家，一座小院子跟内地农家里的院落没有什么区别,进到屋子里立刻感受到过年的气氛。满屋子油炸味儿扑鼻而来。胡慧慧一进屋就朝屋里的母亲喊:“妈,你看我带谁来了?”

胡慧慧的母亲已经从屋子里的窗户看见女儿和林雪梅进了院子。从炕上下来,满面热情地说:“是解放军同志,快炕上坐!”

“大妈好!”林雪梅礼貌地问候一声。

大妈脸上微笑着,“我说慧慧一大早起来就不见了,原来是到你那里去了。”林雪梅微笑着点下头,听大妈继续唠叨:“姑娘这么年轻就出来当兵?”

胡慧慧一听,赶紧截住母亲话,说:“妈,你说什么呢?雪梅姐男人就是我给你说过的,少贤他们团新来的政委——史同志!”

“哦?史同志夫人,长得真好看!”大妈赞美一句。

林雪梅不好意思地笑了。胡慧慧端一碗茶过来说:“雪梅姐,这是三炮台,你尝尝。”她把茶碗放在炕桌上,然后,爬到炕上在林雪梅身边坐下来。

“姑娘结婚几年了?”大妈盘着腿坐在炕中间问。

“去年七月份结的婚。”

“跟我们慧慧一样,也是结婚不到一年。你和史同志经常在一起吗?”

“不经常在一起。”

“我说你们这些女孩子,也不知是怎么想的,找当兵的有什么好?炕头还没有捂热,男人一走就没了音讯。”大妈醉心于自己说话的习惯,忘记了林雪梅也是一名军人。

“妈,看你说的,雪梅姐也是一名军人。”胡慧慧打断母亲的话,提醒她。

林雪梅神情自若,微笑说:“没什么,军人就是四海为家。既然我们选择做军人的妻子,就有了这方面思想准备。”

“你看,人家林姑娘多会说话,一张小嘴甜甜的。你呀,今后跟林姑娘学着点。你去把馓子、油果子端上来,让林姑娘尝尝。”大妈会说话的嘴和一双热情的眼睛,相貌和神情都像是富裕人家特有的。

“我高兴得把什么都给忘了,”胡慧慧快乐地说,便从炕上溜了下去。

林雪梅赶紧说:“大妈不用麻烦,我坐一会儿就走。”

大妈装成不高兴的样子,说:“谁说的?过年的东西都是准备好的。林姑娘,你是第一次在新疆过年吧?”

“是的。”林雪梅回答。

“你就尝尝我们这里过年的东西,和口内过年有什么不一样。”

这时,胡慧慧把油果子、馓子、麻花统统端上来,说:“雪梅姐,你尝尝!”林雪梅在和胡慧慧以及她母亲闲聊之后,感到一种轻松和舒畅。“雪梅姐,给我们说说解放军里的事吧。”有了说话资料,林雪梅只凭自己回忆就扯开了。胡慧慧胳膊肘在炕桌上撑着,带着激动的神色倾听。两个小时不知不觉就过去了,她所讲的故事符合了全家人的所有兴趣。这时,大妈笑着说:“林姑娘,你们聊,我给你们做饭去,想吃点什么?”

“妈,我和雪梅姐说好吃羊肉饺子。”她就像被娇惯的孩子。

“好!我这就和面去。”大妈早已习惯了女儿这种声调。

“大妈,不用这么麻烦。”林雪梅说。

“姑娘,你就不用管了,饺子馅是现成的,和个面就行。”大妈说着,起身下炕。

瞬间,林雪梅想起自己母亲,热泪盈眶了。

吃完年夜饺子,林雪梅从胡慧慧家里出来,夜已经降临,冷风一股一股儿地迎面扑来,那风儿带着冰冷的刺,扎进人的脸上,但她心里洋溢着温暖、幸福。

她来到招待所,在狭窄的走廊里便停住了脚步。她心里重温起刚才的决定,虽然她记不起她自己所想好的话,但是她本能地觉出了那片刻间的紧张,她为此感到恐慌,也感到幸福。静立几秒钟之后,她走向一间宿舍。

正在敲门那一刻,姜玉玲回来了。“林队长!”她轻声呼唤,就被一种惊讶、喜悦的感情所袭击。徐艳秋听到门外有人说话,立刻打开房门,彭雅莹、邱玉洁看见林雪梅立刻围上来,把她拥进宿舍。

“林队长,你今天去哪里了?子龙带着我们去看你,你不在宿舍,”彭雅莹说,压制不住的欢喜和生气闪耀在脸上。

“你们什么时间去的?”

“上午开了个会,快到中午了吧?”彭雅莹说。

“哦,那时我也刚出门,有个朋友叫我去她家。同学们都还好吧?”

“都好,都好。”她们抢着回答,姜玉玲趁这个机会跑出去叫聂子龙他们。邱玉洁端来一杯热水递给她,说:"林队长,您喝水。"

彭雅莹坐在林雪梅身边,继续问:"林队长,听说史政委在八一七团?"

"是啊。"

"雪梅姐,我们也都分到八一七团去了。"彭雅莹说,激动得脸都泛红了。

"是吗,还有谁?"林雪梅故作惊讶地问。

"除了我们几个,还有聂子龙、李宝林。"彭雅莹回答。

"你们都分到八一七团?"

姜玉玲走进来说:"也不是,张寒冰分在师宣教科。刚才我们还在说本来是聂子龙分在师里,不知怎么搞的就和张寒冰对调了?我们还说是张寒冰捣了鬼。"林雪梅听了这话,苦恼过的那种紧张状态又恢复了。

"你……你们是怎么知道的呀?"林雪梅问,她好像在抑制自己,不露出那种慌张的神色。但那种神色却自然而然地从她的表情里流露出来,别人不易发觉,聂子龙却感觉到了。他立刻联想到自己去找过她。

徐艳秋说:"是宝林看见了学员分配名单,把聂子龙的名字从师宣教科划掉,换成了张寒冰。"张寒冰涨红了脸,委屈地说:"这件事跟我有什么关系。这里我一个人都不认识,我能捣什么鬼?"

李宝林不愿意了,急忙说:"怎么就我一个人看见了?姜玉玲不是也看见了吗,好多同学都看到了,你们怎么就说我一个人呢?"

"工作调整是很正常的事,我也时常碰到这种情况——子龙你说是吧?"林雪梅说这话的时候,已经感到这并不是自己心里的话,脸红了。"我倒是没觉得什么,去哪里工作都一样。只是她们在说。"聂子龙说,她的话里那种玄妙思想他完全领会了。

林雪梅听了这句话,稍稍安心。

姜玉玲听到这句话不愿意了,心想:好心没有得到好报,抱怨起来,说:"怎么是我们说呢,早上干部处宣布名单,当你知道了这件事气得都不愿意带我们去看雪梅姐了。"她把老底揭穿了。

"好了,不要为这事争吵了。你们准备什么时候走?"林雪梅转移了话题。"过了年就走。"彭莹莹说,接着又问:"雪梅姐,你能和我们一起走吗?"聂子龙默默地听她们说话,彭雅莹这句话正符合了他的心愿,嘴角上挂着一丝察觉不出的微笑,心想:"多好的事啊,省得自己动嘴皮子问了。"

“当然,能和你们一起走最好。不过,我还得回去向领导请示,争取和你们一道走。”林雪梅回答。

史兆明从打芦苇工地回来,抬眼望去,号子声、吆喝声以及铁器碰撞声交合在一起,响彻整个营区。战士们把积雪推开几米的地方,在打扫干净的冻土地上排列整齐十几个长方形大坑。

这里是一片繁忙劳动场面。大坑里,有几个战士打木桩,一根一根往下打。还有战士把编织好的芦苇运到大坑旁,等着给大坑上顶子了。

战士们见政委走来,热切期盼着说:“政委,等会儿我们这里就要给地窝子上顶了,你能来给我们大梁系上红绳子吗?”史兆明愉快地答应,说:“我会过来的!记住了,把地窝子盖结实了。”他继续朝前走。他在这些战士中间看见了一张熟悉的面孔,原来是保卫股长吕学农。他差点儿认不出他了。黑黑的脸上尽是尘垢,那紧皱的眉宇显露出疲惫的神态。

“老吕,早就听说你要来,什么时间到的?”

“我刚到就听说你带着队伍打芦苇去了。参谋长安排我在这里挖大坑,都挖了好几天了。怎么样,起义部队还听话吧?”吕学农边说边昂起头。

“老吕,怎么说话呢?”史兆明将身子凑近他说。吕学农以为他过来要拥抱自己,然而史兆明却拍了拍他的肩膀,严肃地说道。“我们来起义部队工作可不是让他们听什么人的话,而是听党的话。你也看到了,我们战士的态度已经发生深刻变化。刚开始的那种惶惶之态、歇斯底里之状如今已经看不到了,目前的表现可不含糊啊!”

“我们?”吕学农说着哈哈笑起来,那笑声里就像含着一把刀子。“政委,不要下结论太早,人的思想改造是一个漫长的过程,何况这是一支军队。”

“因为你对这支队伍不了解,所以你会说出这种话来。以后你就会知道的!”史兆明开口把他的话给挡住了,“王副团长刚从军里开会回来,我得赶紧过去。抽时间咱们好好聊!”

“你去吧!”吕学农说,眼中充满了失望的神色。

史兆明向吕学农告辞,掉转身子穿过战士们挖好的大坑,来到王锡东所住帐篷跟前。他把手里的坎土曼放在门外,便掀起帘子走进来,撞见于翔龙。他们俩坐在一起正谈些什么。看见史兆明进来,顿住不语。

王锡东站起身来说:“政委?”

“王副团长回来了,你这一走就是十来天。军里的生产动员会开得怎么样?”史兆明立刻接口说,并上前同他握手。

“会议一结束,我就赶回来了。”

“说说会议精神吧!”史兆明说,然后找个木箱当凳子坐下。王锡东拿起桌上一堆资料,递给他说:“你先看看这些文件,都是这次会议主要内容。”

史兆明接过文件说:“参谋长,家里工作搞得也是有声有色。”

“那还用说,”于翔龙应和一声,眼睛里却掩饰不住欢喜。隔了会,王锡东和于翔龙低声交谈起来。“参谋长,我走了就这么几天,没想到团里变化这么大!”于翔龙乐意接受这样的赞扬,冲着他微微一笑,说:“没想到战士们的劳动热情这么高涨,用不了几天我们都可以搬进暖和的地窝子里去了。”

“人都往地上住,我们却要往地下钻,这是多么大的变化啊!那些怀疑我们不能在戈壁荒原生存下去的人,一定会懊丧起来。”

史兆明抬起头,插一句:“这也是没办法的事。将来我们还是要从地下搬到地面上来。正如战士们用来给自己鼓气的话:有我们就有军营,就有田园——这就叫士气!”

于翔龙说:“是的,我们现在值得自豪的就是只剩下士气。政委,下一步生产计划该怎么安排,我们要尽快开会研究,拿出个办法来。”史兆明放下手里文件,愣愣地望着他,总觉得参谋长这句话有些问题。什么问题呢,原来少了“革命信念”。沉思片刻,觉得没有必要去计较,便问道:“王副团长,你有什么想法?”

“这次会议张政委作了发言,各团热情都很高——有的团在会上表态,提出每个战士开荒三十亩。”

“哦?是这样。”史兆明又陷入沉思。

“这方面我没有什么经验,想听听政委的意见?”王锡东接着说。

“开荒多少并不重要,关键是我们开出来的每一亩荒地都要种出粮食来。王副团长、参谋长,我们召开一个生产会议,征求各级指挥员们的意见。我们应当制订出一个合理的生产计划,也是战士们通过努力能够实现的一个计划。”

“我同意政委意见。目标订得太高容易挫伤指战员们积极性，低了也不行。所以我们制定出一个通过战士们的努力能够实现的目标，这句话是有道理的。”于翔龙开诚布公发表自己的意见。

“我们团的计划也不能定得太保守，否则就显得我们落后了！”王锡东补充道。

史兆明接着说：“所以要合理。开荒任务既不能定得太多，也不能定得太少，制定一个没有办法完成的开荒任务是没有什么意义的。少了，又调动不起指战员们的积极性。”

于翔龙说：“我知道了，就按政委说的先制订出个大概计划，让大家讨论。”

“好！就这样吧。参谋长先搞出个方案来，再征求各级指挥员们的意见。另外，别忘了，通知柳原赵主任、刘营长来参加会议。”史兆明说。忽然，他发现王锡东铺底下放着两张皮子，眼睛都睁大了，问道：“这是什么？”王锡东早忘了这两张皮子的事，于是笑着说：“两张狗皮，没来得及梳，生虫了。”

“这可是好东西啊！你怎么把它扔在地上呢？”史兆明说，他真是舍不得放下那两张狗皮，从床底下扯出来。

“政委，皮子生虫也就没什么用处了。”王锡东直截了当地说。

“这么好的东西都给糟蹋了。”史兆明边说边拍打皮面上的尘灰。

“政委，你要有用就拿去，别在这里拍打。”王锡东赶紧用毛巾捂着鼻子说。史兆明不好意思，笑起来，说：“你看，我都忘了在哪里了，你真的不要了？”

“不要了……不要了，你拿去吧！”

“那好，我就不客气了！”史兆明二话不说，提着两张狗皮朝帐篷外走去，随后，听见史兆明在帐篷外大声喊：“警卫员，过来把两张皮子在雪地上给我摔打干净，给老班长送过去，告诉老班长，当褥子垫在铺下面防寒、防潮。”

王锡东、于翔龙忽然明白了。

三十六

纷纷扬扬的雪花飘了好几天,阴霾的天气今天突然放晴了。这样一个早晨,林雪梅和同学们踏上去八一七团的路。无垠的大戈壁到处是一片白雪,路就像条白脊背的巨蛇,伸向望不到头的地平线。

聂子龙和林雪梅坐同一辆马车，在澄澈而摇晃的光辉中不停行驶了好一阵,虽然没有凛冽的风,空气也像针一样刺痛他们的面颊。

“老同志,这里离团部还有多远?”聂子龙问。

“不远了,马上就到。”老兵摸着冻僵的嘴皮,艰难地回答。

“真的是不远了吗?”同学们脸上勉强现出一丝笑容,可是抬眼望去,白茫茫一片,望不到兵营的影子,同学们心中充满热情,充满希望。聂子龙的思绪还沉浸在昨晚的愉悦中,他回忆起昨晚的情景。

走廊里传来凌乱的脚步声,宿舍门被打开,带队指导员走进来,说:“同学们,快起来了,等会张政委要来看同学们。”学员们一听,赶紧从被窝里爬出来,没来得及穿好衣服、整理好床铺,走廊里传来一阵脚步声。

学生们立刻激动起来，期盼的目光朝着门外——张政委在刘冰处长等人陪同卜走了进来。忽然,一种不敢接近首长的敬畏之情油然而廾,学员们敛声屏息紧张起来。

“同学们,打扰你们休息了!”张政委说。他那慈祥和蔼的面容、洪亮而亲切的话语,瞬间汇成暖流涌入学生们的心里。

聂子龙清楚地看见了张政委,一身朴素军装,和蔼朴实的笑容,高大伟岸的身材。指导员给张政委搬把椅子,请他坐下。他没有坐,而是用手抓住椅了的靠背,站着与学生们交谈起来。

“同学们,听说你们是走到新疆来的,一路上辛苦了!”

“不辛苦,首长辛苦!”学生们七嘴八舌。

刘冰在一旁说:“同学们，张政委刚参加完军里的生产会议就赶过来看你们,到现在还没有顾上吃一口热饭。明天一早,张政委还要去下面检查工作。”

学生们脸上露出感动之情。

张政委抬起手，制止住刘冰的话。然后问站在身边的聂子龙，“你叫什么名字？”

“聂子龙。”他用颤音回答。他确实是个初见世面的楞儿，忽然紧张起来。

“聂子龙，好名字。今年多大了？”

“十七。”他这次回答有一股力量。

政委点了点头，深情地说：“我想在这里的每一位同学都和聂子龙同学差不多大。在你们这样的年龄，我和你们一样也是个热血青年。当时，祖国正处在危难时刻，日本帝国主义侵占我东北三省，保卫华北、保卫全中国的抗日呼声日益高涨。我们放下手中课本、走出课堂，投入到抗日战场……今天，中国革命战争已经取得决定性胜利，建设强大祖国和保卫边疆的重任落在我们肩上。你们是有知识、有文化的青年，屯垦戍边的事业需要你们，边疆各族人民需要你们。你们的到来使我们九军有了新的血液，使我们军队焕发出年轻蓬勃的朝气。我代表九军全体指战员，欢迎同学们来九军工作！”

学生们热情洋溢地鼓起掌来。

一声鞭响，聂子龙从梦幻中惊醒，眼前依旧是那匹辕马的大脑袋，昂首挺胸打的响鼻声和挂在脖子上铃铛的响亮的回声生气勃勃地打破了大戈壁的阴郁气氛。

“团部到了，这里就是团部。”车夫快活地说。

“团部？”同学们举目四望，眼前是一堵土围墙圈成的一座大房子，房子几米外立着十几顶帐篷。帐篷四周平坦的雪地上隆起一个又一个雪丘，仿佛就是个大蘑菇——这哪里像是个团部？简直和大戈壁没有什么两样。

彭雅莹、邱玉洁她们要不是亲眼所见不远处高高的瞭望台上面的站岗哨兵把上了刺刀的枪抱在怀里，钢盔放在一旁，简直想象不到这里会是一座大兵营。“这儿就是团部？”她们的心顿时像压了一块冰冷的大石头。

“下车吧。”林雪梅喊道。

彭雅莹、邱玉洁她们坐在车上，看到眼前景象，简直没有勇气下车了。这荒凉得令人触目惊心的场景是她们过去所不可想象的。聂子龙虽然下车了，但他平时那种爱开玩笑和精力充沛的样子几乎也看不见了。

团生产会刚刚结束，指挥员们从土房子里走出来。由于受到种种生活磨难，他们的面部表情显得有些冷漠，还有些严肃。看见女兵，他们立刻围拢过来——严肃的脸开始有了笑容，冷漠的眼睛开始放出光彩。

这时，史兆明、王锡东、赵子健、于翔龙从土房子里走出来。

见到史兆明，林雪梅的眼睛“刷”地亮起来，她放下手里背包向他跑去，情不自禁地把脑袋埋在他的怀中。聂子龙、彭雅莹、邱玉洁他们惊讶地瞪大眼睛，嘴微微张开，这种热情一下驱赶走了心里的寒气。

史兆明不由一怔，疑心是幻觉。当林雪梅用双手搂抱住他的脖子时，他才喜出望外地咧开嘴笑了起来。“早就听说你到了，怎么说来就来啦？”他说，抑制不住心里的喜悦。

林雪梅来不及回答，指挥员们笑了。

“政委，是嫂子吧？”于翔龙在一旁问。

史兆明这才清醒过来，带着调皮的微笑，说：“是！我给你们介绍，”他握紧林雪梅的手，给身旁指挥员一个一个介绍起来：“这是于参谋长、王副团长、赵主任……”

于翔龙伸出手同林雪梅的手握在一起，满怀激情地说：“雪梅同志，早就听说你要来，大伙儿都盼着呢！”林雪梅嘴里不停地说：“谢谢……谢谢！”此时，她脑袋里所感受到的全是热情、是笑脸、是欢喜。

史兆明来到彭雅莹身旁，握住她的手说：“欢迎！欢迎！”忽然眼睛一亮，问：“我们好像在哪里见过？”因为她已经有了这方面思想准备，快活地说道：“首长，我们在酒泉……”他想起来了，说：“对！我们是在酒泉见过面，欢迎你来我们团工作。人们常说来得早不如来得巧，我们这里刚刚盖起了新房你们就到了，这就叫有朋自远方来，不亦乐乎！”

这时，赵子健握住聂子龙的手，两人目光相遇，愣住了。

聂子龙先认出赵子健，急切地说：“赵教导员，你不认得我啦？”

“你是？”

“聂子龙——”刹那间的惊喜，赵子健突然伸出双手把聂子龙紧紧拥抱在怀中。聂子龙激动地问：“赵教导员，你怎么会在这里？”

“解放兰州后，我们队伍就进疆了。你姑妈、姑父还好吧？”

“还好。”

赵子健热情地望着他，此时，心与心之间的距离是最近的。

王锡东站在一旁好奇地望着赵子健，又看了看聂子龙，问道：“赵主任，你们这是？”赵子健主动介绍，说：“王团长，我们部队过洮县时就住在他姑妈家。当时，他还是个学生，现在已经成为一名解放军战士了。真没想到我们会在这里见面！”

王锡东马上明白过来，握住聂子龙的手，感叹道：“是啊！这么大老远地遇到一起，真是件不容易的事。小伙子，这就是缘分啊！”

于翔龙握住邱玉洁的手时，客气地说道：“欢迎，欢迎同志们来我们团工作！”接着去握姜玉玲的手，就像赶着完成任务似的。

邱玉洁一双眼睛直直地望着他，心突突地直跳。来不及惊讶，来不及欢喜，忽然说：“于大哥，你不认得我啦？”于翔龙猛然回头，望着她，迎面只见一双熟悉的黑眼睛，使他大吃一惊，因为他知道她是谁了。

“邱小姐，怎么……怎么会是你……你怎么到新疆来了？”

“兰州解放后，我参加了解放军，跟着部队一起来到新疆。”她说着，脸上除了激动，还显得有些得意。

“没想到啊！真是没想到会在这里遇见你！”于翔龙感叹道，同学和指挥员们已经把他俩团团围住了。

“没想到”这个引子，可以引出多少话来，可以唤起多少回忆。

邱玉洁涨红了脸，她只要知道于翔龙还记得自己，已经心满意足。

“今天是怎么了？怎么会有这么多的巧事？”王锡东想。不过他对参谋长认识这位美女流露出莫大的兴趣，问：“参谋长，你们是怎么认识的？”

于翔龙见团长问他话，赶紧说：“邱同志的舅舅是我兰州的一个老上级。没想到两年没见就长成大姑娘了，她要不说，我还真不敢认她呢！”

“好啊，老上级好！今天有这么多巧合的事，是个好兆头啊！”王锡东说，同时把自己的手伸出去握住她的手，接着说：“欢迎！欢迎你加入到我们团。”

这种情绪传染给在场指挥员们，使他们快乐地笑了起来。指挥员们一起围过来同女学生们握手。

林雪梅把学生名单交给赵子健，说：“赵主任，这是分到我们团的学生名单。师干部科让我带给你。”赵子健接过名单看了眼，对学生们说：“你们先到会议室里休息，等会有人来带你们去宿舍，晚上团领导请同志们吃饭,代表我们八一七团全体指战员欢迎同志们的到来!”

这种热情温暖了学生们的心,但很快就湮灭了。

不一会儿,陆军来把女同学带到宿舍。她们跟着陆军钻进一个地窖似的房间,阴暗的、潮湿的热浪扑面而来。她们瞪大了眼睛,过了会儿才与地窝里面的光线相适应。随后,目光便落到几张铺上——几根木桩扎进地下支撑上面的铺,铺面是用红柳编织而成。

彭雅莹心想:“难道这就是政委说的新房子吗?”徐艳秋摸了摸红柳耙,手所到之处都觉得硌得慌,被褥铺在上面显得太单薄了。“玉玲,这床能睡吗?”她说着,眼泪夺眶而出。

聂子龙、李宝林没有女同学那么幸运……

他俩跟着吕学农钻进一个地窝子,眼前是一排大炕,上面铺满了被褥。只有最里面的角落里还有块空地。他和李宝林还是把这个角落打扫干净,铺好被褥,心想:总算有个落脚的地方。他们很快整理好自己的东西,便跑去参观女同学宿舍。

一阵脚步声,聂子龙、李宝林身影从门洞里显现出来。

“子龙,你们收拾好了?”彭雅莹问。

“收拾好了。”

“你们住的地方怎样?”

“没办法和你们相比,一条大炕睡十几个人,我和宝林都没有可挑的地方,只留下 个角落,那就是我和宝林今后的家。”聂子龙开玩笑说。

李宝林一进门,觉得这里宽敞了许多,她们可以随意安排自己睡觉的地方,这已经让他羡慕不已。“还是你们这里条件好,等会我把手风琴存在你们这里。”

“这里条件好?”姜玉玲吃惊地说。

“我们总不能去哭吧?要是哭,团里能给我和宝林分这么个大房子,我现在就到外面去大哭一场——求求你们吧,给我们分一间大房子。”聂子龙装模作样地抹起了眼泪。

彭雅莹、姜玉玲笑了起来,低声细气地一笑,可是笑的模样比哭难看。邱玉洁原本想笑的,可是忍住了,说:“子龙,别演戏了。这么说我们住的条件比你们要好多了?”她极力作出一副平静的样子。

“那当然了。”聂子龙回答。

尽管徐艳秋一副心不在焉的样子，耳朵却总是不由自主地竖起来听。姜玉玲忽然发现，屋子里的好位子已经被徐艳秋霸占去了。她一跃而起，抢占床铺去了。

彭雅莹、邱玉洁也开始忙活起来。

林雪梅跟着警卫员来到史兆明住的地窝子，在被炉火烤热的炕上刚坐下，警卫员立刻跳到炕上去把她的背包放在炕上，然后卷起旁边的铺盖。

“你这是干什么？”她问。

“这是我的铺盖。这地方本来是给团首长住的。可是王副团长和于参谋长不愿意搬进来，所以我和政委在这里住——你来了，我就该走了。”

“你去哪里住？”

“随便找个地方挤一挤。大姐，炉子我生好了，水也打好了。你洗把脸休息一会，晚上欢迎会我过来叫你。”警卫员说完，抱起铺盖卷乐呵呵地走了。

林雪梅呆了好一会，然后朝阴暗的屋子张望，看到炕铺占去大半个屋子。炕上除了铺盖卷和一张旧炕桌外，一无所有。她心里面想：“这就是今后自己的家。这个家，简陋得不能再简陋了。”

她的手摸着炕沿，脸上便露出焦虑的神色。炉中的火在热烈跳动，一壶水冒出了蒸气。

欢迎会后，史兆明回到会议室，点燃桌子上的马灯。不一会，于翔龙、王锡东、赵子健都来了。他们对一天工作情况要在这里碰下头。

史兆明手里握着一支红蓝铅笔，说：“团生产会议明天就结束了，各营、连指挥员都要回去。一营离团部远，赵主任，你们营里的生产计划回去后要尽快落实，报到团里来。离开荒不到两个月时间了。”

“我知道，回去后我们尽快做计划，绝不拖团里后腿。”赵子健回答。

王锡东插话道：“柳原那边条件要好些，发展空间也大，做计划的时候可以把眼光放远一点。”

史兆明接着说：“王副团长说得对，是要把眼光放长远一点。我们肩负着屯垦戍边的使命，要把一望无际的戈壁荒原开垦出来，造福人类，为改造荒漠开辟一条道路。所以要把基础工作做扎实。”

"请政委放心,我们回去就按团里计划把布点工作做好,为今后发展打好基础。"赵子健满怀信心地说。

"还有一件事,我们研究一下新来同志们分配问题。现在请你们发表意见!"史兆明说。

"师里要求这批学生兵分到各连当文化教员,但我认为女同志分配在团机关工作比较合适,因为她们去连队工作不大方便。男同志都可以去连队锻炼。"赵子健说。

史兆明觉得有道理,问:"王副团长、参谋长,你们意见呢?"

于翔龙听了赵子健的话,心里很高兴,因为这也正是他要说的。"我同意赵主任意见。女同志到连队去是不大方便。吃饭、住的、上茅房都不方便。还有安全问题,你们刚才没看见,那些营、连长见了女同志,那眼神——简直跟狼见到了羊一样。"

史兆明、王锡东听了哈哈笑了起来。

"就这么定了,女同志在机关,男同志尽快下到各连队去。"史兆明果断地说。

"政委,我有一个要求,我们营缺个文教,把聂子龙分给我们营吧!"赵子健匆匆说。王锡东不由咧开嘴笑,好像早知道他要说这句话似的。他认为只要有助于工作,有助于感情,又使赵主任满意,这点小事不算什么。"我同意,赵主任的小房东嘛,可以照顾。"

赵子健突然脸红。他襟怀坦白地说:"这倒不是个人关系。我觉得聂子龙同志是个团员,再说我对他比较了解,工作配合起来比较方便。柳原那边也需要这样的同志。"

"赵主任说得有道理。我知道聂子龙去了对你的工作会有所帮助,就分配给你了。这些学生是我们屯垦事业未来的希望。让他们下去锻炼,使他们尽早成为一名优秀的、能独当一面的领导者。"史兆明说。

于翔龙看了下表,说:"政委,时间不早了,你也该早些回去,嫂子在家会等急的!"史兆明没想到,参谋长这句话好像很有些生活经验。说得也是他心里话,只是碍于情面,自己不好说而已。

"好吧!我先回去,你们也早点休息。"

于翔龙开玩笑说:"我们早点晚点不要紧,你还是要早点回去,夫人等急了可是要挨罚的。"

赵子健、王锡东笑起来。

“你们别笑,这事没什么好笑的。看来你们得抓紧时间找了。”他说着,“咔哒”一声门开了,一阵寒风冲进会议室里,吹得桌面上的纸张乱扑乱翻。史兆明披上大衣大步走出去,回家逞“王”去了。

早上醒来时,聂子龙一时想不起自己是在什么地方。他看见大炕上整整齐齐的被褥,这才知道战士们已经起床劳动去了。他简直不相信自己睡在地窝子里竟会睡得如此之沉。这时,他坐起来眨巴了一阵眼睛,视线便落在李宝林身上,他一动不动地躺在炕上酣睡。

“宝林起床了。”他叫一声。

李宝林睁开眼,滴溜溜转动两颗眼珠子向上张望。“几点了,是不是开饭了?”他说着坐起来,准备起床时才发现衣裤冰得不能往身上套。原来地窝子里的炉火早已经熄灭了。“子龙,你的衣服怎么穿到身上去的?”

“少废话!赶紧起来,要不等会食堂没饭吃了。”

李宝林知道这话白说了,赶紧起床,嘴里嘟嘟囔囔:“真不够朋友,要不你先去把饭打好,我等会过去。”

“好吧,我先走了,你快点起来。”

聂子龙来到食堂,就见女同学们已经围坐在火炉旁吃早饭。“子龙,你怎么现在才来?窝头我们给你们打上了,你自己打碗玉米糊去。”彭雅莹说,他这才瞧见炉盘上烤着几个玉米窝头。于是便去打玉米糊,并且说:“姜玉玲,过来帮个忙,这是李宝林的碗。”

“这个李宝林,是不是还在睡懒觉?”姜玉玲站起身,唠叨说。聂子龙不以为然,反正把李宝林的碗交给了她,他打上玉米糊,喝一口,玉米糊咸得厉害。走过来说:“玉米糊怎么这么咸呀?”

“不是没有咸菜嘛,一碗玉米糊,又当粥又当咸菜多好啊。”彭雅莹开玩笑说。

“子龙,你们昨晚睡得好吧?”邱玉洁问。她从炉盘上拿起一个烤得焦黄的玉米窝头递到聂子龙手里。他接过玉米窝头啃上一口,说:“睡得可香了。你们想想看,十几个人的大铺,睡起来会有多么香——晚上有吹口哨的、有打呼噜的、有放屁的、有磨牙的、有说梦话的,简直就是交响乐,你们说好不好?”

女同学哈哈大笑，把玉米糊从嘴里喷了出来。彭雅莹笑得直不起腰来。好不容易忍住笑，说："子龙，你咋说得那么恶心。"李宝林走进来，一边用手擦镜片上的雾汽，一边不紧不慢地说："这有什么恶心的，都是些事实啊……"他说话时的那副神情逗得女同学又是一阵轰然大笑。

聂子龙并不觉得好笑，问："你们睡得怎么样？"

"也不怎么样。早晨起来，觉得柳耙硌得浑身疼，"姜玉玲说着，给李宝林让出个位置来。

"看样子人还是胖一点好，身上的肉现在可以当褥子使。"聂子龙开玩笑说。他微微晃下脑袋，满目得意。姜玉玲正想驳斥他，徐艳秋说话了："谁说的，你以为肉长得多身子就硌得不疼了？

"总比身上没长肉得要好。搓板对搓板的，你们说是什么感觉。"聂子龙说。他脸上带着一副嘲弄的神情。

彭雅莹说："我看不一定。有人身上没长肉，比我们这些身上长了肉的睡得还香。再说了，这也不算什么，晚上最难熬的就是起夜。"

"什么起夜？"聂子龙不解地问。

邱玉洁、徐艳秋见聂子龙呆头呆脑的样子，抿着嘴笑。彭雅莹神色严肃，眼睛却在快活转动，继续说："听不懂就算了，有些事没必要整得那么明白。"聂子龙对自己的无知感到脸红，他就恨人家用些他听不懂的词。

"你说得对，什么都整得太明白也不是一件什么好事。对了，起夜是怎么回事？"他又重问一遍。

女同学们哈哈大笑。

聂子龙也仰起脖子跟着笑起来，并且笑声响亮。

林雪梅端着饭走过来，看见学生们这么热闹，问道："什么事这么高兴呀？"彭雅莹忍住笑说："雪梅姐，也没什么，就是昨晚睡觉惹出来的一堆笑话。"

"睡觉能有什么笑话？说给我听听。"林雪梅不解地问。

"真该死！"聂子龙想，扫一眼彭雅莹。他讨厌她脸上的嘲笑，并且见她伏在林雪梅耳朵上小声嘀咕着。他还从没有见过她的一对眼珠子那样幸灾乐祸地转动过——林雪梅听着，好不容易才忍住脸上现出的笑。

忽然，他悟出"起夜"是什么意思了。他的脸立刻就像刚从开水里拔了毛的公鸡，全是红鸡皮疙瘩。心想：解手就是解手，她竟振振有词地说什么

“起夜”——这会儿,他心里那个悔呀!那个恨呀!自己怎么就晕了头呢?

“你们谁叫聂子龙?”

他听到有人叫他名字,脸上还没不及换一副表情,答应道:“我是!”并且一骨碌站起来。“你是聂子龙?”通信兵走过来重复一句,扫一眼他,接着说:“赵主任通知你马上去团部会议室。”

“是!我这就去。”他万万没有想到救兵来了。他一口气把碗里的玉米糊糊灌进肚子里,便打起精神走了。

聂子龙一溜烟来到会议室门口,他的心这会儿平静了。他探头朝会议室里看。赵子健的目光碰巧掠过他的脑袋,热情地说:“子龙,快进来坐。”他见会议室里没其他人,便大着胆子走进来,问:“赵主任,你找我有什么事?”

“子龙啊,我想让你跟我一起去一营工作,有什么意见吗?”

“当然没有,跟着你我会有什么意见。”他说,身上顿时涌过一股暖流。

“这样就好。今天我还有些事,明天一早我们就走。你现在可以回去准备。”

“准备?”聂子龙不解地问:“赵主任,您让我准备什么?”

“我忘给你说清楚了,一营在柳原,离这里有一百来里地。”

他“啊!”了一声,大脑一片空白,说不出什么话来了。

“怎么?不想去?”赵子健问,并以关切的目光注视着他。

“不,不是这样……就是……就是和同学们分开,舍不得。”他说,他脑子里有许多念头拼命在打转。他原先对自己的工作有千百种设想,可是没有一个是这样想的。现在所有的想法统统烟消云散了。

“同学们都要分配工作的,早晚是要分开的,你只不过比他们早走一步。你现在是一名军人,总不能和同学们永远待在一起吧?”

“我知道。赵主任,您去柳原干什么?”

“我兼任一营教导员,当然要去柳原工作。”

聂子龙明白了,并且脑袋似乎瘫痪了,有些不知所措,好心情仿佛被寒风卷去似的。停顿——在停顿中,他瘫痪的脑袋渐渐复活了,而且觉得这件事不能再逃避了,要坚决承担。“好吧!我跟你去柳原。”

听到这句话,赵子健心里挺愉快,并且赞不绝口:“这就对了。我没有看错人，我知道你会和我一起去柳原。你现在回去准备，明天一早我们出发。"他紧紧握住聂子龙的手，像大哥对一个伤心的小弟说话。但是，聂子龙一句都没有听进去。

突然，史兆明气喘吁吁地一头闯进来说："赵主任，听说老班长要跟你们一起去柳原？"赵子健冷不防，定下神说："政委，这事我还没来得及和你说。老班长找过我几次，说是要和我去柳原。"

史兆明说："老班长身体不好，不能去！"

"政委，我做工作了。可是老班长跟我说不通又去找了刘营长。任凭我们苦口婆心、劝告都无济于事，我看老班长这会儿是铁了心。"

史兆明这才注意到旁边站着个年轻人，顿时住口。年轻人那双眼睛正在冒火，脸上显出愠怒表情——如果不仔细分辨，还认为是激情燃烧。

"你叫聂子龙？"

"是，政委。"他回答，并习惯地把手举在帽檐边上敬了个礼。

史兆明脸上露出笑容。他对聂子龙很满意，说道："小伙子，到了柳原跟着赵主任好好干，干出个样子来！"

"好好干！"三个字让聂子龙心头怦然一动。

三十七

天气虽然转晴，阴霾却如影随形地跟着来了……

黎明，太阳还没有升起，微冷的风把雾慢慢地、悄悄地推向前行。雾越来越扩大，仿佛把整个大戈壁笼罩在阴霾里面。赵子健、刘少贤带领一营指挥员准备出发了。一匹匹战马打着响亮的喷鼻，亢奋得不行。

史兆明、王锡东、于翔龙来给一营同志送行。

老兵稳住辕马，帮老班长往马车上搬东西——小猪崽们又一次被搬上了马车，欢喜若狂的小猪们把脑袋从框子里向外伸。这时，史兆明走来，劝老班长说："老班长，您还是留下来吧，不要急着走，您要是考虑好了，还是坚持要去柳原，我会派人把您送过去。"

"我都想好了！"老班长说一声，继续往车上搬东西。老兵听政委这样说，左右为难，不知道该不该帮老班长？其实，已经没什么东西可往大车上搬的了。

聂子龙扛着背包来到马车前，同学们来给他送行。他把背包放在车上。这一刻，他才真切地感觉到自己毫无选择地要和同学们分手了。

“子龙，去柳原……你知道，我们有多难过啊！”彭雅莹说。她还有话说，还有许多话要说。邱玉洁插话进来，“子龙，到了柳原给我们来信……去了……要好好照料自己啊！”她说着，已经眼泪汪汪。

“是了，是了，你们别送了，都回去吧！”聂子龙说，他克制住自己的感情，因为他不愿看见彭雅莹、邱玉洁流眼泪。

“聂子龙——”林雪梅跑来，当她见到聂子龙时，忽然觉得心被压得紧紧，想说点什么却没有说出来。这一声呼唤，把他惊醒了，这时候，他才发现自己几乎把雪梅姐给忘记了。他望着她，心想：“我去柳原，你知道吗？”

“子龙，这是张政委送给我的苏联长篇小说《钢铁是怎样炼成的》。里面讲了一个普通工人的孩子保尔·柯察金怎样成长为钢铁战士。希望你像保尔一样去生活、去工作。到了柳原，听教导员、营长的话。”她说着，把书塞进聂子龙手里。

聂子龙接过书，伸出手把林雪梅的手握住，握得紧紧的。这时，他把想说的话忘了个精光，他的心却浸润在幸福里。他并不是喜欢这本书，而这本书是张政委送给雪梅姐，雪梅姐又送给了他。

“谢谢，雪梅姐！你们放心吧，我会努力工作，成为一个好战士！”他的眼睛里充满了豪迈激情所留下来的那种宁静，也是对另一种悲情的接受。

突然，传来赵子健的声音，“子龙，上车我们走了！”这喊声搅动了所有人的感情。林雪梅、彭雅莹、邱玉洁还有很多话要说，可是已经来不及了！

“我们用拥抱的方式告别吧！”聂子龙伸展开双臂，同彭雅莹、邱玉洁、林雪梅互相拥抱。然后，爬上大车，刚坐稳，车就开始向前移动。

彭雅莹、邱玉洁踉踉跄跄追赶马车，泪眼模糊了，看不清他的脸，并大声喊道：“子龙，别忘了给我们来信……”

送走一营指挥员、送走老班长和聂子龙，史兆明同林雪梅并肩默默走在回去的路上。

史兆明沉默着，因为他看出林雪梅想说些什么，但她犹豫了，没有开口。他已经注意到林雪梅跟老班长匆匆打了声招呼就去送聂子龙，而且跟那些女学生一样，眼泪汪汪。他简直恼火透了，心想："她怎么能那样对待老班长呢？她怎么能和那些学生一样感情用事呢？"这是一个很严肃的问题。

林雪梅从他的眼神里看出对她的不满。她希望他先开口，然后再跟他解释。但事与愿违，他却说了她没想过的问题。"雪梅呀！老班长越走越远了。我看老班长心里有惠莲嫂，你抽时间写封信，问问惠莲嫂，看她愿不愿意来新疆。"

林雪梅点了点头，说："我明白你的意思。还有兰儿呢，她们要来得一起来。兆明，子龙怎么这么快就分配了？"她终于把心里话说出来了。

"一营缺个文教，赵主任要聂子龙去，我就同意了。"他声音稳重而平静。

"是这样啊？"她说着，眉宇一蹙，眼睛里流露出困惑的神情，还有自怨自艾。她暗暗地想："自己把聂子龙要来，又把他送去更远的地方，让她始料未及。这也违背聂子龙来这里的初衷。"想到这些，她就无法安心了。

"怎么了？你有意见吗？"他说，眼睛在探索她心里的秘密。

"没有啊，就是随便问问。"她回答。这时候，她的情绪渐渐平静下来，心想："现在说还管什么用呢，人都已经走了，一切都是改变不了的现实。"

赵子健骑马路过大车时，对坐在车上的老班长、聂子龙大声喊："老班长，子龙我先走了，我在柳原等着你们。"他从大车身边冲过，马蹄踢得积雪飞扬。指挥员都走了，路上只剩他们一辆孤单的马车。

"该让牲口喘口气了。"老兵说。随后马蹄声渐渐缓慢下来，由跑步转为走步。马车颠簸前进，车上的人互相一语不发。老兵扭头来看了老班长一眼，问："老同志，我看你是个当官的，带这些小猪崽干什么去？"

"当什么官的，革命工作都一样。一个人干自己力所能及的事，就对得起党的培养，对得起这身军装，你们说是不是？"老班长说。

聂子龙看了老班长一眼，叹了口气。

"小同志，刚才给你送行的女同志是和你一道来的吧？"老兵问，聂子龙没有心情答理他，不开口。可是老兵并不在乎他的这种态度，继续说："到了我们柳原，要想见个女的可就不那么容易了。"

"什么女的？"聂子龙心想。他嘲笑似的把嘴一撇。

他开口也罢，不开口也罢，马车照样一路前行。有很长一段时间，他们随着大车颠簸,一语不发。

“我说这位小同志,说句话吧！是不是离开你那些战友,心里不好受啊？不要紧的，时间长了就会习惯。现在最好的办法就是开口说话或唱歌。”老兵滔滔不绝说了好多,还用马鞭指指点点。

聂子龙感情被搅动起来,扭过头看老兵一眼,说:“我不知道该说些什么？”

“刚才你的歌唱得就很好听,我也给你们唱一句吧！”其实,老兵早就想唱歌,只是碍于严肃的气氛,不好意思。这会儿,他把长鞭插在大车上,扯起破锣嗓子唱起来:

冰雪遮盖的伏尔加河,

河上跑着三套车……

这是一首伤感的歌曲。不知愁滋味儿的人听了这首哀怨的歌曲,都会洒下同情之泪。不一会,大戈壁起了风。呼啸而来的寒风把层层积雪的戈壁滩吹得像个巨大的羊绒毯子,整个大地都在颤动。

辕马昂起头逆风前行,显得生命力更加旺盛。聂子龙忽然发现,原来自己疏忽了身边许多宝贵的东西。虽然在某个时候,消极、悲情的思想毁灭了自己精神,而在另外某个时候,顽强、勇敢的思想必然以同样方式生产新的精神。

辽阔的荒原,一片低地处冒出一片灌木丛来。高低不平的沙丘长满了红柳、骆驼刺,人若是钻进里面去,除了那望不穿的影子和叫不破的寂静外,恐怖在灌木丛中压迫着人们的思想和精神。

这是下午,聂子龙打好一捆红柳,汗水从他脑门和两颊涔涔直淌,但他却不去擦,抬起头,匆匆张望,四周一片寂静,好像这个世界已经死了。忽然,一阵凉风掠过,几条枯枝摇曳地发出“沙沙”的响声,仿佛这个世界从睡梦中苏醒似的。

“有人吗？”他扯起嗓子喊了起来。

不一会,传来回声:“这里有人——”

聂子龙长长舒了一口气。他知道,在他视力所及范围内,如果看不见人，这种呼唤声便是人与人之间的联络信号。这会儿，他才觉得又累又饿，到现在还没有吃东西。于是，坐在沙地上，打开挎包，从包里掏出半个萝卜和一个发硬的玉米窝头。

他实在太饿了，几乎等不及把萝卜上的泥巴擦去，一口就咬下半个，匆匆啃了起来。一团未经嚼碎的东西刚咽下肚去，他那空了许久的、怒火中烧的胃立刻翻腾起来。

忽然，他觉得天旋地转。

过了好长一段时间，他面朝沙土，四肢无力地趴在地上，又是恶心又是乏力，不能动弹，可是压根儿没有人知道。他趴在地上，疲惫的大脑、飘忽不定的思绪，总是在回顾一些往事、回顾一去不复返的那种生活……

然而，回头路是没有的，他只有面向未来。

最后，当他站起来，望着静默的红柳林，望着荒凉无边的沙丘，他的头高高地昂起。因为他知道自己的生命、青春、热血都将与这片土地融为一体。随后，他背起沉甸甸的红柳捆去与宋指导员汇合。

三连营地闹起事来。

战士们围在食堂门口，愤愤不平。“他妈的，连里说是给我们改善伙食，打来的黄羊肉都他妈的给当官吃，剩下点萝卜汤留给我们！”有战士用恶毒的话咒骂那些当官的。此时，一个战士愤怒地把碗摔在地上说：“不干活的吃肉，干活的喝汤，老子不干了！”

炊事员吓得躲进厨房里去了……

司务长显出不耐烦的样子，把脑袋扭来晃去。手里握着铁勺，敲着锅边骂道：“别他妈不识好歹，有肉汤喝就不错了。你们去别的连看看，连他妈的肉汤都没得喝。”在这当口，他的话立刻引起战士们的愤怒。

“你在说什么？”刘长根怒目瞪眼，指着他鼻子骂道：“你他妈的再敢说一遍……你这狗娘养的，”他向司务长冲了过去。这时过来几个战士劝道：“刘班长，我们不跟他说，咱们找连长去。”

“贱货！”司务长骂一句，把铁勺往锅里一扔，向厨房走去。战士们立刻围过来，眼睛里闪着无法遏制的怒火，挡住他的去路。这种目光使司务长大为恐慌。

“你……你们想干什么，想造反吗？”

刘长根激愤的面孔变成了凶相。他冲上前用左手掐住司务长的喉咙，举起右手朝他脸上捶打两拳。司务长眼冒金星，晕头转向了，他嘴巴里发出嘶哑的喊叫声："你放手——你放手——我要……"

"要干什么？"刘长根说，把他推倒在地。挨了两拳的司务长坐在地上，伸出两根指头，紧张、威胁似的喊道："好个刘长根……你翻天了……你给老子等着。"

"找连长去，找指导员去，"战士们嚷嚷着，向连部涌去。忽然，前行的战士们好像碰到了什么东西似的，停止了脚步，并且发出不安的骚动。

"指导员来了。"

"怎么啦？你们这是干什么去？"杨阳问。

一阵沉默袭来……

司务长立刻从地上爬起来，眼睛里闪出一股无法遏制的怒火。这种怒火已经变成痛楚的泪水吝啬地从眼皮里挤了出来，说："指导员，你评个理。刘长根打人，我这个司务长没法干了！"

杨阳望着眼前的战士们。他们面色通红，神色紧张，骚动的情绪泛滥开来。"对！指导员，你给评个理，为什么当官的吃肉，我们喝汤？"

杨阳摆下手，镇定地说："我知道了，我们过去看看。"

战士们给指导员让出一条道来。杨阳来到大锅前，拿起铁勺在汤锅里搅和几下，打捞上来的除了萝卜块就是些碎骨头——司务长赶紧过来，毕恭毕敬地说道："指导员，您不用在这里吃。"

"为什么？"杨阳严肃地问。

司务长望着指导员，有些不知所措，"这个……这个……"他满嘴都是有话想说，可是没有说出来。

"没关系，有什么就说什么。"杨阳说。在这种坚定的声音下，司务长干瞪眼了，过度被刺激的面色越来越苍白。"马连长交代过，您的饭……在后面……给你留着。"

"端出来吧，让战士们看看，都给我都留了些什么？"

此刻，司务长面部现出急切的、惊惧的、耷拉尾巴的丧家狗才会有的神色，说道："指……指导员，这……这恐怕不好吧？"

"知道不好为什么还要留饭呢？还是端出来吧。"杨阳坚定地说。

炊事班长立刻从厨房端出一盆肉来，途中感受到战士们仇视的目光。

“啊,一个人留这么多肉,能吃得下吗?不怕撑死吗?”战士们哗然了。这些话不但侮辱了指导员的人格,也刺痛了他的心。

“可耻啊!”杨阳心中的愤怒终于爆发出来。

“炊事班给自己留了多少肉?”刘长根大声说。随即爆发出一片嚷叫声:“炊事班给自己留了多少肉?也端出来让我们看看!”

“这?”司务长吓得直往后退。

杨阳说:“司务长,如果炊事班给自己留了肉,也端出来吧!”

炊事班长无奈地回到厨房里端出一盆肉来。战士们望着满满一盆肉,心被刺痛了,也更加愤怒:“太可恶了……狗娘养的……炊事班去死吧,司务长去死吧!”

转瞬间,司务长和炊事班长被愤怒的战士们所包围,他们不由得向厨房退去。战士们疯狂了,扑上抓住他俩,并把他俩推倒在地——两个人瘫倒在地上。

杨阳费好大劲才制止了这场混乱,并且大声说道:“同志们!我们是革命军队——我们绝不是暴徒!司务长和炊事班的同志做错了,我们不能错上加错。”他转身对炊事班的同志们说:“司务长和炊事班的同志首先应关心的是战士们的生活。你们炊事班留给自己留这么多肉,再给每个干部留一些,这样,我们战士还能吃到些什么呢?”

司务长听到这些话,像触了电似的爬起来,说:“指导员,我知道错了……我该死,我该死。”

“同志们,这种违反军队纪律,对这种造成战士之间、官兵之间不平等和仇恨的错误行为,我们决不妥协。但是,这件事也不全怪司务长和炊事班的同志。旧军队的坏习气不是一时就能改变的。我认为司务长和炊事班长已经认识到自己的错误,我们就应该给他们一次改过自新机会,大伙说行不行?”

一阵低沉的议论透过全场,大意是说:“把他们两个人都应该抓起来。”

“我请求大伙耐心听一听。我们共产党人的教育方针是:惩前毖后、治病救人。我希望你们给司务长和炊事班长改过自新的机会。今后要是还发生这种事,我可以向你们保证,我们决不饶恕这种错误行为!”

许多战士发出声音:“对!让他们悔过自新吧。”

黄昏降临时，聂子龙终于走入最后一段路程。再坚持一会，就到营部了。可是一想："明天一早，照例带着干粮去打红柳，每天往返在这条路上……"他对这种艰苦的生活不知是麻木了，还是适应了。他几乎每天都这样，所以他也就什么都不想了。

只见十几个战士摇摇晃晃从他眼前走过去——大概实在是太累了，太困倦了，战士们脸上都毫无表情，所以也没有精力同他打招呼。

太阳落入地平线下，黄昏的暗影吞没了夕阳最后一点亮光。天上越来越暗，四周也越来越静，沉寂的大戈壁总是令人触目惊心。这会儿，聂子龙孤零零地走在路上，劳累、困乏使他的脑袋麻木了，饥饿又在啃食他的空肚子了。

聂子龙可以抑制悲伤、孤单，却无法遏制饥饿。

仿佛走了一个世纪的夜路，聂子龙终于回到营部。他卸下身上负重，两腿站直，挺直了腰板。折磨人的红柳捆不再压弯他的脊梁骨，不再夹痛他的腰。他可以不紧不慢地深呼吸，清凉的气体直达心底和丹田——也许就是卸去负重后的轻松和享受。

去吃饭、去吃饭，决不能再忍饥挨饿。

他去食堂，可是食堂里没有一丝亮光和声息。尽管这里一片漆黑，他对食堂里的情况却了如指掌。他先去大缸前灌满一肚子凉水，然后掀起笼盖寻找吃的……可是，笼里、锅里空荡荡的，什么东西都没有。

"怎么会是这样？"聂子龙想。无法遏制的伤感情绪油然而生。他呆立了几秒钟。"要是和同学们在一起，一定会给我留饭，怎么会让我饿肚子呢？"这会儿，他更加思念和同学们在一起的日子，泪水在眼眶里滚动着。

炊事班长摸黑走进厨房，烟锅里的火星一闪一闪的。当他看见一个黑影立在那儿，便问道："是文教回来了吧，为什么不点灯呢？"

"班长，还有吃的吗？"

"有，教导员让我给你留着饭呢……我都过来看了好几回啦，就是怕你回来找不到。饭在炉台上热着呢。"

听到这句话，聂子龙立刻扑到灶台上，抓起碗里的玉米窝头，一口就咬去了半个，然后，端起饭缸回宿舍去了。

"唉，这孩子怎么饿成这样！"

聂子龙身后传来老班长的一声叹息。

回到宿舍,教导员还没有回来。聂子龙点燃炕桌上煤油灯,然后把碗里剩下的窝头掰成块,放进饭缸里与菜汤搅和起来吃,热乎乎的混合物从他的喉头一直涌入空了许久的胃里,精力重又回到了体内。

门轻轻地一声响,赵子健走了进来,看见聂子龙正在吃饭,关切地问道:“子龙回来了,今天怎么回来这么晚呀?”

“天暖和了,中午积雪都融化了……回来的路好难走呵!一会儿走在冰面上,一会儿陷入泥巴里,两只脚粘着大泥巴蛋——越走越沉。”

“是吗?”赵子健坐在炕上,把煤油灯挑亮点,瞧着聂子龙疲惫的面容,改用轻松的语气说:“吃饱了吗?我这里还有两个洋芋蛋。”

“洋芋蛋?”聂子龙眼睛刷地放亮,忙把缸子里的残渣剩汤灌进肚子里,问道:“教导员,洋芋在哪儿?”

赵子健指了指炉子,“在炉灰里埋着呢。”

聂子龙赶忙跑去,从炉灰里扒拉出两个洋芋蛋,一股焦味儿冒出来。他忙拍去洋芋蛋面上的炉灰,一层皮焦黄焦黄的让人看了眼馋。他把洋芋蛋放在自己嘴边,忽然看见赵子健一双眼睛贪婪地注视着他,忙说:“教导员,你也吃一个?”

赵子健摆了摆手,从衣兜里掏出一叠文件,然后在煤油灯前翻阅起来。

聂子龙把手里的洋芋掰成两半,一半塞进嘴里嚼起来,然后很快咽下去,感叹道:“唉!好长时间没有吃烤洋芋蛋了,看到它就想起我们家里的洋芋,蒸出来沙沙的、甜甜的,可好吃了。”他说着,把另一半烤黄的洋芋皮连同里面的肉一起吞进肚子里去,再咂巴几下嘴皮,连嘴角边的渣末儿也舔进嘴里,一点儿都不糟蹋。

——是啊!十七岁的男孩子不但能吃,而且以前从未像这样劳累过。现在,再有四个洋芋蛋他也能吃得下。

赵子健抬起头,看着他说:“是吗,这和土质有一定关系。子龙,时间不早了,吃完了早点睡。”

说来也怪,洋芋蛋儿一下肚,那种又饿、又困、又累的感觉竟然全没有了,这会儿,脑袋却完全沉浸在回忆里。他清晰地记起母亲的模样,母亲含辛茹苦地照料他们,蒸好多洋芋,让他和弟弟吃饱——当初他对母亲的爱护和劳累、对这些洋芋蛋根本没当一回事,现在统统想起来了……

赵子健瞅他一眼,问:“子龙,怎么还不睡?”

“教导员,当初你们路过我们家乡时,部队有白面馒头吃、有红烧肉吃。可是我们现在的生活怎么会变得如此困难呢?”

赵子健听到这句话,把手里的文件放在一边,沉思一会说:“是啊!目前生活是很困难,因为边疆地区落后,各族人民群众都吃不饱、穿不暖,拿不出什么东西支援我军,我们就得自己动手,自己创造一切。”

他情不自禁地唱起来:

没有吃,没有穿,只有敌人送上前。
没有枪,没有炮,敌人给我们造……

聂子龙惊异地睁大了眼睛,问道:“教导员,听说你们在抗战时期也搞过大生产?”

“是啊!那是在抗日战争第四个年头,日本帝国主义对我抗日根据地实行杀光、烧光、抢光的‘三光’政策,国民党反动派也对我抗日根据地进行经济封锁、包围,使我军进入抗战以来最困难时期。毛主席、朱总司令调三五九旅回延安,一方面保卫边区,另一方面开展生产自救,减轻根据地人民负担。当时,王司令员是三五九旅旅长,张政委是三五九旅七一九团团长。”

聂子龙好奇地看着赵子健亲切地望着他,听他接着讲下去:“三五九旅开进南泥湾。当时的南泥湾也是野草遍地,荒凉无比。三五九旅在王司令员带领下用了不到一年时间,粮食、猪肉、蔬菜基本上自给,还支援根据地人民。后来,全国各根据地军民学习三五九旅,开展了生产自救,减轻了根据地人民的负担。”

“教导员,当时你们觉得苦吗?”

“怎么会不苦呢!那时我们也是吃不饱,穿不暖,天天还要行军打仗。”赵子健说,但他从自己的革命理想中得到了无限快乐,“现在回忆起来,打败日本帝国主义,打败蒋介石的那种精神和战胜一切困难的勇气,一直激励着我。眼前这点困难算得了什么。子龙,相信我们军垦事业一定会取得成功……白面馒头会有的!红烧肉也会有的!”

马友富派勤务兵把四个排长叫来,他们没有推三阻四,一叫就来了。排长们都知道,马友富素来不喜欢那些不给他面子的军官,你只要把面子给足了,他就认为你是可靠的、忠诚于他的自家人。

一锅羊肉在一张红松木做成的方桌上冒着热气，桌面上满是酒的污迹。马友富同排长们坐在一起,大口吃肉、大碗喝酒。只要他们跟前的碗一空,勤务兵就会跑过来把它斟满。等到他们一个个卷起莫合烟的时候,他们已经是酒足饭饱了。

忽然,一个多事的炊事兵匆匆跑来报告:“马连长不好了,士兵在食堂那边闹事了。”马友富一听,马上跳起来骂道:“他妈的!谁……谁在闹事?”

“为了吃肉的事,士兵们闹得可厉害了,他们还把司务长打了……连长,你快去看看吧！”炊事兵苦苦哀求道。

一瞬间,马友富心里潜伏着的那股仇恨一下爆发出来,狂怒道:“他妈的想造反!赖排长,你带几个兄弟去……去把闹事的人统统给我抓起来。”

四排长郝铁一听,急忙说道:“马连长,你先别着急,这事要不要向指导员报告?”马友富听到这句话,早已是怒火冲天,“郝排长,你是不是害怕了,怕个屌！有老子给你们撑着腰,怕什么？”

这是马连长的命令，无论是怎样的命令，一排长赖兵都必须坚决执行:“马……马连长,你们等……等着,我去……去去就来。”

司务长看见赖排长带着炊事兵、勤务兵和两个士兵端着枪朝食堂走来。人还没到跟前,不绝于耳的叫骂声便传来了。“谁……谁他妈在食堂闹事……给老子出来。”司务长急忙把手里的铁勺交给炊事班长,迎上去。

“赖排长,没事了,事情已经解决了。”

“解决了?”赖兵说,这声音里有一股说不出的失望。“谁……谁给你这种权力?……我这里还没有解决呢……司务长,这个亏咱们可不能吃,以后还怎么在这里混?……这件事你……你不用管了……你……你把闹事人的名字给我……马……马连长那里还等着兄弟抓人回去呢。”战士们的目光全都落在赖兵脸上,只见他一身酒气、一副找碴的蛮横神色,凭经验知道要有麻烦了。

战士们立刻抱成团,对赖兵喊起来:“你要干什么？你这个酒鬼！”

这时，杨阳从容不迫地走过来，问道："赖排长，你要抓什么人？"

赖兵瞪着他那双贼亮的小眼睛，盯着指导员的脸，然后带着傲慢的语气说道："原来指导员也在这里。马……马连长听说有人在食堂闹事，让兄弟过来看看。"

"既然马连长知道有人在食堂闹事，为什么不亲自过来看看呢？马连长应该过来了解一下战士们为什么要闹事？"

"这个……这个？"

赖兵让指导员问得无话可答。勤务兵赶紧上来解围，说："指导员，马连长有事，暂时过不来，所以让赖排长过来处理。"勤务兵的话提醒了赖兵，他立刻附和道："对……对呀！马连长有事，不便过来。"他总算缓过一口气来。

"这样吧！你回去告诉马连长，这里的事情已经解决了。如果马连长还有什么要问的，请他来找我。"

"解决了就好！解决了就好！我们回去了。"赖兵说着，拖着苦恼的、失望的脚步回去了。回到连部，马友富见赖兵一副沮丧的样子，迫切地问道："赖排长，事情办得怎么样了？"

赖兵无精打采地坐下说："他妈的，全让那个姓杨的把事情给搅了。"

"指……指导员也在那里？"郝铁问，脸上带着一种惶恐不安的神色。

"咱们都是些蠢货……好人都让姓杨的给做了，咱们落个里外不是人……连长，再这样下去，咱们可就威信扫地了。"赖兵咬牙切齿地说。

三排长马宏兵把额头上几根头发甩到脑袋上去，火冒三丈地说："是啊！指导员一来，士兵们就跟我们离心离德，这兵是没法带了。"他发出一种古怪的狰狞的笑。"大不了老子脱下这身军服，回家去。"

"弟兄们，不要说酒话，日子还长着呢。"马友富说，"我就不相信共产党把咱们的队伍拉到戈壁荒原上来，士兵们就心甘情愿跟共产党走！……再说开荒马上要开始了，苦日子还在后头呢……到时候，有姓杨的好看！"

赖兵、马宏兵觉得马连长的话有些道理，"连长说得对，当兵吃粮，天经地义。把部队弄到戈壁滩上来开荒，还他妈是当兵的吗？"赖兵说。

马宏兵伤心地说："马连长，早知道是这样，当初不如和共军打上一仗，是胜是败也是个痛快。现在这种局面，算他妈的怎么一回事？……这种日子真难受啊！"

此话让郝铁和二排长蒋培新听了，觉得冷彻骨髓。

“马连长，说这些空话已经毫无意义。而且赖排长、马排长说这些话，在共产党看来都是明显叛逆的表现——叛逆是可怕的罪行。这种酒，我们以后就不喝了，喝下去就会毁了我们。”郝铁说。

马友富沉默了一下，用责备的语气说：“是的，是的，马排长喝多了……这话可不能乱说啊！说了是要掉脑袋的……马排长是满腹牢骚的人……他的话你们都不要往心里去，有时间，你们多劝劝他。”

忽然，有人轻轻敲门，马友富命令进来。

门被推开了，杨阳出现在了门口，一股烟雾、酒气扑面而来，简直叫他无法呼吸。“各位排长都在这里！正好，我有事和你们商量。”他说着走进来。

清新的空气钻进屋子，带来大戈壁冰雪融化后的湿气。

“指导员，”马友富说着，赶紧起身，掩饰自己的窘态。“不急！不急！指导员，先跟弟兄们喝一碗酒。”他皮笑肉不笑地说着，倒一碗酒。

“对不起，我不会喝酒。”

“大丈夫，哪有不会喝酒的！指导员就不要客气啦，”马友富说着，把一碗酒递到杨阳手里。为了避免不礼貌行为，为了不使马友富心存疑虑，杨阳接过酒碗，把碗放在桌子上，严肃地说：“马连长，我不喝酒。”

马宏兵晃着脑袋，嘴巴里咕噜着：“不……不会喝酒？恐怕是指……指导员看……看不起我们这……些兄弟？”他在举动和言词方面都带着刺。

“马排长，话不能这么说。我们革命军人的友情不是建立在酒桌上，而是在战斗和困难中见真情。”

“这话有道理，这话有道理。”马友富说，“指导员，马排长喝多了，请你不要跟他计较。你不是找我们有事吗？给弟兄们说说。”

“好吧！看着桌子上这么多碎骨头，我谈点我的看法。”杨阳用平静的口气说道，“马连长出去打猎，给战士们改善伙食本来是一件好事，可是我们干部把黄羊肉大多留给自己吃，让战士们喝汤啃骨头，这样做就不好了。”

“咳，原来是这事，”马友富说，“我每次打猎回来，连里军官都要在一起聚聚，这是我们连里的规矩。”

“这要是我们连里的规矩，从今天起就得改一改了。”

“改一改？”赖兵嘲讽地问道，“怎么改？难道让我们军官啃骨头，士兵吃肉吗？”

杨阳被激怒了，说道：“听了赖排长这句话，让我非常痛心。直到现在为止，你们觉得这样做还是那样心安理得。请不要忘记，你们现在是人民解放军的连长、排长。我们做连长、排长的不是带头吃喝，而是要为全连战士服务。吃苦在前、享受在后是我军光荣传统，只有我们做到了，才能受到战士们的尊重和爱戴，才会使我们连队成为一支真正意义上的人民军队。”

“指导员，这些道理我们都懂。我出去打猎也是一片好心。改善士兵伙食，保证部队战斗力是我连长的责任。你说干部带头吃肉，战士啃骨头，这事我也是刚刚听说……其实，我们也没吃多少肉，兄弟们也就是喝了点酒……肉是不是让炊事班给贪了？……这件事要查，而且要一查到底！”马友富终于开口狡辩了。

杨阳觉得好笑，说：“马连长要是这样想就好。”

“指……指导员，马连……连长也是出于一片好心。”马宏兵说。“士兵们有……有肉汤喝总比没肉汤喝好……好吧？士兵们天天吃窝头……开水煮萝卜……没……没有怨言。连……连长辛辛苦苦打回黄羊，让他们有肉汤喝、有骨头啃，还骂起娘来，你说这些人还有没有点良心。”

简直荒谬绝伦！杨阳心中升起一股怒火：“马排长说出这种话来，不觉得害臊吗？只有专制残暴的军阀才会把战士不当人看。”

马友富见大事不好，赶紧跳出来把杨阳的话打断，说：“指导员说得很对，只有那些混蛋、王八蛋把士兵……把战士不当人看。其实，我敢保证，马排长是醉了，他的话不是那种意思……这些话就到此为止吧。指导员，还有什么事吗？”

“好吧，我们不再谈这个问题了。开荒要开始了，连里有很多事要等着我们去做。我个人意见，今后打猎每个排轮着来，马连长就不要亲自去了。”

“啊，怎么回事？”马友富没有想到杨阳是为这事而来。这简直是个圈套——自己像个傻子一样走进这个圈套里去了！他望望郝铁，又望望蒋培新，希望由他俩站出来否定指导员的意见，便问道：“你们说这样行吗？”

郝铁心里已经有了自己的打算，苦笑一下，说：“我……我觉得，指导员说得有些道理。”

“我跟郝排长意见一样。”蒋培新说。

这可使马友富大为惊骇，结果是希望落空。他涨红了脸，脑子不禁昏眩起来，而且心里感到一阵冰凉冰凉的。“我……我已经想到了，指导员的意见和我不谋而合，今后我就不出去打猎了。”

“好，没什么问题了。打猎的事你们再商量一下，我先走一步。”杨阳说完，起身告辞。

三十八

东南风刚走了，西北风又来了。

谁也没预料到气温变化，劳动大军已经开到工地上。战士们忙活起来，每一双手都在挖渠，战士们一双粗大的手把大渠修得像吹过柳原的风那样直来直去，像天山流下了的雪水绕过柳原的小溪那样淳朴自然。

聂子龙的衣服全让雪水和汗水湿透了。冬天的棉衣不像夏天的单衣。冬天的棉衣很厚，湿透以后，不等干就让冷风吹硬了，硬得像铠甲。这种气温变化带来的直接结果是大渠的挖掘速度慢下来了。

在这时，他听到了马连长的尖叫声：“赖排长，这一段是分配给谁的，怎么到现在都没有人开挖？”赖兵抬起头，见是马连长，立刻敬礼。然后，才吞吞吐吐地回答：“报……报告连长，这一段……是……是分给你的。”

马友富一怔，忽然冒起火来。“谁给我分配的任务？”他嚷着，但是一想起这句话说也无益，因为营里有规定，干部和战士一样，都有挖渠任务——也正是这种吃惊，让他想起自己不去打猎后，他没有安排打猎的事宜，因为他要让士兵多吃几天洋芋蛋，多喝几天萝卜汤。其目的是教育那些闹事的士兵，让他们知道萝卜汤好喝还是肉汤好喝。可是奇怪得很，这种期盼没有到来。中午，他来到开渠工地，没看见自己想见到的东西，反而发现自己还有挖渠任务。他叹了口气，说：“赖排长，你找几个人帮我把渠挖了。”

“是！我马上去，”赖兵回答完，站在原地不动。马友富一见火了起来，狠狠地说：“你还站在这里干什么？还不快去找人！”

"连长,这几天,连里已经没什么东西可吃,战士们能完成自己任务已经用了老鼻子的劲……哪还有力气帮助别人……打猎的事,是不是让我们排先派人去?"

马友富忽然明白了,赖兵在跟他讨价还价。仿佛一股怒火烧穿了天灵盖,他的喊叫声震耳欲聋:"打……打什么猎?你派人把渠给我挖好了再说!听见了没有?快去!"

赖兵的嘴被震出个大"O"形,赶紧跑去找人。

聂子龙拼命地挖啊,挖啊!想着在天黑前完成任务。可是眼前还有一段没有开挖。他抬起头,望着那些完成任务的战士,扛着铁锹、提着坎土曼朝营地走去时,盘踞在心里的那股热情悄然消退了。

不知不觉,戈壁滩暮色带着神秘的寂静悄悄来到他身旁。

刘长根提着坎土曼沿着渠埂晃悠悠走来,看见聂子龙在挖渠,便停下来蹲在渠埂上,从衣兜里摸出个纸团,抽出一张,再从另一个口袋里捏出烟丝,洒在纸面上,手指头轻轻一卷,一支烟便制作好了。然后把烟叼上,点上火抽了两口。

"兄弟,这样挖不行啊!既费力还不出活。"

"还怎么挖?"聂子龙丧气地说。

"没干过是吧?冻土层挖开后朝里面掏,把下面软土掏空后,再用十字镐砸冻土层。"他说着,跳下渠,从聂子龙手里接过坎土曼,亲自动手往里刨——掏出一堆软土。然后举起十字镐,对着冻土层面,第一下一个白点,第二下崩起几粒冻土渣,第三下使了点猛劲,结果,十字镐把子折断了。

"刘班长,还是我来!"

"看我的!"刘长根说。他接过聂子龙手里的坎土曼,用坎土曼背面朝冻土层面狠狠地砸,一大块冻土坍塌下去。"就这样挖。"他说着,已经是满头大汗。

"呃,"聂子龙快活地说,已经看到了刘长根示范的方法与效果了。"刘班长,你是怎么到新疆的?"

"家里穷,出来当兵混饭吃……本来说是去玉门,谁知队伍开到新疆来了。兄弟,你一来我就听出你是咱们家乡的人……你是怎么来的?"

"我也是跟着部队来新疆的。"聂子龙说着,从刘长根手里接过坎土曼,“刘班长,家住在什么地方?”

“城西头,离老彭家牛肉面馆不远。”

聂子龙惊喜道:“你是刘大伯家的长发的哥哥?”

刘长根惊异:“你是怎么知道的?”

“我姑父叫余化阳,你们家邻居。”

“呃,”刘长根喜出望外,“余老板家的,越说越近乎啦!”

“刘班长,最近和家里联系过没有?”

“没联系。这不是解放军进新疆,部队整编——没顾得上。”

“长发在兰州解放前被国军抓了壮丁,也不知现在有没有消息?”聂子龙说。刘长根注意听着。

“刘班长,你带几个兄弟去把连长那段渠给挖出来。”赖兵喊起来。

“这么晚了,明天再说吧!”刘长根回答。

“是你指挥我还是我指挥你?他妈的,让你去你就去,少啰唆吧!”

“当然是排长说了算,”刘长根讨好似的说,“兄弟,慢慢干,我去了。”

杨阳沿着渠埂一路走来,边走边检查战士们挖渠的情况。他忽然看见分配给马友富那地段上正有几个战士在挖,便朝他们走去。

“他妈的!一天到晚瞎转,分配的任务让我们干。班长,今天我们替连长干了,明天说什么我们都不干了!”一个战士边干边骂。

“明天再说明天的话。谁让人家是当官的,要不你也弄个官当当?”刘长根本想用玩笑的口气说这句话,可是战士们听出来,这句话几乎带着怨气。

“当官有什么了不起,解放军不是讲官兵平等吗?”

“连长还是国军嘛!还没改造成解放军呢。”刘长根说。

战士们哈哈笑了起来。站在一旁的赖兵听不下去了,对刘长根摇着手指头威胁道:“刘班长,哪来那么多的废话,还不快挖。”他朝四下里看看,战士们都不理他,他自己都觉得没劲儿。

“这里怎么这么热闹呀?”杨阳走过来问,“这不是分给马连长的地段吗?”他的目光正与赖兵目光相遇——赖兵一脸惶恐之色。

“马连长刚才还在这里,现在不知又转到哪里去了。”战士们抢着回答。

杨阳接着问:“谁派你们来的?”

“指导员，马连长身体不大舒服……是我叫兄弟们过来给连长帮忙……完全是自愿……自愿。”赖兵赶紧说。

战士们一听，自然是不愿意。“谁说我们是自愿？指导员，我们可不是自愿来的，是排长叫我们来的。”

“赖排长，这到底是怎么回事？”

“唉——不就是给连长帮个忙嘛，没什么了不得的事，就算是我派来的吧！”赖兵回答。

“能说实话很好！赖排长，今后增加战士的劳动量、增加战士的劳动时间，是要经过士兵委员会同意，连里批准。你个人没有这个权力。”

指导员这句话，战士们听了痛快，赖兵窘得红了脸。

“你们自己的任务完成了吗？”杨阳关切地询问战士们。

“完成了。”战士们自豪地回答。

“很好！”杨阳说着，把手里的坎土曼放到渠下，身子跟着溜到渠下。赖兵见指导员下到渠里就急了，咋呼着紧随在后，“指导员……指导员，这里不用麻烦你，有我们就行。”

战士们欢欣雀跃，一方面是见指导员和他们一起劳动，一方面也是骄傲：“指导员，不用你动手，指导我们一下就行了。”

杨阳微笑着：“你们以前干过这种活吗？”

“当兵前，我在家也是种地的，只是没挖过这么大的渠。指导员，我看你也是个种地的老把式，每天干得不比我们少，不比我们差。”刘长根说。

“我和你们一样，当兵前也是种地的庄稼汉。虽然我们现在当兵了，大家可别忘本啊！我们都是农民的儿子！干庄稼活是我们的本行！”他亲切的话语把他和战士们的心拉得近乎。

“指导员，听说你们在南泥湾种过地，是真的吗？”刘长根问。

“是的。”杨阳回答。

“听说我们团政委当时是个连长，和你现在的官差不多大？”刘长根问。

“史政委当时是指导员。”

“当时你在干啥？”战士们好奇地问。

“我给王震旅长当警卫员。”杨阳用自豪的语气说。

战士们吃惊地望着他。

“你说的王旅长是不是咱们现在军区的王司令员？你给王司令员当过警卫员？”

杨阳又微笑起来。

“指导员，你给司令员当警卫员见过毛主席、朱德总司令吗？”战士们迫不及待地问。

“见过！”

“指导员，快给我们说吧！”

杨阳望着战士们，记忆起激情飞扬的那个年代：

“南泥湾大生产以后，我们三五九旅改编成八路军南下支队，遵照党中央、毛主席命令从延安出发，到敌后开辟新根据地。那天，延安上空阳光灿烂，毛主席、朱总司令亲自到延安机场为我们南下支队送行……”

杨阳说了有十几分钟，他所讲的故事显然有一种冲击的、无可争辩的、深入人心的动力。所有听到故事的战士们，眼睛里愈来愈明显地燃烧起来，越来越感到无比骄傲和自豪，因为，他们的指导员见过人民领袖毛主席、朱德总司令。

赖兵默不作声地听着，不管他怎样费尽力气，也一点不能体会指导员心中那股子热情，不能理解战士心中的那种热情崇拜……再后来，他悄悄溜走，找马友富去了。

“连长，指导员又在给士兵们讲保卫延安，再这样讲下去，没有人会听我们的话了。”

马友富听惯了这样的汇报，已经没什么感觉了。“共产党就会搞这套……我能有什么办法呢？”他点着一支烟，吸一口。呆呆地盯了会儿烟头上的那点蓝烟，接着说下去：“再说了，共产党打了胜仗，有值得炫耀的东西，我们能说什么呢？”

赖兵垂头丧气地说：“那你也得管一管，再不管，士兵眼睛里就只有指导员了。”

“这样吧，你带我去。”

赖兵大吃一惊，急忙说：“连长，你不能去呀。”

“为什么？”

“指……指导员……就在分配给你的地段上挖渠呢。”

马友富吃惊地瞪着眼睛望着他：“指……指导员怎么会跑到那里

去呢？”

“谁……谁知道……我找了几个弟兄帮忙……不知指导员怎么就来了。再……再说，我也管不住指导员的两条腿呀。”

“哼，”马友富从鼻孔里发出一股恶气，接着骂一句，“你这个没用的东西！”

聂子龙用坎土曼、十字镐把冻土块一点点敲碎，再移到两边筑成堤岸——今天任务总算是完成了。他拾起地上的棉军帽，扛起坎土曼、十字镐收工了。回去路上，月亮升起来了，大戈壁沐浴着它的清光。他走在回营部路上的时候，遇见了老班长。

老班长赶着十几匹军马、几头小猪走在回家路上——马儿欢快地奔跑，小猪快乐地撒欢，使这原本沉静的大戈壁有了生命的气息。

“老班长！”聂子龙快活地打起招呼。

“子龙啊……收工了？”老班长一边说一边追赶着不大听话的几头猪，嘴巴还不停吆喝着：“唠唠……唠唠……”

“老班长，你这是喂猪呢，还是放猪呢？”

“没有办法呀……没有吃的，只好让它们自己出去找，就这样也吃不饱啊。”老班长说。

“老班长，需要我帮忙吗？”

“不需要，你快些回去吧。”

“老班长，为什么不骑马放牧？跟着牲口跑多累呀？”

“不累，不累。习惯就不觉得累了。”老班长说。他怀里抱着的一头小猪顽皮地伸出脑袋，挣扎着要从他怀里下来。老班长把怀里的小猪放在地上，小猪便自由快乐地向前跑，追赶那几头比它大点的伙伴去了。

“老班长，再见！”

他们两人分开了，聂子龙忽然发现，老班长很有意思，一个老红军，不去享受生活，却跑到戈壁滩上自找苦吃——在老班长身上看不到悲观失望的情绪，而是一种阳刚的、乐观的精神。

于翔龙脱下国军棉衣，换上解放军粗布服装，戴上一顶解放军军帽，照着镜子的时候，他才觉得自身的气韵与这个时代贯通了。出门前，他随手拿起一块抹布，把皮靴上的泥巴擦干净。不过瘾，又在靴面上啐了几口唾沫，把皮子擦得净亮，然后抬起手看了看手腕上的表，朝帐篷外走去。

邱玉洁收工回来看见于翔龙，迎面向他走去，她走近他的时候，眼里放出特别温柔的光。他却没有注意到，而是小心翼翼地择路，绕过泥泞，向前走去。

“参谋长，下班了！”

“嗯。”于翔龙回应道。当他走过去的时候，他的眼光和她相遇了，而且注意到她困惑的神情时，他站住了，脸上现出了微笑。“啊，是玉洁呀，干什么去？”

“去团部，今晚我值夜班。”

“玉洁，这里生活还习惯吗？”他关切地问。

“还行吧！”她回答。

“你现在就去值班吗？”

“时间还没到。”

“我们可以走走吗？”

“当然可以。”她欣喜地回答，“参谋长，你不是在迪化吗？怎么会来到这里呢？”

“解放军打下兰州后，新疆警备司令部为了加强基层工作，把我们下放到团里来了……说说你吧，你是怎么来新疆的？”

“兰州解放后，我报名参加了解放军干部学校。本来我们是上军校的，谁知道军校跟着大部队来新疆……我们走了几千里路呢。”

“呵！真不容易……后来为什么不上学了？”

“军校到吐鲁番后，部分学员分到地方工作。我们留在部队上的同学继续南下。南下途中我们去了工作队，再后来分配到九军……”她说着，带着快乐、带着柔情、带着苦难，带着泪水，进入西征回忆里——她感到自己是一个勇敢者。

于翔龙微笑，留心倾听，他深知邱玉洁的那种感情。大概感到这种谈话太沉重了，他立刻改变了话题：“你舅舅现在怎么样？”

“兰州战役后，舅舅带队伍投降了。家里来信说舅舅止在张掖学习。”

“这是件好事啊！文处长是一个非常有本事的人，共产党是会用有才能的人。”

“参谋长,还是你们好,选择了起义,我舅舅就没有这种机会。”

这句话惊醒了于翔龙，他感慨地说道:“这不能怪你舅舅，是上面的事。陶司令员为了驻疆十万将士生命不为腐败的蒋家王朝流血,为了新疆各族人民不受战火涂炭,作出了和平起义的选择。我们为有这样的司令员感到荣幸！”

邱玉洁脸上突然放光,浮上了一种近乎感动的微笑:“参谋长,不打仗了,你来戈壁荒原后悔吗？”

“不后悔！你看政委他们,原来是党中央、毛主席的近卫军,革命成功本该去大城市,去北京享受胜利果实,可他们并没有这样做,而是来到边疆,来到戈壁荒原,开荒种地。我们和他们比就没有什么可后悔的。我的后半生能和这样的领导在一起工作,是我的荣幸。”

“你们在聊什么呢？”

于翔龙一听,知道是政委,急忙说:“说曹操,曹操就到了——都说新疆地邪,我看一点儿没错。”

邱玉洁这时见到政委,有点儿惊慌失措,但是听参谋长这样说,心平静了。

“看样子你们是在说我？”史兆明说,把他沉静的、亲切的眼光从于翔龙身上移到邱玉洁身上,显然有话要说。

“是啊！参谋长说你们革命成功了,本来可以去大城市享受生活,可是你们没有去,却带领我们来到戈壁荒原开荒造地。”她说。

“毛主席说过‘中国革命的胜利只是万里长征走完了第一步。’才走了一步,就想着去大城市过舒坦日子,那可不行啊！新中国建设才刚刚开始,建设一个强大的祖国,需要我们几代人的努力。司令员说:‘屯垦事业兴衰决定国家命运,历史上凡是屯垦事业发展、繁荣时期,边疆就稳定,人民生活渐渐富足,各民族之间就和谐。反之,则是社会动乱,民族矛盾加深,人民生活倒退。’所以,我们这一代军人不但有守土之责,而且要把屯垦事业做大做强,为边疆各族人民造福。”

“政委说得好！屯垦事业复兴、壮大,也需要几代人的努力。”于翔龙说。

“对！我们这一代人要负起更多责任。小邱同志,屯垦事业的希望还在你们身上！”史兆明愉快地说。

"政委,我会努力!"

"小邱同志,参谋长是个有思想、有能力的好同志。今后,你多抽出时间向参谋长学习,这对你今后工作会有所帮助的。"

她没有听出政委的话外之音,稀里糊涂地回应道:"我会的!"

于翔龙听明白了政委话里的那点意思,脸不由得涨得通红,压低嗓门说:"政委,你误会了,我和玉洁同志是熟人。"

邱玉洁忽然惊醒过来,羞红了脸。

"我都知道,熟人就更好了,知根知底的。小邱同志呀,你不仅要向参谋长学习,今后还要关心参谋长的生活……好了,好了,我还有事,先走一步,你们俩人慢慢聊。"史兆明说完,加快两步朝前走去。

"政委——"于翔龙想解释点什么。

邱玉洁怎么也没有料到,政委的话像一股暖流,让她的心洋溢起幸福。她抬起美丽的、清澈的眼睛,望着他涨红的脸说:"参谋长,不要叫了……这种事,越描越黑呢!"

"是的,是的……越描越黑……政委……政委在开玩笑,不用理他。"于翔龙说,但是他的眼睛却说了完全不同的话。

"我知道,参谋长,接班时间到了。"

"好!你去吧。"

当邱玉洁离开的时候,于翔龙又回想着他所目击的一切,"也许是我误会了,也许不是那样吧?"他确信这件事没有可能。他对于她的感情,完全是由于和她舅舅的关系而来的长辈对孩子的那种感情。

"不行!绝不能有这种想法。"他自言自语。

"参谋长,说什么呢?"林雪梅从食堂打饭走过来问。

于翔龙忽然被惊醒,"我……我没说什么!雪梅同志,食堂吃什么饭?"

她仔细瞧着参谋长那双黑眼睛,竟跟小孩子的眼睛一样顽皮、淘气呢:"老样子,看见政委了吗?"

"刚过去,好像回家去了。"

"参谋长,快去食堂吃饭吧,要不等会儿饭就凉了。"

"知道了,"他回答,并且打一声长口哨,释放自己的一切情绪。但是,马上就觉得不合时宜了。他瞅了眼林雪梅,只见她眼睛里有种迷惑的神色,便赶紧向食堂走去。

兰儿手里拿着林雪梅的来信回到家，进门看见母亲坐在炕桌前做针线活。她好像有什么心事似的，心不在焉——她瞅了瞅母亲，靠近炕桌坐下。

“兰儿，有什么事吗？”惠莲用自己素常的语调问。兰儿摇了摇头，面对母亲，她不知道该不该把信的事告诉母亲。因为自己偷看了信的内容，觉得良心十分不安。她伸出手抓住母亲的手，急切地说：“妈，有一件事我想问你？”

惠莲抬起头，望兰儿一眼，说：“什么事呀，你问吧。”兰儿极力使自己平静下来，下决心问母亲一个问题：“妈，你是不是喜欢老班长？”

惠莲困惑地看着兰儿，好像被这个问题弄得紧张不安起来。她打量一下兰儿，说道：“你问这些干啥？……老班长他们现在也不知去了哪里？”

兰儿握紧母亲的手，她知道把这个问题向母亲提出来会使母亲难受，可是她心里也难受。她要整明白了，继续说：“妈，雪梅姐来信了，他们到了新疆。”惠莲一怔，胸口压得紧紧的。她想知道信里的内容，迫切地说：“快说说，信里都说些啥？”

兰儿却装得毫无热情，不紧不慢地说：“妈，不急！不急的，你不想说我们改天再说吧。”惠莲一听，知道兰儿有意刁难她了，脸上泛起一朵红晕——这件事不说是不行了。她打定主意向兰儿开口，说道：“孩子，妈给你说……你爹他从来不认识你，因为在你出生之前，你爹已经离家出走了。”

“我不管这些，爹还活着吗？”兰儿固执地问。

“不知道。”

兰儿用双手托起下巴，仔细听母亲讲述过去。她从来没有认真地想过要插足这种场合，可是雪梅姐来信了，她仿佛觉得自己被拒在这个家庭之外，受到伤害的情感，反复提出这样问题：“我们为什么要去新疆找老班长，而不去找爹呢？”

“孩子，你爹这十几年去了哪里，咱连个音讯都没有啊！凡是从西边回来的人，我能打听到的都打听了，可是，没一个人知道你爹下落的……”

兰儿对于过去所发生的事像个局外人，虽然有关爹的形象在母亲嘴里接连出现，然而，爹的概念在她心中还是很模糊的。

“说说老班长吧。”

惠莲眼睛里有了点鲜亮的光，这种光辉是对未来生活的一种向往。“孩子，有些事应该向你报账了……我欠的账今天被人催着要还了。”当惠莲说起老班长的时候，兰儿却觉得母亲是在用她平静的声音压制自己的感情。

兰儿想表示道歉。惠莲急忙用手堵住她的嘴，“你别开口，今天该我说了……孩子，把灯点上，把门关好，谁也不要来打扰我们。”

当母亲真要开口说话的时候，兰儿反而不希望她说了。

三十九

一股暖风吹进山里，草原上积雪溶化了。

早晨，太阳灿烂地升了起来。艾斯曼像所有牧民一样，身穿黑色羊皮袄，从毡房里出来，骑上马把羊群赶到草地上去，然后，懒洋洋地躺在草地上沐浴着阳光——他喜欢草原上的生活，喜欢呼吸旷野中大自然最原始的气息，他喜欢刚出生的羊羔围在母羊身旁欢喜若狂地跳跃，他喜欢凝视天鹅和大雁高高地飞过蓝天，发出春天的鸣叫，他喜欢聆听草原上传来冬不拉的琴声，把残冬的最后一点疲劳从身上驱走。

中午，艾尔曼来了，说母亲找他有事，让他回家一趟。

艾斯曼骑马回到毡房，一股强烈的烧干牛粪的烟味和奶茶的香味儿——阿米尔汗正在做饭。他同她打了声招呼，把马拴在马桩上，便进到毡房里去。

母亲坐在微微燃烧的火炉跟前，见艾斯曼进来，向前欠着身子，问道：“回来了。”

“艾尔曼说您找我有事？”他说着，在母亲身边坐下。

“是的。”母亲说。

“今天一早，我见爸下山去了？”

“天气快热了，你爸把今冬羊皮拿到山下去换些盐巴和砖茶。”

“我见哈斯也跟着去了。”

“是啊！哈斯跟去了。这家伙赖皮得很呢，见你爸要下山，一早起来就讨他的好。你爸也是拿它没有办法，就带它下山了……艾斯曼，你们该要孩子了。”

“妈，我刚回来，没有那么快的。”艾斯曼的面颊涨得绯红。

母亲继续说道：“你们结婚快六年了……前些年，你在外面做事，阿米尔汗不好说什么，你现在回到草原，生活也安定下来了，再没有孩子……阿米尔汗嘴上不说什么，心里可不好受呢。”

“我知道！妈——您放心，我们会有孩子的，而且会有很多孩子。”

“这就好，你爸也是这个意思，让我过来跟你说说，还有一件事呢，我和你爸一直想问你？阿米尔汗家里的事怎么办？她父亲腿病越来越重，努尔兰要收回她家的羊群，要是这样，她家的生活可怎么办？”

艾斯曼沉默了，生命气息似乎隐退下去。

他在伊犁受苏联影响，知道草原上牧民生活方式还处在中世纪封建制度中，而这种制度早已经腐朽没落了。可怕的是，这种生活方式居然还在牧民精神世界里渗透，牧主老爷与贫苦牧民，压迫与被压迫、剥削与被剥削，就像草原与雪水一样自然。

此刻，他怀着一颗沉重的心把一首歌词记忆起来：

> 我的阿尔泰山哟，青青的白茫茫的山哟。
> 大山哟，压弯了男人的脊背骨哟，
> 熬到有朝一日，家里有了自己的羊群。

“有朝一日！”这句话的含义进入了他疲惫的头脑。他返回草原并不意味着苦难生活熬到了尽头，而只是意味着生活重担还要加重。

“艾斯曼，你想想，你在草原很有威望，大伙儿都尊敬你。”

阿米尔汗轻轻走过来，靠近了毡房，她想知道母亲同艾斯曼谈些什么。这时，毡房里传来艾斯曼低沉而有力的声音：“我们家族的人向来不求牧主，阿米尔汗家的事就是我的事，既然如此，我就有挑起这副重担的肩膀。”

阿米尔汗把头低在门边上，默默无声哭了起来。

黄昏，艾斯曼把羊群赶回来，饭菜的香味儿从毡房里飘了出来。这时候，他痴痴地想，吃完饭，他就跟妻子好好谈谈要孩子的事，然后……他想得心里美滋滋的。

他回到毡房,对妻子说:"饭做好了?"

"好了,过来吃饭吧。"

艾斯曼走近她,看见在昏暗的屋子里,妻子跪在木箱前,从里面一件件往外拿东西。他问道:"你在干什么?"

"艾尔曼准备结婚了,我找几件东西送过去。"她说道。"你不过去看看吗?"艾斯曼心里丝毫没有这种念头,差不多把弟弟结婚这件事忘记了。当妻子提醒这件事的时候,他把想好要说的一席话忘了个精光。

"是应该过去看看。"

"快吃饭吧,吃了饭陪我一起去。"

艾斯曼看见妻子这样热情,心里非常高兴。他坐下来,狼吞虎咽地吃起来。阿米尔汗从木箱里找出几样东西,整理一下,用头巾包好。这时,他从妻子身上看见一种典型哈萨克女人的品质,她们承担了全部生活的重担,用一颗慈爱的心为这个家斟满生命之酒——她们是草原的花丛,充满可爱的芳香和美丽的色彩。

吃过饭,他跟着阿米尔汗后面朝母亲毡房走去。两人一起来到母亲毡房前,从毡房里突然传出一阵笑声。他掀开门帘,只见兄弟姐妹围坐在地毯上说话。

母亲见阿米尔汗、艾斯曼进来,便招呼他俩坐在自己身边。阿米尔汗挨着婆婆身边坐下,把手里一包东西交给了婆婆——母亲打开看:坐垫、花毡、精美壁挂,处处显示出阿米尔汗的惠心和才艺。

"艾斯曼,你过来看看,绣得多好看啊!这壁挂上的花代表的是姑娘,骏马代表的是男人,你们家里应该有一匹小马驹了。"母亲讲这话的兄弟姐妹只能体会到一半。阿米尔汗却难为情地微笑,她想:要是弟妹们知道了实情,最容易惹出嘲笑的话题。艾斯曼完全没有这种念头,他认为生孩子是天经地义的事。

"这些刺绣是我和艾斯曼精心准备的,是送给艾尔曼的结婚礼物。"阿米尔汗这样说,目光却望着自己丈夫,把身子稍稍往前一探。

艾斯曼看见妻子同母亲这样亲近,心里充满喜悦。

"卡斯富汗家捎话过来了,说转场前把艾尔曼和哈依拉罕的婚事办了。"母亲说。艾斯曼并不感到意外,他握住艾尔曼的手,热情地问:"你喜欢哈依拉罕吗?"

艾尔曼觉得哥哥的话是真诚的，点了点头。

艾斯曼接着说："喜欢就把哈依拉罕娶回家来！"

母亲把一切看在眼里，高兴地说："艾斯曼，弟弟要结婚了，你们可不能落在弟弟的后面啊。"如果说，阿米尔汗善于察言观色，艾斯曼却善于体会弦外之音。母亲话一落地，阿米尔汗脸红起来，却装着什么都没听见，依旧坐在毡子上，两片嘴皮张开，没完没了地闲扯下去。

"我见过哈依拉罕，是一个好姑娘。"她在说最后几个字的时候，稍为有点犹豫。她蓝色的眼睛正注视自己丈夫——她的眼神、微笑像蜜的香甜引诱他的心飞回蜂巢。

"阿米尔汗，母亲要休息了，我们回去吧？"

她知道不能表演下去了，否则艾斯曼非闹出笑话来不可。可是，弟妹们谁都没有要离去的意思，他们兴趣盎然地交头接耳，笑着、点着头谈论哈依拉罕的长相、家庭财产和她的人品。母亲不得不下逐客令了：

"阿米尔汗，你们早些回去吧。"

"还是母亲理解孩子的心！"阿米尔汗心想。她赶紧起身，向婆婆、弟妹告辞。然后脸上带着调皮的微笑，望一眼自己的丈夫欣然离去——艾斯曼赶紧起身，向母亲、弟妹告辞，跟随在妻子后面。

"阿米尔汗！"

她还是往前走，他一把拉住她的胳膊，轻轻地拨转过她的身子。

"你为什么不理我呢？"

"你怎么在弟妹面前说那种话呢？"

"我说什么啦？"

"说什么，你自己心里明白……你让弟妹们嘲笑我们啦。"她故意撅起嘴。

艾斯曼想不起刚才说了什么？但是，他怎么能让美丽或者春天的气息从身边溜走呢——他紧紧地抱住她，吻她的嘴。她的嘴唇在颤抖。这时候，她感到了幸福，感到爱情之神正送她到他的怀抱。

大戈壁上刮起一阵风。那风带着温馨的热浪而来……

二连文教生病。聂子龙代二连文教给战士们补习文化课后，夜幕已经降临。

聂子龙走在回营部的路上，听见隐隐约约的轰鸣声，心想："要下雨了？不可能啊，天空那么地蔚蓝，星星那样地闪亮。"忽然，他看见远方有一条白色线正向营区推进——他完全没有经验，但脑袋里的意识往往不由自主地活跃起来，使他又惶恐又惊骇。

"洪水！"刹那间，他反应过来，不顾一切地往营部跑去，并且大声喊着："洪水下来了……洪水下来啦！……"

喊叫声传来，立刻震动了整个营区，惊动了刚刚吃饭的战士。战士们扔下碗筷，惶恐不安地跑出食堂，打探消息……

赵子健、刘少贤听见外面的喊声，跑上露台，大声问道："子龙，出什么事了？"

"营长、教导员，洪水朝咱们营部方向下来了。"

刘少贤抬起头看，看到了一个可怕景象——大块大块的冰凌朝营区滚来。"不好，是冰凌下来了！"刘少贤用尖锐的声音在露台上叫着，忽然转身朝楼下跑去。

赵子健大声喊着："同志们！不要慌乱，赶快拿起铁锹，保卫咱们营区！"号令如山，战士们赶紧回到营房，拿上坎土曼、铁锹等劳动工具，冲出来，朝大戈壁奔去。

一场无组织而有序的战斗开始了……

冰凌给营区带来危险，危机四伏。战士们一不做二不休，只要冰凌、洪水在哪里出现，战士们就在哪里把冰凌、洪水挡住。大块大块的冰凌致命地汇集到了一起，聚成大片横列在围坝上，仿佛在排兵布阵，随时发起新一轮攻击。

聂子龙埋头挖着土沙，筑坝，累得抬不起头来。

严参谋在他肩头拍了一下，说："子龙，休息一会。"他顺从地抬起头环顾了一下，见冰凌暂时被挡在堤坝外，便放下手里的坎土曼。

"唉，有堆火多好？"

"或许能找到一些柴火。"严参谋说。"你的牙齿颤得像放机关枪一样了。走吧，咱们打些柴火，找个避风的地方。"

聂子龙提起坎土曼，踉踉跄跄跟着严参谋走，不一会儿打回一堆干柴。

"柴火有了，可是没有引火的东西。"聂子龙说。

"哈哈，你没有经验了吧……我们身上随时准备几颗子弹……把子弹头拔出来……把火药倒在上面……倒成一堆……”严参谋说着,划着一根火柴,然后把火苗放到火药上。火药燃着了,“嗤嗤”地发着黄色的火焰,引燃了柴火。

“好了。”严参谋说,“把鞋子脱下来烤一烤,脚底受凉会生病的。”

聂子龙坐到火跟前,缩着身子取暖,烤着鞋——战士们见这里燃起一堆篝火,都围上来取火种。

严参谋喊道:“哎,哎——别把火弄灭了。”

聂子龙抬起头来,用疲倦的目光环顾一下,四周都是篝火。忽然间,前面传来喊叫声:“洪水下来啦,快来支援!”

聂子龙朝喊叫声那边望了一眼,已经有战士向那里扑去。他的心好像受到刺激一样,把他撞得跳起来,他赶紧穿上鞋,提起坎土曼奔了过去。

冰凌顷刻间涌进克木沁。“哐当”一声,门窗尽破,洪水直泄而入。一切发生得这样突然和意外,乡亲们没有预料到这个不幸,女人吓得惶恐不安,孩子们吓得大哭大闹。阿力木、高书记第一时间来到灾民家中,组织乡亲们转移。当他们走进一座民房时,洪水已经漫过他们脚面。

吐尔地大叔抱起古丽,冲出屋子,冰凌打得他的腿脚热辣辣地疼。他顾不了这些,喊道:“古丽,站到床上去,不要下来,否则会送命的。”他说完,再次回屋子里去——祖利比亚正在屋里忙着收拾东西,吐尔地大叔咬着牙,上不来气地抱怨着:“命都不要了,还要这些东西干什么?”

“这些东西会派上用场的。”祖利比亚说。

“快走吧,再不走,我们会被困在这里的。”

祖利比亚叹息一声,赶紧把手里东西打成包,跟上吐尔地离开家。走出院子,看见阿力木镇长带领乡亲们开始向镇外转移。女人背着孩子,男人牵着毛驴、赶着牛羊——乡亲们互相搀扶,互相依傍,离开了家园。

乡亲们朝戈壁滩一处高地走去——这处高地,人们叫它榆树林子。其实,这片高地上尽是石头、荒沙和不定的沙丘。为什么给它起了这么个名字,谁也不知道。不过洪水下来的时候,镇里人都躲到这片高地避难安身。

先来到这里的人用梭梭树的碎枝生起火。熊熊火焰慢慢燃烧着——乡亲们紧紧地挤在火跟前,眼睛却直瞪瞪望着大片冰凌顺流而下,目瞪口呆——周围是一片可怕的、一目了然的辽阔飘移的冰凌。

阿力木、高书记最后来到这个逃难点上，乡亲们立刻围拢上来，害怕似的抓住高书记、阿力木的手，茫然不知所措。

“高书记，我们口粮都没带出来……怎么办呢？”

“乡亲们放心！我们已经派人给县政府送信去了，派人找解放军去了。”高书记说。“粮食会有的。”

“乡亲们！天亮以后，我们应该把洪水、冰凌疏导出去。”阿里木插嘴说。

“说这些有什么用呢？……别站在这里了……会把我们冻坏的……走吧……走吧！”乡亲们失望地说。阿力木心里明白，这会儿和乡亲们争辩不会发生效果，所以，他耸耸肩就走开了。

阿力木一个人爬到沙丘顶上，转过身来望上一眼，那一片片燃烧的篝火被凝固在了黑夜里。他虽然看不清乡亲们的面容，但是各种各样千奇百怪的声音却使整个沙丘像双目失明的孩子在恐惧地颤抖。

彭雅莹加班回来已经是晚上 11 点。她推开门走进来，顺手用木棍把门顶上。看见邱玉洁、徐艳秋还没睡，便问道：“你们怎么还没有睡？”徐艳秋趴在铺上看书，转过脸说：“雅莹，姜玉玲还没回来呢。”

她听徐艳秋这样说，把木棍放在一旁，走进来，“哎呀，你们一人点一盏灯，多废油呀？”她责备她俩说。

她们俩同时抬起头看了彭雅莹一眼，脸上没有露出一点意外的神情，沉默着。

“我不是说过，点这么多灯，下半个月咱们就没油可用了。”

邱玉洁朝她微微一笑，然后低下头去。专心做手里针线活。这时，徐艳秋说：“雅莹，我看会儿书还不行吗？”

“你看的是什么书？”

“不告诉你。”徐艳秋说。这时候，她完全沉浸在小说的迷恋里，一点也不在乎彭雅莹的态度。忽然，她看见彭雅莹手里拿着个盆子，惊奇地睁大了眼睛，问道：“雅莹，你从哪里弄了个盆子回来？”

“捡的，不知是谁丢在路上，我顺便捡回来了。”

“你准备做什么用？”徐艳秋问她。

“做什么用嘛——我也不告诉你！”

忽然，暗影里传来了彭雅莹的笑声，接着，看见她顺手把盆子藏在床铺底下。徐艳秋一下子垂头丧气了，心想：有什么好笑的，小气鬼！她有时候就是这么招人讨厌。不！应该说经常这么讨人厌。

“艳秋，实话告诉你吧，我拿回来就是夜里当尿盆用。这样，我们夜里就不用往外跑了。”

“真的？”徐艳秋惊喜。心里想：“瞧她那种眼光，总是像吃准了我的心思才这么说。”她下铺来，拿起盆子看了看，眼睛里充满惊异时所留下的那种喜悦。

“这么好的盆子，谁会丢在路上呢？”

“我哪会知道，反正是路上捡的，咱们用就是了。”彭雅莹喜滋滋地说。忽然，邱玉洁插进一句话：“不行啊！拿了人家盆子，别人以为我们是偷的，被人看见不糟糕吗？还是送回去吧。”

“送回去？”徐艳秋踌躇一下。“不行啊……晚上起夜多不方便……屁股冻得痛不说，还危险得很——雅莹，你真是做了一件好事。”

突然，姜玉玲把门推得“哐啷啷”直响，“呼哧呼哧”闯进来，随手把门顶上——她们不由一怔。徐艳秋赶紧迎过去，只见姜玉玲满面通红，神色惊恐，进来一屁股坐在床上，便骂起来：“不要脸、真不要脸……”

“玉玲，你是怎么了？谁不要脸？”徐艳秋问。

“刚……刚才下……下班回来……顺便去小便……谁知道有人……在……在偷看……还用细棍子捅……捅我屁股……”她气急败坏地说出来的话，连她自己都不知所云。

“细棍子？”徐艳秋接着问，“你……你看见是谁了吗？”

“我……我一喊，人就跑了……等我出去就看不见人了。”姜玉玲绝望地说，绞着自己的手，忐忑不安地站起来，走到屋子中间，很快又转回来，然后在彭雅莹和徐艳秋之间坐下，才觉得安全了点。

彭雅莹一股怒火直冒：“这家伙，居然这么胆大包天，要不要给保卫股报告，把这个流氓给抓出来？”

“我看还是算了，说出去多丢人呀。”姜玉玲惶恐不安地说。

“要是不报告，这个坏蛋胆子会越来越大，今后我们就没地方去上茅房了。”邱玉洁又开口说话。

徐艳秋最理解姜玉玲此时此刻的心情，她伸出手来把姜玉玲的一只手握住，这轻轻一握，充满着理解和爱护："我看也是算了，以后上茅房，咱们一起去，这样安全些。"

"这是个办法，以后小心点就是了。"彭雅莹说。"对了，你们没看见有人把茅房的芦苇墙捅开一个个小洞，还不知偷看了多少回呢？"彭雅莹说。

邱玉洁没有弄明白她们说话的意思，说道："就是！我看还是给保卫股报告，让保卫股的同志加强安全防范工作，把流氓抓出来。"

"玉洁，我们可不是那个意思。保卫股不能为了咱们上茅房派个哨兵吧？……再说了，时间长了，谁敢保证哨兵不偷看呢？当然，他们也不是不想……"彭雅莹说，她可不想得罪姜玉玲。

"那怎么办？"邱玉洁惊骇地问。

"没什么好办法的。还是艳秋那句话，白天咱们结伴上茅房，晚上嘛？……晚上让流氓偷看好了，反正也看不清楚的，没有什么损失。说不定咱们还抓个大流氓呢……你们说是吧？"她说完，哈哈大笑——这家伙真是讨厌。她们虽然知道彭雅莹是在开玩笑，但是听到最后几句话，邱玉洁、徐艳秋还是惊讶地没合上嘴巴。

"哎呀。"姜玉玲气得直嚷嚷。"你怎么会有这种想法？……我看你就是个大流氓……"她说着，跳起来把彭雅莹推倒在铺上，两人立刻扭打在一起。

姜玉玲哪里是彭雅莹的对手。彭雅莹立刻翻身把姜玉玲按倒在铺上，俯视着她说："你别嚷嚷啊！……这话要是让男同志听了去……还要为你请功呢……"听她口气，觉得挺开心似的。

姜玉玲使劲想把自己身子从她身上挣脱出来，却没有成功——她向徐艳秋发出求援了。徐艳秋站在一旁，机灵的目光正津津有味地瞧着她俩决战。这时，听姜玉玲召唤她，眉头一皱，说："玉玲，我现在不能得罪她，晚上起夜她不给我用盆子。"

姜玉玲一听，很是吃惊的样子。她气喘吁吁地说："雅莹……不闹了，你……你从哪找来的盆子？"

"雅莹捡个盆子回来，说是晚上给咱们当尿盆用。"徐艳秋说。

彭雅莹却不提盆子的事，脸上浮现喜悦之色。"你……你说不打就不打了？……你服输了是吧？……你必须向我求饶……我才放了你。"

"雅莹……饶了我……我投降了。"姜玉玲说。可是她心里想："这下可好了,晚上不用提心吊胆被人偷看屁股了!”

这场“战斗”在“失败者”的告饶下结束了。

尽管彭雅莹、姜玉玲那边打成一团,邱玉洁却沉默地低着头做手里针线活。她仿佛忘了这里的世界,专心地俯身到手里的军衣上。过了一会儿,彭雅莹换件衣裳,问道:“玉洁,你想什么呢?”

“没想什么。”她回答。

“不会吧?有件事我一直想问你,你能跟我们说实话吗?”

邱玉洁怔了一下,抬起头说:“什么事,你问吧?”

刹那间,四下一片静默。徐艳秋、姜玉玲睁大了眼睛,想知道彭雅莹要问什么——这几天,彭雅莹总是想问邱玉洁这个问题,可是她一直难以开口。今晚她大胆地说:“这属于你个人私事,你可以不讲,我也没有权利问你。可是这件事关系到另一个人,我就想知道你跟参谋长到底是怎么一回事?”

她们知道另外一个人指的是谁,屋子里的空气似乎凝重了。邱玉洁一时说不出话来。她神情紧张,眼睛里还有惊慌的神色——为什么呢?她一时也说不清楚。她沉默了一下,替自己辩护道:“是……是正常的同志关系。”

“不!你不说老实话,我听到的可不是这样?”

姜玉玲、徐艳秋猛一愣,谁都没有料到彭雅莹会说出这种话来——虽然邱玉洁沉默无语,但是,彭雅莹咄咄逼人的架势还是让她感到窘迫,显出不安。她渐渐地清醒,心也镇定了。她决定把实情告诉她们,并做好思想准备,准备接受她们的责备。

“你都听说什么了?”

“现在外面传你和参谋长搞对象,是真的吗?”

“不是!我们还没有恋爱,我们处在互相了解的阶段。”邱玉洁回答。

“你发句誓,跟我们说实话。”

“好吧,我可以说给你们听,我是喜欢参谋长,我是怀着崇拜、敬慕的心情……请你们不要嘲笑我……每一次与参谋长相遇,我的心就会紧张起来,怀着忐忑不安的心情……”邱玉洁把属于自己内心深处的感情毫无保留的,凡是应该讲的她都讲了,“这几天,终于能够开始感觉到:近在咫尺间,有一个人的生命是怎样地和我的生命牵连在一起,直到爱神来临。

我对你们述说这件事，就是让你们知道，参谋长和这件事没有关系。”

彭雅莹坐在几乎全暗的床铺上，借着烛光看着她——虽然她脸上没有多少表情，但她的形象、她说话的语气却很动人。在这黑影之中，她到底是什么人呢？一定是处在狂热恋爱当中的姑娘。在这样的姑娘面前，谁不产生情欲和邪念呢？也许她受了邱玉洁影响，心里默默地祈祷：“我当时一定是疯了……疯了！……我是怎么啦？可怜的子龙，只有上帝保佑……保佑你了！”

徐艳秋、姜玉玲认真地听，并猎奇叙述者内心世界的秘密，可是没想到被叙述者的故事所吸引——叙述者多么想在她们眼睛里寻找到理解、同情的影子。

啊！这是一个让人心潮澎湃的夜晚，一切都那么熟悉，一切又是那么新奇！——姜玉玲从床上爬起来，急不可待地说：“雅莹，把盆子拿出来，我要……”

彭雅莹瞪她一眼，说：“这么快就来了，你自己去拿吧！”

姜玉玲由于无法控制内急而抱怨起来：“有气怎么撒在我身上来啦？……刚才不是有人偷看嘛……还没有完，就……”她走过去，拿出盆子。

忽然，一阵敲门声。

“你们拾到一个盆子吗？”门外的人喊道。姜玉玲吃了一惊，转过身来，两颊绯红，低声问道：“雅莹，咋办？我实在憋不住了。”彭雅莹、徐艳秋惊慌地默不出声，邱玉洁迅速吹灭灯火，毫无疑问，她们绝不开门。

敲门人走了。

姜玉玲惶恐不安地问：“雅莹……我可以……”彭雅莹、徐艳秋、邱玉洁却捂住嘴巴忍不住地笑起来，然后把头埋进被子里大笑。

突然一声尖叫，不知谁的床塌了。

保卫营区地战斗仍在继续……

三连战士赶来、四连战士赶来；几百人的大军把洪水、冰凌挡在营区外面，危机再一次得到了解除——聂子龙坐下来，累得胃都痉挛了，而且颈部的肌肉越来越发僵硬，浑身都觉得痛。

野火烧完了，黑夜里飞散淡黄的火星。战士们挤得紧紧地迷糊一会。聂子龙依次望了望那些战士们的眼睛，以前看惯了的战友们眼里的那种光芒消失了,现在是目光发直,一个个疲倦地垂下头去。

此时,风停了,月亮好像漫不经心地升起来。聂子龙极其平静地想着刚才的那场惊心动魄的战斗以及他和战士们一起经历的危险。几个小时抗争,他和战友们终于把冰凌、洪水挡住,多么不可思议啊!“我们又取得了一场胜利……一场胜利……一场……”想着,渐渐进入一种安谧的昏迷中。

……冰凌洪水漫过了大堤,他发现自己掉进洪水里去……他拚命挥臂想抓住前面的一根木头,可是,抓住的只是空气和浪花……那根木头肯定是存在的,只是藏在冰凌底下,但愿他能找到那根木头……只要找到那根木头,他就得救了!可是,疲倦使他两腿发软,饥饿使他头昏眼花。

“救命——”他迸出一声惊呼,于是,醒来了。只见营部通信员正使劲把他推醒。

“文教,教导员叫你赶紧到一连去,他在那里等着你。”

聂子龙一下子跳起来。他并非有意识地执行命令,而是已经成为习惯。

“有任务吗?”

“听说一连要去克木沁。”

“哦?”聂子龙仍觉得自己在梦中。

赵子健看见聂子龙跑来,便说道:“子龙,快跟上宋指导员去克木沁……克木沁乡亲们受到冰凌灾害,需要我们支援……你去那里后,把战士们英勇抗击冰凌灾害事迹记下来,把各民族群众抗争自然灾害的事迹记下来,回来写一篇报告。”

聂子龙听着命令,只见一连队伍出发了。

黎明的光辉使出征战士们的视线渐渐变得清晰起来。在清凉的光线下面,眼前完全是另一个世界。这个世界和战士们平日所熟悉的大戈壁完全不一样——洪水被夜来的寒风雕刻成坚冰,挡住了战士们的去路。

可怕的冰凌、寒冷刺骨的洪水挡住战士们的去路。前面的路越来越难走,宋指导员走在队伍最前面,一阵阵地打着牙颤。忽然,他把脸转过去,对聂子龙说:“子龙,咱们唱首歌吧!”

“唱什么呢?”聂子龙想,忽然,他听到宋指导员用山东口音唱起来:

团结就是力量,团结就是力量,
这力量是铁,这力量是钢,
比铁还硬,比钢还强……

聂子龙跟着宋指导员唱起来。越来越多的战士带着各种乡音唱了起来——战士们的歌声把寒冷冲破、把冰凌刺穿、把洪水踩烂……

太阳慢慢往上升,明媚的春光带来了和睦的温暖。

由于火热的阳光,由于呼呼的暖风,冰凌开始颤动,发出低沉郁闷的喧响。

“我们再也无法忍受下去了,我们回家去。”

乡亲们望着颤动的冰凌,绝望地呻吟着。此刻,老人们只顾得伤心落泪,男人们焦急得心烦意乱,女人们把孩子紧紧地抱在自己怀中,大孩子们睁大惊慌失措的眼睛,望着这个荒凉的世界。

“完了,我们的财产都完了,我们的家没有了。”乡亲们让灾难给压倒了。

“你们都闭嘴吧！你们只会吵吵,现在吵有什么用呢？你们看看自己,洪水来了以后都干了些什么？难道你们只会和女人、孩子一样坐在地上哭泣吗？……是男人,就应该拿起铁锹,把洪水疏导出去。”阿里木说。

“哼,洪水是自然现象……我们哪儿也不去。”

“我愿意留在这里……等洪水退去。”

乡亲们嚷嚷着。

阿力木凝视着荒凉的水面,仿佛在想着什么心事似的:“乡亲们话的说法各不同,而结果是一样的。现在我觉得,最好是不要离开这里,永远留在这里,过野兽一样的生活——你们这种人都会把自己养得懒懒的。”

乡亲们顿时安静下来。在沉寂中,传来女人低声呜咽。

高书记的手叉着腰,说:“乡亲们！相信解放军会来支援我们！相信上级政府会来帮助我们！但是我们不能坐在这里等。阿镇长说得对,凡是有劳动能力的人都应该拿起铁锹、坎土曼,把洪水疏导出去。我们要开展自救。”

“是的，让他去吧，让他妈的去吧——谁高兴干就让他干吧！”

阿里木听到这些话，马上跳起来，话头带着刺，说道：“我是这样来理解你们的话，你们的意思是说。现在有人愿意同我们一道去疏导洪水的时候，你们却躺在温暖的阳光下面，等着洪水退去，是这样吗？”

“哼，说出来……多没意思！”

“没意思？”高书记说。“是的，整个人生完全没有意思。什么良知、什么无法忍受，统统都是废话……你们好好想想吧，你们是不劳而获的人吗？为了你们，等着让别人去替你们做疏导洪水的工作吗？……现在不是袖手旁观的时候。我们所有灾民都要同洪水战斗——不能无所作为地享受别人劳动成果！愿意跟着我的……”

高书记这番话收效很大，几百双眼睛注视着他，几百颗心脏一起跳动。他大吼一声：“乡亲们！跟我走吧——”他冲向冰冷的水面，高高举起手里的坎土曼——阿里木和乡亲们也跟着冲进水里与冰凌战斗去了。

阿力木伸出手，用颤抖的声音说：

“红旗！”

乡亲们的心好像受到冲击似的，抬起头，于是望见在远远的蔚蓝的地平线上，有一个红色的小点在闪烁着、微颤着、摆动着——那是迎风飘扬的红旗。

乡亲们用两只手紧紧按着自己的颤抖的胸脯，眼睛死死盯着那移动的红色的小点，眼睛闪着狂喜的火焰。虽然，他们还不完全相信那就是期盼已久的红旗。

“解放军来了！咱们得救了！”女人、孩子们快活地喊着、叫着，拭着眼眶里激动的泪水。

“快，快去给解放军发信号。”

“为什么要发信号呢？解放军不是已经来了吗？”

“可是……如果解放军要往别的村子去了怎么办？这儿受灾的村子多着呢！或许解放军从旁边过去了……我们……”

红旗已经清清楚楚地展现在乡亲们的眼前，还有肩上扛着铁锹、坎土曼的战士。乡亲们激动的心情开始发生变化，老人情不自禁把右手贴在胸前，热泪从眼眶里涌了出来。刚才情绪坏到极点的人们，相形之下，现在是温暖一般的幸福。

四十

一个月后，柳原的指战员敲锣打鼓，迎接救灾归来的战友们。只见迎面扬起一团滚滚的尘土，尘雾中传来一片杂沓的脚步声，还有一百多条音色深沉的嗓子唱着歌。

聂子龙看见了站在欢迎队伍前头的教导员、营长，黑黑的脸上顿时绽开了快活的笑容。他收住脚步，放下肩上坎土曼，向教导员、营长跑来。

赵子健的眼里闪耀着喜悦："子龙，回来啦！"

"教导员，营长，我们完成任务回来了！"

"子龙啊，你们辛苦了！"刘少贤说。

聂子龙听到这句话，感到久违的激动，心头不由怦怦直跳。忽然，战士们一拥而上，队伍一下子乱了套。战友们冲上前，就忙着握手、敬礼、拥抱。喧喧嚷嚷，闹得几乎什么都听不出了。

这时传来一击鼓声。赵子健站在队伍前，张开双臂叫大家安静，开始说道："同志们！一连战友本着爱民、护民精神，发扬我军不怕苦，不怕累的光荣传统，在抗击洪水灾害中作出贡献……我们请一连指导员宋志伟、连长范海涛给我们讲话。"

战士们拍手赞成。

宋志伟走上前，向全场战友敬礼。他敬礼时全场响起一阵欢呼声。

"同志们！战友们！我们一连战士代表我们全营指战员去克木沁抗灾，战士们都是尽心尽力，不仅献出我们的劳动，而且奉献出我们的热情和热爱……但是光有这些还不够。我们战士用双手从死神身边夺回在抗击灾害中负伤乡亲们的生命和财产，用我们的关爱抚慰许多痛苦的心灵。"

聂子龙听宋志伟讲话，大吃一惊。原来宋指导员的全篇讲话是他在抗灾前线写的一篇稿子，没想到他只看了一遍，竟然记得滚瓜烂熟。

"我们做出的牺牲，跟我们这身军装相比，这点牺牲是很小很小……"宋志伟继续说。

聂子龙眼巴巴地望着他，心想："多好啊！自己的作品不用发表，宋指导员就做起了宣传员——多好的事啊！"

“同志们！我应当衷心感谢我的一位战友。他在艰苦的抗灾中，当战友们休息时，他却克服疲倦，写了一篇又一篇歌颂我们军民抗击洪水的稿件……这是我最喜欢的一篇，拿来作为我今天发言……写这篇稿子的人就是我们营的文教，聂子龙同志！”

虽然突如其来，聂子龙还是得体地向战友们敬礼。

接着，全场又响起一阵欢呼声。

欢迎队伍散去，聂子龙回到宿舍，好像棉花捆似的死死地倒在炕上，一下不动地睡到了黄昏。赵子健打回来饭，见聂子龙醒来，说道：“子龙，起来吃饭了。”

他坐起来，狼吞虎咽地大吃着。

赵子健坐在煤油灯前，笑着说：“子龙啊！抗灾去了一个多月，累坏了吧！”

“不累！”

赵子健从上衣口袋里摸出一只钢笔，再从挎包里掏出笔记本，然后在笔记本上写起来——聂子龙吃着饭，那黑色眼珠顺着笔头溜转着，忽然欠着身子，低声问道：“教导员，写什么呢？”

“作一首诗。”

聂子龙眼睛好像闪电一样。“啊？您也会作诗？”

赵子健手里的笔停下来，双颊涨得绯红。“你大惊小怪什么？你以为只有你们这些文化人才会写诗，才会做文章吗……我不比你差！”

“我不是说您差，我只是有些奇怪。”

“有什么奇怪的？”

“您要晓得，诗是一门艺术，一切艺术都需要经过学习的，它不但有自身规律和方法，还有写作技巧。我还听说写诗是要有天赋的。”

赵子健沉默了一下。

“子龙啊，你以为诗一定出自那些经过专门训练、出自那些有天赋人的脑袋里吗？如果我们的心沸腾了怎么办？比方说，我们这次抗击洪水灾害，把人民军队同老百姓血肉关系表现出来，把我们几十万大军在戈壁荒原忍饥受寒、艰苦创业表现出来……把一切写出来，把我们的心血放进去，让它在我们的战士、在人民群众心里燃烧——这就是诗。”

“也许您说得对！”

聂子龙可没料到,教导员说着动了感情。

“天赋又怎么样呢？人的天赋从实践中来。比方说,一首《南泥湾》,不但让八路军三五九旅名声远扬,而且燃起边区军民一边战斗、一边生产的劳动热情。”

赵子健停顿下,然后唱起来：

花篮的花儿香,听我来唱一唱,唱呀一唱——
来到了南泥湾,南泥湾好地方,好呀地方。
……

“是的,真得很棒！”

“不但棒,而且感情也很丰富,明白吗？”赵子健说。“我今天听了宋指导员的讲话,一听就知道那篇文章是你真情的流露。”

“是的,当看到灾民时,我的心里都涌出酸泪来。抗击灾害那些日子,方显人民军队伟大,方显作为一名军人的自豪和光荣……军民同甘苦、共患难的感情更值得珍惜。正是通过生死与共的具体的爱,我们才不断建立和丰富了与各族人民的血肉联系……不论今后发生什么，不论今后多么艰难困苦,党和人民军队的肩膀永远是各族人民的依靠。”

“子龙,说得好啊！你们这些有文化的青年人,不但要拿起枪杆子、坎土曼把子,还要拿起笔杆子,把军民团结战斗的事迹写出来！”

“我会努力的！”聂子龙沉思地答道。“教导员,在我们回来的路上,找到牧民废弃的几个羊圈。里面羊粪有一米多厚呢……范连长派人守在那里,还不让我们往外说。”

赵子健听了,带着责备语气说:“这样不好。开荒种地是全营、全团乃至全军的事，不是哪一个连的事。我们这次把不多的口粮支援了灾区一些,今后的生活会越来越困难……我们知道团里、师里也很困难,但是我们还是要求得到上级支持。子龙,后天严参谋去团里要粮,你有什么事要他办？”

“严参谋去团里呀？要是派我去就好了。”

“你会骑马吗？”

“不会！教导员,有时间教我骑马吧？”

“骑马不用人教,胆子大就能骑。”赵子健打着哈欠,“子龙,时间不早了,早点睡。明天还有工作。”

“您不写诗了?”

“不写了,和你这么一聊就没有了感觉。”赵子健收起了钢笔。“子龙,睡吧!”他说着就钻进被窝里去了。

聂子龙没有睡,他想起同学、想起雪梅姐,忙了一个月差不多把她们忘记了。于是,他从挎包里掏出笔和纸,写道:

雪梅姐、雅莹、玉洁、宝林:

你们好!

离开你们的日子已经两个多月,很想念你们……我们分手后,我坐着马车踏上茫茫雪原。一路上听老兵唱苏联歌曲《三套车》。听老班长讲战斗故事。还有那些不听话的小猪崽们,时常把脑袋伸出筐子。

宿营的第一个夜晚,遇上恐怖的严寒,冻得我们彻夜难眠。后来到了柳原,每天劳作下来是漫长的黑夜、是难忍的饥饿。在没有同学一起的日子里,显得孤独难熬。那时除了想家、想念我的父母,顽皮的弟弟,还时常会记忆起儿时的童趣,也就不觉得孤独无助了。还有,就是想念你们,我们一起走在西征路上,当时也觉得苦,现在记忆起来那是一种思乡苦、离家苦、一路长途跋涉的苦。同甘苦共患难,使我们之间友情化作海一样深的爱,这种爱一直支撑着我。

我们终于走到新疆,觉得一切都会好起来。没想到的是跟着队伍开进荒凉的大戈壁,茫茫大荒原。我一直琢磨着屯垦戍边到底是为了什么?当我看到战士们战风雪、斗严寒、打芦苇、割红柳、搭窝棚、住地窖,以苦为乐那种革命精神时,我想起母亲坐在煤油灯下为我做鞋,缝补衣裳;想起父亲劳累一天,在暮色苍茫中一路唱着歌儿从田里回到家里。那时,我还小,放学后打一捆猪草回来,总是得到母亲夸奖。回想起这一切,那是一种什么样的生活?如果说前者是一种精神,后者就是幸福!

突如其来的洪水灾害横扫了乡亲们原本贫穷的家园,把他们抛到更加悲凉的绝境中来。许多双无助的眼睛,当望见五星红旗时,冰冷的心被点燃。乡亲们从绝望中看到了生活的希望。在抗击洪水灾害的战斗中,我们与各民族兄弟姐妹心连着心。或许我们每个人的能力是有限的,但是党的温暖是无限的，人民军队的力量是强大的。为了祖国领土不再受列强侵犯，为了边疆各族人民在祖国大家庭里能够幸福、快乐地生活，我愿意为这个事业牺牲一切，并且向先辈一样，扛起屯垦戍边的战旗，骄傲地承受我们这一代人的苦难和艰辛。

……

林雪梅坐在油灯下看聂子龙的来信，字字句句感动地泪流满面。

泪水湿透了毛巾，无数次地把眼泪擦干。她想知道聂子龙在柳原是怎样生活，怎样工作的。最后，她把信翻过来，发现信背面写有几行很潦草的字迹，这几行字显然不是给她们写的。她仔细辨认，把这几句词破译出来：

风在吼、马在叫、红旗迎风飘，
子弟兵、离军营、开往大荒原。
战风雪、斗严寒、不怕苦和累，
吃野菜、住地窝、革命意志坚。
守边防、筑长城、不惜流血汗，
为和平、保边疆、再苦心也甜。

林雪梅闭上眼睛，翻来覆去想："子龙在柳原真的不恨我吗？"随之袭来的疲倦让她难以入眠。这一刻，她脑袋里苦苦搜索，怎样才能够帮助他呢？想了半天都是徒劳。

这时，史兆明推门进来。他蹑手蹑脚走进来，靠近她，这才惊异地发现林雪梅瞪着一双黑溜溜的大眼睛。她满面红光，但这不是欢乐的红光，而是黑夜中燃起大火的可怕的红光。这才知道自己那些动作是多么地多余。他笑起来问道："怎么还没有睡？"

看见史兆明，她抬起头来："睡不着。"

"怎么回事呀？"他问，在炕头上坐下。

"子龙来信了，很感人的！"

"你说的是去柳原的聂子龙吧？"

"是的，当初他分配到师里宣传科。是我找刘处长把他要到我们团里来。为了这件事我一直觉得有愧于子龙。"

"哦？还有这种事。"史兆明听了有点吃惊，"聂子龙知道吗？"

“子龙知不知道我就不清楚了。现在想起来,当时我真的不该那么去做,把他给害了。”

“这是什么话？来我们团就是把他给害了。”史兆明不大高兴了。

“我说的不是那个意思,我是说当时就不应该让子龙去柳原！”她嚷嚷着。

史兆明望着她。

“你这样说可就不对了。聂子龙去柳原是组织决定的。对了,聂子龙都给你写了些什么？说给我听听？”

“你自己看吧！”

史兆明接过信,坐到煤油灯前。

林雪梅带着幻想的神情,缩着身子,靠在他的肩头,带着微笑说道:“兆明,我想补救,你看能不能把子龙调回团里来工作？”

“为了这封信吗？”

“倒也不是的,我就觉得亏欠子龙些什么！”

“雪梅,在这封信里我没有看出来聂子龙想要回团里的意思。他信中有一句话说得好:我愿意为这个事业牺牲一切。说到牺牲,不是所有人都这么想啊！这封信,拿去好好教育机关里的年轻人。”

“不行,这是私人信件。”

“私人信件又有什么呢？我不管什么私人信件,只要有教育意义,就应该拿出来宣传学习。让每个年轻人树立革命远大理想和对屯垦事业的信心。聂子龙同志到柳原去,我看是去对了。是金子,在哪里都会闪光！”

“我就知道你会这样说。”

史兆明打了个哈欠。

“你要睡吗？”林雪梅问。

“不！……咱们好长时间都没有……”他说着,抬起手来,温存地抚摸她的头发。

“都没有什么啦？”她温存地笑起来。

“你说呢？”

“我说没意思。”

史兆明“扑哧”一笑,把她搂进怀里,吻她的嘴。

——夜没有语言,只有瑟瑟、戚戚之声。

夜已经很深、很深。惠莲坐在火炉旁，想起这一个星期以来一直搁在心里想对兰儿述说的许多话都没有机会说，现在看来不说不行了。

“兰儿，来这里坐吧！这里暖和些。”

兰儿坐到炉火跟前的墙角里，闷闷不乐地说：“妈，你怎么着呢？开口吧，我忍不住了。”她用脚尖碰下火炭，使自己重新适应眼前情况。

“兰儿，咱们还是走吧。”

“到哪儿去？去新疆吗？……你别发疯了。”

“我为什么要发疯？”惠莲说。

一个星期前，娘儿俩还是那么平静地生活，如今却一下子郁闷了。男方家人不知从哪里打探到她们母女俩要走的消息，这几天全都忙活起来。叔伯家里的人轮着到她家，眼睛都跟窃贼似的在屋子里扫来扫去。

“妈！您再想想，现在还来得及。叔伯家里的人都说以后会关心、帮助我们。”尽管兰儿用了一种恳求的语气。惠莲却一声叹息，摇摇头说：“我的孩子，叔伯家里要关心我们娘俩，早就关心了，用不着到今天来说这些谎话。难道你还相信大伯的话吗？”

十几年来，从来没有人关心过她们母女俩的生活，生活担子却越来越沉重，惠莲受够了这一切，容忍了这一切，可是命运并没有好转，而是加倍吞够了生活的苦果，尝尽了孤儿寡母的辛酸。

窗户外，毛毛细雨无声无息地下不停，屋子里也静得出奇，连母亲的呼吸听起来都觉得声音挺大似的。兰儿望着母亲，儿时记忆时常浮现在眼前，有时母亲给她讲一些童话里的故事，并不失分寸地插进一些道德责任之类的话来教育她。当时她虽然还不完全懂得这些道理，可是今天她懂了，母亲不但要做“道德”叛逆者，而且需要她的帮助。

惠莲尽管抱定宗旨决不上当，可是真难啊！这些日子，因兰儿受叔伯家人蛊惑，对这件事既不热情又不喜欢。更糟糕的是，她开始不信任母亲，并且讨厌母亲有这种想法了。

“我知道……”惠莲说，完全沉醉在伤感里。她自以为受尽了命运的磨难，自以为走到了生活尽头，自以为自己的心已经死了，其实根本就没有死。这一个星期就像做了一场梦，一场痛苦心跳的梦、一场柔情快乐的梦、一场心力耗尽的梦、一场神魂飘荡的梦、一场时光如飞的梦。这一个星期，简直让人过得连气都喘不上来,惠莲觉得心里老是像有个东西堵住似的。

“兰儿,妈知道你在想什么。但这种机会不是每天都有。我们受的苦还不够多吗? 兰儿,你是个女孩子,你不知道叔伯是怎么对待我们……你还是个孩子,你还不懂得这些。”

“妈,其实我什么都知道。”她像小孩子似的赌气说。

惠莲似乎有一种不好的预感,忙问道:“你知道些什么? ”

“我看见大伯时常来找您,还跟您那个……”后面的话兰儿是说不出口的,但她眼神已经表示出那种意思来了。

“大伯?”她接不上话茬,心里感到一阵恐怖。这种事被女儿知道,就是母亲也会觉得在女儿面前像剥得全身上下一丝不挂似的,丢人啊! 心想:“自己在女儿眼里一定是个坏女人,不知羞耻的女人。”由坏女人引起的恐怖可不是能用理智去加以克制的。惠莲心里那种难以忍受的羞耻、痛苦上升到喉头,哽咽住了。

兰儿瞪着大大的黑眼睛看到了母亲灵魂深处的悲哀。她没有想过母亲是个坏女人,只觉得是母亲恨大伯而产生的痛苦;痛苦并不是做女人的羞耻。她满怀希望,心想:“应该叫大伯经常到家里来……母亲就不会想老班长……”她眼前仿佛重现了多年前的那一幕。

那天,惠莲病倒了。兰儿不能够理解母亲,心里也一直怨恨母亲。因为叔伯家里人讲,是母亲把爹气走的,使自己生下来就没有了爹。然而,每当母亲叫她帮忙做事时,她总是装着听不见,溜到外面去玩。她要让母亲受苦、难受。

“你娘病了? ”大伯走进院子,见了兰儿问。她并不想理大伯,点了下头。大伯用手抚爱地摸摸她的脑袋,从兜里摸出几角钱塞给她,“你去买点自己喜欢吃的东西去! ”大伯说完,朝屋里走去。

兰儿拿到钱,心想:“大伯还是喜欢她的。”只要知道大伯喜欢她,她也就心满意足了。对,大伯找母亲有什么事呢? 会不会也给母亲送钱? 她每次找母亲要点钱,母亲都说家里没有钱,她打定主意要去看看。她心里有了这种想法,看见大伯进到屋子里,不由分说朝屋后跑去。

听到有人进屋,惠莲躺在炕上问:“是兰儿吗? 给妈倒碗水。”

“弟妹,是我。听说你病了,过来看看。”大伯小声说着,来到炕头前。惠莲大吃一惊，看见大伯那紧张泛红的面孔，掩饰不住自己心里紧张、羞涩之态，赶紧把身子藏进被子里，害怕似的连动都不敢动了。

大伯靠近母亲身边坐下，抚摸她的额头，说道："开春太容易感冒了……天气一会热一会凉的，出门要注意加衣服！"惠莲吓得直哆嗦，推开他的手说："她大伯……你快走吧，让人看见了不好……再说我也没什么，躺一会就好了！"

他歪着嘴，恶意地微笑了一下。

"看你说的，刚才你还叫兰儿给你倒水呢，"大伯说着，起身给惠莲倒了碗热水，然后伸出手扶她起来。惠莲赶紧用手护住被子，把身子裹得紧紧的，说道："她……她大伯……我不渴……我不喝。"

"你这种坏脾气的人！"大伯很激动，"你还在等什么呢……等我兄弟吗？十几年了……你一直在肉体上忠于他，结果是什么？……是他不要你了。可是我喜欢你，你却不愿把你的心交给我。"他伸出手，轻轻地抚摩她蓬乱的头发。

她束手无策地缩成一团。"她大伯，你要干什么？"

"别怕！……不要怕！……你这虚弱的身子……"他掀起被子，把手伸进被窝里去，触摸到她光滑的肌肤。

"兰儿——"惠莲绝望地叫一声，然而，她的脑袋被紧紧压在他的胸口上，嘴巴被堵住了，发出沉闷而慌乱的声音。

兰儿看见了、听到了、害怕了，周身战栗得这么厉害，两个膝盖软了下去，使她不得不靠在墙壁上喘着粗气……她简直不敢相信，事情会是这样？母亲过去总是沉默、忍辱负重地生活。她那饱经风霜和不曾被污浊的生活是完整的。在没有生活伴侣的长长的寂寞中，她坚毅不屈地对大伯多次表示反抗。可是，今天母亲完全没有力量抵抗大伯疯狂的、贪婪的欲望了。

"心肝儿……宝贝儿，"大伯像一只发情的狗叫着。

这叫声，叫得兰儿心里发怵，叫得身上起满鸡皮疙瘩——大伯很固执，根本不理会母亲的哭诉和哀求，拼命撕扯她身上的衣服，撕扯她的内裤——母亲白白的奶子露出来激烈地抖动。大伯把他的臭嘴拥在母亲乳头上，像一只贪吃的老狗在上面舔来舔去。

"我索性死了……今后怎么有脸见人呢！"惠莲使着性子哭泣。哭她无缘享受生活乐趣就成了活寡妇，哭孤儿寡母被人欺负，哭自己坚守多年的贞洁如今失去了。

母亲声音渐渐弱下去。

兰儿反而吓得跟什么似的，她抬起头悄悄朝屋子里张望，只见母亲终于屈服在大伯怀抱里了。她感到从未有过的刺激，仿佛快乐与恐惧、痛苦与疯狂交织在了一起。

兰儿走出村子，走上一座山坡，不知走了多长时间，走不动了就躺在草地上休息一会。这里真安静，她躺在草地上望着太阳出神。想起刚才发生的事，觉得是一场梦，一场心惊肉跳的短梦。

回忆从兰儿脑袋里溜走了。她不明白，不是有大伯吗！母亲为什么还要去找老班长呢？不就是想那个……这时，她悄然望了眼母亲。母亲那双眼睛就像两扇打开的窗子，那么坦白，没有一点尘垢了。

“兰儿，你还小，你不懂……大伯来咱们家不会有什么好事。这十几年，他供过你读书吗？供过你吃饭、穿衣服吗？他每次来咱家都想干那种事……得不到就恼羞成怒……每一次，你大伯如同一个掠夺者，掠夺他得来之物……被他掠夺来的生命躯体只不过是他的一场欢娱。”说到这，忽然顿住，她感到罪恶深重了！

“妈——”

“兰儿，妈求你了，我们还是走吧！只要待在这里，妈就背着道德十字架。总有一天，十字架会把妈妈压死……兰儿，妈妈需要你的帮助，没有你，妈一天也活不下去。”

兰儿没法回答，因为她不知道说什么才好，她也没法正视母亲乞求她的眼光。

惠莲心里一阵酸痛。伸出手，轻轻地抚摩她的头发，灰心丧气地说：“兰儿，不想说话，就去睡觉吧。”

这句温柔的、动人的话，勉强进入兰儿的意识里。

她抬起头来，无力微笑着，低声说道：“妈！我控制不了自己，我爱你。我要同你在一起，永远在一起。你要是决定了，我就和你一起走！”

惠莲惊奇地睁大眼睛望着她，忽然明白过来，一行热泪滚落下来。她不由自主地低下头，伏到兰儿脸上，吻她的眼。“谢谢，我的孩子！”

这几天,大伯家里的人把母亲看得更加紧了。兰儿却暗中帮助母亲处理家中财产,她把家里值钱东西换得十块大洋,交给母亲。家里的房子母亲没有让她卖。兰儿心想:要是让她卖家里房子,她会得到更多钱。“妈,为什么不把房子卖了?我们走了还不是把房子留给大伯家?”

惠莲告诉她,如果有一天父亲回来,回到这里还有地方住。母亲总是为他人想得过多。兰儿想,父亲要是想回来早就回来了,不回来就说明父亲不是死在外面了,就是早把我们忘记了。她憎恨父亲、憎恨父亲家里的人,恨得想把这里一切统统卖光,不卖光也得统统烧光。不给自己留下一点儿念想。

第二天一早,鸡还没叫头遍,母女俩便悄悄走出门,门把手“咔哒”一声响,母女俩踌躇一下,仿佛清醒过来,娘儿俩就要离开这里的家了。兰儿站在门口,眼泪汪汪;惠莲那双手在门板上摸了又摸,自言自语道:“孩子她爹……对不住了……我们走了……要去很远、很远的地方。”尽管这种场面早已在想象中重复了很多遍,可是一旦发生在眼前,母女俩仍有一种撕心裂肺的痛楚。

此刻,惠莲带着颗沉重的心回头朝村子里望上一眼——这一眼,把村子刻在了心里。

四十一

王锡东出门已经三天了。这期间,他把二营、三营周边荒地都走了个遍。

当警卫员备马的时候,他又把三营长和教导员叫来,和他们谈起迫在眼前的开荒工作以及他的计划。

“开荒得趁早动手……还有,营里准备的肥料也不够。在这么贫瘠的土地上,没有充足的肥料是打不出粮食来的。好在你们把肥运到地里去了,抽时间还得多积肥。”

三营长注意听着,而且显示出赞成团长的计划,但是,他仍然显出一种沮丧的神情。那神情好像在说:“你的计划很不错,可是,战士们吃不饱,经常饿肚子。战士们的肚子就和荒地一样贫瘠。”

“团长,除非让战士们吃得饱一点,否则战士们没有力气开荒了。”营长说。

又是粮食！王锡东无论走到哪,指挥员们都报怨粮食太少。粮食成为部队当前最迫切的问题——是啊！现在全团吃饭、开荒已经归结为两个相互关联的重要问题。战士们吃不饱饭,怎么开荒？不开荒,怎么会有粮食？

“参谋长已经去搞粮食了,你们自己也要想些办法。”

“这是什么鬼地方,连鸟儿都不来的地方。”营长叹口气。

王锡东凝视着荒沙,仿佛在想着什么心事。忽然,笑起来说:“我来的时候路过一片苇塘,听到池塘里有野鸭子叫声……你们派人去那里看看……活人不能让尿憋死。”

“是！”营长和教导员的眼睛快活地闪耀着。

“对了,注意安全。”王锡东说,跨上警卫员牵来的那匹黑色的强壮的伊犁马,“好了,我走了。”

他扬起马鞭同警卫员一道飞驰而去。

史兆明下到连队,每到一个连队就把指挥员们召集起来开会。越是在困难时候,他要使整个机器灵活地、自动地运转起来;这就需要所有指挥员一律是忠诚的战士。虽然目前困境使部分指挥员丧失了信心,展望前途一片黑暗。对于这些受损害而起的抱怨,作为政委,他有一条不变的原则,决不当场对抗指挥员和战士们的情绪,而是用诚恳、用感情、用朴实的道理帮助他们,鼓舞他们,并把他们引导到正确道路上去。

“从现在开始,我们指挥员都要到战士中间去,在困境中要勇于奉献,起模范带头作用。只有在困境中才能锻炼培养我们的干部。比如,前一时期,团里一个参谋去做连长,先是不肯干,我硬下命令把他放在这个岗位上。头一个星期,他总是唉声叹气,过一个星期他就慢慢干了起来,越往后干就干得越好。这说明什么？说明基层锻炼我们的干部——同志们！我们不是孤立作战,我们是一个强大的整体,任何困难都摧毁不了这个整体！”

马友富起来晚了,来到食堂找不到什么东西可吃。他左瞧瞧右看看,只见一堆萝卜,空了许久的胃立刻燃烧起来,开口骂道:“他妈的,一百年以后,看见这些萝卜我都会恶心得要吐！”饥饿又在啃他的空肚子,他想找个炊事员做点吃的,不知人都跑到哪里去了。

其实,他一走进食堂,司务长就看见了,只是食堂已经没有吃的。司务长生怕惹上麻烦,赶紧溜走。

炊事班长回来了。

马友富发起火来:“你们都干什么去了?还有吃的吗?”

炊事班长一怔,说:“我……我们送饭去了……连长,你还没有吃?”

“你们给我留饭了吗?让我吃什么?马上给我去做,给我炒一盘肉。”

“连……连长,不……不可能呵!食……堂里没有肉,再说我们给你……你留饭,你从不来吃……今早怎么想起吃饭来了?”

这句话把他惹恼了,骂道:“屁话!老子又不是神仙……从今天起,把饭给老子留着,不管我来不来吃,都得给我留饭。”

炊事班长生气:“连长,我们还得赶紧做午饭呢!要不就来不及了。”

马友富一听,抬起手就想给炊事班长一个耳光。但是,他看见炊事班长手里握着一把铁勺,便放弃了,然后转身离开食堂。路上想起炊事班长那种眼神,知道自己一手遮天的时代结束了。他觉得自己应该换一种思维方式,解决眼前困局。

马友富来到开荒地,只见每个战士头上戴了一顶草帽,举起坎土曼,翻起一片荒土。他望着这片荒土地,心想:“自己没干过这种活,至少没下过地……哪一种活轻点呢?”忽然,他看见两名战士把绳子套在自己肩膀上,拉着犁铧走在前头,指导员扶着犁铧跟在后面,并且把犁铧深深地插进荒土地里。

马友富笑了起来,原来指导员是这样起带头作用的。

“指导员,你休息一会,让我来吧!”

“这犁不好扶呢!”杨阳抬起头,用手背抹一把汗水。

“这有什么难度,不就扶个把子。”他平时那种爱说大话和精力充沛的样子虽然看不见了,但是,他至少还是热情的。

马友富很自信地从杨阳手里接过扶手,像赶牛一样吆喝起前面的战士——没想到,战士身上绳子一绷紧,犁铧就像一片叶子飞起来。

“怎么回事,怎么回事?”马友富惊呼道,立刻陷入一种紧张的动作中。

“连长,不要紧张……压住扶手。”杨阳在一旁指点。但是马友富还是使出全部力量扶稳犁头,摇摇晃晃向前走去。没走几步,双腿发软,满头大汗。

杨阳拉着绳索,回头说:“连长,不要紧张,慢慢会顺手的。”

“这活儿不但费力,而且还得有点技术呢……真不是人干的活!”马友富已经开始抱怨他要支持不下去了,真是后悔莫及。

正午的太阳从头顶上直射下来,火辣辣的,隔着衣服也能感到那股烫人的热量。没有风,只有热气从地面上冒出来。这时候,尽管汗水流满了他一脸,从他鼻尖上滴下,把他的军衣湿透得好像浸在水里一样。他觉得他的气力已经使尽了,下决心要指导员停下来。正在这时,杨阳自动停下来。

“连长,累吗?累了就歇会儿。”

马友富把犁头插进泥土里,直起腰,显得很疲倦了——杨阳从白铁皮桶里舀一勺凉开水,请马友富喝。

马友富喝一口凉开水,心怡神悦地说道:“指导员,有件事和你商量一下,食堂粮食越来越少,战士们吃不饱饭,得想些办法呀。”

“是啊!打猎的事我看你也没有安排,不知你是怎么想的?”

“现在大伙都很忙,几个排长怕影响排里的开荒进度,都不愿意抽人出去打猎,所以这件事放下了。”

“原来是这样?”杨阳语气虽然温和,但知道他是在说谎。

“指导员,司务长找过我几次,说再不出去搞些吃的,连队就要断粮了,战士们饿着肚子还怎么开荒?”

“吃饭是个大问题。今天你不来找我,我也准备去找你商量打猎的事。你来得正好,说说吧,有什么打算?”

“开春了,黄羊、羚羊在山里窝了一个冬天。这时节正是它们转场的季节,也是打猎的好时节,咱们不能错过了。”

杨阳虽然不懂这些,但心里在想为了几百战士身体安康,为了保证开荒能够顺利进行。他诚恳地说道:“我同意,利用这个机会多打些猎物回来,解决连里吃饭问题。”

“这很好!这样非常好啊!还是指导员考虑得周到……战士们吃不饱、吃不好,体力跟不上,开荒可就成了大问题了。”其实,他根本没把开荒的事放在心上。

“马连长,你看派谁去呢?”

马友富瞪大眼睛,说道:“这……这还用说吗,当然是我亲自走一趟。这次我带上几个战士,把我们连一个月的吃饭问题都解决了!”

“哦,”杨阳微微一笑,知道他把自己的保证忘到脑后去了,“马连长,你准备去几天？”

“一个礼拜，一个礼拜就够了。”

杨阳虽然面色平静，心里却想：“半个月来，连长虽然对开荒生产不积极，不热情，但也没有给他制造什么麻烦。可是这两天，他跟霜打的茄子一样。不如借这个机会让他出去散散心。如果憋得时间长了，还不知他要闹出什么事来。他今天能出来参加劳动，就是一种进步，自己应该宽容些。”

两个人想法不同，所走的路却不谋而合。

“这样也好，我没有什么意见。马连长，你去跟营里报告一声，上面同意你就走。”

“你同意了？太好了！”他没有想到，万万没有想到，指导员这么痛快答应了他的请求。“我不同意又有什么办法呢？马连长想干的事，别人是拦不住的。这件事你能找我商量说明你眼里有我这个指导员。再说你也是为了咱们连队！”

“是啊！是为了连队！”马友富说。这会儿他把自己也搞糊涂了，心想：“为了连队？……我为什么还要求指导员呢……我怎么这么蠢……让指导员看出来我想干的事……我为什么不能稳点……指导员不是说要找我嘛……如果等等……再等等……不就主动了吗？”可是，他那种兴奋感觉始终存在。

“指导员，我去了，我现在就去营里报告！”

“好吧！马连长快去快回，不要耽搁时间太长。”

马友富像打了一针强心剂，提满精神走了。是的，当这里的一切都在改变的时候，他唯一没有改变的就是他对打猎的喜好。

几匹快马急速向团部奔来……

来到团部门口，于翔龙急速从马背上跳下来，警卫立刻上前把马牵走。机关干部凡是见到他，都同他打起招呼：“参谋长回来了。”他随便朝打招呼的人点点头，便快步走进会议室，说：“政委！”

史兆明已经听到马蹄声响，快步迎上来迫切地问：“参谋长，你可回来了！粮食搞到了吗？”

于翔龙喘着气，不急于回答。他先给自己倒一杯热水，大口大口地灌进肚子里去，才说道：“军里给我们调拨了粮食，这几天就能运到！”

史兆明深深吸口气，脸上显出兴奋的神情，激动地说：“太好了！太好了！这下吃饭问题解决了！”于翔龙压住自己激奋的心，凝神屏气望着政委。

“你小子，挺能沉住气啊！”史兆明说着，在他肩头捶打一拳。“通信员，去把王团长叫来！”他这才发现，参谋长袖子一直卷到胳膊肘上，军衣都给汗水打湿了，而且汗水在他面颊上犁出几条长长的沟壑。但是他说话时的声音却是镇定的。

“政委，我们回来路上积雪融化了，路面翻起泥浆。我们跟外面一切交通都有可能随时被切断。那时，粮食恐怕运不进团里。”

史兆明直愣愣地对他注视许久，似乎这话并没有进入他的意识。这时，王锡东推门走进来，急切地问：“参谋长，粮食搞到了吗？”

“王团长，来得正好，我正在和政委说粮食的事。”

“怎么，粮食有问题吗？”王锡东不安地问。

“粮食是没有问题，当务之急是怎么把粮食运回来。我这次回来一路勘察过。”于翔龙走到地图前，指着上面一个点说，“这里是三棵树，运粮车队只能到达三棵树……可是，三棵树离我们团还有五六十里路，粮食恐怕要靠我们自己从三棵树运回团里来。”

史兆明、王锡东来到地图前，仔细看起来。

“三棵树？……三棵树也是离我们团最近地点……政委，我们先派警卫班去接粮。等粮食到了，各连抽一个排，去把粮食运回来。”王锡东说。

“我同意。这次去军部看见张政委和陶参谋长，他们说这不是我们一个团的问题，驻疆部队都面临缺粮问题。军区首长正积极筹措粮食。让我们坚持、再坚持，争取最后胜利！”于翔龙说。

“现在正是最缺粮食季节，只要能扛三四个月，一切困难都会过去。”史兆明说。

“张政委也是这样说的，他让我转告你们，无论多么困难也要把今年生产搞上去，为明年大生产创造条件，为连队建设打下坚实基础。”

王锡东只想到这些粮食来之不易，没有心情听参谋长把话说下去，照于翔龙肩上拍了一下，说道：“好了，粮食问题基本解决了。我现在通知警卫班去三棵树打前站。”

忽然，三营长闯进来，气喘吁吁说道：“政委、团……团长……不好了。”

“什么不好了？”史兆明问。

“我……们营派去打猎的一名战……战士，去……去捞打下来的野鸭子，陷……陷入沼泽里……再……再也没有出……出来。”

“混蛋东西！干得什么事？”

三营长屁股上狠狠挨了王锡东一脚。

“王团长，冷静些！”史兆明说。“三营长，说说到底是怎么一回事？”

“鬼……鬼晓得是怎么一回事……听回来的战士说……他们打了十几只野鸭子，其……其中一只找不到……当时天暗下来……那个战士不……不甘心，说是去找一找，去了就……就再也没有回来。”

“战士的遗体找到了吗？”

“教导员带……带人去找了，叫我来向团里汇报。”

“参谋长，麻烦你去一趟，一定要把战士遗体找回来。”史兆明说。

于翔龙望一眼三营长，严肃地说：“走吧，你还待着这里干什么？”

几只黄羊在荒野上狂奔、逃命……

马友富骑在马背上跟在黄羊后面，紧追不舍——他端起手里枪，瞄向黄羊，扣动扳机，一声枪响，一只领头黄羊栽倒在地。后面几只黄羊犹豫地停下脚步，低下头看着死去的同伴。它们知道危险还在身边，来不及流泪，回头望一眼追上来的人，撒开蹄子狂奔起来。

马友富抓住机会又一次扣动扳机，一只黄羊立刻倒地，打着滚掀起一浪尘土。这一次，它的同伴们没有停下脚步，而是飞快地跑到一个沙丘后面，利用尘土掩护、利用地形躲避追击。刹那间，黄羊逃得无影无踪。

“打中了！打中了！”战士们几乎尖叫起来，骑马向倒下的猎物冲去。

马友富收住马，扬扬得意地把枪扛在肩上，眼睛快活地闪耀着光芒。

一队人马在不远处沙丘上，看着眼前一幕。战士们冲出去捡黄羊，这队人马立刻从沙丘后面冲了出来，向倒下的猎物狂奔而去。战士们发现一队人马冲过来，立刻冲上去抢猎物——双方离猎物越来越近，不一会，双方人马围着猎物争夺起来。

“好枪法呀！”

马友富一听，转过脑袋，只见骑在马背上的努尔兰雄赳赳从左边斜插过来时，不禁大吃一惊，而且颤抖的嘴唇和苍白的面色把他紧张的心情表现出来。

“马连长，咱们好长时间不见面了！”努尔兰微笑说。

马友富知道，努尔兰过去是他们的敌人，如今新疆和平解放了，现在与他相遇，不知该怎么办了？

“站住——别动，不然我就开枪了。”

努尔兰轻轻耸了耸肩。

“开枪，对你没有什么好处。”

马友富沉默了一会，放下枪，说：“努尔兰队长，什么风把你刮到这里来了？”努尔兰摇晃着大脑袋，神气十足地说：“是东南风，温暖的东南风把我送到这里。”

马友富用轻蔑的眼光向努尔兰扫一眼，拉长着声调说：“我怎么觉得是西伯利亚的冷空气来了！”

“来了好啊！不该热的时候，天气热了起来冷空气自然会来。据说西伯利亚冷空气又要来了，今晚有雨夹雪，气温会降下来。”

“哦？”马友富冷笑道，“不管是东南风还是西北风，只要心情舒畅，刮什么风都行。努尔兰队长，你怎么有闲心跑几百里路来到这里？”他知道，努尔兰来这里绝不是跟他谈天气、谈什么风来的。

“马连长在我的地盘上打猎，我过来看看总还是可以嘛！”他说着，身子稍稍躬向前。马友富听到大为不满，咬牙切齿地说：“这里什么时候就成了你的地盘，我怎么就不知道？简直是无稽之谈！”

“马连长，这就是你的不对了，”他说，脸上笑容消失了，只剩下老鹰一般的贪欲的残酷的眼神，“草原上谁不知道这里是我家老爷的地盘。”

“努尔兰队长，兄弟当年在这一带驻军，没有人告诉我这里是你家老爷地盘。我们驻军也不是来给你家老爷守家看院的护兵吧？”

“你不知道，我十分理解，因为你们是外来人。”

“外来人？”马友富哈哈大笑。“努尔兰，公元前138年，汉朝大军就踏上了这片土地，护卫丝绸之路。你知道距今天有多少年历史吗？”

“这？”努尔兰回答不上来，对自己的无知感到脸红。

“距今有一千多年历史。早的不说，咱们就从汉朝到清朝说起：追寻张骞、郑吉、班超、玄奘、左宗棠的脚印，就知道西域的历史。”马友富说，

“努尔兰队长，回去好好读几本历史书，今后就不会说这种无知的话了。”

“不，不！这只能说明你们统治、压迫了我们一千多年。”

“无耻，你不知道历史真相，可是你曾知道，在保卫国家领土和反分裂的战斗中，毛勒乎部落也是流过血的。远的不说，1947 年 6 月北塔山之战，毛勒乎部落牧民冒着枪林弹雨支援前线。你知道牧民是用生命和热血保证了战斗胜利吗？”

努尔兰面红耳赤，一股仇恨没法发泄，心里想：“你说一千年有什么用呢，我说现在这里是我的，就是我的，而且一定就是我的。”

战士经过一番激烈争夺终于抢回一只黄羊。他们骑马回来，愤怒的目光盯着努尔兰一伙，恨他们抢夺自己的猎物。

马友富心里明白，努尔兰突然出现在这里不是什么好事，没必要和他纠缠下去。“努尔兰队长，兄弟今天还有事，不奉陪了，请把黄羊还给我们！”

努尔兰见卫兵抢来一只黄羊，与解放军打个平手，算是争回点面子。他挺直胸膛，张开冷笑的嘴唇，说道：“一只死羊有什么稀罕，把黄羊还给马连长！”

卫兵把黄羊扔在沙地上，马友富的坐骑惊吓得往后退了几步，他赶紧收住缰绳，竟把他的坐骑勒得前蹄腾空竖起。

“我们走——”

风雨的黎明。

杨阳给四排准备去运肥的战士们送行。他依次望了望那三十二个战士的眼睛，有些人昏昏沉沉，有些人眼睛里暗淡无光。

“郝排长，祝你们一路顺风。”

“唉，真是见鬼了，天气怎么就变了。”郝铁忍不住说。

“走吧，天气变不变，我们都要把肥运回来。”

“出发了……出发了——”郝铁大声说。战士们牵着几匹马，一个跟着一个，踉踉跄跄地离开了营地。

杨阳目送战士们离去，一阵阵地打着寒战。

“杨指导员，郝排长走了吗？”聂子龙气喘吁吁跑来，已经是满头大汗了。

“郝排长刚走。子龙,你怎么来了?”

“教导员叫我跟郝排长一起去运肥。听说各连都派人抢肥去了,那里已经乱套了。”他说着,晃动起粘在两只脚上的大泥巴块。

“是吗?你去干什么?”

“营里成立了运肥指挥部,宋指导员在那里负责安排、指挥、调度。教导员让我去协助宋指导员工作。”

“好吧,你快走吧,郝排长已经出发了。对了,你去了告诉宋指导员,就说我说的,不能亏待了我们三连呵。”杨阳虽然以开玩笑方式说出这种话,可是,聂子龙听了就觉得目的不同了。

“你的话我会转告宋指导员,我走了。”

风雨,黎明,荒沙。

混沌的大戈壁呵。

聂子龙追赶郝排长。他拼着全力登到沙丘顶上,望见一片清晨的烟雾似的薄暗,无边无际的大戈壁上,三十几个人好像路标似的,弯弯曲曲地时隐时现在荒无人迹的路上。

中午,天气放晴。

李宝林手里抱着换洗衣裤、床单来到了女同学宿舍,刚走进了门,彭雅莹就开起玩笑,说:“宝林,你又抱什么东西来了?”

“开春了,把个人卫生打扫一下。这些东西也都该洗洗了。”他声音从容自如,并随手把这些东西放在了徐艳秋铺上。

“哎,你怎么放在我铺上?”徐艳秋老大不愿意地说。

“这你还不明白,宝林是让你给他洗,你应该感到荣幸才是。”姜玉玲开玩笑说。徐艳秋马上撅起嘴,装成生气的样子说:“我又不是你们家佣人,快抱走!”

李宝林眼睛里闪烁着骄傲和快乐的光芒,他知道,她俩的话一句都当不了真,只是说说而已。“你们谁洗都一样,只要有人给我洗就成!”

“宝林,看你多幸福啊!你离我们近,用起女同学来方便。子龙就没这个福气了,什么都得自己干。”彭雅莹说,她想起聂子龙了。

姜玉玲听见这句话,回过头来关切地问:“又想子龙啦?”

“哎呀,干吗想他呢!……看见宝林这样幸福,随便说说而已。”彭雅莹嘴上这样说,眼睛却有点发热。

“你嘴可硬,心肠总是那么软。要是子龙知道了还不知会有多感动呢……宝林,子龙给你来信了没有?”姜玉玲说。

“他?”李宝林冷笑一声说,“那人懒得很,你们见他给谁写过信?两个月就来了一封信,名字罗列一大堆,还不知是写给谁的。姜玉玲,今天没什么事,我就在你们这里练练琴。”他把手风琴背在身上,脸上显出快乐的样子。

彭雅莹这时候注意到李宝林脸上一副不以为然的样子,心里就觉得不舒服了。心想:“你的手风琴是怎么背到新疆来的,西征路上,子龙帮了你多少忙,怎么会说出这么没有良心的话来。唉——都是我的错,就不应该提聂子龙。”

“雅莹,没事给子龙写封信吧。”姜玉玲说。

“有什么好写的?他都不给我们写信,我们凭什么给他写。宝林,最近有新歌吗?”彭雅莹赌气似的说。

“一天到晚劳动,晚上还要给战士们上课,哪里有时间找新歌。”李宝林说,拉起手风琴找调去了。

徐艳秋不声不响地在铺上翻腾会儿,然后抱起一盆衣服,说:“你们在这里慢慢聊,我去洗衣服了。”

“这么勤快,宝林刚拿来就去洗。”姜玉玲挖苦她说。

“我正好也有几件衣服要洗,就一起洗了吧!”徐艳秋说着,端着盆子出门了。

这时,手风琴响了起来。奇怪的是,彭雅莹心里的那点怨气就像宿雾遇见阳光一样,立刻消散了。

徐艳秋来到井边,看见孙副政委正在井边洗衣服,就紧张起来,心想:“来的真不是时候。”她急忙转身就走。

“小徐来了!为什么不洗衣服就走呢?”

她听见了孙副政委的说话声,便回过头来,手足无措地笑答:“孙副政委,您……您也在这里洗衣服呀?我忘记带肥皂了,这就回去拿。”

孙启明仰着脸,说:“我这里有,拿去用。”

“啊?”徐艳秋张大嘴巴,立刻感到神经好像是在被什么东西拉着,越拉越紧，手指跟脚趾神经质地抽动起来。

“谢……谢谢政委。”

孙启明听了很舒服，咧开嘴笑了。

徐艳秋把盆子放在井边，抓起吊杆上绳子往井下打水。

孙启明站起身，把手上的水珠朝两边甩甩，说：“让我来——”他接过她手里的绳子，把水桶送到井底，摇晃两下一桶水就灌满了，再轻轻往上一提，一桶清凉的井水就从黑洞洞的井底吊了上来。

孙启明把这桶水倒进徐艳秋盆子里，然后再打一桶水放在井边。此时，她恢复镇定，觉得孙启明是一个热情并且容易接近的首长。

“政委，我来帮你洗吧？”

“不用了，快洗完了，”他说，并把手里肥皂递给她。“你洗这么多衣服？”

她一听，便不好意思低下头，说：“还……还有我们同宿舍的一起拿来洗。”她的心又紧张起来，时时惧怕由于过度紧张而把手里的肥皂掉在地上。“唉，竟碰上这么糟糕的事。都是这个李宝林，回去一定找他算账。”

“小徐，来这里快半年了，有什么想法吗？”

“没……没什么想法。”

“一个女学生很快适应这里的生活，是件不容易的事啊！记得在洮县时，你们一个个还是有钱人家的大小姐。”

“政委，我们家可没有钱，只够供我上学用。”

“哦！是这样的，可能是我记错了。”

“政委，你怎么也跑到这里来了？”

“不是我跑到这里来，是革命工作需要，是组织上把我分配到这里来的。”孙启明嗓门一高，她觉得自己说错了话，不敢吱声了。这会儿，她只有暗暗企盼孙启明尽快洗完衣服，早点走人——可是，他手里的衣服好像总也洗不完……难以忍受的紧张慢慢升到喉头，忍不住问道：“政委，还没有洗完呀？”

“快了。”孙启明不紧不慢地说。

她的心一下欢悦起来，这种尴尬的境地快要结束了。突然，又听他说：“不急，不急，小徐呀，你慢慢洗，我等肥皂。”

“啊？”她眼睛瞪得大大的，脑袋立刻晕眩起来。

徐艳秋不知自己怎样把衣服洗完，怎样和孙启明分手，又是怎样慌里慌张跑回宿舍。

“吓死我了！你们知道我在井边碰见了谁？”

徐艳秋紧张的神情使彭雅莹、姜玉玲大吃一惊。

“碰见谁了？”彭雅莹问。

姜玉玲说：“团里那么多人，谁知道你会碰见谁？”

“碰见孙副政委了。”

彭雅莹恍然大悟，哈哈大笑起来说：“碰见孙副政委，就把你吓成这样？你不会心里有鬼吧？”

“你说什么呢！我心里会有什么鬼呀！不知怎么搞得，在学校见到孙副政委，我就心慌。本来不想洗了，可是被他叫了回去——心里‘咯噔’一下就乱了套。”徐艳秋说。

姜玉玲好奇地问：“怎么就被他叫回去了呢？”

“我说忘带肥皂了，回去取。孙副政委说他有，就把他的肥皂给我用。可是他的眼睛一直盯住我的手，那神情就像是怕我把他肥皂用完似的，吓得我都不敢使了。”

“孙副政委没这么小气吧？是不是你心里作怪？”彭雅莹说。

“咋不小气呀！我一直盼着孙副政委洗完衣服，赶快走呢，可孙副政委洗完衣服坐着不走。我实在憋不住，问他为啥还不走。他说：不急，不急……小徐呀，慢慢洗，我等肥皂。”徐艳秋学着孙启明，就跟他的影子一模一样，“你们说急不急死人？”

姜玉玲“扑哧”一笑：“你真没有带肥皂？”

“带了，我把肥皂藏起来了。”

姜玉玲哈哈大笑。

彭雅莹忍住笑说：“这倒也是啊！半年，每个人就发这么一块肥皂，你使完了，孙副政委下次拿什么洗衣服。”

徐艳秋跺跺脚。“都是这个李宝林，他怎么走了？”

“营里派人把他叫回去了，说什么事情没办完，他就跑出来了。”姜玉玲说。

“宝林这个人，一天到晚迷三倒四的，工作没做完怎么就跑出来呢，影响多不好啊！”徐艳秋说。

彭雅莹说：“不要说宝林迷三倒四的……他这个人办自己的事一点都不迷糊，可有思想了。你们没发现？一个给他当管理员、一个给他当佣人，她们还都没有意见呢。”她管不住自己的嘴，惹是生非了。

“你这个鬼家伙，”姜玉玲、徐艳秋听出她话里话外故意挑逗，不乐意了。两人猛扑上来，围攻她。“叫你这张嘴胡说！”

“你……你们俩配合多好啊……”她在姜玉玲没把她压倒之前，说着。

彭雅莹被姜玉玲、徐艳秋按倒在床面上，不但压得她连气都喘不上来，而且冰凉的手伸进她内衣，在她肌肤上乱摸一阵。

“我……我不敢说了……我投降！”彭雅莹腿脚乱踢着。

姜玉玲哈哈大笑。

“你……你们放手……你们疯了……小心床。”她发出一串不成音的求饶。

姜玉玲起来，拭了眼角里可笑的泪珠。

徐艳秋起身，笑嘻嘻地说道：“玉玲，帮我把绳子拉上，咱们把衣服晾起来。”姜玉玲赶紧找绳子，徐艳秋抱起洗好的衣服和被单，两人高高兴兴出门了。

屋子里留下可怜的战败者。

四十二

杨阳见马友富打猎回来，迎上去问：“马连长，这么快就回来了？”没想到，马友富连一点热情都打不起来，无精打采地说：“开春了，黄羊不好打，就提早回来了。”

“打了两只黄羊，连里可以顶一阵子。我听回来的战士们说，你在打猎时碰到了什么人？”杨阳对这件事有好奇心，所以忍不住直截了当问。

“是啊，碰到一个老对手，努尔兰。”

“努尔兰是谁？”杨阳警觉地问。

“哦？”马友富那双疲倦的眼睛突然变得警惕起来，意识到自己说漏了嘴，“你看，我都忘了，你不认识努尔兰。”说到努尔兰，这里面有什么他所不能够或者是不愿正视的东西,“指导员,我有些累了,先回去休息了。”

杨阳从他眼睛里看到慌乱的神色时,心情立刻变了。

“好吧,你先回去休息。”

那天下午,杨阳翻来覆去想这个问题。

熄灯号响了,营地里的灯火熄灭了——杨阳骑马来到营里。到了营部小二楼的时候,就下了马。

哨兵从黑暗中闪出来,问道:“是谁?”

“我是三连杨指导员。教导员、营长休息了吗?”

“还没有,教导员和营长还在会议室。”哨兵回答,走过来牵走他的马。杨阳朝那栋楼走去——当他走进会议室的时候,等待他的是两双充满询问的眼睛。

“杨指导员,这么晚了有事吗?”赵子健问。

刘少贤跟着问:“杨指导员,听说马连长回来了?”

“是的,我就是为这事来的。”杨阳说。“刘营长,马连长这次打猎带回一个消息,他们打猎时碰见一个叫努尔兰的人……听战士们说,努尔兰先是抢了我们猎物,后来又还了……营长,你认识努尔兰吗?”

“努尔兰是谁?”赵子健大惑不解地问。

刘少贤猛然一怔:“努尔兰是毛勒乎部落头人乌斯满卫队长……当年曾煽动一些不明真相的牧民制造民族仇恨,在阿山制造民族仇杀。”他的皱眉蹙额的脸变得苍白了,他的下颚发抖,他是从来不轻易这样的。

杨阳焦虑地问:“后来呢?”

“我军退守玛河以后,努尔兰回到北塔山乌龙布拉克去了。他时常带领小股土匪偷袭我运输车队,杀我单独执行任务人员,给部队制造不少麻烦……我军几次围剿乌龙布拉克,都没有抓住努尔兰。这时候,他怎么会突然出现在柳原呢?”

赵子健警觉地问道:“杨指导员,你没有问马连长是在哪里碰见努尔兰的?”

“问过了,马连长没说……不过跟他打猎去的战士告诉我,他们是在西戈壁遇见的。战士们还说,不知为什么马连长遇见努尔兰后,再没心情打猎。后来,马连长把战士们打发回来,自己却跑去跟踪努尔兰。”

“西戈壁？”赵子健、刘少贤摊开地图寻找到西戈壁的方位。

马友富宿舍里和往日不同，这会儿只点燃了一盏小马灯，屋子里显得昏昏暗暗。

“马连长，这次打猎怎么这么快就回来了？”赖兵不解地问，心想，这么好的机会，为什么不在外面多玩几天，何必回来找罪受呢。

“你们知道什么？”他低声说，“你们知道吗，我这次在西戈壁碰见了谁？”这句话，足以引起他们注意。

“碰见谁？”马宏兵声调里充满好奇。

“告诉你们吧，努尔兰。”马友富说。“你们还知道努尔兰吗？”

“活见鬼了！”马宏兵吃惊的眼睛冒着火，嚷道：“怎么会不知道呢！当年咱们为了抓住努尔兰，费了不少劲，最后还是让他跑了。”

赖兵的心像被刀子挫了一下，直哆嗦，暗自思量：“怪不得连长跑回来了。”

“是啊！要不是新疆和平解放，这次遇见努尔兰，非打起来不可！”马友富吁了口气。忽然，看见马宏兵端起茶壶倒水，壶盖发出“嗒嗒”作响声，接着“咣当”一声，壶盖落在桌面上。

赖兵忙问道：“怎么啦，烫着了没有？”

“没……没有。”马宏兵回答。

马友富继续说：“你们想想看，努尔兰突然出现在柳原——他来干什么？”

“我们哪会知道？”赖兵马上回答。

马友富处在一种兴奋和诡秘状态中，几乎用耳语般的声音说：“我打听到，努尔兰知道我们队伍上缺粮的事。你们想想看，我们队伍中是不是有努尔兰的奸细？”他两只眼睛像狼一样发光，盯住赖兵。

“这……这有什么……是……是个人都知道，我们缺少粮食。”赖兵见到这双眼睛，心惊肉跳，“要不……我们开到荒原干……干什么来了。”

马友富阴阳怪气地“哼”了一声，接着说：“恐怕事情没有这么简单！”

“连长，你的意思是我们这里有人给努尔兰通风报信？”马宏兵问。

“我想是这样！你们想想看，谁会干这种事？”

马宏兵一时不知怎样回答，望了望马友富，又看了看赖兵。

赖兵正呆头呆脑地想:“怎么会呢?不可能呀!”忽然,他看见马友富眼里射出来一道寒光,感到了不祥,心里害怕极了。“马……马连长,你不是在怀疑我们吧?”

“我怎么会怀疑你们呢!咱们是兄弟!当年,咱们打努尔兰的时候,我是排长,你俩都是班长。”

“对!对!”赖兵用这种语气来巩固他和马友富之间的感情。

“连长,会不会是共产党。共产党借努尔兰的手把咱们干掉?”马宏兵说。

马友富摇了下头,肯定地说:“不!这倒不会。共产党要灭我们,用不着借努尔兰的手。我想努尔兰会不会是冲着弹药库来的?”

“啊?”马宏兵吃了一惊,迫不及待地说,“那,赶快报告指导员吧。”

“慌什么!在没有弄清楚努尔兰动机之前,我们不急下结论。再说了,这也未必不是一件好事。努尔兰要是来夺弹药库,这里就会打一场仗!”

“打……打仗有什么好。”赖兵嘀咕一句。

“你这个蠢货,就是因为没有仗打,共产党才把咱们弄到戈壁荒原来开荒种地。”马友富慢吞吞地说。“你们想想看,从前只要边境稍不安定,只要民族矛盾加深,咱们军人多吃香呵!要什么有什么!——他妈的,解放军进了新疆,新疆和平了、社会稳定了、民族和谐了,咱们军人就没用了。”他停住了,抬起头来,炯炯有神的眼睛里含着怒火。

马宏兵、赖兵点点头。

马友富咳嗽了一下,降低了嗓音,字字分明地、恶狠狠地说:“你们两个人给我留点心,看看咱们连谁给努尔兰通风报信。”

突然,门外面传来轻微的声响,他们都听清楚了,面色霎时变成灰色。

“什么人?”马友富大喊一声,迅速拔出枪套里的手枪。

门打开了,勤务兵小心翼翼端着一盆水走进来,说道:“连长,热水打来了,烫烫脚吧。”马友富脸一下变了,眼里闪出一股无法遏制的怒火,骂道:“他……他妈的,这时候你来凑什么热闹!”

开荒地上,陆军抬起头,望见远远的、平坦的地平线上,出现了小黑点似的系成一条线的队伍。

“运粮队回来了!”陆军狂喜地大声说。“同志们,我们运粮队回来了!”

喊声把四周的沉静冲破了。

战士们热情高涨起来，立刻从田间、地头跑去迎接运粮队。

“我们的运粮队！……我们的运粮队回来了……回来了！”

林雪梅把坎土曼往地上一摔，跟着战士们往前跑。

沉重的粮袋在战士背上、马背上摇晃着。

林雪梅望着身背粮食、满身泥污的战士，使劲儿盯住他们的脸，寻找史兆明。突然，她看见王锡东，喊起来：“王团长，看见政委了吗？”

王锡东迟疑了下，停下脚步说：“雪梅同志……政委在最后面呢！……政委要是知道你在这里等他……受宠若惊呢。”他哈哈笑着走了。

战士们都哈哈大笑起来。

林雪梅对大笑的人们瞪一眼，说：“可笑吗？……抬起你们的脚快走吧！”

战士们都笑着，接过运粮队战友们背上的粮袋走了。

最后一批战士、军马驮着粮食，一路泥巴四溅地开过来。在眼熟的枣红马身边，林雪梅果然看见了史兆明。

“你怎么才回来，我都等你好一会儿了。”她迎上来说，“兆明，粮食运完了吧？”史兆明停住脚步，晃着脚底下泥巴块，说道：“差不多了，机炮连再跑一趟，就运完了。”

“你看看，你们一个个都成泥巴人了，快回家去洗一洗，我把粮食卸了就回去。”

这时，于翔龙几步上前，说：“政委，把马交给我吧！”他从史兆明手中接过枣红马缰绳，牵住了枣红马。

“家里开荒怎么样了？”史兆明问。

“我和孙政委天天跑着呢。政委，明天你就别去了，让我带队去吧！”

“不用了，粮食运回得差不多了。明天特务连再跑一趟，就都运回来了。我已经给安指导员说好了。”

“好吧！把马给我，你早些回去休息，我去卸粮了。”于翔龙说着，牵着枣红马走了。

“兆明，回家去洗洗，把鞋子、衣服换了。”

“好吧！”史兆明虽然快活地笑着，面色却有一点苍白——他走到回家路上，遇见下班的姜玉玲。

“政委,今早收到师部一个通报,我放在您办公桌上了。”

“哦?”他犹豫了一下,立刻掉头向团部走去。

进到团部会议室,见桌子上放着一份军区通报。他拿起来,目不转睛看起来:

各师、团领导:

最近一个时期,新疆境内及少数民族分裂分子同国外反华势力相互勾结,乘我军立足新疆未稳之际,企图发动叛乱。为防止一切反动势力破坏和捣乱,军区组织工作队、宣传队到农村积极开展爱国主义、民族团结教育。九军按照军区部署,在开展大生产同时,不忘团结边疆各族人民,团结上层民族宗教人士,团结广大官兵,保卫来之不易的和平成果,保卫来之不易的和平秩序,爱护和巩固安定团结的政治局面,彻底粉碎一切分裂祖国、分裂民族感情的阴谋。

……

史兆明折起通报,沉思了一会儿,便快步来到机要室,见值班的是徐艳秋,问道:“小徐,这份通报孙副政委、参谋长看到了吗?”

“不知道?姜玉玲说只记录一份,让我放在会议室办公桌上。”

“哦。”他摇着头,“你去通知孙副政委、王副团长、参谋长到会议室开会。”

史兆明面部表情是那样地严肃。徐艳秋马上知道了通报的重要性,回答道:“是!”她行了一个立正礼,然后跑出值班室。

史兆明回到会议室不久,于翔龙、王锡东就赶到了。

“政委,发生什么事吗?”

“这是军区通报,你们先看看。”史兆明说,把通报递给他们。

王锡东接过通报,于翔龙凑上前,两人一起看起来。

“小徐,你先回去,有什么事我再通知你。”史兆明说。

徐艳秋点下头,准备离去,孙启明走来与她打了个照面。他朝徐艳秋点下头,一句话也没有说,进了会议室。

于翔龙开完通报,说道:“政委,你和王副团长出去这两天,柳原也转来一份报告,说努尔兰在柳原一带出现了。”

“努尔兰是谁?”史兆明问。

王锡东把通报递给孙启明，说道："努尔兰，可以这样说，是一个惯匪。早年他给毛勒乎部落头人乌斯满当贴身护卫，曾参与追杀我军部队，并且血洗了两千多群众，是一个血债累累的民族分裂分子——刘营长就是当年突围出来的人。"

"努尔兰突然出现在柳原一带，不是好兆头！"于翔龙不安地说，"努尔兰回到北塔山乌龙布拉克，时常在哈密、伊吾、巴里坤一带袭击我运输车队，杀我执勤人员。我团奉命围剿过几次，可是都让他逃脱了。新疆和平解放后，他不知道躲藏到哪里去了，后来，再没有他的消息。"

史兆明非常注意听，接着问："努尔兰出现在柳原，会是什么目的？"

"不大清楚。"于翔龙在沉思。"我担心努尔兰会不会打柳原弹药库的主意？"

马友富从西戈壁回来，再也不像以前那样能安然入睡。

这几天，连队菜汤里有了些油花花，战士们已经心满意足，如果谁的碗里还有一块小肉骨头，简直是鸿运当头——马友富虽然觉得自己运气比谁都好，有肉吃、有酒喝，可是到了晚上，还是觉得饥肠辘辘。晚上还接着做噩梦。而且梦的恐怖度一次比一次强烈。白天本来就是噩梦，夜里还受这种噩梦煎熬，简直受够了！于是，他一骨碌坐起来，决定去开荒地找马宏兵、赖兵。

马友富来到一排开荒地，看见战士们，有的穿着上衣，有的只穿件衬衫，连成一串地在开荒，用各种不同的姿势挥动手里的坎土曼。

"连长，怎么有时间来开荒地？"

战士们流着汗，愉快地、微笑着同他打招呼。

"你们看见赖排长了吗？"

"赖排长在前面拉犁呢。"

马友富向前望，果然看见赖兵与战士一起拉着犁铧。他不但惊奇，而且不能理解，这位把屯垦事业看成是一场灾难的人，竟然也会把绳索套在自己肩头上。

马友富走过去。

"赖排长，这两天怎么没见到你？"

赖兵停下来，对着他说："连长，这几天大伙儿都在开荒，实在太忙、太累……累得回到家里,倒头就睡了。”

“屁话,我不知道开荒累人吗。”

“是的,是的,马连长当然知道。”

“我交给你的任务完成得怎么样了?”

“什……什么任务?”赖兵装起糊涂。

“他妈的,你就给我装吧!”马友富气得大喝一声。

赖兵的心一下跳到嗓子眼上,赶紧说:“刘班长……你……们先干着,我和马连长说几句话。”

赖兵把绳索从身上卸下来,交给刘长根,再把马友富拉到一边,低声说道:“马连长,这件事,我最近注意观察了一下,看谁都像,可是想想,又都不是……这种事可不能瞎猜。”

“你不是说屁话,跟没说有什么两样。”

“马连长,不要生气,我已经尽力了。现在的人把心放在肚子里,谁肚子里装些什么——他妈的,是不会让你知道的。”

“都让你知道了,还让你去侦察干什么!”马友富在这里用的是军事术语。“好了!不说这些了,你怎么拉起犁铧了?”

“不拉不行呵!……前些天晚上尽做噩梦。现在,每天拉着犁铧,虽然苦点、累点,但是一切噩梦都消失了。”

“哦。”马友富恍然大悟,“好吧,你去忙吧。”

“马……马连长,我去拉犁了。”

马友富摆了摆手,赖兵赶紧溜走了。

一片新开垦出的土地上,几匹马、几头小猪低着脑袋,在翻起来的土地上寻找草根——老班长望着这片景象,很像是一幅粗犷的、凄凉的图画。

一匹马打不远处飞驰而过。骑马人身子弓得很低,好像伏在马背上似的。老班长看不清骑马的人是谁,但从骑马姿势看,猜想是三连的马连长了。

马友富不惜马的体力,一路狂奔而去。

“兔崽子,不把马累死了才怪!”老班长骂一句。

“老哥,在骂谁呢?”

老班长回头看,原来是老山羊。今天他又把羊群赶来和他的马、猪一起在这里觅食。他叹了口气,说道:“你没见,刚才骑马过去的那小子,把军马不当朋友!兄弟,怎么今天又过来了?”

老山羊用他忧伤的目光望着这片荒无人烟的土地,心里有点茫然,不觉叹口气说:“老哥,没地方可去呀!想了想,来和你做伴。”

老班长看着羊群,看到它们能寻觅到草根的地方都寻到了,现在,一动不动地站在处女地上,不时回头望眼老山羊,像是告诉他,这里已经没什么可吃的东西了。只有刚出生的羠儿欢快地跑来跑去。

“兄弟,你在这里放牧都三天了,刚翻出的草根都被你的羊吃光了。你看,羊都没什么东西可吃了,怎么也不换个地方?”

“老哥,去哪里都一样。”老山羊说着,低下头,对眼前景象视而不见。

“我听说这个时节还不到你们下山的时候,你怎么这么早就下山了呢?”

“今年山上狼害太严重了,不把羊赶下山不行了。”

“你手里的枪是干什么用的?”

“老哥,没有子弹有枪有什么用?现在山上几家人把羊群集中起来,派青壮年守护着。可是狼太厉害了,羊群还是遭到攻击。”

“你为什么不和别人合在一起呢?”

“我没有子弹,人家不要我……我被抛弃了……我放的是牧主的羊。我不下山,我的羊会被狼吃光……我就欠一屁股债……十几年心血付之东流了。”老山羊脸上完全是一副痛苦表情。

老班长听得很明白,老山羊用不大流畅的汉语把山里情况说清楚了。

“兄弟,会好起来的!会好起来的!但是,你也应该经常换个地方放羊呀……要不羊会饿死的。”

老山羊仿佛从痛苦中醒来,像快要淹死的人突然抓住了一根救命草。他抓住老班长的手,紧张地说:“老哥,有子弹吗?”他虽然意识到这样做是无礼的,却不能不这样做。

“你想干什么?”老班长警惕问。

“我……我用羊跟你换子弹……我……听说解放军是可以帮助我们的……你得帮助我……救我的羊群。”

这种情感猛烈冲击老班长的心,使他处在一种混沌状态之中,

“羊……用羊换子弹？怎么换？”

“五……五颗子弹换一只羊，”老山羊说着，伸出风吹雨打过的五根粗大通红的手指。

老班长见到老山羊做交换的动作时，本能地意识到了这种风险，不安地说道：“拿子弹换羊？……会犯错的……会犯错误的。”

老山羊既没有听明白，也没有听懂老班长在说什么。以为老班长觉得这种交换不公平，迫切地说：“三颗子弹换一只羊，你不会吃亏的。”这时，他五根手指变成三根，而且坚决竖立在老班长眼前。

“这该怎么办呢？”这件事完全在老班长意料之中，又在意料之外。他下意识地从衣兜里摸出五颗子弹，枪膛里退出一颗子弹，一共六颗子弹，紧紧揣在手里。

“谢谢老哥！谢谢老哥！我的羊群得救了，我可以和伙伴们在一起了……今天我就回山里去。”老山羊眼睛里充满感激的泪水。

老班长脸上完全是一副迷惑的神情，好像还没有恢复知觉似的，心想：“这是怎么一回事？我在干什么呢？”

老山羊留下两只羊，赶着羊群离去。当这一切成了事实，他才从幻觉中醒来。

一点白色影子藏在大戈壁低地处。走到跟前，原来这里是几座白色毡房。外表看似一个游牧部落暂时落脚地方，其实，这里完全是个兵营。坐在中间的大一点的毡房，外表不仅洁白，而且门口站着护兵。

“我的朋友，今天你能来到这里，我真是很高兴。”努尔兰盘腿坐在毡房中央，对马友富的到来不但表示了热情欢迎，而且彬彬有礼。

“努尔兰队长，有什么话直说？你们到这里干什么来了。”

“马连长，咱们今天就是喝酒、吃肉，不谈别的事。”努尔兰眯缝的眼睛里对这位穿着军装的人表现着恐惧和钦佩，“几个月来，马连长在这荒凉的戈壁滩上开荒，吃了不少苦，受了不少委屈，今天来到我这里，把这些不痛快的事统统忘掉。”

“恐怕没有这么简单吧？”

“马连长是一个痛快人。虽然我们过去是对手，但是，今后我们可以成为朋友。”努尔兰说着，眼睛却一动不动盯住他，就像一只狼嗅到羊群时那种纹丝不动的神情。

马友富可不是羊，而是一条狗。他心思紧张，面部却安详。因为他太了解努尔兰是什么货色，所以对他的每句话、每个眼神，都保持警惕。

“朋友？”马友富耸了耸肩。

这时，女佣端上来一盆炖好的羊肉放在努尔兰面前。

“马连长，请吧！”努尔兰有经验地从腰间抽出一把漂亮的英吉沙小刀，娴熟地剔着羊骨头上面的肉。马友富一双馋涎欲滴的眼神盯住努尔兰手里那块肥得滴滴答答流油的羊肉，什么尊严、羞耻，在他心里根本无足轻重了。

努尔兰似乎很得意，像喂狗一样把一块肉放进盘子里，然后给马友富递过去。此刻，马友富仿佛被催眠似的。在他周围尽是肉香、酒香、奶香儿的味道，那饥饿的眼神充满欲望，毫不客气地接过盘子，狼吞虎咽地大吃起来。

“马连长，好长时间没有这样喝酒、吃肉了吧？”

“不瞒你说，自从共产党、解放军进到新疆，特别是部队开到戈壁滩上，兄弟就没有这样吃过肉、喝过酒。今天兄弟不客气了！”

努尔兰听出马友富话中的怨气，举起酒碗说：“马连长是个实诚的人……为实诚的人干一杯！”

“干杯！”马友富举起斟满酒的碗。他被努尔兰的热情、被浓浓的酒香醉迷糊了，这会儿，他真的以为努尔兰脱胎换骨，变成了好人。

“马连长，今后有什么困难，可以随时来找我。”

“努尔兰队长，那时恐怕就找不到你了。”

“哪里……哪里……我们会一直关注马连长，只要马连长愿意，我们会和你一直保持联系。”努尔兰说，心却在想：“莫非他真不理解自己的暗示，难道非得用铁锤把这个暗示敲进他的脑袋里去不成？”

“关注我干什么？难道努尔兰队长还要在这里久住下去不成？”

“我们是要在这里长期住下去。”

“努尔兰队长又说玩笑话——戈壁荒原，你们待在这里干什么？”

“赶走共产党、解放军！”努尔兰直截了当地说。

马友富迟疑了一下，打了个寒噤。把手挥了一下，笑道：“努尔兰队长，这会儿好像是大白天吧？痴人说梦话呢？……你知道解放军、起义部队、民族军加在一起,近二十万大军。就你们这几个人,也想把解放军赶走?”

“可是你要知道,二十万大军,除了五六万进疆的解放军,其余都是国军和民族军。你想想看,你们国军会跟共产党走吗?从武器装备到物资供给,国军、民族军都比解放军强,他们为什么要听解放军的指挥呢?而且你们又失去了往日富贵荣华的生活,跟着解放军来到戈壁荒原开荒种地,心甘情愿吗?还有,新疆荒凉贫脊,二十万大军在新疆是要吃粮、穿衣的,新疆老百姓养得起这么多军队吗?”

“努尔兰队长,起义部队就是对共产党、解放军不满,也不会跟着你去搞什么赶走共产党的蠢事,我劝你还是放弃这种念头。”

“马连长,你还是没有看清目前形势。新疆现在是堆在一起的干柴,只要有了火种,就会很快燃烧起来,到那时,还愁赶不走共产党、解放军!”

马友富像听一个孩子吹牛那样轻蔑,话头好像带刺似的说:“谁是火种?到时候不要烧不走共产党、解放军,反而把自己给毁灭了。”

努尔兰一听,暴跳起来,像魔鬼似的张牙舞爪。“乌斯满巴图鲁的‘胡达’的儿子。乌斯满就是火种,是我们草原上的真英雄!”

马友富冷冷地一笑,因为他知道,努尔兰跟国军作战,就像耗子一样到处逃窜。

“马连长,你不要不相信。我们这次有哈密尧乐博斯专员遥相呼应,有国外朋友的支持和帮助,我们有几万牧民兄弟。他们听从乌斯满巴图鲁召唤,这把烈火很快就会在新疆燃烧起来。”

“好啊!我们就等着乌斯满把我们从苦海中解救出来!”马友富说,可是心里却在想:“打吧!赶快打起来!只要战火一起,作为军人,就要上战场——军人的荣誉在战场上,而不是在戈壁荒原。”

“马连长,没有免费的酒席。要想荣华富贵,还得靠自己努力,还得为乌斯满效力。”努尔兰的话打断了马友富的幻想。

他这才想起来自己是在什么地方。不对头了?自己吃努尔兰的羊肉、喝努尔兰的酒,还想着准备跟努尔兰开战。

“我一个小连长,能帮你做什么?”

“能做许多事……我们暴动时,你把弹药库给我们夺下来。把我们牧民兄弟武装起来,像一支真正的军队那样,消灭共产党、解放军!”

“弹药库可是在营里,不是那么容易夺取的。再说了,兵变可要冒掉脑袋的风险。”

努尔兰本能地知道，要让这种人追随自己，需要给他点什么。他朝门口摆摆手，一个身穿民族服装的哈萨克姑娘端着盘子走进来，跪在努尔兰面前——努尔兰掀起盘上盖布，几根金条金光四射地展现在眼前。

马友富瞪着一双眼睛，死死地盯着金条，眼睛闪着贪欲的火焰。

努尔兰把这种刺激游戏继续玩下去。“这只是很小一部分，等马连长举事成功那天，我们还会有奖赏。金条、银子、美女、草原、牛羊，你想要什么就会有什么。”

“为什么不早拿出来呢？这样岂不比刚才费那么多口舌简单多了。”马友富在想。

努尔兰摆下手，姑娘端着盘子退下去。

马友富的眼光情不自禁地随着哈萨克姑娘后面一摇一晃溜出毡房。

“这些东西我先替马连长保管着，等暴动成功那一天，这些金条、银子统统都会是你的！”

马友富从混沌中渐渐清醒，眼睛里冒出一股怀疑的神色：“努尔兰队长，你不会拿这几根金条到处许愿吧？”

“看来马连长还是信不过兄弟，我可以向胡达起誓。”

“努尔兰队长，起誓就不用了。人心要是长歪了，起誓也是没用的。”

马友富耸了耸肩，起身告辞。

回去路上，美女、金条、草原、牛羊一直在马友富眼前晃动。突然，记忆好像闪电似的在他脑袋里闪了一下，对他启示了：

“夺取弹药库，可不是什么闹着玩的事。”

太阳慢慢落进地平线以下，光明与黄昏交换了位置，荒原被巨大的阴影笼罩住了。

老班长赶着马群、赶着猪、牵着羊走在回家路上。老班长捡到两只羊的消息就传到了营部。当他把马赶进马棚，把猪和羊圈进猪舍时，赵子健走来，围着猪舍看，问道：“老班长，哪里来的两只羊？”

老班长虽然表面平稳，其实心里很慌。他故意对赵子健表现出冷淡。“你不用管了，保证不会是偷来的。”

“是捡来的？”

“哪会有那么好的事！你是怕我犯群众纪律吧？我一个老兵，群众纪律还是知道的。”

“老班长，不是偷又不是捡，一定是从天上掉下来的？”

“开什么玩笑，”老班长说，他心里明白，教导员不问清楚决不罢休，“实话告诉你，我是用子弹换来的！”

“子弹换的？这是怎么一回事？”

老班长蹲在猪圈旁，不紧不慢点上烟，深深吸了口，说道：“今年山上狼害严重，牧民损失了不少羊。他们缺子弹，来找我。”

“怎么换的？”

“三颗子弹换一只羊，没吃亏吧？”

“这么说，你是用六颗子弹换了两只羊？”

“是的。”老班长说，“这些子弹，是我自己保存下来的，和营里没关系。你看，那只母羊肚子里怀着崽呢。”

“老班长呀！你也是个老革命。我们可不能做乘人之危的事情啊！”

“怎么是乘人之危？”他低声嘟囔着，“是牧民自愿找上门来的，又不是我强迫他们。”

老班长站起身来，漠然地掂起水桶，打水去了。

赵子健回到营部，不知怎的，担心起老班长生气，又不吃晚饭了。这时，刘少贤走进来，见赵子健坐在凳子上发呆，心里非常诧异，问道：“教导员，怎么不去吃饭？”

“刘营长，每年山里狼害都很严重吗？”

“不一定。今年雪大，山里黄羊冻死了不少，狼没吃的，就袭击羊群。所以，今年狼害严重些……你问这干什么？”

“听老班长说，今年山上狼害严重。牧民找到他，用一只羊换三颗子弹。”

“这有什么好奇怪的！从盛世才时代枪支就管制很严，有时候一粒子弹就能换只羊。今年狼害严重，我看老班长是不懂行情啊！”刘少贤不以为然地说。

“一粒子弹就能换一只羊？”

“教导员，你就别操这个心了。三大纪律八项注意里面，你只记住了不拿群众一针一线，但是还有一条，叫做买卖公平。新疆地区有新疆地区的特殊性，我看这个买卖还算公平。你就当老班长做了一次买卖吧。”

“你是这样看老班长换羊这件事？”

“这在牧区是很平常的事。现在子弹比羊金贵。教导员，你不知道，狼群袭击羊群那可是一场惨不忍睹的屠杀，有时可以毁灭掉整个羊群。牧民多少年的心血付之东流……要是牧民手里有子弹，情况就大不一样了。狼这个动物很聪明，听见枪声，它就离羊群远远的。这个账，牧民比我们算得精。”

刘少贤正绘声绘色说着，忽然，听见有人进来，他回头一看，原来是宋志伟带着阿力木来了。

“阿力木同志，怎么有时间到我们这里来了？”刘少贤握住阿力木的手，开玩笑说。

“刘营长，我有事来求你们。”

“阿力木同志，先坐下，”赵子健赶紧起身，招呼阿力木，“什么事只管说，只要我们能办到的。”

“最近山里狼害严重，牧民缺少子弹。对了，牧民用的是老式猎枪，是那种大屁股子弹，这种子弹很难找。我听说你们这里有一个弹药库。”

赵子健、刘少贤互相望一眼。

“我这里有黄书记写给你们的一封信。”阿力木说着，从怀里掏出信来，交给赵子健，继续说，“你们可能不知道，牧民大多数放的是牧主的羊，产了羊羔和牧主分成。有了损失，却都是牧民的。如果找不到子弹，许多牧民要破产了。”

“阿力木同志，不要急，事情会解决的。”刘少贤安慰他说。“刚才我还和教导员在说这件事呢。”

哨兵急匆匆闯进来报告：“教导员、营长，牧民赶着羊，要和我们换子弹。”

赵子健一惊，放下手里的信马上说道：“宋指导员，你赶紧去告诉牧民兄弟，就说阿镇长正在和我们商量这件事，有事找政府。”

“是，我这就去。”宋志伟起身回答，赶紧下楼去了。

刘少贤哈哈一笑，说：“阿力木同志，你跑得快了点，要不我们可就发财了！”

“发财？”阿力木耸了耸肩，表示不可理解。

刘少贤继续说：“子弹的事，你和教导员商量。我还有点事，先走一步。”

阿力木瞪着眼睛，不晓得刘营长是什么意思。

赵子健微笑着说：“阿力木同志，刘营长在和你开玩笑，他现在是去二连参加一个会。你和我谈，山里牧民们情况怎么样，需要多少子弹？”

阿力木叹了口气，绷紧的心放了下来。

四十三

千里荒原，红旗招展，歌声嘹亮。

成百上千劳动大军在荒原孕育盎然的景象，酝酿神秘而甜蜜的理想。被犁头、坎土曼翻转过来的荒土地，在温暖的阳光刺激下，败叶、烂筋、草根在潮湿的泥土中腐烂，处处发出潮湿的、发酵的气息——沉睡千年的土地在战士们的脚下复活。

热火朝天的开荒生产是指挥员们所喜欢的。他们不厌其烦地沿着荒地从这一端跑到另一端去，了解战士们开荒情况。另外，他们还派出侦察兵，去别的连队侦察开荒情况，并用侦察回来的信息加以渲染——说兄弟连表现得多么好，开荒多少亩。

战士们都知道，为了保持和爱护自己连队的荣誉，他们决不能落后。这样，全团形成了一种劳动竞赛。

荒原上不多见的、少有的生命从冬眠中苏醒过来，从地底下探出脑袋，望着这片复活了的土地。突然，田鼠从地底下窜出来，在衰败的杂草丛中跑来跑去。女兵吓得躲到一旁，惊慌地尖叫。男兵们朝这边涌来，他们手里握着铁锹、提着坎土曼，跟在田鼠后面追来赶去，好不热闹！

史兆明在特务连开荒地转一圈，没有注意到时间是怎样过去的。看到战十们热火朝天的劳动场面很是信受鼓舞。随后，听取了陈连长、安指导员汇报。然后，望一眼无际荒漠的田野，问陈连长道：“那片地为什么没有人开？”

“政委，那一片是盐碱和沙荒地，开出来也是白费力气。”

"不能那样说。"史兆明极其严肃地说,"如果不把这片荒地开出来,留在那里算是什么?那不等于给杂草和病虫害留条出路吗?另外,你们连开出的荒地就像一片片孤岛,条田怎么连成一片呢?"

"哦。"陈连长挠着头说,"参谋长说,盐碱和沙荒地是最不适宜长庄稼的,所以……"他瞅了眼政委,意思好像是说:你瞧吧,事实明摆着,何必白费力气。

史兆明这才恍然大悟,原来问题出在指挥部——指挥员对开垦盐碱地跟沙荒地都信心不足,又怎么能叫他们去领导这项工作呢?他要把这些问题收集起来,引导指挥员们开荒生产,这也是他的功课之一。

林雪梅跑来,看见史兆明在同陈连长、安指导员说话,喊声:"报告!"

"有什么事吗?"史兆明问。

"我们打的报告团里研究了没有?"

"研究过了,团里同意你们的意见,把李宝林同志借到宣传队来工作。你们要尽快练几首好的歌曲、排几个好节目。把歌声、舞蹈送到各连队去。"

"太好了!"林雪梅喜上眉梢。"政委,你放心吧!开荒地上,战士们很快就会听到我们演出队的歌声。"

陈连长听到这个消息,咧开嘴一笑,脸上早已换了副神情:"林股长,节目排好了,先到我们连里来演出。"

通信兵驰马而来,报告道:"政委,陆股长从柳原回来了,王副团长请你马上回去。"

"好,我这就回去。"史兆明说。他心里明白,柳原又有消息了。团里没有听到柳原的音讯快有一星期了,使他感到了不安。

"陈连长、安指导员,必须在播种之前消灭眼前这片荒地,及时种上种子。"他交代完,跨上马,恋恋不舍地离开了特务连,向团部驰去。从沙丘上,他回头望一眼,几乎不认得这个地方了,一切都变得迥然不同。大片的荒地被开垦出来,在夕阳斜照下散发着一种清新的气息。

王锡东见史兆明回来,把手中一封信交给他,说:"政委,这是子健同志的来信。"

史兆明接过信,问:"陆股长呢?"

"我让他回去休息了。"

“哦！粮食安全送到了吧？”史兆明边说边打开信看起来：

政委及团首长：

目前努尔兰在我驻地及克木沁一带活动频繁。原本热情支持我军的牧民群众在努尔兰等人煽动、胁迫下，开始同我军拉开距离，产生隔阂。以上情况，不但影响我部开荒生产，而且影响到我军与当地群众关系、民族和谐等重大民生问题。

此情况，必须要高度重视……

我部意见：第一，派工作组进入牧区，宣传我党民族政策，消除民族隔阂。不然，谁知道在牧区会发生什么意外。第二，对于突发事件，我部何以应对。第三，增强柳原武装力量，防止努尔兰袭击我弹药库。

孙启明走进来，说：“政委，王副团长你们都在，正好有事和你们说。”他走到桌子前，把桌上一茶缸凉开水灌进肚子里去。

“孙副政委，柳原来信了。”王锡东说。

“哦？又是柳原！”他叹了口气，一副心不在焉的样子。因为他根本不相信努尔兰在强大的人民军队面前能干出什么事来。

他从桌子下面拉出条凳子坐下，然后，像一个审判官那样，严肃地问道：“是不是又是努尔兰？”

史兆明把信仔细翻看两遍，抬起头说：“老孙，你先把这封信看看。”

于翔龙匆匆走进来，心急火燎地问：“柳原情况怎么样？情况怎么样了？”显然，他是接到王副团长通知，赶回来的。

“情况越来越不好啊！”王锡东说。“柳原不但要开荒生产，还有努尔兰的问题。政委，如果努尔兰是来煽动民族仇恨，破坏和平秩序，破坏生产建设，我们就得用武力来维护和平秩序！保卫民族团结。”

孙启明看完信，说：“王副团长，我们不能这么轻易地下结论。赵子健同志这封信说明不了什么……不就几十个土匪吗？用武力维护和平秩序是什么意思？……民族团结用保卫两个字就很不妥当……王副团长的话有危言耸听之嫌……我们党的民族政策是宣传、教育和真心实意地帮助各民族人民群众。当前，我们团中心任务就是把生产搞上去。政委，以后这种事还是要尊重团委会意见。”

王锡东、于翔龙听他话里有话，当下把嘴一咧，不吱声了。

“嗯。”史兆明采纳孙启明意见。“这样也好！召开团委会，大家一起商量。三个臭皮匠顶个诸葛亮。咱们多几个臭皮匠，超过诸葛亮。”

终于迎来一个休息日，聂子龙一大早起来准备出门。他把门关上以前向旁边观望一下，忽然，看见刘长根走来，说：“兄弟，你这是准备去哪里？”

他听惯了这种声调，问道：“刘班长，有事吗？”

“没什么事，想给家里去封信。”

“很急吗？”

“不急，不急，你要有什么事，我改天再来。”

“刘班长，你会骑马吗？”聂子龙问。

刘长根一怔，望着他说：“不会骑。骑马是当官的事，哪里轮得上我们这些当兵的。再说了，现在军马都拉犁、拉车去了。”

“哦。”聂子龙有点失望。他顿了下，接着说，“我和老班长说好了，今天学骑马。你要是没什么事，陪我一起去吧，回来我帮你写信。”

这使刘长根不安起来，心想，今天倒霉，算是给碰上了。但又碍于聂子龙面子，点着头说：“没……没什么事，我陪你去！”

路上，刘长根见聂子龙快活的样子，脑袋不时地闪现马惊时的影像，心里默默念叨：“马有什么好骑的，可别让我干什么，别玩出什么花样来，出了事可别怨我。”

来到马棚，老班长果然备好一匹白色伊犁马。

老班长看见聂子龙走来，告诫他说：“子龙，我给你挑了一匹老实点的马，但它也是军马，再老实也有烈性。你骑它的时候可要小心！”

“知道，谢谢老班长！”他从老班长手里拿过马缰绳，在大白马脑门上拍了一下。白马瞪大了眼睛，让他心里一颤。

聂子龙牵着大白马来到戈壁滩。他像孩子似的，一方面感到紧张，另一方面，有种兴奋的不安。“刘班长，我紧张得很，要不你先骑？”

刘长根吃惊地望着他。

“我不骑！你别看我个子大，见了这家伙就害怕。”

其实，聂子龙也害怕。

“不能这样牵着大白马在戈壁滩溜达一天吧？”聂子龙心里暗暗焦急，

"如果自己骑不到大白马背上去,刘班长肯定轻视我。"因为,他从刘长根眼睛里看出那种轻蔑的神色来了。忽然,他想起带来的玉米窝头还在口袋里。他掏出来,把嘴里省下来的一块玉米窝头送到大白马嘴边,低声对大白马说话。

"他对马说什么呢?"刘长根百思不得其解。

聂子龙喂完大白马,然后摸着大白马的脑门,渴望它乖乖听自己指挥。大白马摇摆脑袋,他与大白马之间的感情似乎沟通了。他终于下决心要骑到大白马的背上去。他揉了揉手腕,说:"刘班长,帮我牵着绳子,等我上去,把绳子递给我。"

"别胡来……你再想想!"

当刘长根说这些话的时候,聂子龙已经踌躇满志。他站在大白马身边,试了下脚蹬,然后两只手抓紧鞍头,脚一蹬,呼地骑在大白马的背上。

"你可别发疯……我的天呀!"

聂子龙屁股没坐稳,大白马立刻原地打起转来。这种景象和刘长根刚才想象的完全一样。他一面抓紧缰绳,跟着大白马就地打转,一面大喊大叫:"兄弟呀……不行了……快下来吧。"

"拉住了,不许松手!"他给刘长根下了死命令。

刘长根出于职业军人的本能,听到命令,果然,再怎么害怕也不敢松手。大白马开始发威了,两只后蹄弹起很高,差点儿让聂子龙从它背上滚下来。

"兄弟……不行了……坚持不住了。"刘长根喊叫着。

不管大白马怎么发威,都没法把聂子龙从它背上摔下来——聂子龙伸手去接缰绳,可是大白马不停弹跳,他不敢放手……不能放手……他紧紧地,紧紧地抱住大白马脖子,面部紧贴它细软的鬃毛,脑袋跟着天地旋转起来。

刘长根实在扛不住,本能地放了手。大白马挣脱束缚,甩开蹄子狂奔起来。聂子龙紧紧抱住大白马的脖颈,一股冷气扫过他的脑袋。

"兄弟,抓稳了……你这是不要命了。"

聂子龙似乎听见刘长根发出的呼唤,但他已经顾不得这些。他不知大白马儿朝什么地方奔去。面部蹭着大白马的脖子,汗臭味儿灌进他的嘴里、鼻孔里。他只觉得晕眩、觉得快适、觉得神思飞动,好像压根儿没有一点害怕似的。

大白马钻进马棚，突然顿住。聂子龙脑袋向下便从大白马背上翻滚下去。他只觉得自己向下飘落，随后沉重地跌落到一个什么地方。他躺着，深深地舒口气，睁开眼睛，几匹马的大嘴巴正好奇地在他身上嗅来嗅去。

他赶紧闭上眼皮，一个幻象，他是否来到天庭，来到孙猴子饲养天马的地方。

马儿们很高兴，以为弼马温送来了美食，不时打着喷鼻，喷得他满脸满身腥臭味儿。这时，刘长根喘着粗气跑进马棚，看见躺在马槽里的聂子龙，早已是吓得面色苍白："兄弟……兄弟……没什么事吧？"

聂子龙听见喊叫声，幻象退去。

他朝两边看看，原来大白马把他送进食槽里来了。他微微一笑，双手扣着槽子边坐起来，接着，看见大白马驮着一副空鞍小跑而去。

"白疼你一回……白给你吃个玉米窝头。"聂子龙起身，喃喃自语。当他一只脚从槽子里跨出，刘长根赶紧上前，扶住他说："兄弟！活动活动，看看哪儿伤着没有？"

聂子龙很听话，活动几下，除了屁股有些疼，其他地方没什么大碍。

"可把我吓死了……兄弟，别骂了，也许大白马吃了你的窝头，才没有把你扔到大戈壁上去。"

骚扰了一夜的春风，天明时销声匿迹了。

根据孙启明建议，团工作委员会议按时召开。参加会议的除了团领导，还有团委会成员：保卫股长吕学农、武装股长陆军、宣传股长阎保强、生产股长陈棋圣。赵子健、邵良驹缺席会议，团委会秘书林雪梅列席会议。

史兆明主持会议："同志们，赵子健同志来信大家都看了，今天会议专门研究柳原问题，下面请大家发言。"

王锡东首先在会上发言："努尔兰这个人我们还是比较了解，打交道也不是一天两天。根据以往经验，我认为把努尔兰赶出我部驻地范围，这样既可以保证弹药库安全，也不影响我们生产计划完成。

"看来王副团长是个痛快人，喜欢用快刀斩乱麻的方式解决问题。这样做固然痛快，也无需动什么脑筋。可是想过没有，这将带来什么样的后果？"孙启明说。

“孙副政委,会有什么后果?”王锡东性格豪爽,说话不拐弯。

“当然是民族政策问题。”孙启明回答。

“对惯匪还讲民族政策?”他睁大吃惊的眼睛,长久注视孙启明,“孙副政委的话我不能理解,对待土匪,我们不用武力,还用什么?难道我们请土匪吃饭喝酒,说你们不要煽动民族仇恨了,难道等土匪来打我们,说你们不要打了,我们把武器弹药统统送给土匪——你相信我们放下武器,土匪会立地成佛吗?”

“王团长,冷静一点!”史兆明说。

“看来王副团长和我的意见有分歧。我刚来,对一营那里情况还不太了解,还是听听同志们的意见。”孙启明说。他已经非常老道,在没有弄清楚别人意见以前,他不完全表明自己态度。

陆军说:“我同意王团长意见。把努尔兰赶走最好,就怕赶不走啊!”

“我不同意王副团长意见,”吕学农说。他见王锡东对待孙启明态度,气愤不过。他捍卫孙启明尊严就跟捍卫自己部队荣誉是一样的,心想:不能让国民党把会场给霸占了。“赶?把努尔兰赶到哪里去?赶出柳原?如果努尔兰不走,还在克木沁一带活动,就给当地政府施加压力?地方武器装备不如我们,我们不能把困难和危险推给当地政府。我的意见是收缴努尔兰武器,解除他们的武装。”

“说得太容易了,要是能解除努尔兰武装早就解除了,用不着今天在这里议这个话题。”工锡东说。

于翔龙默默地注视着王锡东,会议室里气氛显得非常不妙了。

“那……那是你们国民党,没本事。”吕学农沉不住气,提高了嗓门。

史兆明刚刚端起茶杯,听到这句话,随手搁下杯子,严厉地说道:“吕学农同志,我们是在开团委会是在讨论问题,你这是什么态度?”

“政委,没有什么。”王锡东仍能保持冷静态度。“我们在吕学农股长眼里还是国民党……我们是没有什么本事……如果吕学农股长把努尔兰问题给解决了,我打心眼里佩服!”他说着,起身离开会场。

会议室里一阵骚动,目光“刷”地一下全都落在吕学农脸上。

“什么态度?”吕学农不以为然地说。

“参谋长,去把王团长请回来。”史兆明严肃地说。

“是。”于翔龙起身离去。

史兆明接着说:“我们有些同志来起义部队工作，打心眼里就没有认识到来这里工作的意义。以解放者的姿态居功自傲,看不起起义过来的干部,这种思想是很危险的。张政委说过:在几万起义官兵中,我们共产党人只有一千多人,如果我们不能团结广大起义官兵同我们一道工作,我们就会成为孤家寡人,就不能完成党交给我们的任务。给党和革命事业会造成极大危害！”

于翔龙来到团部门口,见王锡东靠着墙根吸烟,心里难过极了。他走上前去说:“王副团长,别这么激动。政委请你回去开会。”

“我这是激动吗？吕学农看不起我们起义过来的干部也就算了,问题是他根本就不了解努尔兰这个人。”

于翔龙说:“不过你也别操之过急。努尔兰对他们来说还有个认识过程……我看了，吕学农和孙启明意见也不一致……吕学农的意见是解除努尔兰武装，孙政委意见是讲党的民族政策……可是对努尔兰使用党的什么民族政策,孙副政委没有说清楚。你没看,史政委对你的意见还是很重视的！”

“我军已经有了血的教训,共产党为什么不能借鉴呢?太晚了也许要出更大麻烦……如果吕学农带兵去打努尔兰,我不会说什么。可打仗的事还得靠刘少贤,打好了还好说,打得不好,将来会是什么后果,你想过没有？”

“现在情况不同了,柳原真要打起来,不是还有个赵子健,你就不要操心了。走吧,政委还等着我们开会。”

王锡东想了想,把手里烟头掐灭,转身朝会议室走去。

于翔龙、王锡东回到会议室,孙启明正在作发言。他俩不声不响地坐下来,平心静气地倾听对方发言:

“刚才听了各位同志发言,很有些启发。新疆和平解放不久,努尔兰还不大了解我党我军政策。我们有些同志认为努尔兰是惯匪,那是用老眼光看问题。现在我们不妨站在另一个角度看问题,努尔兰同国民党的武装斗争是边疆各族人民反抗国民党反动统治的一部分呢？”

王锡东、于翔龙听了瞠目结舌。

“乌斯满是阿山专员,是我党我军团结对象。我们没有理由解除努尔兰武装。那样做势必会发生武装冲突。谁打响第一枪,谁就破坏了目前安定团结的政治局面,这一点很重要。当然,努尔兰是做了一些坏事,做了不利于民族团结的事,我们可以向上级部门报告,我们可以采取批评、教育、帮助的政策。但是,我们不能自作主张地去解除努尔兰武装。我的意见:第一,管好我们自己的人,不要惹是生非。第二,抓紧开荒,搞好生产。第三,提高警惕是必要的,不要让努尔兰的问题干扰我们开荒生产这件大事。"

有些委员听了孙启明的发言,觉得很有道理、很有政策水平。就是没有整明白努尔兰现在是土匪还是反抗国民党统治的英雄。这个问题不解决,对努尔兰采取什么政策和方法也就成了问题?

"我对孙启明同志有些观点不大认同,反抗国民党统治和分裂祖国是两个不同概念。"史兆明严肃地说。"另外我补充三点意见,第一,柳原抓紧开荒生产同时,应当积极做好备战,防止突发事件发生,特别是要加强对弹药库的保卫。第二,协助当地政府做好群众工作,宣传我党民族政策,提高各族人民群众思想政治觉悟,识破努尔兰一伙的阴谋。第三,人不犯我、我不犯人。努尔兰一伙胆敢向我柳原驻地发起攻击或者向当地政府发动袭击,我们毫不动摇地坚决给予打击。"

"我同意政委意见。但要补充一点,柳原看起来有四个连,实际能作战的部队只有两个半连。一旦同努尔兰发生武装冲突,一营应付不过来。我建议把机炮连调上去,把民工连撤下来,这样可以保证柳原方面的战斗力。"于翔龙说。

王锡东立刻表态:"我同意参谋长意见。调机炮连上去对努尔兰也是一种震慑。"

孙启明听到政委发言,王锡东、于翔龙又一唱一和,不把自己的话当回事,心里有些不舒服起来。

"王副团长、于参谋长,不要把事态说得那么严重,没有根据的话是不能随便说的。调机炮连上去干什么?我还是坚持这个观点,团结一切可以团结的力量。如果我们把这件事看得那样严重,搞得那么紧张,激化民族矛盾,就会给我们工作造成很多困难。"

民族问题出现,遮蔽住了许多委员的视野。他们往往会产生出许多不大对劲的念头来——努尔兰到底是土匪,还是反抗国民党统治的一股武装力量?有些委员的态度拖泥带水、畏缩地停止了前进。

但是，有眼力的人还是存在的。

史兆明坚定地说："孙副政委的话严重了，不是我们激化矛盾。赵主任来信说得很清楚，努尔兰一伙煽动民族仇恨，胁迫牧民与我军对立。如果我们麻木不仁，熟视无睹，任由这种情况发展下去，只要时机成熟，民族分裂分子就会跳出来，明目张胆地制造民族分裂，破坏和平、破坏稳定的社会秩序，达到分裂国家的目的。我同意王副团长、于参谋长意见，调机炮连上去，增强柳原战斗力！"

"如果政委也是这样认为，我就不说什么了。"孙启明说。他已经有点坐立不安了，"我保留个人意见。"

"好吧！我们可以把不同意见向上级汇报。另外，孙副政委没到的时候，我们团里几个领导研究决定要去柳原看看。现在孙副政委到位了，我和参谋长走一趟。团里工作暂时有孙副政委和王副团长主持。赵子健同志暂时还回不来，政治处工作由孙副政委代理。"

孙启明很乐意接受这个决定："我服从团委会决定！"

"那好！今天会开到这里。机炮连调往柳原的事，参谋长尽快向师部报告，现在散会。"史兆明说。

于翔龙刚回到自己的帐篷里，忙着给师里写报告。

不一会，王锡东进来，问道："参谋长，你和政委准备什么时候走？"

"还不知道。"于翔龙耸了耸肩。

王锡东一屁股坐下来，打开烟盒取出一支烟，放在鼻子上嗅了一会，然后用火点着，喷出一口烟，说道："最近总感觉不好，你和政委走时，多带些警卫去。"

"为什么？"

"不知为什么，努尔兰在这一带活动，心里总觉得是个事，还是小心点为好！"

于翔龙放下笔。

"王副团长，你是不是多虑了，是不是把问题看得严重了？孙副政委的话我也想过了，'团结一切可以团结的力量！'我觉得这句话还是有些道理的。"

"团结？那要看是谁了！一个土匪、民族分裂分子，忽然便成了反抗国民党统治的武装力量，简直成了笑话……几万国军守边防，维护地方和平秩序，怎么成了反动统治呢？这种奇谈怪论，往往给民族分裂分子制造口实。”

“我同意你的观点。民族分裂分子正是利用了这一点，轻轻一改历史，把中央政府对边疆的管理说成了殖民统治，否定了汉族人在新疆生活了一千多年的历史，否定了新疆是中华领土一部分的千年史。所以，有人把努尔兰看成是反抗国民党统治的一股武装力量，也就不足为怪了。”

“说得也是。”

“你呀，今后开会还是要沉住点气。”

吕学农一股激情刚燃烧起来，就被史兆明给熄灭了。

散会后，吕学农拦住孙启明，说道：“孙副政委，你还是史兆明的老领导呢，我看他一点面子都不给你留。还有，你看他今天对你的态度。”

“什么态度？有意见大家都可以说，我没看出有什么不好。”孙启明说。他虽然对史兆明有些不满，但还不至于像吕学农想的那样。

“孙副政委，要这么说我就不好说什么了。不过我还是要提醒你，史兆明就是喜欢听国民党的，团里的事很少和我们商量。还有他那个老婆管着团里干部。你没有听人说，这个团都快成了夫妻店了。”

“学农，话可不能这么说。兆明同志在会上批评你还不明白吗？什么国民党、共产党，大家现在站在同一个战壕里，就都是解放军，都是同志、战友。”孙启明冷冷地说。“还有什么夫妻店的话，我看你是十足胡扯，你明明知道雪梅同志的工作是师里安排的。”

“话是这样说，这一点恐怕你比我清楚。另外，我们来起义部队干什么？不就是来改造国民党吗？现在可好了，我们哪里是在改造国民党，我看是国民党改造了我们共产党。”

“吕学农同志，说这话是原则问题！”孙启明说这话时冒火了，“我看兆明同志说得对，你是这里（他指着吕学农脑袋）出了问题。史兆明、王副团长虽然有些意见和我不一致，但是没有根本利害冲突。以后这种话还是不要说的好。”

尽管孙启明已经做出谈话到此为止的表示，吕学农只当没有看见，还是死皮赖脸继续往下说：“你是我的老领导，有些闷在肚子里的话我不跟你说还跟谁说？你没来时，团里大事小事就他们几个人一碰头商量定了，根本不把我们这些共产党派来的干部放在眼里，那还要团委会干什么？”

孙启明想了想，回答：“可能是每个人的工作方法和习惯不同，我多提醒兆明就是了。学农啊！大家从一个部队里出来，要注意团结。”

“你的政策水平就是比史兆明高。要不是榆林一战，身负重伤，离开了部队，政委的位子应该是你来坐……这枚炮弹怎么就打在你身边呢？”他总是在最恰当的时候，找出敏感而又机警的话说出来。

孙启明知道他说的完全是事实，心里美滋滋的。“学农啊！话不能这样说。政委、副政委都是革命工作，只是分工不同。只要有利于革命事业，谁坐政委位子都一样。”

“好吧！孙副政委你先忙，我回去了。”

孙启明孤单地回到办公室，仔细琢磨吕学农的话，心里直犯嘀咕：“国民党改造共产党？夫妻店？”

四十四

黎明，被春风吹得干干净净的太阳像金色的火轮似的冉冉升起。

这一天，是史兆明和于翔龙去柳原的日子。史兆明对前来送行的王锡东说道：“我说带两名警卫员就够了，你们还是安排了六名战士。”

王锡东说：“政委，让我说还少了呢。假如路上遇见努尔兰，这点人马恐怕就不够用了。”

可是，史兆明却什么也不在乎。

“但愿我们在路上不要与努尔兰相遇。”

林雪梅知道，这是玩笑话，可是他的玩笑话照例惹得她一肚子气没处出。

“兆明，这件事要听王团长的。”

“说归说，真要是碰上了努尔兰，我给参谋长交代过，不要恋战，想办法赶紧脱身。”王锡东补充道。

“王副团长提醒得没有错，路上还是要注意安全的。”孙启明说。

“我的枣红马都等急了，你们回去吧。”史兆明说，跨上枣红马。

“路上注意安全！”林雪梅吩咐道。

史兆明用皮鞋轻轻踢了下枣红马的肚子,枣红马猛地向前冲去,于翔龙的大黑马也跟上去,接着,警卫员们的马都跟了上去。

林雪梅听到于翔龙欢快的叫喊声:“走了……走了。”

战马扬起一团尘雾,向前奔去。

直到飞驰的马蹄声消失,这时林雪梅才像个梦游者一样清醒过来。忽然,她发现有个阴影在暗处一闪便消失了。

“什么人?”她惊诧地不由站住。

“雪梅,我们回去吧。”孙启明说。

“好,”她说着,掉头往回走。走着,她回头张望一下,这已经是第二次往回瞧了,仿佛透过黎明的光影,看到什么似的。

戈壁滩空空荡荡,死气沉沉,甚至往常在这里游荡的野兔也见不到一只。

勤务兵与骑兵团派来联络的人刚从这里走过。他们完全是陌生人那样,勤务兵走在前面,联络人跟着后面。现在他们却肩并肩地走到一起,来到一个废弃的地窖。勤务兵拽着联络人的一只手,把他拉进地窖里。

“这是什么鬼地方?”

“嘘——”勤务兵忙用手做个不要出声手势,低声说:“别出声,地窖里也不是很安全。”联络人朝四下看着,低声说道:“老同学……怎么跟个耗子似的?”

“少废话。”勤务兵几乎耳语般地说。

他面孔毫无表情,打开皮箱取出发报机。“你最好去地窖口看着点,我跟上面联系一下。”

联络人便向洞口走去,蹲在洞口处,四下里观望。

不一会儿,地窖里便传出“滴滴答答”发报声。忽地,他听到远处传来马蹄声响,几分钟后,他看清楚是三个巡逻兵。他本想通知勤务兵一声,忽然有个念头一闪。他迅速地端起枪,一动不动盯住目标,他作出个决定,一旦被巡逻兵发现,他会毫不犹豫地开枪干掉这三个巡逻兵。

巡逻兵并没有特定目标,只是骑马随意巡逻到了这里。

不一会儿,巡逻兵走了。联络人在地窖口等了一两分钟,勤务兵从地窖里走出来。

“有巡逻队来过？”

“你别疑神疑鬼的。”联络人说。

“当你在敌营里，并且了解自己的敌人时，你就知道这不是疑神疑鬼，而是小心谨慎。上面有消息了，史兆明跟于翔龙今早离开团部，身边带着六名警卫员。这些警卫都是王锡东亲自精心挑选的神枪手。上面命令在路上消灭他们。”

“恐怕来不及了，等伏击人员赶到，史兆明可能就到柳原了。”

“那怎么办？”

“我自己走一趟，干掉一个是一个！”

“这样也好！应当冒险试一下，你最好是把史兆明干掉。”

“就看运气了。史兆明有什么特点吗？”联络人问。

“史兆明骑一匹枣红色蒙古马，个头比伊犁马大些。你赶快上路，越早赶到伏击地危险越小。记住，做完了赶快离开，要是万一失手，千万不要让他们捉了活的。”勤务兵说着，紧紧握住联络人的手。

林雪梅送走史兆明，回到家里迷糊了会儿，这一迷糊，睁开眼时，天已经放亮了。“哎呀！起来晚了，耽搁出发时间了。”她赶紧起床，出门，走到外面，阳光一片灿烂，又是一个晴朗的早晨。

“宣传小分队今天要去三营——三营驻地，人们叫它下马地，”她一面走，一面想。当她来到团部，彭雅莹、邱玉洁、徐艳秋、李宝林和宣传队同志已经在团部门前集合。

“雪梅姐，今天我们去哪个连队？”

“今天我们去三营，要走很长一段路，大家准备好了吗？”

“准备好了！”宣传队员齐声回答。

林雪梅知道，整个三月和四月，开荒生产是空前的，劳动大军对夺取最后胜利的信心坚定不移。当然，这也和小分队演出、鼓动分不开。

“我们出发！”

队伍里立刻出现活跃气氛，闪动着战斗的兴奋。

小分队战士走过二营垦区，田间地头的战士们主动和宣传队员打起招呼：“小分队同志，你们这是去哪里呀？”

宣传队员们愉快地回答：“我们去三营，同志们再见！”

所有战士抬起头,目送宣传队员。忽然,有战士狂热地喊道:“小分队的同志们,给我们唱首歌——”这种感情是强烈的。

小分队员们情不自禁地唱起来:

解放区呀么嗬咳!大生产呀么嗬咳!

解放区军民西里里里拉拉拉,嗦罗罗罗呔!

齐动员呀么嗬咳!

几个人的声音,几十个人的声音,变成几百人强有力的声波,同宣传队员们的歌声溶在一起,向田野、向大戈壁滚滚而去。

小分队战士沿着平展的戈壁、沙漠前行。通往三营的路,必须穿过一片狭长的沙漠地带,每隔一段路,就点缀着几颗胡杨树,几簇红柳。燥热的季风使得这里的植物长得比较低,比较矮肥,平伏在柔和的沙土地上,表面看上去很像是一条荒僻的、没有人走过的路。

正午的时候,火辣辣的太阳,在晴空里逞威风了。

由于这蒸晒的太阳,把战士们的背湿透得好像浸在水里一样。她们继续前进,没有停步,也没有露出丝毫疲惫的样子,因为她们知道,三营战士正在等待她们,她们必须以坚定的脚步向前迈进。

史兆明抓紧缰绳,望着发着寒光的白色太阳,向灰色的天际线下沉。几百年来,取道经商的、为国出征的、屯垦戍边的将士们,曾经在这条路上走过。但是,正像他所想象的那样,他们的经历都很相似,而且情感受到剧烈地冲动也极为相像。

于翔龙问:“政委,我们今晚还赶路吗?”

“再赶一段路吧。柳原的同志还等着我们呢。”

于翔龙又说道:“政委,马跑了一整天,需要休息,我们也需要休息。我们找个地方吃点东西,喂喂马再走。”

“好吧!”史兆明抬起头,寻找一个比较适合休息的地方。

可是眼前,一片黄昏似的薄暗中,只有无边无际的戈壁。

“政委,前面有片灌木林,我们去那里休息、喂喂马!”于翔龙说。

“好吧!参谋长我们就去那里歇会儿。”史兆明说。突然,枣红马显得不安起来,两只耳朵机警地转动着。

史兆明似乎预感到什么,立刻抓紧缰绳,把手枪拔出来。

“政委小心!”于翔龙大喊着。

他还没来得及喊完,枪声响起。

枣红马突然弹起来,子弹从暗中划过,擦着枣红马脖子而去。狂怒的枣红马弹起来,后脚撑地,一声长嘶响彻暗空。

史兆明仍旧安坐在枣红马上。

“保护好政委。”于翔龙大喊一声,迅速判明方向,举起枪,放了一枪,并且迅速向灌木丛冲去。

荒野被枪声震动了。

“参谋长小心!”史兆明喊一声,“快跟上参谋长,保护好参谋长的安全!”

听到命令,两名战士急速拨转马头追赶上去。

马蹄声渐渐远去。

史兆明收起手枪,下马,观察枣红马脖子上的伤口。

“老兄,多亏了你啊!”史兆明拿出水壶、毛巾一边给枣红马擦洗伤口一边对战士们说:“你们都下来吧,喂喂马。”

警卫战士强烈的憎恨一时竟压倒了恐惧。他们知道,政委安全责任重大。当一切平静下来时,他们的愤怒和憎恨立刻化成恐惧。他们紧张地观察暗处,放哨……听到政委这句话,茫然不知所措。

“下马吧!现在这里是最安全的地方。”史兆明说。

战士们纷纷下马。

于翔龙回来的时候,战士们用梭梭柴枝条生起火,烧水煮饭。

“政委,没事吧?”他的嗓音由于惊恐而变得沙哑。

“没什么事,就是枣红马脖子擦破点皮,但伤得并不厉害。追上了吗?”史兆明说。

“没有追上。我们的马跑了一天路,脚力不够。”于翔龙说,“多亏这匹马机警,要不麻烦可就大了。”

“枣红马跟我三年,打了不少仗,有战场经验。你看清楚是什么人了?”

“是牧民打扮,我看这次袭击是有备而来。”

“为什么?”

“我们这次出来没有几个人知道。这个人提前埋伏在这里,一定准确掌握了我们出发时间。”

“会不会是努尔兰?”

“不会!如果是努尔兰,他得提前两三天得到情报。那时候我们还没有决定出发时间。再说了,如果是努尔兰,他也不会派一个人来偷袭我们。”

“这么说,我们内部出了问题?”

“我想是这样。政委,我们不能在这里停留,得赶快离开。”

白天,太阳的光是温暖而热烈的,到了晚间,气温却低到五六度。

小分队走到一片灌木林的时候,林雪梅命令队员们停止前进。

“停止吧,今晚我们就在这里宿营。”

宣传队员分头拾柴火回来,生起火。熊熊火焰燃烧着——大家都紧紧挤在火跟前,烧水,热饭——林雪梅从包里把玉米窝头取出来,用一根红柳枝穿进窝头里,然后蹲在火跟前,用火把窝头烤热。

“雪梅姐,雪梅姐,那是什么叫声?”彭雅莹问。

林雪梅抬起头凝神静听着,林子那边可以听见猫头鹰在叫。它两次发出它那素常的啼叫,接着,又粗厉地、急速乱叫了一阵。

“猫头鹰……可能我们打扰它了。”林雪梅说。

忽然,徐艳秋从灌木后面跑出来,叫喊:“兔子……野兔子。”

林雪梅一下子就跳起来,拔出手枪:“兔子在哪,在哪里?”

“刚跑过去……不远,就……在前面呢。”徐艳秋说。

林雪梅一挥手:“你们去左边,我去右边,别让兔子跑了。”

听到命令,宣传队员提着枪,鼓着劲,飞快地跑起来。

彭雅莹、徐艳秋跟在林雪梅后边跑。

“雪梅姐,瞧,兔子。”彭雅莹说。

“瞧见了。”

林雪梅举起枪,放了一枪。不知是她手指冻硬了,还是她性急或者跑得气喘吁吁,这一枪放空了。接着,一排枪响,子弹尽落到兔子跟前的沙地上。

就在那一瞬间,她们听到了尖锐的鸟叫声,只见五六只鸟惊恐地腾空而起,接着,兔子无影无踪了。

"雪梅姐,兔子跑了。"徐艳秋失望地说。

"你……你们枪法也太臭了吧!"彭雅莹说。

宣传队员讥笑着说:"臭枪法……臭枪法……这枪法,还想吃兔子肉呢……回去吧。"

林雪梅收起枪。

"是啊,我的枪法太臭了——大伙儿没吃上兔子肉,是我的责任。"

"雪梅姐,关你什么事呀?开枪的人多了。"徐艳秋说。

"走吧,有时间咱们还得练练枪法。"林雪梅说,那死气沉沉声音又复活了。

吃过晚饭,大伙儿都困倦了。

李宝林打开背包,紧紧地把被子裹在身上——简直是天堂般温暖。

"彭雅莹,咱们在一起睡吧?"徐艳秋说。

"我和雪梅姐睡,你自己找个伴去吧。"彭雅莹说。

"就咱们三个女的,你不能让我找个男伴吧?"

"沙漠里,哪那么讲究。"彭雅莹打开背包,把自己的薄被铺在沙地上,身上盖着林雪梅的被子,把头埋进被子里,嘻嘻笑着。

林雪梅走过来,说:"徐艳秋,咱们三人挤一下。"

徐艳秋赶紧过来,把彭雅莹身子往外推一下,说:"给让点地方——"彭雅莹身子往外动了动,她赶紧钻进被窝里去。

黑夜与沙丘,发着夜晚的寒气,发着辽阔荒沙的燥气。

林雪梅盖着被子,轻轻打着鼾,徐艳秋在梦里微笑着,不时翻着身,彭雅莹抿着好看的嘴唇,仰天睡着。

野火快熄灭了,黑夜里飞散起淡黄的火星。

黎明之前,仿佛整个柳原都在静静地安睡。

一队人马在天色朦胧中接近柳原的时候,突然,前面传来哨兵口令声:"站住,你们是什么人?"

"我们是团里来的。"于翔龙回答。

"口令?"哨兵提高嗓门。

"你知道口令吗?"史兆明问。

"不知道。"于翔龙回答。他继续对哨兵说:"我们是团里来的。告诉你们刘营长、赵教导员,说史政委到了。"

哨兵们商量一下,然后把脑袋伸出来,以便更接近地看清楚他们。然后喊道:"你们站在那里别动,我们去报告营长、教导员。"

其中一个哨兵从哨位下来,听得见他跑步的声响。

"我们下马休息一会。"史兆明说。

于翔龙和战士们下马。

"政委,瞧那朝霞。我没有见过比这更红的了。"于翔龙说。

他们都朝那片无边无际的处女地对面红彤彤的地平线放眼望去,绵延不绝的处女地对着温馨清凉的朝霞微笑。

"参谋长,看样子柳原生产搞得不错。"

"已经看出来了。"于翔龙回答,"还有,哨兵把政委挡在营区外面,说明柳原战备也搞得不错!"

史兆明听了俏皮话,哈哈大笑。

几分钟后,他们总算看到赵子健、刘少贤三步并作两步跑来。

"政委、参谋长,怎么这么早就到了?"

"早点过来,想早点看到柳原的同志们啊!"史兆明说。

赵子健、刘少贤微笑着,行了一个立正礼。

刘少贤说:"政委、参谋长,去营部休息。"

"参谋长,我们现在可以进去了?"史兆明俏皮地说。

大伙儿笑了起来。

史兆明接着说:"刘营长,能不能给我的警卫战士找个地方休息。"

"没问题,我这就去安排。"他一面微笑,一面对警卫战士说:"你们跟我走,把马送到马棚去,然后吃饭、休息。"

史兆明、于翔龙走进营区,一眼就看见了几排原木木屋,这些木屋看起来又结实又牢固又耐用。

柳原战士们听说政委、参谋长来了,纷纷从营房里跑出来,争先恐后同首长打招呼,"政委好!参谋长好!"

"同志们好!"史兆明、于翔龙挥着手。

刘少贤挥着手,发着脾气。

"回去,都回去!政委、参谋长跑了一天一夜路,需要休息……喂,严参谋过来,这里交给你了……好好留神看着……·不要让战士打扰首长休息。”

忽然，一个战士从木屋里跑出来，站在屋角处撒尿，看见有人过来，又赶紧提着裤子往回跑。

史兆明看见，大为不满了：“赵主任，你们这里没有茅房吗？”

“有！茅房在营区两头，战士们撒泡尿嫌远，就随便找地方方便。”

“这可不好，这么漂亮的营区，还是要注意卫生。”

于翔龙觉得他们刚到柳原，政委就批评起人来，这样不好，赶紧插话道：“赵主任，没想到柳原建设得这么好，比我来时想象的还要好！”

“感谢参谋长夸奖。这只是建设初期，刘营长还有个计划，将来要把柳原建设成绿岛，建设成大花园。”

“绿岛？这个设想很好。”史兆明说，来到营部门前。

营部是一座小二层楼，建在柳原高地上。这栋房子尽管还是新的，看上去却像多年古宅。史兆明看了大为喜欢，说：“参谋长，这里比我们团部气派多了……团里为什么不建一座这样的二层楼呢？”

于翔龙明知政委开玩笑，却严肃地说：“政委，柳原有木材，咱们没有啊！你没看柳原战士住的都是原木房子，我们团领导还住在地窝子呢。”

赵子健忍住笑说：“政委、参谋长，请楼上去坐。”

史兆明、于翔龙上到二楼会议室，走上露台。只见干农活的战士和军马向处女地走去，使宁静的处女地有了生命的脉动。他们的耳边还不时传来战士们欢快的叫喊声：“喂，你们知道政委、参谋长来到我们柳原了吗？”

“听说了，所以要加油，多开荒呢！”

拓荒地。

指挥员和战士都在为春耕忙活。这头，军马拉着犁铧，可是它们并不惯于耕作，慢悠悠地走着。那头，战士们抡起坎土曼，那种忘我状态的瞬间，好像不是他们的手臂在挥动坎土曼，而是坎土曼自动翻动土地，变成了生命和自我意识的本能。

林雪梅没有注意到时间是怎样过去的。要是有人问她干了多少时间，她准会说也就一个钟头！而实际上，已经到了用午饭的时候。

送午饭的炊事员们站在地头大声喊着：“喂，开饭了！……快过来吃饭了！”

战士们提着坎土曼从四面八方向炊事班走来。他们不去洗脸,而是把坎土曼洗得干干净净,然后把坎土曼伸到炊事员面前。炊事员把一勺菜倒在坎土曼上,再放两个窝头。

林雪梅和战士们一道吃着,拉起家常。

"喂,你们为什么不带碗呢?"

"带碗干什么,这样吃得香……不信你尝尝。"

林雪梅摇着脑袋笑了。

在她周围,闪动着许多欢喜的脸和热情的眼睛。

"林股长,为我们唱首歌好吗?"

"可以呀,我唱首《南泥湾》吧!"她说着,唱起来:

> 花篮的花儿香,听我来唱一唱,
> 唱呀一唱。
> 来到了南泥湾……

孙启明寻着歌声走来,激动的两眼闪闪发光。那是他所熟悉的年代,许多和他一起战斗、劳动、生活过的战友们在南下北返,在中原突围,在解放战争中英勇牺牲,每当听到这首歌,他便会情不自禁地闭上眼睛,追忆起他的战友,眼角淌下苦涩的泪。

手风琴响起来,歌声唱起来。

林雪梅回头,只见李宝林拉着手风琴,彭雅莹站在他的身旁,十指交叉贴在胸前,那张漂亮的脸蛋更加显得美丽、动人。

演出结束,一切都结束了。

林雪梅说:"你唱得真好!"

"雪梅姐,我真的很激动。"她低声说,"不知为什么,每当唱起这首歌,就为我们的战士感到骄傲。"

"同志们!开始干活了。"王锡东说,然后,他异常轻快地径直走向彭雅莹。

"小彭同志,唱得真好!"

她见到一双黑得发亮的眼睛正在热情地注视着她,便赶紧伸出手同团长粗大的手握在一起。

“谢谢团长！”

歌声停止。孙启明的心好像受到刺激似的，把他的追忆切断了，仿佛昨天的战争和今天的生活一下截成两段，如此分明。

“雪梅同志，你过来一下！”

林雪梅愉快地来到他身旁。

“孙副政委，你也来了。”

“你们唱得真好！我在这里已经听了会……雪梅啊！每当听到这首歌，就想起了南泥湾。”他声调里含着深厚的感情。

“兆明也是，特别喜欢这首歌。”

“是啊！只要是三五九旅出来的战友都对南泥湾有深厚的感情。”他像是自语，“南泥湾出来的人不多啦……不多啦……不能让他们犯错误！”

林雪梅莫名其妙点点头，觉得他的话有些奇怪。

“雪梅，你坐下，我找你谈一件事，兆明同志在团里任政治委员，你呢，又在团里做干部工作，这样……许多工作，特别是在干部问题上，很容易让别人产生疑虑。”

“孙副政委，你什么意思？你是不是说我在组织部门工作不合适？”

“对！我是这个意思。”孙启明慢慢想，尽力详细地说，“雪梅同志，为了避嫌，最好你自己主动提出来换个部门……革命工作在哪里都一样，你说是不是？”

“我是一个党员、一名军人。我的工作是师政治部安排的，和兆明没有什么关系。这你是知道的呀。”她说，一种反抗情绪产生了。

“是没有什么关系。当时我们缺少干部，政治部这样安排你的工作，没有什么错。可是现在情况不一样了，我们党派来的干部到都已经就位。现在，我们选拔和任用干部逐步走向正规，这个时候，你不能让别人说八一七团是‘夫妻团’吧？”

“这话是什么意思？你把我们看成什么人了？”

孙启明尽可能用友好的口气说下去。

“你知道我说的都是实话。当然，我是相信你和史兆明同志的。但是，我相信并不能代表所有人相信。因为有许多同志提出这方面意见，我不得不考虑。为了史兆明同志今后能很好地开展工作，这个问题你回去好好想想，我等你的决定。”

“这……这件事，兆明知道吗？”

“现在不知道。如果你不同意，我会找史兆明同志谈。当然，你自己能够主动提出来，史兆明同志也会同意。”

林雪梅现在像个傻瓜似的呆坐着，坐了好一会，孙启明什么时候离去，她都毫无察觉。当她抬起头望见拓荒地上红旗招展，战士放声歌唱的场面，她痛苦的心渐渐平静。心想：荒土地上还有那么多的事情等着要干，自己却在胡思乱想，多不应该啊！

她站起时，握紧手里坎土曼的把子，自言自语：“我是多么自私啊！”

邵良驹回到团部，带回来一卡车洋芋。

他下了车，把车交给后勤处，然后，踌躇满志去找王锡东。去办公室路上，他怀里揣着一份商调函，那是他未来生活希望所在地。他自己欢喜地想：“为了这车洋芋蛋，我和韩守义费了不少心思。有了一车洋芋，什么事情都好办！”

王锡东抬起头看见邵良驹，给他带来一份惊喜，问道：“副参谋长，怎么想着回来了？”他探起身，伸出热情的手。邵良驹赶紧伸出手和团长手握在一起，这跟他幻想时的情景一模一样。

“回来了！回来了！家里还好吧？”

“还好！你怎么有时间回来了？”王锡东说着，给他倒了杯热开水。

邵良驹坐下来，接住王锡东递来的水杯放在桌面上，不紧不慢点燃一支香烟，嘴里喷着烟雾，说道：“回来看看，团里开荒怎么样了？”

王锡东对他这副自傲看不顺眼。

“还行，这次回来有什么事吗？”

王锡东眼睛透出一种严峻的冷光，这是邵良驹以前在他眼睛里从来没有看到过的，只觉得身上打了个冷战。

“团……团长，抽支烟！”

“我不吸烟。”

“哦，不吸烟……团长，我这次带回一车洋芋蛋！”

王锡东一怔，惊奇地瞪着眼睛望着他。“你怎么不早说呢？走，我们看看去！”

邵良驹赶紧站起身，说：“团长不急！……不急，我已经把车交给后勤处了，我还有一件事要和你说。”

“什么事？”

邵良驹小心翼翼从上衣兜里掏出一份信函来，双手递上去，说：“王团长，这是我的商调函，请你在上面签个字。”

王锡东忽然冷静下来，接过邵良驹手里的函，回到办公桌前仔细看起来。看完后，把信函小心翼翼折起来，放进抽屉里，说：“这个字我不能签。现在政委不在团里，你又不是团里的一般干部。这件事要等政委回来商量再说。”

“哦，”邵良驹叹口气，失望到了极点。忽然觉得身子发冷，双手发抖。屁股坐在椅子上，两个膝盖紧挤着，凝神屏气地待在一边，一动不动生怕听错了。

这是一个幸福的日子。

三连战士满怀喜悦心情，在连部门前站队。

杨阳、马友富走到队伍面前。战士们目不转睛地望着他们：他俩的军服和战士穿得一样整齐，并且把武装带扎在身上。看那样子，不是准备去劳动，而是准备上战场。

杨阳站定，闪光的眼睛依次望了望四十二名战士的眼睛。

“同志们！史政委和于参谋长今天来我们连检查指导工作，希望大家提起精神，拿出热情，以优异成绩欢迎团首长。你们有没有信心？”

“有！”战士们齐声回答。

“谁都晓得，我们不知疲倦地开荒、生产，克服了种种难以想象的困难。别的连做到的事，我们连也做到了，而且做得比他们更好！这就是我们连的光荣和骄傲。你们说对不对？”

“对！对！对！”战士的回答声像雷声一样响亮。

杨阳脸上兴奋泛起红光。他迫切期盼首长来自己的连队看看。正是他们带领战士忍受了不可想象的困难与艰辛，进行和坚持了艰苦创业，并把这个事业变成胜利——这种自豪感需要在首长面前表现出来。

马友富站在一旁，用手挠着脑袋。他知道自己并没有和战士一样怀有强烈的自豪感，也没有甘心为屯垦事业牺牲自己和自己所有一切的愿望。对战士们的狂热，在他看来简直可笑，

“马连长,你也说几句。”杨阳说。

马友富来到队伍前,面对战士,干咳几声,开始说道:“指导员说得很对,我们有值得骄傲的地方,这些成绩是在我和指导员带领下取得的——这一点很重要。等会儿政委和参谋长来检查工作,要是问起你们,都要这样说。”

队伍中发出一阵嘲笑声。

“你们笑什么呢?”马友富瞪起眼睛,“赶紧下地干活去吧!”

半小时以后,通讯兵跑来向杨阳、马友富报告:政委、参谋长已经在一排地头,三排、四排战士已经向那里赶去了。

杨阳、马友富带领二排战士向一排地头赶去。

当杨阳、马友富赶到时,政委在和战士说话:“同志们,不要忘记,我们是农民出身的战士,当祖国命令我们拿起武器保卫国家时,我们是战士,我们这双手就是握枪杆子的手。当祖国需要我们建设边疆时,我们还是战士,我们这双手就是握坎土曼把子的手。正因为这样,我们军人克服了难以想象的困难,在戈壁荒原创造人间奇迹,建设最壮丽的事业!”

刹那间的火花把战士们的心都刺透了。

“同志们,作为个人和一个集体,看起来我们是在开荒种地。作为一个整体,我们肩负祖国的重托、肩负边疆各民族的希望呢!”

“哦,原来是这样!原来是这样呵!我们责任重大呢。”战士们瞪大眼睛,政委的话开启了他们灵魂的一把钥匙。

“新疆自古以来是多民族共同生活的地区,多民族地区就有它的特殊性。比如说:宗教信仰、生活差别、文化差异、民族矛盾与民族和谐,等等。所以,军垦事业成败,关系国家安危,关系国防巩固,关系边疆稳定,关系各民族和谐,关系各民族群众共同幸福生活在这片土地上。”

聂子龙赶来,挤到战士们中间。史兆明认出了他,并招呼他过来:“是聂子龙吧?我们见过面……黑了,都认不出来了。”

聂子龙微笑着点头。

“我听教导员说,你不是运肥去了吗?”

“听说首长们到了,我们就赶了回来。”聂子龙激动地回答。

“你给雪梅同志的信我看了,”史兆明说,他用这封信引出话题,用生动例子教育战士:“信里有这样一句话:‘屯垦戍边为了什么?是为了祖国领土不再受帝国主义侵犯，是为了边疆各族人民幸福、快乐地生活在这片土地上，我愿意为这个事业牺牲一切！'同志们！说得好不好？”

“好！”战士们激动地喊起来。

聂子龙大吃一惊，有点不知所措。

“有你们这样勇敢的战士，有忠诚于屯垦事业的战士，任何困难我们都可以克服，任何艰难险阻都挡不住我们前进的步伐！”

战士望着政委，像铁粉被磁石吸住一样。

四十五

处女地，散发着清新的泥土气息。

午后，一股冷风袭来，天上的云越来越阴，空气闷得实在让人难以呼吸。战士们以为要下一场雨，赶着雨前把种子抢播下去。

林雪梅已经不在她原来的行列中了，却夹在喜欢说笑的阎宝强和沉默不语的陈棋圣中间。阎宝强挥动坎土曼，迈着有规则的步伐走在前头。陈棋圣一面挥着坎土曼，一面觉得他的力气已经使尽了，为了不落在阎宝强后面，他尽可能地坚持着。

林雪梅夹在他们两人中间。在最热的时候，撒种子的工作对她倒不觉得怎样辛苦。浸透她全身的汗水，忽然有着一种愉快凉爽的感觉。她抬起头仰望了一下阴沉的天空，低垂的乌云密布了。

“同志们，休息十五分钟。下工前，我们把这片地的种子播下去。”王锡东说。

林雪梅伸直了腰，深深地舒了一口气，向四周望了一眼。

阎宝强把他的坎土曼扛在肩上，快步向徐艳秋、姜玉玲休息的地方走去。陈棋圣也同样，把毛巾搭在肩上，慢步地朝地头走去，他显得很疲倦了。

现在，林雪梅只身独处，孙启明和她的谈话不由得萦绕于她的心中。“是别人那样说？还是孙启明自己这样想？或者他用这种借口打击史兆明？我应该主动呢？还是落入他们的陷阱？”她苦苦地思索着。

忽然，地头传来吵吵嚷嚷的声音，打断了她的思路。她抬起头，只见陈棋圣和吕学农为了一步棋在争吵。

“你是个老赖！……不下了！……不下了！”陈棋圣大发脾气呢，脸上的疲倦一扫而去。吕学农对陈棋圣的态度视而不见：“不行！再下一盘！不然老子可要发火了。”他强行把陈棋圣拉住。

“好吧，再下一盘。”陈棋圣叹口气。

“吕学农怎么变成这样呢？”林雪梅心想。她知道，吕学农下棋的名声很臭，可是陈棋圣为什么还喜欢和他在一起下棋？百思不得其解。

“雪梅姐，怎么一个人坐在这里？”她转回头来，见邱玉洁走来。

“你怎么来了？”

邱玉洁在她身边坐下，说：“雪梅姐，政委走了五天是吗？是不是想政委了？”这句话刺在林雪梅的心上，把她心里的苦水给激出来了。

“今天是第五天。可是想他有什么用呢？”她说着，抹眼角上泪水。“女人很容易流眼泪的，悲伤了流泪，高兴了也流泪……玉洁，想参谋长了吗？”

邱玉洁立刻显得不安起来，带着羞涩的容貌，说：“我……我想他干什么？”可是不善于掩饰自己情感的邱玉洁，话一说出来自己都觉得那么假。

“想就是想，这有什么不好意思？女人想自己心爱的男人，没有什么丢人的！”

林雪梅的话打动了她的心。

“谁说我想参谋长，我才不想呢。雪梅姐，我和参谋长只是刚开始接触、了解，还没到谈婚论嫁阶段。”

“怎么会不想呢？人心都是肉长的，我刚才还见你眼睛里泪花花呢。玉洁，参谋长回来你就把自己的真实感情坦白了。其实，早就应该坦白的。我相信你和参谋长结合一定幸福。”

邱玉洁的心被爱滋润得柔软起来，却装成生气的样子。“雪梅姐……你真坏！本来找你聊天来的，怎么把事情扯到我身上来了。”

“开始干活了！”

人们听到王锡东的喊声，往田里走去。

吕学农、陈棋圣两人没有参加劳动的意思，而是转移到偏僻角落，继续下棋。

“老吕，有什么好事？今天这样高兴？”陈棋圣问。

“开荒种地,会有什么好事？下棋！下棋！”吕学农带着微笑说。他把这种喜欢写在脸上,因为,他觉得自己最近手气特别好,和棋圣下棋,总能赢,并且把棋圣口袋里的香烟赢进自己口袋里。

“对了,告诉你一个秘密,政委这次去柳原路上,遇到土匪袭击。”

“是吗？准是努尔兰干的！……有人伤亡吗？”陈棋圣问。

“没有人受伤……最近可要小心点……上面不认为是努尔兰干的……现在怀疑我们内部出鬼了……这是内部机密！……我给你提个醒。”

“知道,知道,碰上这种事,首先怀疑就是我们这些起义过来的人。”

“知道就好。下棋,下棋。”

“老吕,我……我不会有什么事吧？”陈棋圣紧张地问。

吕学农从陈棋圣眼睛里见到自己讲话的效果和回应了。面对被他征服了的陈棋圣,扬扬得意地说:“不做亏心事,不怕鬼敲门！……陈股长,你没听说吗,上面要调我到师保卫科去工作,说不定还给个副科长当！”

“恭喜吕股长,不,恭喜吕科长！”陈棋圣情不自禁对吕学农表现出羡慕的神色。

史兆明开完会从营部出来,向老班长驻地走去,他昂起头朝那片处女地对面红彤彤的地平线望去,太阳正向远处雪山后面沉下。

战士从田间回来,人人手里一把小铲子、一个小筐子,路上不时停下脚步,弯下腰在地上挖些什么。

“班长,明天我们换个地方,要不总是完不成任务。”

“你们谁去过布拉克那片灌木丛,听排长说,那儿不但有鱼,还有野鸭呢？”班长说。

“班长,放假时,我们去布拉克摸鱼、打野鸭。”

大头对班长说布拉克的事似乎不大关心，只顾埋头挖一棵棵冒出头的小草。

渐渐,周围变得一片寂静。

“这有多好啊！这片小草都归我了。”大头心想。他的搜索果然没有落空,前面有一片新绿的小草。

史兆明走过来问:“同志,你在挖什么呢？”

“挖野菜。”

“挖野菜干什么？”

“吃呗！你好像不是我们柳原的人。”大头说着，忽然觉得不大对头了。抬起头，想不到是政委。他朝四周看看，同伴们早已经不知躲到哪里去了。

“小伙子，让我看看你都挖了些什么？”他拿过大头手里的小筐子，翻了翻，“是你自己吃吗？”

大头点点头，又摇摇头。

“小伙子！看出来你是一个诚实的战士，告诉我，这些野菜到底给谁吃？”

“连……连长不让我们说。”

“没关系，说给我听听好吗？”他等大头开口，谁知大头却不开口了。“小伙子，团里拨给你们的粮食不够吃吗？”

“首长，不要问我，我什么都不知道。”大头慌张地说。

史兆明看见二连长李亚东、指导员齐俊杰大步跑来。

李亚东局促不安地问道：“政委，您怎么过来了？”

“这是怎么回事？”史兆明毫不客气责问道。

大头感到一种大难临头的沉重，压得他喘不上气来，脸上顿时惊恐万状：“连……连长、指……指导员，我什么都没说。”

“你少唠叨几句吧。”李亚东说。

“李连长，你这是什么态度？”史兆明只觉自己的心在往下沉，“你们把这件事给我说清楚了。”

齐俊杰赶紧说：“政委，是这样，团里分配给我们连的口粮本来够吃，可是我们连多开了上百亩荒地，把一部分口粮换了种子。还有，一连去克木沁抗灾，营里动员我们连支援地方一些粮食。”

“这件事为什么不向团里报告？”

“我们怕产量上不去，就没敢向上面报告。”李亚东说。

“是不是每个连都有这种情况？”

“是，是，有的连缺粮情况比我们连还严重。”李亚东回答，仿佛抓住一根救命草。史兆明皱起眉头，忧心忡忡。谁都知道，大部队作战，最担心地莫过于不了解下面的真实情况。开荒生产也是一样。他暗想：“怎么办？天底下最难受的事，就是当你了解到真实情况以后，却没有办法帮助他们。”

他望着李亚东、齐俊杰苍白的面色，也不好责备他们。

“你们连缺多少口粮？”

“缺不了多少。我们现在一半粮食，一半野菜，掺在一起，可以坚持到夏粮下来。”齐俊杰说。

“你们想过没有，再过一段时间，野菜吃不成了，等粮食、野菜吃完了吃什么呢？”

“我们会有办法。现在战士们主动去布拉克摸鱼，打野鸭。运气好的话，还能碰到野猪。”李亚东说起来，好像连队伙食好得很呢！

“摸鱼，打野鸭要注意安全呢，三营就牺牲了一个战士。”

“我们见到团里通报了，我们会注意安全。”齐俊杰回答。

“现在离夏收还有几个月，战士们天天吃野菜，扛得住吗？”史兆明说，然后转向大头问道，“我想听你说。”

大头本来胆小，望着连长、指导员惶恐不安。

“说吧！给政委说实话。”齐俊杰说。

“还行，就……就是野菜吃多了，腿浮肿，还拉……拉屎拉不出来，好多人都那个了。”

“脱肛。”齐俊杰补充一句。

史兆明吃惊的眼睛冒火。

“这可不行，得想办法解决粮食问题。”

齐俊杰说：“政委，我们知道错了。”

“这也不能全怪你们。我们做干部的，要关心爱护我们的战士，越是在艰苦的环境中，更要关心和爱护我们的战士。目前，你们现在最重要做的事是想办法改善战士伙食。组织战士去打猎、去摸鱼，用一切可能的办法改善战士伙食。”

“是！”李亚东、齐俊杰齐声回答。

“连里开饭了没有？我们一起去看看。”史兆明说，并带头朝二连驻地走去。李亚东、齐俊杰没有挨政委严厉批评，觉得已经是万幸——匆匆跟在政委后面，向连队走去。

史兆明走进二连营区，注意到一个奇怪的现象，每间宿舍都有战士往里送热水。他不知道这些战士送热水干什么用，也没问身旁的李亚东和齐俊杰，而是跟上提着热水桶的战士后面走进一间宿舍。

突然,史兆明被视野所及的一切惊呆了。战士们光着屁股,一个挨着一个趴在炕上,每人屁股上都盖有一条热毛巾。

“政委来了!”不知谁喊了一声,战士们立刻忙乱起来,提裤子的、扯被子的……

史兆明被一道吞噬心灵的痛苦燃烧着,赶紧说道:“同志们,都不要动,该怎么就怎么——是我这个政委没当好啊!”

战士们立刻停止了骚动。

他走近炕前,冒着冲鼻臭气,依次看望八名战士。关切地问:“这种方法管用吗?”

“政委,管用,可管用了。屁股眼被热水烫烫,屎就可以拉出来,肚子也不胀了。”战士们微笑着回答。

他望着这些战士,眼里噙满了泪水。

“同志们,你们是好样的!都是好样的!只要我们再熬几个月,等夏粮下来,我们的生活就会慢慢好起来……请你们相信党、相信军队,粮食会有的,苦日子一定会过去!”他的声音每分每秒里都增加了更加丰富的感情。

“政委,等粮食丰收,我们可以回家娶老婆吗?”老战士大胆地问。

“你家是哪里的?”史兆明和蔼地问。

“我是新疆籍战士。”

“听说这里有许多新疆籍战士。”史兆明心有所感。“你们刘营长、三连马连长也都是新疆籍战士。如果查一查自家史,说不定你们都是军人后代……从汉朝保护丝绸之路开始,到大唐以及后来历代王朝治理新疆,军人在新疆屯田戍边有一千多年历史……当时许多有志青年到边疆从军,屯田戍边。这让我想到:人的生命是短暂的,不过,也是永恒的!对于个人来说,生命只能有一次,但对于屯垦戍边的战士来说,生命代代相传。所以,我们的生命必将是永恒的!”

“啊!政委学问真大!”战士们感叹道。

“当然,历代封建王朝只关心他们自身利益,不关心屯田戍边将士们生活疾苦,所以,屯田戍边事业必然失败。但是,这些军垦人及军垦人的后代却在边疆扎下根,并且在这片土地上繁衍子子孙孙,这就是一部军垦人慷慨悲歌的历史。”

“政委,我们不会走前辈的老路吧?”

“当然不会,因为我们是共产党领导下的人民军队,我们这支军队不但肩负屯垦戍边之责,而且全心全意为边疆各族人民服务。王司令员说:‘屯垦戍边事业的复兴,必须使我们这支军队安心扎根在边疆。’同志们!只有我们安下家,才能够安心扎根在边疆。中国有句古话:安居乐业。所以,等我们有了粮食,盖起新房,大伙都可以回家去找媳妇。”

这个强而有力的信息把战士们心给攫住了,他们在艰难的生活中看见了希望。

夜色降临大地。

史兆明来到老班长住地,从屋子里面窜出一股烟味儿。“这到底是怎么回事?”他把头探进去,只见一个老人的背影蜷在炉子旁生火。

“老班长?”

“兆明吧,进来吧!”

他听清楚是老班长疲惫的声音。

老班长点燃马灯,他这才清楚地看见老班长的脸,黄皱皱的,一双眼睛凹得惊人,额头上的皱纹像刀雕刻出来似的,显出一道道深沟。

史兆明暗想:“老班长怎么变成了这样?”

“兆明,坐,”老班长说着,从炕桌上拿起一个大口瓷缸,灌上凉水,放在炉子上。往缸子边丢几粒戈壁石,再从布袋里掏出两个玉米饼,把玉米饼放到石子上烤起来。

史兆明吃惊地望着他问:“老班长,还没吃饭呢?”

“刚回来,你吃过了吗?”

“我在二连吃过了。老班长,难道这就是你的晚饭吗?”

“今天回来晚了,不做了。”老班长说。他把炉盘上的玉米饼翻了个个,然后等着瓷缸里的水烧开。

史兆明心里一阵酸痛。伸出手,抚摩老班长干瘦的肩胛骨——老班长从兜里捏点粗盐,放进缸子里,用勺柄搅和着。

“兆明,喝水。”

“老班长,你喝,我不渴。”

老班长不客气地端起缸子,喝一口盐开水,啃口玉米饼,再喝口盐水,帮助把嗓子眼里的玉米渣咽进肚子里去。

“老班长,这次来,也没给你带什么东西,就带了几包香烟和一包砂糖。”史兆明从口袋里掏出几包生产牌香烟和一小袋砂糖。

“我抽不惯香烟,有时间,你还是给我捎些烟丝来。”

“会有的。”史兆明从另一只口袋里摸出包烟丝。

老班长嘴里嚼着玉米饼,突然停下,眼睛闪出一道鲜亮。他接过烟丝,放在鼻子上闻了闻,高兴得像个孩子。

“真香！真香！”老班长掏出烟杆,搅一锅烟丝,再往里兑莫合烟。

史兆明给老班长递过来一簇火苗,老班长的烟锅对着火苗,深深地吸一口。他隔着烟锅里发出的一缕缭绕的青烟,望得出神了。

“老班长,这次跟我回去吧？”

“不回去,我喜欢这里！”

“老班长呀,爬雪山过草地的干部不多了,你们都是我们党和军队的宝贵财富。你待在这里,我也没办法向组织上交代！”

“我斗大的字不识两个,跟在首长身边也是给首长添乱。再说了,我喜欢这里的工作,你们就让我干自己想干的事。”

“我想到会是这种结果,谁也劝不动你啊！”

“兆明啊,一个老战士做点自己喜欢做的事,干点自己力所能及的事,不给组织上添乱,就算对得起我那些死去的老战友了。”

“老班长,既然不回去,饭还是要好好吃。你这样我可不放心呀！”

“这比红军过草地那会儿生活好多了！”

这时,几匹快马朝马房奔来。

警卫班长来到老班长窝棚前,跳下马,走进来说:“政委,参谋长让我们接你回去。”

“知道了,”史兆明起身,眼睛里含着泪水,嘱咐道:“老班长,自己要保重一点。这是首长和同志们的心愿呢！”

老班长吧嗒着嘴皮,点着头说:“知道了,你去吧！”

史兆明紧紧握住老班长粗糙的大手。

“老班长,我还会来看你！”

史兆明上马,双腿一使劲,枣红马在原地打个转,立刻向夜幕里奔去。

老班长挥着手,望着史兆明离去,直到马蹄声消失。

夜半更深，营区里只有团部会议室里灯还在闪烁。

孙启明、王锡东和在家的团委会成员开会。所有参加会议委员的神经都如绷紧的弦。当孙启明宣布开会时，那根弦险些绷断。

“同志们！政委、参谋长这次去柳原路上遭到伏击，人员虽然没有伤亡，但问题是严重的！这说明什么呢？说明敌人潜伏在我们身边，这是很危险的……如果不把这些敌特分子从我们身边挖出来，就会给我们工作带来很大危害。”

谁都知道这种危害性。

吕学农滴溜溜转动两颗眼珠子向四周张望，配合孙启明发言。

“师保卫科来指示，说我们在座的每位同志，都是这一事件知情者。请同志们回忆下，有没有人把政委、参谋长去柳原的确切时间无意泄露出去，被敌人利用了？”

委员们你看看我，我看看你，相互摇头。

孙启明端起杯子喝口茶，不紧不慢地说：“大家不要这么急地表态，都好好想想。如果现在想起来，对破案是有利的。如果谁在这件事情上隐瞒了什么，等师保卫科的同志到了，查出来，性质就变了——王副团长，谈谈你的意见？”

王锡东不免一怔，心想：“自己也是刚听说，情况还不清楚，孙启明怎么就问起我来了？”他对孙启明的突然袭击还是清醒的，说道：“是啊！大家都想一想，这件事关系重大，我们现在说出的每一句话都是要负责任的。”

“嗯？”孙启明皱起眉头来，“王副团长，这话什么意思呀？”

“没什么意思。”王锡东说，“我提醒诸位，现在大家思想乱得很，这件事不能太急，我们需要冷静下来，好好思考。”

吕学农说：“我怎么觉得王副团长的话有些不负责任呢？什么叫不能太急？我们抓特务，时机很重要。时机……你知道时机吗？”因为史兆明不在现场，他无所顾忌地拍起桌子。

“吕股长，我的话不是那种意思。我和大家想法都一样，也想一下把特务从我们内部挖出来，但那是办不到的。”王锡东说。他心里很恼火，所以这样恼火，一方面，他觉得开这种会是不理智的；另一方面，他嗅到了一股气味，担心有人利用这件事，达到自己的目的。“正像我一样，政委路上到底发生了什么，我们还不清楚。现在叫我们想这想那，其结果是，特务没有抓出来，我们自己内部开始乱套了。”

吕学农沉不住气，站起来说：“我不能同意王副团长意见。我们自己先好好地检查一下，可以为破案提供线索。如果我们不主动出击，不主动追查线索，特务不会主动跳出来让我们抓的。”

“冷静一点，你坐下！”孙启明严肃地对吕学农说道。“你们俩怎么一见面就吵呢？既然大家意见不统一，就等师保卫科的同志来解决吧。不过，在师保卫科同志没到以前，先由吕学农同志负责抓这项工作。”

“我不同意孙副政委意见，”王锡东声音不高，但很坚决，“我首先声明，我丝毫没有排斥吕学农同志的意思。既然孙副政委说了在座的每个人都应该反省。吕学农同志是不是也应该反省？任何人都没有权力把自己排除在外。”

“哦？”孙启明瞪大了眼睛，心想：莫非他神经错乱了？要不就是自己听错了？“王副团长，你说吕学农同志不合适，你觉得谁合适？”

王锡东很冷静，不能把自己推到风口浪尖上去，“由我说谁来担任这项工作更不合适，还是等政委回来以后再说。”

“那样会错失良机。”吕学农迫不及待说，“侦破工作抓住时机很重要！你知道时机！时机吗？”他又拍起了桌子。

“我认为吕学农同志说得有道理。他是老保卫，有这方面工作经验。再说了，这也是保卫股分内之事。不做亏心事、不怕鬼敲门嘛！”陈棋圣说。

王锡东扫他一眼，没想到陈棋圣会突然来这一手。

“我本来也和王副团长想法一样，等政委回来……可是时机不等人呵。陈棋圣同志说得对，不做亏心事，不怕鬼敲门……这样吧，对这个问题我们举手表决。按照组织原则，少数服从多数……同意吕学农同志意见的请举手。”孙启明说着，先举起一只手，表明自己的态度。

王锡东朝四下看看，委员们都举起了手，他很失望。

委员们绝非出于个人心愿，而是听了孙启明一席话，不举手真怕“鬼”上门了。

四十六

曲折绵长的峡谷从漫坡地脚下一直伸到峡谷深处,处处都是新绿。草场上开满鲜花,黄色、红色、蓝色、紫色、白色的花朵,装点着春色。

新郎艾尔曼身穿哈萨克服装在伴郎们的簇拥下骑着马儿你追我赶,边走边唱:"萨仁、萨仁……"前去娶亲。艾斯曼弹奏冬不拉,尽情欢唱,把喜讯传遍草原,琴潮、歌咏在哈萨克婚礼上,是用充满诗情画意般的热情渲染美丽草原、装点漂亮姑娘。

冰山上的雪莲花,长在高山之巅。
你是那样的纯洁,那样的美丽,
你是冰山的亲姐妹,你是爱情派来的使者。

接亲队伍来到新娘家毡房前,伴郎纵情唱起《加尔、加尔》的劝嫁歌,送去亲人们的祝福。簇拥在新娘毡房前的长辈,不约而同地和着乐曲念起:"欧明,欧明,真主保佑。"

新娘哈依拉罕在伴娘陪同下起身辞别家人。她回头时,偷偷望一眼新郎艾尔曼,她的心怦怦跳动起来,兴奋得脸上一片红晕。

哈依拉罕哭着拥抱母亲,唱辞别歌《森斯玛》和哭别歌《阿吾加尔闹尔斯》,倾吐对父亲、母亲的眷恋之情,感谢父母养育之恩,并施礼。

最后,哭别亲朋好友。

新娘娶进门,能歌善舞的主婚人,手腕缠着缤纷彩条,执彩色马鞭即兴而发,放声歌唱。欢乐的歌曲唱道:"让香甜的杂拌糖果撒下吉祥……"艾斯曼的母亲端来大盘糖果,撒向前来祝贺新郎新娘的来宾。

宾主新人尽情欢歌。

艾尔曼羞怯而沉默,但他十分喜欢哈依拉罕快乐活泼、无拘无束的样子,看到她满面春风招呼他,伸出两只手给他,幸福得差点喘不上气来。

黄昏,宾主们开始喝酒、吃肉,热烈的火焰一直在草原上燃烧。艾斯曼弹奏起冬不拉,放声歌唱,歌声唱出众宾的祝福,歌唱一对新人携手幸福生活。

史兆明、于翔龙回来了。

于翔龙远远地望见孙启明、邵良驹、吕学农、阎宝强、陈棋圣出来迎接他们:“政委,你看,孙副政委他们迎接我们来了。”

史兆明看见了,催着马儿尽量快跑。在离孙启明他们五米远地方,纷纷下马。

孙启明迎上前,紧紧地握住史兆明的手。

“政委,你们总算回来了!”

“老孙啊,你们干吗这么客气,跑出这么远迎接我们?”

史兆明同邵良驹、吕学农、阎宝强、陈棋圣一一握手。忽然发现,欢迎队伍里面缺了王锡东和林雪梅。

“应该的,应该的。”孙启明说,“兆明啊,我们一道走走吧,我有话和你说。”

史兆明这才发现他嘴唇严肃的庄重的线条,立刻使他的心情改变了。他把枣红马交给警卫战士,说:“你们先回去吧!”

于翔龙的心不免一沉,本能告诉他,他待在这里已经不合适了。

“政委,我回去了。”

“好!你先回去休息,我有事和政委说。”孙启明说。

“什么事?”史兆明问,极力想从他的脸上看出他的心事来——孙启明默默地向前走几步,忽然停下来,说道:“兆明啊!你们路上遇袭的事,师保卫科长秦淮山同志来了。”

“秦淮山?”

“是啊!因为王副团长态度不好,这个老秦,把王副团长给隔离审查了。”

“审查?”史兆明愣住了,望着孙启明,似乎疑心他是开玩笑,“这件事和王副团长有什么关系?谁给秦淮山这么大权力?”

“目前还没有证据证明这件事跟王副团长有关。可是,秦淮山说,这是一起严重的政治事件,任何疑点都要追查到底。当然,王锡东被审查也是经过师里批准的!”

“师里批准?”史兆明疑惑地问,“还有谁被审查?”

“陆军,陈连长。”

“这么说,都是起义过来的干部?”

“是的,”孙启明说,说得几乎咬牙切齿,“你想想,这个陈连长,竟敢拿着枪对着秦淮山同志,嚷嚷着放了王锡东。你想想,这是什么性质?”

“陈连长为什么拿枪对着秦淮山?……老孙啊!你在家都在干些什么呢?……秦淮山同志那里咱们是可以说上话的,你为什么不去说呢?”他怒冲冲地问道,“王副团长在哪里?我马上要见到他!”

“兆明同志,这是师里直接办的案子,我们说不上话。”

史兆明愤怒的眼睛冒着火。

“孙启明同志,你糊涂啊!你想过没有这件事的严重后果?”

孙启明也同样愤怒。

“我想过了,但我不糊涂。挖出隐藏在我们队伍中的敌特,是当前首要工作。”

“挖出来了吗?还没有是吧?可是你们已经伤害了起义干部,伤害了许多起义干部的感情!”

“如果伤害到起义干部,我可以负这个责任。清除我们队伍中敌特,也是每个起义官兵的心愿,他们今后会理解的。”

“好,你负这个责任,可我不能!军区首长把这支队伍交给我们,是要我们爱护它、关心它,让我们同广大起义官兵团结在一起,绝不是让我们来毁灭这支队伍。我们好不容易同起义官兵建立起来的互信、友情让你们一夜之间就给彻底毁了。”

“我不同意你的观点,你们是谁?这句话是原则性错误。我们都是党派来的干部,我们同起义官兵建立起来的互信、友情是建立在我党原则基础上。一切丧失党的原则的互信是靠不住的互信,丧失党的原则的团结是靠不住的团结!”

史兆明听了这句话，觉得特别别扭，又找不到更加有力的话语反击他。刹那间的沉默,他才发现自己什么都没有想好、准备好。索性说道:“好!我是无原则团结……我不和你说了!我去找秦淮山同志。”

“兆明,你不要去找秦淮山同志,他会主动找你。”

“好,请你尽快安排秦淮山同志和我谈话。”

孙启明确信自己的目的达到了,从口袋里掏出一张纸。

“兆明,还有一件事,我这里有雪梅同志打的一份请调报告。”他说着,把林雪梅的报告递给史兆明。

“什么意思？”史兆明问，他的脑袋好像有些麻木。

“没什么意思，你回去问雪梅同志就清楚了。对了，从今天起，我的办公桌搬到我住的帐篷里去，你有什么事在那里找我。”

半个钟头以后，史兆明恢复了平静，把报告揣进衣服口袋里，回家去了。

回到家，林雪梅还没有回来。史兆明照常点燃煤油灯，把灯放在炕桌上。忽然，望见炕桌上有一封没写完的信。他拿起信纸，只见上面写着又黑又粗的几行字：

解放军战士要听党的话，
哪里需要到哪里去，哪里艰苦在哪安家。
……

他开始想她的问题，想她为什么这个时间打请调报告。

这时候，林雪梅推门进来。望见史兆明，才想起从昨天到现在忙得晕头转向，还没有一次想起过他呢——忽然，眼泪滚落出来。

她赶紧忍住泪说：“什么时间回来的？”

“今天下午才到，”史兆明回答她的话，又说，“怎么这么晚才回来？”

她在炕桌旁坐下，说：“秦淮山同志找我谈话呢。”

他吃惊地问道：“谈什么了？”

“秦淮山同志让我好好想想，把你们去柳原的事对谁说过？”

“你说过吗？”

“对谁也没有说过。”

“没有说让你想什么？简直胡闹！”他愠怒地说。

“秦淮山同志说，如果放过每个细节，都有可能使敌人漏网。所以把我留在保卫股办公室，让我好好想呢。”她平静而讥讽地说，“我不明白，秦淮山不是和你一个部队的吗？他怎么六亲不认呵？”

“秦淮山是后来来的。听人说，他原先在边区敌工部，肃反时犯了点错误，调到我们旅保卫科。所以，我跟他并不是很熟。”

“职业病！”林雪梅说。

史兆明突然问她说:“请调报告是怎么一回事?”

“我……我想到基层去工作,没别的意思,”她说,皱起眉头。

史兆明严厉地望着她:“真是这样想吗?如果真有这种想法。当然很好!就怕……就怕有人强迫你,这就是另外一码事了?”

“当……然……这件事,我早就想跟你说呢。”她说。但是她的眼睛却表明了她在说谎。

“她为什么要说谎呢?”史兆明原以为和林雪梅谈起这件事,似乎是一件极其容易和简单的事情;现在,他觉得这是件非常复杂的事。不仅如此,他知道,她每逢有欢喜、快乐和痛苦就立刻向他诉说,而现在,她把痛苦埋藏在了心底。

林雪梅发现桌上的信纸不见了。

“兆明,我写的东西呢?”

“在这呢,”他微笑着,把信纸递给她。

“为什么不经过我允许,看我写的东西?”

“东西放在桌子上,我为什么不能看呢?‘解放军战士要听党的话,哪里需要到哪里去,哪里艰苦在哪安家。’写得好啊!这才是一个共产党人心里要说的话。这次我和参谋长去柳原,我们看见柳原的战士,还有老班长,他们就是这样的战士。”

“参谋长?”林雪梅仿佛想起什么,“兆明,我从保卫股出来时,见参谋长被保卫科的同志叫去了。”

史兆明的心好像受到冲击似的弹起来。

“这样下去不行!这件事一定要加以制止。雪梅,我得出去一趟。”

于翔龙来到保卫股,只见前面摆放一张桌子,秦淮山和保卫科的同志已经坐在桌子后面。桌前放着一条板凳。他们见于翔龙进来什么话都不说,意思很明白,这条板凳是专门为他准备的。于翔龙勉强笑了一下,在那惨淡的笑容里,显露出某种无可奈何的和不自然的表情。

“于参谋长,请坐!”秦淮山面部表情和声音都很冷。

于翔龙抬起头,只见一双幸灾乐祸的眼睛。

“吕学农怎么会出现在这里?”他想。

秦淮山问:“于参谋长,咱们见过面,不用介绍了。我问你几个问题,请如实回答。”

“请问！”

秦淮山满意地点下头，然后侧身同旁边的人小声耳语几句，开始问话：“于参谋长，你和史政委这次出去，你对谁说过没有？”

“没有。”

“不用急着回答。”秦科长冷笑一下，“想好了再回答！”

“不用。”

“那好！你们这次出去，带去的警卫战士听说是你和王锡东亲自挑选的？你没有告诉警卫战士们去干什么吗？”

“是的，是我和王副团长挑选的。但我只告诉警卫战士准备出去执行任务，并没有告诉战士去执行什么任务，什么时间出去执行任务。”

“好吧，我再问另一个问题，听说你看见了袭击史政委的那个人？”

“请注意用词，不是看见，而是追击……”

于翔龙和许多人不一样，回答问题简略、精确，有些问题干脆不回答。秦淮山根据以往经验判断，这种人身上疑点最多。

邱玉洁见史兆明政委进来，不由得站起来。

“政委回来了。”

“回来了，参谋长也回来了，你们没有见面吗？”他说这句话时，望见她那双眼睛带着孩子一样不安的神情。

史兆明在她肩上轻轻拍了一下。

“没关系，一切都会过去。给我接师部政委办公室电话。”

邱玉洁坐下来，拨起电话。话筒里“嘟嘟”响着，半天没人接。她抬起头，失望地说：“政委，对方没人接电话。”

“接政治部杨主任办公室。”

她又拨起电话，电话接通了。她双手紧紧握住话筒，激动地说：“政委，电话通了！”

史兆明忙接过话筒，用温和而庄重的语气说：“你先出去，我有话和杨主任说。”

她顺从地站起来，离开值班室。

史兆明拿起话筒说：“杨主任，我是史兆明，有件事我要向你汇报。”

当夕阳从地平线沉下去的时候,保卫股里的煤油灯燃起来了。

预审继续着。

秦淮山继续问于翔龙道:“听说你的枪法很准?而且带去的警卫战士个个都是神枪手……为什么,你们追击袭击人的时候,枪都打空了?”

“不晓得是因为天黑,还是性急。”

“这是理由吗?”

于翔龙不回答。

“你应该毫无隐瞒地把事情经过说出来。”

于翔龙沉默、沉思着。

“于参谋长,我再提醒你一次,这是给你一次机会。你还是这种态度,我们就帮不了你。”秦淮山话里带着威胁。

“偏见与傲慢。”于翔龙说。

突然,史兆明走进来,秦淮山、吕学农显出惊骇和慌张的神色。

“哎呀!这……这不是史政委吗?”秦淮山说。

“老秦,听说你们到团里已经三天了……而且很忙……我应该过来看看你们,”史兆明笑着说,“没打搅你们工作吧?”

“没有,没有。”秦淮山说着。

史兆明伸出手和秦淮山、保卫科同志一一握手,接着说:“老秦呀,你们同参谋长谈话完了没有?”

“这个嘛?没谈出什么结果。”秦淮山谨慎地回答。

“哦,是这样?”史兆明顿一下,“老秦,于参谋长跑了一天一夜的路,你们不累,他可是累了,需要回去休息……你们今晚没谈完,另外再找时间,可以吗?”

秦淮山一怔,似乎不知如何是好。

史兆明转过脸,对于翔龙说道:“于参谋长,你先回去休息,明天上班,好好想想给柳原筹粮的事。”

于翔龙先望望史兆明,又望望秦淮山。

“既然工作需要,你就先回去,我们找时间再谈。”秦淮山说。

于翔龙站起来,眼睛里闪动一颗火星。但是,他一句话也没说,转身离去。

当于翔龙离去后，史兆明接着说:“老秦，我知道你们最近工作很忙、很辛苦。不过,我还是想占用你们一点点时间。咱们谈谈,沟通一下情况……你们看是在这里谈,还是去会议室谈?”

秦淮山很明白,史兆明是有备而来。

“当然是去会议室。”

“好！我们去会议室。”史兆明说完,转身离去。

吕学农见史兆明插进一杠子,明目张胆地把于翔龙放走。他就深信史兆明同王锡东、于翔龙同流合污在一起,这无论如何是不能容忍的。他把手里的记录揉成一团,怒气冲冲去找孙启明汇报。

柳原会议室里,杨阳向赵子健、刘少贤汇报工作。

“努尔兰昨天分两路进山里去了。听说他们这次回山里,是招兵买马。看情况,努尔兰迟早是要发动叛乱的。”

“你听谁说的?”赵子健警觉起来问。

“山里下来的牧民都这样说,这已经不是什么秘密了。”

赵子健把眼光转向刘少贤,他似乎很镇定。

“好啊！只要努尔兰敢与人民为敌、敢来夺咱们弹药库,就是找死！”

聂子龙急急忙忙闯会议室,说道:“教导员、营长,不好了！你们听说没有,团里出大事了?”

赵子健、刘少贤、杨阳惊诧起来。

“出什么大事?”

“听三连战士说,团里把王副团长、陆股长抓起来了,有这回事吗?”

“我们怎么不知道呀?”赵子健马上说,“子龙啊,根本没有这回事,不能听信谣言！”

“教导员,这已经不是什么谣言了。我今天给三连战士上课,他们私底下都这么说。还说政委这次来柳原的路上,遭土匪袭击,上级怀疑是王副团长他们干的！宋指导员也听说了,让我回来把这件事向你们报告。”

刘少贤毫不迟疑地确信这件事不是空穴来风。

赵子健迫切地问:“你还听到些什么?”

“还有,特务连的陈连长去救王副团长,也被抓起来,还说师保卫科已经到了团部,团里马上要进行审干。”

“子龙，别急！你知道我们离团部远，这件事还得落实。你也别担心，团里如果发生了什么事，通报会很快下来。你先回去休息吧！”赵子健严肃地说。其实，这些话也是说给刘少贤听。

这会儿，刘少贤站在窗前，两手深深插进裤子口袋里，一股怒火从头顶燃烧到脚底。

“杨副教导员，为什么这样的事总是先从三连传出来？营里却一点都不知道呢。如果这个消息是确实的，就说明一个问题，三连有人和团部有一条来往消息的秘密渠道——这会是谁呢？”

杨阳有些沉不住气。

“马连长。”

“我看不一定。”刘少贤开口说话，原来他一直在听，“马连长我还是了解的，平时，他是有些吊儿郎当，但是，马连长还没有那种本事去和什么人建立什么秘密通道。而且，马连长也不至于因为你升官而妒忌，到处传扬这个消息。”

杨阳问：“刘营长，你这话什么意思？”

“这还用说吗？一旦怀疑，首先都是起义干部。”刘少贤愤愤地说，明显表示出不满。

“营长，你说这话可就有问题了？这些话，是在挑拨我党、我军同起义干部关系。”杨阳说，竭力抑制住自己激动情绪。

“挑拨？”刘少贤态度越来越冷，终于对杨阳说出激愤的话：“现在事实都摆在面前。王副团长、陆股长被抓起来了，陈连长也被抓起来了，现在又来个马友富……让我怎么说？你在三连当了几个月指导员，就这么看待马连长？”

当这种争论眼看变成一场争吵，赵子健不能保持缄默了。

“杨副教导员、刘营长，都冷静一点！在事实真相没弄清楚之前，我们做领导的不能先乱阵脚。”

“真相？”刘少贤忍不住说，“政委、参谋长路上遇袭的事，营里只有我们三个人知道。现在下面传开了，恐怕不是空穴来风吧？”

“是啊！但是，我们现在更需要冷静。我相信上级领导会把这件事情处理好。当前，最重要的就是稳定部队，稳定战士们的思想情绪。杨副教导员，你先回三连去，帮助宋指导员把情况弄清楚。”

“是，我这就去。”杨阳毫不含糊地说，他随手拿起放在桌子上的军帽和手枪，匆匆离去。

稍停一会，赵子健用平和的语气说：“刘营长，我们谈谈。”

“教导员，我现在的心情很乱，出去走走。”刘少贤说着，离开会议室，把那扇沉重的门“咣”地带上了。

赵子健走上露台，抬起头望着黑茫茫的夜空。

邵良驹总算把政委盼回来了，可王锡东又被隔离审查。这两天，韩守义来电话催，说再不去报到，那张调函可就成了一张废纸。事情就是这么凑巧、这么不顺当、这么倒霉。他虽然不相信王锡东跟暗杀政委有什么关系，可是人们都这么传，看来王锡东的问题也不是一时半会儿能搞清楚——他急得像热锅上的蚂蚁。

“王锡东会把那片信函纸放在什么地方呢？”

他现在急于找到这一纸调函，急到不择手段的地步，甚至三更半夜偷偷溜进王锡东办公室，寻找那张函，可是没找到。回来后，躺在床上，焦虑得无法入睡。

今天一大早，邵良驹从混沌中醒来，决定去找政委。

路上，他碰见了邱玉洁。

“副参谋长，你这是下地去吗？”邱玉洁主动同他打招呼。

“对！对！小邱呀，你看见政委了吗？”

“今天一早，政委去三营了。”

“嗯？”邵良驹一怔。

“副参谋长，有什么事吗？”

“没……没什么事，我就是想去见王锡东……想找政委……”

“副参谋长，你不知道陈棋圣股长同吕学农股长是好朋友？你找陈股长帮忙，说不定比找政委还管用呢。”

“哦？”邵良驹听了这句话，心里一阵欢喜，心想：这事情就简单多了，自己帮过陈棋圣许多忙，今天该轮到他帮忙的时候了。

陈棋圣这两天有点闲，闲的原因是吕学农太忙，忙得把棋瘾都给戒掉了。自从保卫科同志来到团里，今天抓王锡东，明天抓陆军，陈棋圣心里充满一种反常的喜悦，心想：“他们自以为不会失败的屯垦事业，眼看着就要自毁了！”

忽然，他看见邵良驹上气不接下气跑来，以为团里又出了什么事，至少，又有什么人被抓起来。那张喜形于色的面容俨然装着忍受的悲情——这对他来说，可不是什么难事。

邵良驹匆匆跑来，急切地说：“陈……陈股长，好难找啊！”

“邵参谋长，找我有什么事吗？”

邵良驹一听，陈棋圣把副字给去掉，感情冲动地说：“听说你和吕学农股长关系不错，兄弟想请你帮个忙。”

“哪里，哪里，我们只是一般棋友。参谋长让我帮什么忙？”陈棋圣这句痛快话使邵良驹又看到了希望。

“是棋友就好，是棋友就好！你给吕学农股长说说，让我见一下王副团长，不！王锡东。”

陈棋圣面孔立刻拉得长长的。

“都什么时候了，你还有这种想法……现在的人躲都来不及，你还硬往上凑……邵副参谋长，不要把自己凑到里面去了。”陈棋圣说这话的时候，面部表情冷淡，冷淡到没有一点不合适的地方。

“那是！那是！”邵良驹说。他毫无察觉到陈棋圣面部表情发生了变化。“那是什么呢？”他顿然醒悟，陈棋圣不肯帮这个忙，并且还像老子教育儿子一样，不容分说的几句话，既把他挖苦一番，也把他的请求拒绝了。

邵良驹的热情和愿望一样都找不到归宿。

马友富从外面回到连部，刚走进宿舍，赖兵立刻送给他一个消息。

“连长，团里出大事了！”

他猛然吓了一跳，问道：“团里能出什么大事？”

赖兵见自己的消息有了销路，伸出手向他要烟抽——马友富在没有弄清楚事情真相以前，给赖兵递上一支香烟，冷笑道：“你不会是来骗烟抽吧？”

“当然不会。”赖兵说着，给香烟点上火，深深吸上一口，一面喷着烟，一面接着说，“王副团长、陆股长被抓起来了。”

马友富听了，居然也会倒抽一口冷气。

“为什么？”

赖兵把史政委和于参谋长来柳原路上遇袭的事夸张地说了一遍，最后说道："现在共产党怀疑是王副团长干的！"

马友富心里非常清楚，王锡东不会干那种偷鸡摸狗的事，更何况是暗杀——是谁想干掉政委和参谋长呢？他梳理一遍自己的思想，忽然，想起在努尔兰营地所见到的一切。

马友富到努尔兰营地又去作过一次拜访。

他看到被裹胁来的牧民牵着马等待验马官的验收。验马官仔细检查每一匹马；翻开马的嘴唇看看马的牙齿，用力按着马的脖颈，最后搬起马蹄子，捏捏腿关节，然后摇着脑袋说："不合格。"

话音一落，几个土匪便冲上来，追打交马匹的牧民，嘴里不停地骂着："你这个畜生，你在欺骗谁？"

马友富问道："你们这是干什么？"

"这些牧民都是来捐马的。"努尔兰得意地说，"可是有些人拿老马来糊弄我们。这样很不好！我应该让这些人知道欺骗的后果。"

马友富看见，牧民在恐惧中像秋天里的一片树叶，瑟瑟发抖。但是，他们的手不停地抚摸自己的马，那种情感，就像抚摸自己孩子一样——即便是老马。

"马连长，请毡房里坐！"

马友富走进毡房。他现在来努尔兰营地就跟走亲戚似的。他觉得自己的幸福就是在这里吃碗肉、喝碗酒，而这里的主人也乐意款待他。

"马连长，你们团政委、参谋长走了？"

听到这话，马友富并不觉得意外。

"看来努尔兰队长没有闲着，消息还是蛮灵通嘛。"

"哪里？你们政委、参谋长是蛮机警的，不声不响地离开了柳原。"

"怎么？你想把他们干掉？"

"不！时机还不成熟。在我们没有夺取弹药库之前，是不会引火烧身的。可是有人想干掉他们。"努尔兰说这话时，向一头准备战斗的公牛。

马友富暗暗吃惊，这里除了努尔兰，还有谁想干掉政委呢？

"马连长，听说了没有，你们政委在来柳原路上遭到了袭击！"

马友富对努尔兰玩这套把戏没什么感觉。

“努尔兰队长,不要编故事了,这样的事我怎么没听说?”

努尔兰的眼中闪动着幸灾乐祸的光芒。

“这就是你们政委高明之处,不扰乱军心嘛!不过,我相信这件事不会完。”

这时,一个牧民模样的人匆匆走进毡房,在努尔兰耳边小声嘀咕几句——努尔兰点着头,眼睛里闪出阴暗的光芒。

牧民模样的人说完话,便悄然退去。

马友富听到一阵马蹄声响渐渐远去,知道这是个传令兵。

“努尔兰队长,出什么事吗?”

“兄弟要回山里一趟。乌斯满总司令已经下了命令,让我们组织牧民兄弟下山,把解放军从新疆赶出去。”努尔兰眉飞色舞,嘴角往上翘得很高,说道:“终于等到这一天了!不久,新疆处处烧起战火。”

赖兵见马友富发呆、发愣,便问道:“连长,在想什么呢?”

马友富一下回过神来。

“看来努尔兰说得对,战火马上要烧起来了!”

他的大脑以超自然的清晰度闪现出他梦里的情景:战火一开,他不会再为累断脊骨的日子而难忍煎熬,不会再为饥肠辘辘的生活而愁眉不展,不会再为垂涎欲滴的一顿酒肉而提心吊胆,不会再为黑夜里的噩梦而心惊肉跳。

“这包烟你拿去抽吧——奖给你!”

赖兵接过烟,像哈巴狗似的,眼里含着讨人欢喜的媚态。

四十七

自从彭雅莹接到后勤处长的通知,派她去柳原出差那一刻起,邱玉洁突然发现,她脸上闪着一种特有的光辉——那是灵魂深处的光辉。

一早起来,彭雅莹戴上红星闪闪的军帽,急忙去镜子跟前,对着镜子将自己修饰了一番。她看上去多神气、多威武、多漂亮啊!军帽上的红五星使她精神抖擞。腰间上一把小手枪使她英姿飒爽。

“玉洁,怎么样?”

“别臭美了,我们该走了!”邱玉洁说着,提起铺上的网兜。

“嫉妒啦?”她扬扬得意地说,并情不自禁地凑到镜子面前,亲了自己的映像,然后提起背包和邱玉洁一道出门。

后勤仓库外,有几辆马车正在装运粮食和物资。于翔龙也在仓库里忙里忙外指挥装车。

彭雅莹正东张西望。

邱玉洁说:“雅莹,看样子还要等一会儿。”

“等会儿就等会儿吧。玉洁,你看我要不要去问问,坐哪辆马车走?”

“看把你急的,参谋长在这里,还能把你落下。”邱玉洁说。

彭雅莹的脸“刷”地红了,尽管她很想去问问,可是她没有争辩。因为昨天下午,邱玉洁知道她要去柳原那一刻起,邱玉洁眼睛里总是流露出一种让她看了不舒服的妒忌的目光,这会儿,她不想惹得邱玉洁伤心。

“雅莹,这次去柳原见了子龙,代我们问他好!自从……从子龙离开我们,也不知他现在怎么样。”她说着,有点儿伤感起来。

彭雅莹开起玩笑:“玉洁,要是想子龙,我们就一起走吧!路上也好有个伴。”

“又胡说了!”她的声音很温柔,而且有点儿发颤。

忽然,她俩听到一个熟悉的声音,惊呆了。

“你们怎么在这里?”于翔龙走过来问。

“雅莹要去柳原,我过来送她。”邱玉洁急忙回话。

“去柳原干什么?”于翔龙问。

“处长让我去柳原核财务账。”彭雅莹回答。

“你们快点过去吧,车队马上就要出发了。”

邱玉洁赶紧说:“你过去给赶大车的说一声,看雅莹坐哪辆车。”

于翔龙立刻明白了,原来她俩是在等他,便幽默地说:“好!我去给小彭同志找辆最好的马车。”

于翔龙来到一辆三套马车跟前,对正在刹大车绳子的老兵说:“你是一营的吧?”

赶车人点点头,仍旧捆他的大车。

“这位是团里彭会计,搭你车去柳原,路上请多关照!”

赶车人抬起眼睛，隔着那蓬乱的、下垂的黑发，对彭雅莹瞅上一眼，说："准备上车吧。"彭雅莹看见赶车人像个野人似的，不禁倒抽一口凉气。

"小彭同志，这是这里最好的一辆马车。你没见这是辆胶皮轱辘大车！走长路坐这辆大车既安全又舒坦。"于翔龙俏皮地说。

她向马车跟前靠去。那辆车看上去确实有八成新，拉车的两匹枣红马看上去都精神，也很结实，驾车的辕马个头大、脑袋大、眼睛也很大。赶车人在辕马屁股后面木板上垫了块羊皮，皮面上铺上棉大衣。

"你坐这里。"

彭雅莹点了点头，知道自己的座位在那里。然后把网兜、背包放到马车上，捆好。

运输队吴队长跑来，草率地向参谋长敬礼："参谋长，我们准备出发了！"

于翔龙摸摸盖大车的篷布，用手拉拉捆绑好的大绳，说："你们上路吧！路上一定要注意安全。"

吴队长听到命令，大声喊起来："都上车了，出发了！"

"上车吧！"于翔龙对彭雅莹说。

彭雅莹赶紧上车，屁股还没坐稳，赶车人吆喝起来，马车开始向前移动——邱玉洁挥动手，跟着马车边走边说："雅莹，路上注意安全！……到了柳原，代我们向子龙那个坏蛋问好……告诉那个坏蛋，叫他常写信来。"

"知道了……你都说了一百遍了。"彭雅莹说着，不知为什么鼻子发酸。"你的话，你的心我都会带到的……我也会替你骂那个坏蛋一百遍。"

马车渐渐远去。

邱玉洁站在那儿发呆，直到马车消失在她的视野中。

于翔龙几次都想说话，可是看见她脸上那种伤感的神情，忍住了。他从口袋里掏出一包香烟。打开烟盒，取出一支烟，放在鼻子底下嗅了会儿，然后点上火。

邱玉洁吃惊地望着他。

"哎呀，你不是不吸烟吗？"

"那是以前。"

"参谋长，你的事我都听说了，也别太难受；人的一生都会有坎坷，谁也不会一帆风顺。"几句关心的话语似一缕清风，拂去了于翔龙多日积聚在心头上的郁闷,他频频点起头来。

“你要照顾好自己,好好上班,不要让人看了笑话。”这时,她更像个母亲,给他那么多的温暖、鼓励和安慰。

于翔龙笑了。在他的心灵里,对她那温和的声音,那对非常黑的眼睛,发生了强烈的爱情。由于这双眼睛,仿佛人生都光辉起来。

“你把我当小孩子……我还没有你想得那么脆弱。做一个真正革命者、一名优秀军人,是要经受住各种考验和磨难……我们几十万大军奋战在大戈壁、大荒原上,哪一道难关不是苦难、考验和磨炼。这个时候,我可以看出来史政委,还有许多共产党人在保护着我们。他们拿自己的政治生命为我……还有许多起义同志……在赌!……当然,‘赌’这字比喻得不确切。可是我找不出更好的字来表达我心里感受。我只能说,在这时刻,我们所得到的关爱比任何人、比任何时候都多,都更加丰富。”

邱玉洁如梦方醒,这才明白过来,在困境和考验面前,他仍然是那么坚强。他脸上仍然闪耀着忠于事业的炽热情绪。

“在这片土地上,正像政委说的那样,人分为两种:一种是乐观和向上,另一种是悲观和堕落。悲观者在困境中看到的是绝望,乐观者在困境中看到的是希望。”

于翔龙的话像一道雨过天晴的阳光,照亮了她的生命。

黄昏,彭雅莹仿佛忘记了这个世界上的一切,久久地望着落日。大戈壁,像正烧着牛肉汤的灶眼一样发着红光。它缓缓地向地平线以外游去,一面用霞光染红天上柔软的云彩,一面向淡灰色的大戈壁投射最后的夕照。

驾车的大黑马跑了一天,步履蹒跚地走着。

“唷……唷,走快点!”赶车人连甩几鞭,催动前面偷懒的马。然后,他把手中鞭子插在大车上,从口袋里掏出一个手绢包裹的东西。

彭雅莹有些好奇,斜着眼望着赶车人,只见他小心翼翼地把手绢打开,里面原来是个口琴。赶车人用手绢把口琴轻轻擦擦,然后放在嘴皮子上,吹起了大戈壁上无穷尽的歌来。

田野小河边，红莓花儿开，有一位少年真使我心爱。

可是我不能对他表白，满怀的心腹话儿没法讲出来！

彭雅莹坐在辕马屁股后面，午时臊气味儿已经散去。辕马浑圆的屁股闪着亮晶晶绒毛，像绸缎一样漂亮。特别是它的大脑袋，有一股神奇的力量，听到琴声，高傲地昂起来，粗大的鼻孔打着响亮的喷鼻，配合老兵的琴声。

突然，大车发出“吱吱”的响声。

“吁……吁。”赶车人收住缰绳，马车停下。他从大车上跳下来，跑到大车侧面去了。

彭雅莹不知出了什么事，她下车走动走动、活动活动腿脚。

——前面马车也都停下来。

吴队长从前面往后跑，大声吆喝着说：“老兵，怎么不走了？”那个叫老兵的赶车人从大车底下爬出来，回答：“车轴出了点毛病。”

“需要帮忙吗？”

“不需要！你们先走吧，我一会儿就赶上来。”

前面赶车人走过来，看见彭雅莹，笑起来说：“老兵，有这么漂亮的女同志陪伴你，慢慢修吧。”

周围的人哈哈笑起来。

老兵对大笑的人们瞅一眼，怒气冲冲地说：“滚你们的蛋吧，你们快滚蛋吧！”

“兄弟们，都瞧见了吧，老兵被女同志迷住了。”

“混蛋。”老兵怒冲冲地大声嚷着，于是，拿起车上的长鞭。吴队长拦住老兵说：“好了，好了，我们走了，你快点赶上来。”

车夫们哈哈笑着，跑了。

彭雅莹并没有反应过来。当车队渐渐远去，戈壁滩上只剩下她和老兵时，才有些害怕。她回到车前，只见老兵躺在大车底下，折腾什么——她蹲下身，看不见老兵的脸，只能看见他身子不停摆动，好奇地低下头去瞧。

“大叔，车怎么了？”

“我有那么老吗？”

她一愣，听老兵说话口气，对她不满了：“对不起，是我叫错了。”

老兵从大车底下爬出来，说："车轴出了点毛病。看样子我们要把车上东西卸下来一些，把大车支撑起来。"

她不知道什么是车轴，茫然点着头。

老兵解开车上绳索，爬到车上，对站在车旁边的彭雅莹说："会计同志，能不能过来给我帮个忙？"

她瞅着老兵，问："要我干什么？"

"帮忙把货接一下。"

她迟疑了下，说："当然可以！"她心里想："如果不帮忙，今晚看样子是走不成了……茫茫戈壁，那将是怎样的后果。"

她走到大车前，老兵从大车上把货往下卸。

她接住货物，问："东西往哪放？"

"把货靠着车边，垒高点，装车时省点力。"老兵看上去快活得很。"喂，你快点行不行，等会儿天就黑了。"

她只能昂头望老兵，见他那副模样，恨不得把手里货物摔掉。要不是在大戈壁，她会搬这样重的东西吗？——她现在别无选择。

"坚持一下，就剩下几箱了。"

她终于听到老兵说："好了，你去休息吧。"

老兵从大车上下来，把两匹拉车马的马轭卸下来，把马放了出去，然后把大车前面支架放下，又去解辕马套绳——老兵放开缰绳，大黑马围着大车快乐地转了两圈，然后到荒野上寻觅可食的青草去了。

彭雅莹立刻起了疑心，暗想："修车，为什么把马儿放了？"便忍不住地问："大哥，为什么把马给放了？难道我们不走了？"

"走！修车还要一点时间，让马休息会儿。"老兵边说，边从车上拿出几块方木和一根圆木，把方头扔在大车轱辘旁，说道："过来帮个忙。"

彭雅莹站在大车旁发愣，真不敢相信他把自己弄到这般地步。此时，她朝他久久地、恨恨地瞪了一眼。

"又让我干什么？"

"我把车轮支起来，你在下面垫木块。这种事，一个人是不可能完成的。"

她听到这些话，气得浑身直哆嗦。

"看见了吧，我抬起车轮时，你往横梁下面垫木块。"老兵斩钉截铁地发号施令。骤然间,她想起队长问老兵:“需要帮忙吗?”这家伙一定不怀好意。

“我们得抓紧时间干,等会儿天就要黑了。”

这句话提醒了她。她知道自己必须服从于他,否则安全就没有了保证。她从地上捡起方木块,蹲在大车轱辘旁,做好了准备。

老兵拿起圆木,找个支撑点,问道:“准备好了吗?”

“好了!”

老兵立刻大吼一声,用力把车轮给支撑起来——她赶紧把木块往车梁底下塞,可是胳膊不够长。她望见老兵憋红的面孔,身不由己双腿跪在地上,脑袋伸进大车底下,把手里木块往车梁底下塞。

“很好!”老兵表扬一声,准备第二次把大车抬起来。可是第二块木头就没那么容易塞进去了。

老兵连着两次支撑起车轮,她都没把木块塞进梁底下去。

“笨蛋,连块木头都塞不进去?”

她挑战似的昂起头:“你才是个笨蛋,你没把间距抬够,我怎么把木块塞得进去?”老兵瞪着眼,张着口:“现在只有两个办法,一是把货再卸掉一些,二是我们再努力一次!给你一次选择机会。”

她可不想再去搬那些重物。

“我们再试试吧!”

老兵重新拿起圆木棍,找好支点,大声问道:“准备好了没有?”

她干脆卧倒在车轱辘旁边,回答:“好了,可以开始了!”只听老兵大吼一声,车轮被圆木支撑起来了。

“再来点……一点点。”她的声音从车底下传出来,那是一种焦急和急迫的声音。方木块终于被塞了进去。

老兵扔下手里木棍,坐在地上喘着粗气,并且凝望着彭雅莹面孔——她从脑袋上扯下军帽,拍打身上尘土,望他一眼,不由得让她心里打个寒战。因为,那是一团火辣辣的火球。

“你不去修车吗?”

“好,好!你休息,剩下的事由我来做。”老兵拿起扳手走了。

彭雅莹抱膝坐着,用沉思而明亮的目光望着前方。一片月光洒在无边无际的大戈壁上,荒野上呈现着马匹的黑影。它们吃了夜露的青草,这会儿在半醒不醒地打着盹儿。她回头望一眼老兵，他正在紧车轴上的螺丝。

“好了吗？”

“好了……不过，你还得帮忙把货搬到车上去。”

老兵上到大车，对她说：“你把货搬上来，我在车上摆货。”

彭雅莹眼睛死死盯着一堆沉重的货物，不禁怒从心头起，恶向胆边生。她双手叉着腰，大声说：“喂，你是不是个男人？这么重的东西让一个女同志往上搬——你下来，我上去！”

老兵一怔，说：“你会摆吗？……摆不好，路上会散架的。”

她根本就不理睬他，爬到车上，把手一挥，喊道：“开始吧！”

不论是彭雅莹的愤怒，还是全然冷淡，老兵都不生气。“你说开始就开始吧……你把货码好……路上散了架，吃苦的还是我们。”

“你少啰唆吧，赶紧干活。”

不大会儿，货重新装到车上。老兵上到大车，把货重新整理一遍。

彭雅莹无精打采地坐着。

忽然，老兵抬起头，朝四周环顾，接着，迅速从车座下抽出一支长枪，立刻推上子弹，弓起身，健步如飞朝黑暗中跑去。

“哎！干什么去？”她惊呼道。她还没有来得及明白是怎么一回事，老兵已经跑得无影无踪了。她像受到惊吓的小猫，绝望地叫喊：“你……你回来……你这个坏蛋……我叫你回来……魔鬼！”忽然，顿住了——她真怕把魔鬼给叫出来。

突然，传来一声枪响，震动了整个黑暗的夜幕。

史兆明回到家，地窝里的灯突然亮起来。

林雪梅把炕桌上的煤油灯挑亮点儿。现在，她学会了丈夫不在家时尽量不点灯——灯亮了，就得赶紧补衣服、补袜子、做鞋子，以图节省煤油。

“兆明，过来吃饭，菜都快凉了。”

“今晚上什么饭？”他说着，上炕，准备吃饭。

“炒洋芋丝，食堂今天总算是把洋芋蛋改洋芋丝了。”她开玩笑说。

史兆明看了她一眼，笑了。

“怎么这么高兴？”

“当然高兴，今晚我要去看王副团长。对了，你带回来的那包花生米放在哪了？”

“你要干什么？”

“把它拿出来炒熟了，让我带去慰劳王副团长。”

“好。”林雪梅说着，起身去找花生米。

“还有，张政委送给我的那瓶二锅头，也给我带上。”

林雪梅把花生米找出来，打开纸袋，一股令人欲呕的霉气冲了出来，“哎呀！怎么都生霉了！”她脸上那份喜悦忽然变成了失望。

“生霉了？”史兆明忙抬起头，说：“快拿来，让我看看。”

林雪梅像做了错事的孩子，听到史兆明召唤，顺从地把花生米倒在炕桌上——史兆明失望地瞧着桌子上的花生米，用手摸摸，再用食指和拇指凑在一起，捡起一粒花生米，把上面霉点擦擦，抱怨一句：“多可惜呀！”

林雪梅瞪大眼睛，看着他把擦净霉点的花生粒放进嘴里。

“哈哈，花生米霉得不大厉害——还能吃。”

“兆明啊，吃了要中毒的。”

史兆明嚼着花生米，有滋有味地说：“现在人们的肚子空得吃什么都是营养。雪梅，端盆水来，把花生米上的霉点洗净。”

林雪梅赶紧端来一盆水。

“好了，你去把火生起来，我来洗，等会儿你把它炒熟了。”史兆明高兴地说，“雪梅呀，咱们家里也就这点好东西了，扔了实在可惜！”

孙启明知道史兆明今晚去看王锡东，心里很不是滋味儿

他坐在办公桌前，准备给师里写汇报材料。写点什么呢？几分钟之前，他给自己准备好题目，汇报史兆明不按照党的原则改造起义部队，而是另搞一套“你好、我好，大家都好”的和稀泥的方法。当他提起笔时，觉得这个题目不大合适了。

他把笔扔在桌子上，眯起眼睛，重新梳理一遍自己的想法。

这个时候，吕学农像幽灵似的走进来。帐篷里的灯火太暗，孙启明睁开眼没有看清楚是谁，警觉地问：“谁？”吕学农跟一个窃贼似的，小声回答：“是我，孙副政委。”

孙启明听清楚了，挺直身子说：“是学农，有什么事吗？”

吕学农来到他对面，用低微而阴沉的声音说：“有些事，我想找你谈

谈。”孙启明听他这样说,已经感受到他的不安和焦虑。

“什么事?你说吧。”

吕学农把身子往前靠,靠得离他很近,双手撑在桌面上,低声说:“今天会上,我觉得势头有些不大对了!”

“有什么不对?”

“你没看出来,秦淮山那些人,今天会上虽然没有支持史兆明提出结束对王锡东的审查,但是也没有支持我们。明天就要把王锡东送往师里,这对我们很不利。还有阎保强,竟敢那样对你说话,一定是有人在背后指使。”

孙启明比谁都了解会议情况。他心里很清楚,形势朝着越来越不利于自己的方向发展。他现在急于想知道秦淮山的态度,这一点很重要。

他试探性地问道:“不会吧?秦淮山同志不是说王锡东去师里,是继续接受审查吗?”

“可能是秦淮山给我们放烟幕弹。你想想,去师里两种可能,一是放人,放人的后果是什么?就说明我们前一段工作是错误的。现在来自下面的压力,放人的可能性很大。如果是那样,你想过没有,那将是怎样的后果?”吕学农说,他的眼睛和声音又严峻又冷酷,一种郁结的仇恨正在心里滋长。

孙启明不动声色,明知故问:“还有另一种情况?”

“另一种情况,就是对王锡东继续审查下去,这样当然对我们有利。据我判断,这种可能性很小,你应该抓紧时间,摸摸师里的态度,亡羊补牢、为时不晚。”

“补牢?”孙启明的脸马上阴沉下来。

吕学农却迫不及待地说下去:“刚才我去秦淮山那里,察觉到他的态度已经起了变化。前些天,他还主动跟我聊些什么,现在什么都不说了。而且说话变得非常谨慎。”

吕学农的恐慌传染了孙启明,脸上露出同样恐慌的神情。他沉默了一会,说:“学农呀,你是不是想多了?”

“不是我想多了。我搞保卫工作这么多年,这点判断能力还是有的。再说,上面都传史兆明要调师政治部工作,你来接他的班。如果这次搞错了……”

吕学农这句话虽然震动了他的心，但是他很明白，吕学农有意挑唆他和史兆明的关系。

“不仅是我吧？你调师保卫科的事也成问题了。”

“不瞒你说，我是有这种担心。”吕学农已经毫不羞耻地表明自己的态度。他很清楚，这件案子可能给他的升迁带来麻烦，甚至把他的前程毁掉。

孙启明恍然大悟，这种阴暗思想成了吕学农的信仰和法则。作为老首长、老战友，孙启明不得不拯救他罪恶的灵魂。

“学农同志，你不必有这方面顾虑。即便是像你说的那样，是我们错了，但我们也是为了党的利益、军队利益。我可以向上级组织请求处分，向王副团长赔礼道歉。这个责任完全由我来负。”

史兆明来到王锡东所住帐篷，掀开门帘，看见他正坐在铺上，借着煤油灯光看书。

王锡东抬起头，眼睛眯起一条缝，见政委进来，忽然睁大眼睛。

“王团长，看样子精神不错嘛！”

王锡东猛然站起来，居然会控制不住自己感情。

“政委，你怎么来了？”

“我过来看你呀，早就该来看你了！”史兆明说，伸出手把王锡东一只手握住，这紧紧的一握，充满了感情和信任。

“政委，这个时候，你怎么还敢来看我？”

“我怎么不能来看你？你是团长、我是政委，咱们两个是搭档。再说了，明天你要去师里，我来给你送行！”

“现在谁还把我当团长。政委，也不知这次去师里……我的问题是不是上升了？”王锡东说，心里无比纷乱。

史兆明听到这句话，显出很惊讶的样子。“你怎么会有这种想法呢？我倒认为你去师里是件好事，说明师领导对你的问题关心了。”

“噢？”王锡东听到政委这句话，觉得自己有了希望。“政委，请坐……你们这次去柳原，情况怎么样？”

“柳原同志们都好着呢！你不用担心。”史兆明轻轻拍着他的腿说。“王团长！现在就不要想这么多，利用这个机会好好休息——你看我给你带什么来了！”他从口袋里掏出一瓶酒，又从另一只口袋掏出包花生米。

王锡东又吃一惊，“政委，你这是从哪弄来的？”

“这瓶酒，我在军里开会时张政委送的，一直没舍得喝。还有这包花生米，是雪梅带来的，也没舍得吃，有些生霉了。”

王锡东拿起酒瓶看了看，一丝微笑掠过他的脸。这微笑，洋溢着欢喜和感动。

“北京二锅头？好酒！好酒！”他说着，看看放在桌上花生米，捡起一粒，塞进嘴里，慢慢地嚼着、品味。

“花生米……是有点霉味……不过还不错，总比没有吃的强！”

史兆明听了这句话，正中下怀。

“女同志，就干不成什么事，有点好东西，藏着、掖着，怕我偷吃了去。还好，要是早进了我的肚子，咱们今晚可就没有这口福了。”

“是啊，是啊！”王锡东打开酒盖，浓烈的酒香味儿立刻充满了帐篷。

“政委，你先来！”

“王副团长，还是你先来！”

王锡东把酒倒进缸子里，喝一口酒，热乎乎的液体顺着他的喉咙一直烧到胃里。

“好酒，好酒啊！”他说着，把缸子递给史兆明。

史兆明接过缸子，放到自己口边，深深吸口气，仿佛把缸子里的酒香味全部吸入自己肚子里去，才端起缸子，喝一口酒。

“王副团长，又该你了。”史兆明说。“好酒应该给会喝酒的人喝，才能喝出味道来！”

王锡东很听话，接过缸子又喝了一口酒。一团火球在他血管里缓慢滚动，心火辣辣地燃烧起来。这火似乎把他那颗冰封的心刺穿了。

戈壁滩上的夜仿佛被可怕的魔鬼给镇住了。

无数念头在彭雅莹脑袋里左奔右突，乱作一团。老兵去哪里了？鬼魂、狼，还有土匪，她感到天旋地转，不得不扶住马车以免晕倒。忽然，一阵脚步声，她觉得是老兵回来了。她站在大车旁，紧压着心跳。

脚步声渐渐趋近，她听得到老兵粗重的喘气声。

“会计同志，你在哪里？”

彭雅莹把吓丢的魂儿重新找回来了，从车后闪出来，怒吼一声：“你干什么去了？”震耳欲聋的喊叫声直冲老兵耳鼓。

“没见我打兔子去了。”

“吓死我了，你……你怎么不打声招呼？”她表现出无法遏制的怒火，举起手里的枪，真想用枪崩了这个“坏蛋”。

老兵见她怒火万丈，而且手里举着枪，生怕她干出什么蠢事来。

“别……别胡来！冷静点……你……把那家伙收起来……有话好好说。”

“你这个混蛋，再有下一次，一定叫你吃子弹。”

老兵见她把枪收起来，走上前，把打来的野兔子扔在大车旁，不知对谁说道：“这样坏脾气的人！”

他默然地从车上拿下一个草料袋，把袋里饲料抖落在地上，然后向戈壁滩上的马匹打口哨。三匹马儿听到口哨声，立刻跑回来，围着饲料吃起来。

彭雅莹咬紧嘴唇，不怀好感地望着他。

老兵把兔子从地上捡起来挂在大车上，然后从屁股后面拔出一把小刀，剥兔子的皮，仿佛她根本不在旁边——老兵动作有点儿野人的味道。倘若她洞察到这份残忍，准会吓得魂不附体。

“喂，你在那里发什么呆，拾柴火去。”

“去哪儿拾柴？四处都是黑暗。”

“我晓得哪里有柴。”老兵站起来，随手把刀扎进土里。

彭雅莹吃惊地望着他。

“走吧，你们这些坐机关的大小姐，什么也没干过吧？”

彭雅莹顺从地跟上他走。半个时辰，老兵好像骆驼一样，背着一捆柴回来，一点儿也不让她拿。

老兵把火生起来：“好了，我去拿水壶，开始烧饭。”

彭雅莹坐在火跟前，从包里掏出两个又干又硬的烧饼（这包烧饼还是后勤处长给她特批的）。她啃了两口，慢慢嚼着。

老兵转回来，见彭雅莹啃着烧饼，说道：“会计同志，慢点吃，后面还有兔子肉呢……如果不想吃，老兵要感谢你的。”

彭雅莹马上后悔了。

老兵把水壶挂在铁棍支起的三角架上，再用一根棍子把兔子肉吊起来，在火上烘烤。兔肉见到火，肉汁滴滴答答地落到柴火上，发出油烘烘的炽热的火焰来——炽热的火焰带来和睦的温暖。

“会计同志，一路上还没问起你的名字？”

彭雅莹是个聪明女人，恨可以纯粹，但不能不食人间烟火。她试图露出点笑容，但这一丝笑还未触及她的嘴角便消失了。因为她的眼睛触及到兔子肉，肚子便“叽里咕噜”叫起来——她自己都觉得不好意思。

“我叫彭雅莹。大哥，你呢？”

“人们叫我老兵，你也叫我老兵吧——给，喝口热水。”他把一壶热水隔着火递给她。彭雅莹接过水壶，“咕嘟咕嘟”喝了几口。喝好了，把水壶还给老兵。

“大哥，这里离柳原还有多远？”

“远着呢，二十公里大戈壁，然后到奎河边，再一直走下去。”

“这么远呀？我们明天什么时候能到？”

“太阳落山前。小彭会计，肉熟了。”老兵撕下一块大腿肉，给她递过来。彭雅莹身子赶紧往前靠，伸出手，迫不及待接过烤得焦黄焦黄的兔子肉，狼吞虎咽地吃起来。

“大哥，你也吃。”

老兵望着她说不用急，慢慢吃，这里还有。

“大哥，兔子肉都让我吃了，你吃啥？你也吃。”她说着，继续啃骨头上的肉。

“你多吃是应该的。这些野味，平时你们吃不到，碰上了就多吃点。”

“大哥，你是好人。”她笑着说，“刚……刚开始，我还把你当坏人呢。”

“我知道，你腰上那把手枪还顶着火呢。”

她感到惊讶，双颊涨得绯红。

“大哥，我不是冲你来的，这么大的戈壁滩！”

老兵看得出她脸上尴尬的神色，微微一笑：“冲我来也不要紧。一个女人在外面闯荡，很不容易，提防点是对的。再说了，我也不是没起邪念。面对一个漂亮女人，谁能不产生情欲呢？不产生情欲的男人，不是真男人。”

她听到这句话，吓得浑身发抖。

“但是，人不能有坏心。”

面对一个男人如此坦然地揭示自己内心世界的秘密——她被一种不可理解的感情搅动得惶恐不安了。

四十八

于翔龙不知度过多少难忘的日夜，然而他却从来没有像今天这样激动过，也没有像现在这样焦虑过。在这以前，他不敢设想，这样荒凉贫瘠的土地能长出绿色秧苗，然而，期盼已久的秧苗终于破土而出了。

他手里捏着一块土疙瘩，说："该来一场雨了，再不下雨，秧苗就要渴死了。"

三营指挥员们站在田间地头，个个愁眉不展，除了巴望老天爷大慈大悲外，还能做些什么呢？他们抬起头，仰望着天空，希望太阳不要出来。但是，太阳却毫不迟延地升了起来。

通信兵骑马疾驰而来，来到参谋长跟前，收住马。

"报告参谋长，政委来电话，说师政治部杨主任来了，通知你和营长、教导员回团部参加会议。"

"知道了。"于翔龙站起来，拍了拍手上的土。

"回电话，告诉政委，说我们马上回去。"

通信兵离去后，于翔龙对身边指挥员们说："老天爷不帮忙，我们就得自己动手。不行就组织战士们往地里浇水。"

"参谋长，快回去吧，这里的事由我们来办。"

"一定要抓紧时间往地里浇水，不能再耽搁了，开完会我就回来检查。"

"知道了，知道了，我们照你的吩咐去做。"指挥员们嚷嚷着，把参谋长送上马。

于翔龙跨上马，问三营长，教导员："你们两个呢？"

"参谋长，你先走吧，我们两个回去准备一下，马上就走。"三营长回答。

"好吧，你们两个快点跟上来。"

于翔龙说完，纵马向团部驰去。

红日沉入天际线下，西边那遥远的雪山被夕阳的回光染成一片紫褐色。劳累一天的战士和军马从田间回来，营区内响起马蹄声，响起战士们劳作后的欢声笑语。

聂子龙拾了一把野菜回来,决定今晚给自己拌一碗凉菜。他去食堂找了些盐巴,然后拿了两个窝头。他实在饿极了,当即啃一口,嘴里嚼着,同时,眼睛不由自主地在厨房里搜索。忽然,发现墙角边有一堆洋芋。他迅速朝四周看,发现食堂里没人注意他,便迫不及待地把窝头放进饭缸里,再偷偷装几个洋芋蛋,赶紧溜走。

回到宿舍,聂子龙生起炉子——炉火燃烧起来,他把洋芋蛋埋进炉灰里,再提一壶凉水放在炉子上。现在,就等着水开,把野菜煮一下。

这些日子,晚上不想点办法用什么东西填一下肚子,睡下后就会一而再再而三地做梦。他做的梦老是相同——老彭家的牛肉面,彭雅莹一碗一碗地款待他。

"吃吧,吃吧！你瘦干了,吃一吃就结实了。"

他狼吞虎咽地大吃起来……忽然,彭老板来了,把牛肉面端走了。他睁开眼,原来是一场梦。

他坐在炕桌前,拿出林雪梅送给他的苏联小说《钢铁是怎样炼成的》阅读起来——自从打开这本书,他就离不开这位良师益友,聂子龙越来越感觉到保尔·柯察金的形象光辉,并由于保尔·柯察金关于人生的名言而信仰他的伟大,由于他的伟大而备受鼓舞。他从保尔·柯察金身上找到了自身的信念。

于翔龙风尘仆仆回到团部,会议室里面已经坐满了人。他朝四下看看,惊讶地发现王锡东、陆军也在会议室里。

王锡东见到他,微笑向他招手。

"参谋长,过来一下。"

于翔龙看见史兆明向他招手,赶紧对王锡东说:"王副团长,我先过去,散了会咱们再聊。"

他径直朝史兆明跟前走去。

"参谋长,这是师部新来的杨勃兴主任。"史兆明介绍说。

于翔龙微笑着,向杨主任行立正礼。

"于翔龙同志,辛苦了！"杨勃兴伸出热情的手。

于翔龙赶紧伸出手同杨主任的手紧紧握在一起。他在杨勃兴身上觉出了好似有一种特别亲切的态度,使得他非常激动。

“我们一直都在等你，坐吧！”杨勃兴说着，让他坐在自己身边。

“杨主任，我接到通知就赶回来了。”

“知道，知道，开完会咱们好好地聊。”杨勃兴说。

这时候，史兆明对杨勃兴说：“杨主任，除了赵主任、刘营长还在路上，其他人都到了。可不可以开会？”

杨勃兴同史兆明、孙启明、王锡东商量了一下，决定会议开始。

“好吧，会议开始。”杨勃兴从皮包里掏出一份文件放在桌子上，站起身来，带着严肃的神情说：

“同志们，今天把团机关及部队营职以上干部请到这里开会，说明一个问题，就是‘四一五’袭击事件后，八一七团工作出现了一些问题，在全团干部和战士们中间引起很大影响，也引起军、师两级领导高度重视。今天的会议就是要彻底解决这些问题。”

指挥员们昂着头，非常注意地听着。

“八一七团领导之间在对审查还是审干、对起义部队改造和建设这个问题上产生分歧，直到今天都没有争论出什么结果来，使我们团的工作出现了混乱局面。这种毫无意义的争论应该马上停止！”

会场上响起热烈掌声。

赵子健、刘少贤匆匆来到会议室，见会议已经开始，便在会议室门口找个地方坐了下来听杨勃兴主任发言。

“今天的会议，我们首先要解决思想方面问题。同志们！十万国民党驻疆部队为什么没有开到关内打内战呢？就说明这支军队没有忘记自己肩上的责任，他们是一支保卫边疆的国防军，是一支维护边疆和平稳定的军队。部队中的许多指挥员是热爱祖国的热血青年，他们有政治抱负，有远大理想，在国家危难时候，投笔从戎，献身祖国的国防事业，我们不应当忘记他们所作出的贡献。陶峙岳将军高举和平义旗，正是顺应了历史发展潮流，顺应了边疆各族人民求和平、求团结、求幸福生活的愿望，这些愿望在和平中得以实现。我们共产党人同广大起义官兵走到一起，尽管我们过去信仰不同，尽管我们过去站在不同的战线，但有一点是通的，那就是我们都是中华民族儿女，我们都是中国军人！”

指挥员们再一次把热烈掌声送给杨勃兴同志。

“同志们！新中国建设才刚刚开始，许多困难还摆在我们面前。可是我们有些同志却以胜利者的姿态骄傲起来，看不起同我们一道工作的起义干部。摆资格、拿架子，不脚踏实地工作，在那里指手画脚、夸夸其谈，向党和军队要官要权，这种作风不仅在八一七团乃至全师、全军都有所抬头。同志们！这种作风有极大的危害性。可是，我们有的同志看不见这种危害性，把不同意见、不同观点都看成是对党和军队事业不忠诚。动不动就戴帽子、打棍子，把普通的人民内部矛盾转化成敌我矛盾。可是你们想过没有，当我们给自己制造敌人的时候，敌人就站在你面前。而我们有些同志呢？并没有认识到这种危害性，反而认为自己的工作取得了成绩，为制造出来的矛盾感到激动和兴奋。

这是我们的敌人愿意看到的。隐藏在我们内部的敌人已经没有能力和我们较量了，但敌人绝不甘心失败，利用我们有些同志思想上、认识上的错误和工作中的失误来达到他们的目的。而我们有些同志就愿意去帮这个忙。这次军党委会议，张政委对这种错误思潮进行了严厉的批判，告诫我们来起义部队的共产党人，必须保持谦虚谨慎的工作作风，团结广大起义官兵是我们建设这支部队的根本，是保证军垦事业取得胜利的基石，是我们共产党人义不容辞的责任。边疆的安全稳定、军垦事业的复兴，不是靠我们来起义部队的一千多名共产党人所能完成的，而是靠十万起义部队的全体官兵一道同我们完成这个光荣而艰巨的任务。保卫边疆、建设边疆是我们共同责任。过去，不管你是共产党人还是国民党人，今天我们站在一面军旗下，目标都是一致的。我们的血脉流淌着中华民族的血液，我们的根扎在祖国边疆的土地上。我们是同志、我们是战友、我们是兄弟姐妹。我们应当携起手来为中华民族繁荣富强，为边疆和平稳定，为各民族群众幸福生活，消除一切隔阂，共同努力谱写人民军队新的乐章！”

指挥员们全体起立，为杨勃兴的精彩演讲而欢欣鼓掌。

·

会议散去，孙启明满脸不高兴。他走上戈壁滩，认真反省自己来八一七团的工作：自己十八岁参加八路军，跟着共产党打败了日本鬼子，打倒了蒋介石。然而革命胜利了，自己跟着部队来到边疆、来到起义部队，结果却犯错误了，怎么会是这样呢？

吕学农突然在他前面出现，将他拦住，说：“孙副政委。”这个时候看见他，孙启明很恼火，停下脚步，沉着脸问：“有什么事吗？”

“我知道今天的会叫你很不舒服。可是有气不能往我身上撒吧？你不是说过有什么事你自己扛着。”

孙启明一震，知道他来的目的了，说：“你怎么知道我不舒服？一个真正的革命者应该能听取不同意见。我对杨勃兴同志讲话是有意见，但是并不像你说的不舒服。再说了，我还没有把事情往你身上推吧。”

“那是，”吕学农口气软下来说，“我也不是怕承担责任，就是听了杨勃兴的话心里觉得不是滋味，这哪像一个共产党干部讲的话，分明是给起义干部歌功颂德来了。”

“话可不能这么说。杨勃兴是代表师党委、师领导来讲话，这种原则性很强的讲话他不会随便说，这个我了解。我和他在一起工作这么些年，他的原则性不容置疑。杨勃兴的讲话我也仔细分析过，一定是师首长统一了思想以后作出的决定。”

“你是被老战友的感情所迷惑。杨勃兴过去是一个党性原则性很强的领导，你们俩的感情也很深，这我都知道。可是，师里大多数也是起义过来的干部，他的压力肯定很大，不得不说些违心话。但是在今天会议上他没有点名批评我们，说明他还是念你们这份情。”

“杨勃兴同志不是这种人，如果我们犯了错误他会毫不留情。但是，这里面是不是有压力？”孙启明认真分析起来。

“孙副政委，咱们直接给军区党委写信告他们。都像杨勃兴、史兆明这样，我们今后还怎么在起义部队工作。”

“这样不好，有话说在当面。杨勃兴一时还不走，抽时间我找他谈谈。”孙启明说，他认为没有必要和吕学农继续谈下去，“你先回去吧，这件事让我再好好想想。”

“那好！我先回去。这件事要是解决不好，今后我们在这里就没办法工作了。”吕学农临走时再次提醒他。

徐艳秋回到地窝子，见邱玉洁点着煤油灯，抱怨说：“玉洁，这么早就把灯点上了？”

“你咋跟雅莹似的——抠门。”

徐艳秋微微一笑。

“玉洁，你说雅莹到柳原没有？”

"应该是到了。"

"说去柳原,把雅莹给乐得!你知道吧,那晚她都没睡着觉。玉洁,你说,这会儿雅莹是不是正和子龙一起热乎呢?"

邱玉洁一怔,脸红起来,但是嘴角带着一丝冷淡的微笑:"你这个鬼家伙!别胡思乱想的……说不定,这会儿雅莹还没见到子龙呢?"

徐艳秋哈哈笑起来,说:"还说我胡思乱想呢?"

女人之间情感的默契就跟水似的,逮哪儿往哪儿流。什么隐私都能分享,什么情绪都能倾吐。

"玉洁,我看参谋长对你是越来越好!"

邱玉洁心一颤,针刺在手指上,她轻轻哼了一声,忙把冒出一滴鲜血的手指含进嘴里。

徐艳秋走过来,坐在她身旁关切地问:"刺疼了吧?"

她说:"鬼丫头,就你话多。"

徐艳秋把手伸出来,放到她的胳膊弯上,说:"玉洁,参谋长年轻,长得又帅,将来做个参谋长夫人,也不错呀!"

邱玉洁脸更加红了,把她的手推到一旁去:"不要瞎说,这话让参谋长听了去,多不好啊!"

徐艳秋歪着嘴,坏坏地笑了。

"我就是要说给参谋长听……我爱您!……我爱您!"

丁翔龙就站在门口,准备敲门呢,听见屋子里传出这些话,忽然停住,顿时觉得,偷听女孩子们的话,很有趣、很快活。

"喂,你是疯子吗……说这种话……不害臊哩?"

徐艳秋哈哈大笑,仰天躺在铺上,腿脚乱踢着:"我害臊……我害臊哩!"忽然,笑声顿住,因为她们听到门外传来姜玉玲的说话声:"参谋长,来了怎么不进去呀?"

"我正要进去,想起一件事还没有办完。"

"参谋长,既然来了,就进去坐会儿吧。"

"嗯……我……好吧!"于翔龙说。

徐艳秋见参谋长进来,颇为紧张,对自己刚才的话既害羞又懊恼,吓得连眼皮都不敢抬起——邱玉洁望见徐艳秋一副可怜的模样儿,低声笑起来:

“活该！”

“你们都在宿舍里呢？”于翔龙说着，尽量装出轻松的样子。尽管他脸上挂着笑容，但是，谁都可以看出他脸上不自在的神色。

“参谋长，请坐。”姜玉玲说。

“刚开完会，来你们这里坐会，没有意见吧？”

“没有意见，欢迎还来不及呢！”徐艳秋说，脸涨得通红，急速转向姜玉玲，“玉玲，你不是在值班吗？怎么回来了？”

姜玉玲挤眉弄眼：“一个人待在值班室，闷得慌，回来找本书看。”

姜玉玲来到床前，拿本书，转身对于翔龙说：“参谋长，你坐，我值班去了。”徐艳秋见姜玉玲要走，赶紧跟上她说：“我跟你一起去。”

邱玉洁红了脸。

这时候，她和于翔龙是被一种同样不可理解的感情搅得心神不宁。也许这种感情老早就藏在他们的心底，而现在到了它出头的时候。

“你们刚才说的话我都听见了。”他小声说。

她很难为情，脸都涨红了。

“你……你真偷听去了？”

“你要知道，你刚才的话把我的心都收了去，还嫌不够吗？”

这句话萦绕耳边时，她觉得神魂漂荡。

“我……早就爱你了，当我在兰州时，在舅舅家里……我在爱着、等待着你……你终于来了……就像知道我……在等你似的。”

“我也是，让我好好看看你。”

他把她搂进怀中，目光越来越凝聚在她的脸上，越来越灼热，简直像火一样，把她的灵魂燃烧了。

·

马车好不容易进到柳原仓库大院时，吴队长扯着嗓子大叫：“怎么回事，这么晚才到？差一点我就派人出去找你们。”

“修车耽误了点时间，天黑了就没走。”老兵回答。

“够了！车上拉个女人，是马车走不动还是人走不动？”

老兵不理睬他，转身对彭雅莹说：“下车吧，柳原到了。”他绕到车的另一端，把行李从车上提下来，“前面就是营部，你去吧！”

彭雅莹察觉到队长的愤怒，顿时收住笑容，朝老兵匆匆投去负疚的一瞥。赶紧离去。

“大哥,再见!”

吴队长叉开两条腿,孤独地站在仓库门前,目不转睛地望着他俩,目光又是狐疑、又是惊骇、又是猜忌、又是妒忌。是的,正因为姑娘的美与老兵的丑,有一种看不见的力量牵引着他的眼球,想在黑暗中仔细瞧见他俩脸上和眼睛里的表情——果真看见,女孩子脸上有种不可理解的喜悦和激动。

彭雅莹在一种甜蜜而沉醉的忘情状态中走着,来到营部前,楼内没有一星半点的灯火。她站在门前,神情沮丧,茫然若失,长久地望着大门。

一个黑影向她跟前移动过来。

“什么人?”

“同志,请问聂子龙住在哪儿?”

哨兵走过来说:“你问的是小聂文教吧?”

“对,是他!”

“就住在前面,住哪栋木房就不清楚了,你过去再问一下。”

“谢谢!”

她向哨兵所指的房子走去。到了圆木房子跟前,才发现这是几排连在一起的大木屋。屋子里闪着微弱的烛光,如果不仔细辨认,还以为屋子里没有灯火。

此时,营房外看不见一个人影。

她停下脚步,束手无策地环顾四周,呆立一旁。

忽然,有个人从一间木屋子里闪出来,三步并作两步,匆匆朝屋角跟前跑。彭雅莹见状,刚张开嘴要喊,那人却立在墙边,撒起尿来。

目睹此状,她的声音卡在喉咙里,忙把脸转过去。

一阵“刷刷”声后,脚步声又起。

她急忙回头喊道:“哎!同志,等一下,请问聂子龙住在哪里?”那人立刻停住脚步,迟疑了一下,问道:“彭雅莹,是你吗?”

——啊!多么熟悉的乡音。

最使她惊讶的是,那声音充满何等的亲切,何等的炽热。她不晓得该做什么,也不晓得该说什么——准确些说,是无法断定,是真相,还是幻觉。

聂子龙朝她跑来，像去迎接一位久违的亲人。

“雅莹，你怎么会在这里？”

“我……我下了车，就来找你。”她说，模糊的泪水顺着面颊淌下来。

“怎么会呢？不可能吧？你……你掐我一下！”

她从来没有这么大胆，伸出手在他脸上狠狠掐一下，痛得聂子龙龇牙咧嘴。“好了！好了！走，我们回宿舍去。”

她犹豫了一下，问道：“子龙，这么晚了，我去方便吗？”

“教导员去团部开会，宿舍就我一人住。”

聂子龙提上她的背包，带她来到宿舍。宿舍里暖烘烘的，炉上的壶嘴正往外喷着热气。

“子龙，屋里还生火呢？我们那里为了节约柴火，早就不让生火了。”

聂子龙把背包放在炕上，说：“我们这里也不让生火了。我今天拔了些野菜，准备拌些凉菜，所以把火生起来——你吃过饭了吗？”

“还没吃呢，我这里有几个烧饼，等会儿烤一下。”

“太好了，看来我这个火是生对了。我这里还有几个洋芋蛋，看样子也是专为你准备的。”他说着，黑眼睛里闪动着顽皮的火花，“好了，你休息，我开始做饭。”

他把择干净的野菜放进缸子里，加开水泡上，再给彭雅莹倒杯热水，然后把壶里剩下的热水灌进暖水瓶里。

“子龙，我已经两天一夜没洗脸、没睡觉，让我先洗把脸行吗？”

“当然没问题！热水是现成的，我给你打凉水去。”他说着，提上水桶出门打水去了。

彭雅莹坐在炕头上，目光在这简陋的房子里扫一圈。屋子收拾得干干净净，像一个居家过日子的样子，比她来时想象得要好。炕桌上放着本书，她拿起书，便知道这是雪梅姐送给他的。

不一会儿，聂子龙提着桶水回来，把桶放在火炉上，然后端起盆子往里倒些凉水，再打开暖瓶倒热水，并用手试试水温说：“好了，可以洗脸了。”

彭雅莹很感动地接了水盆，她的手指都发颤了。

“子龙，你真好。”

聂子龙脸红了。

“你洗着，我把菜拌了。”

彭雅莹摘下军帽，脱去外套，洗脸。然后梳妆打扮一番——现在，她打扮不是为了自己，而是为了聂子龙。

“子龙，你在干什么呢？”

“噢，我在烤窝头……你饿了吧？……马上就好。”他说。其实，他偷偷地仔细观察她，而且望着她出神。她很美、很好看，她已经不是从前那种女孩子的美丽，而是焕发着青春的灵秀。现在，有一种新东西在他心中觉醒了。

“子龙，想什么呢？”

“我想起了……这几天连着做这样的梦，吃你们家牛肉面。”

“后来呢？”

“后来连肉汁都没得吃，差点把我饿死。古人说‘画饼充饥’，不如说‘做梦充饥’。”

彭雅莹哈哈大笑。

“喂，应该说是馋死的吧？”

“对，应该是馋比较准确。雅莹，馍馍烤好了——准备开饭。”

他把凉菜端上来，把玉米窝头端上来，然后从炉灰里扒出一个洋芋，拍去上面的灰，见洋芋蛋烤得焦黄焦黄的，兴奋地把洋芋蛋都扒拉出来，放到炕桌上，说：“雅莹，今天晚餐够丰富的吧？”

“还行。”她拿起一个洋芋蛋，猴急地啃起来，一点也没有不好意思的样子。

聂子龙吃惊地注视着她贪吃的样子，却又竭力装作没看见。

“雅莹，这次是来看我的？”

“把你美的，我是团里派来对账的。”

“我就知道你们谁也没有把我当回事，洋芋蛋白给你吃了。”

彭雅莹偷偷笑起来。

“喂，你住的地方安排好了吗？”

“还没有，下了车就来找你。”她说，感到不安了。

“这么晚了，今晚就睡在这里吧。”

“你睡哪儿？”

“这是我宿舍，我当然也睡在这里。”

她知道这都是玩笑话，可是他的玩笑话会惹得她一肚子气。

“想得美……子龙，想过我们吗？”

“想，天天想。”

“骗人！想，为什么不给我们写信？”

“我写了呀，你们没收到吗？”

“写了？我们怎么会收不到呢。”她说，打着呵欠。

聂子龙一团兴致败了个精光。

“你休息吧！”

“你去哪里？”

“我来看火。我要睡的时候叫你好了，咱们这样换班吧。”

她点了点头，梦游似的扯开被子，脱衣服、脱裤子……

“哎——你还脱衣服呀？”聂子龙惊讶地睁大了眼睛，瞅见她脸红得跟火烧一般，“子龙，我……穿衣服睡……睡了两天……难受死了……别打搅我……让我睡个好觉。”她把这里当成自己的宿舍了。

他的心滋生渴慕的东西，这颗心也使他陷入战栗之中。在他传统的思想里“道德”两个字已经把他打击得惊慌失措。他把脸扭向一边，听见她脱衣服窸窣的声音，说实话，这声音一方面使他紧张、不安；另一方面，使他有一种莫名的兴奋和快感，这种骚动情绪似乎只能存在于惊恐和渴望的狂热之中。

“莫回头！莫回头！”当道德观念在他脑袋里稍微松懈一点的时候。他那个年纪的全部热情都释放出来。再回首，只见她已经躺倒在炕上，被子盖着半个身子。她的腰际是那样细，屁股那样大、那样浑圆，简直是画中仙女。

“我的上帝！这就是仙女吗？”这个念头来到他的脑袋里，他的心开始沸腾和鼓动，恨不得去摸她的手、摸她的腿，摸她尖尖的胸脯、圆圆的屁股，好证明自己不是在幻觉当中。忽然，他清醒了，心里那种莫名的恐惧和激情，仿佛使他的心脉都停止了跳动。

四十九

努尔兰带领卫队回到草原。

白天，一匹匹牧马撩起滚热的尘土，把草原闹得乌烟瘴气。四面八方的传令兵跃马扬鞭，对草原牧民们喊着："将每一匹马支援前方，将每一只羊支援前方，将每一粒粮食支援前方。"然后，在阵阵尘烟中飞驰而去。

夜晚，牧羊犬惊恐不安地叫着。

哈萨克牧民聚到毡房前，带着惊奇、恐惧的神情，望着不远处一堆堆篝火——那里有哈萨克战士的琴声、有哈萨克姑娘的歌声、有哈萨克牛羊的哀鸣、有哈萨克牧人的眼泪。

艾斯曼坐在草地上，凝视着火影中狂欢的男女，仿佛在想着什么心事似的。

哈斯木走过来问："艾斯曼兄弟，在想什么呢？"

"我在想……太平日子已经离我们而去。"

"艾斯曼，我们的羊努尔兰都已经登记在册了。仗一旦打起来，首先遭殃的是我们的羊群。"

"仗还没打，我们的牛羊已经遭殃了！"

老山羊起初没有讲话，久久地望着篝火。"为什么要打仗呢？"他问道，接着，像是回答自己思路似的。"解放军又不是什么坏人……给我们子弹……帮助我们保护羊群……现在，让我们去打解放军……我们怎么能做没良心的事呢。"

这时候，他们听到木合买提扯着嗓门在跟吾兰争论："老兄，你没打过仗，凭什么当队长，不是叫我们跟着你去送死吗？"

"你是个蠢驴。我是神枪手——我的枪比你打得准，我的马比你的马跑得快。就凭这，我就能当队长。如果一旦开战，山里牧民都巴不得跟努尔兰总指挥去打解放军。"

"谁会巴不得呢？我们的马是用来放牧的，而且没有多余的马，更舍不得用马去打仗。现在为了充实兵员，连孩子都招去打仗了。"

"那也要去打。努尔兰说，我们不出一个月，就能打败解放军！"

艾尔曼插话进来:“努尔兰说了，我们一个月就能打败解放军。一个月？打一仗,还分到两只羊……真是这种情况,我倒愿意去打仗！”

木合买提说:“笨蛋,为了两只羊去打仗……仗还没打,我已经捐了六只羊。”

艾斯曼没说一句话,那双蓝眼睛隐隐流露出觉得可笑的轻蔑,也像在听一群孩子吹牛那样轻蔑。

“艾斯曼,说说打仗情形吧？”哈斯木请求说。

“老山羊说得对,你们有几个见过解放军？想到过我们为什么要去打仗？打仗可不是什么好玩的事,是要流血、死人。我们捐出许多羊,却用生命去换两只羊,不觉得是一件愚蠢的事情吗？”他态度和眼神里都含着轻蔑,想方设法模仿这些年轻人的热情来嘲笑他们的无知,“我知道,四百万新疆各族人民真心实意地拥护解放军,拥护新疆和平解放。可是,我们却为了某些人的野心,去流血、去送死。”

一时间,四下一片寂静。

尽管有些人气得热血往脑袋上涌,但他们的头脑讲求实际。不由暗暗地想:“艾斯曼的话有道理,我们连解放军都没见,为什么要去打解放军？为什么要为乌斯满、努尔兰的野心去打仗！”

“艾斯曼老哥,这话什么意思？”吾兰沉重地问。

艾斯曼坦然露出一副瞧不起他的神情。

“吾兰兄弟,我是说我们没有理由去打仗！再说了,解放军有坦克、大炮,有枪林弹雨锻炼出的军马,我们有什么？我们只有几匹放羊的牧马和几杆猎枪罢了。我敢跟你们打赌,如果一旦开战,不用一个月,不是我们打败解放军,而是解放军打败我们。”

“艾斯曼,你竟敢替解放军说话？”

艾斯曼嘴角挂着冷笑。

努尔兰在卫兵们的簇拥下走过来。

“艾斯曼兄弟！你们这里怎么这么热闹？你都在给兄弟们聊些什么？”

“没聊什么,我们说你们那里的血腥味太浓了。努尔兰总指挥,你们一次宰杀那么多牛羊,想过没有,往后牧民的日子还怎么过？”

努尔兰抬起头,望着他的战果,藐视草原上所有的一切。

“艾斯曼兄弟,没有往后,只有未来,未来是什么样的？所有的草原、所有的牛羊,就连草原上的空气都是我们的！你不过去看看吗？”

“不去了,这种血腥场合不大适合我。”艾斯曼说,他知道努尔兰那张嘴多么能说会道。

努尔兰眼珠向外翻转,过于肥胖的脸往下坠:“看样子,艾斯曼兄弟不欢迎我们！”

“说不上欢迎不欢迎,草原是我们牧民的草原,客人来了我们欢迎,豺狼来了,我们肯定不欢迎。”

努尔兰哈哈大笑起来:“艾斯曼兄弟说得好！我们不是草原上的客人,我们是草原的主人,是打豺狼的猎人。我们来到草原上,就是来保护我们牧民。”

艾斯曼讥笑起来,说道:“这句话我就听不明白了？我们在草原上生活得很好,而且享受太平日子。我们这里没有豺狼,你们来打什么？而且还杀了我们那么多牛羊？”

努尔兰听到这句话就不自在了,恶狠狠地说:“艾斯曼兄弟,这话说得很不友好。你知道草原是谁的草原吗？是乌斯满巴鲁图的草原……乌斯满老爷让你们在这里牧羊,享受生活阳光,你们要有感恩的心才是呀！”

艾斯曼动情地说:“努尔兰队长,牧民们都知道,毛勒乎部落是从巴尔喀什湖以西游牧到新疆,后来在这里定居,并且同这里的各族人民世代友好相处。这会儿怎么成了乌斯满的草原？”

努尔兰面红耳赤了。

“艾斯曼兄弟,你说话口气怎么和共产党一样。不要忘了,共产党是为穷小子们说话。你家虽然算不上大牧主,总还是个小牧主,也是共产党革命的对象。”

努尔兰告辞了,临走时也不忘叮嘱道:“你好好想想吧！我们命运是连在一起的。”

艾斯曼望着茫茫夜空、望着朵朵燃烧的火焰,望见飘然而起的狼烟、听到牛羊哀鸣、听到“咚咚”响的战鼓——他知道,魔鬼悄然而来了。

夜里,吕学农来到陈棋圣住处。

“吕股长,怎么有时间来了？”

“他妈的,放松一下,过来下盘棋。”

陈棋圣赶紧把棋盘摆上，小心地瞅了瞅吕学农，说：“吕股长，请吧。”

“当头炮。”

“把马跳。”

“上马。”

“拱卒。”

吕学农解开衣领口，双眼虽然盯住棋盘上的棋子，表情却变得迟缓，以致开始他自己都没察觉到，也许根本就没有察觉。陈棋圣却把他脸上这种变化看得清清楚楚。

“吕股长，胜败乃兵家常事，不要因为受到一次小小挫折，就一蹶不振。”陈棋圣试探性地说。

“哦？”

“就像这棋盘上的炮，有很多路可以走。”

“你究竟想说什么？”

“我在提醒你，炮不能在这里等死。”

吕学农抬起头，只觉得打个冷战，心头突突，隐隐一阵恐惧。“你……你是什么人？”这句话一出口，他就后悔了，连他自己也不知道为什么后悔？

“我是什么人，并不重要，重要的是把目前困局化解了。摆脱困局的方法很简单，就是先下手为强。”

“你为什么给我说这种话？”

“我是为你好。如果你总是这么被动的话，不要说去师保卫科，恐怕保卫股长的位置都保不住。”

“不，你未免扯得太远了。”

“不远……因为我听陆军传出话来，史兆明跟王锡东这次决不会放过你。”

“你还听到什么？”

“我不能说……真的不能说。”陈棋圣装作不知所措的样子，“你……你可千万不能胡思乱想。”

“他妈的，大不了鱼死网破。”

陈棋圣脸上的一层暗影渐渐消失，被另一种幸灾乐祸的表情取而代之。

“你说得很对,大丈夫不能等死。”

吕学农软无精打采、懊丧至极地坐着,听到这句话,就像触电似的动作起来,把屁股底下的凳子往前挪了挪,向陈棋圣跟前靠近——他的动作已经表明,他越过了一条看不见的底线。这会儿,他由一个消极被动的听众成为一个积极的行动者。

“实话说吧,是放火,还是杀人或者……”

“既不能放火也不能杀人,那是小孩子玩的把戏。”陈棋圣说着,打开烟盒,取出一支烟递给吕学农,然后,取出一支叼在嘴上,点燃,接着说:“难道没有更好的办法吗?……比如说写几张反对共产党、解放军……”

“对!做事要有个尺度。事情闹大了,师里来人咱们就控制不了局面;做小了,又引不起重视。只有做不大不小的事,完全掌握在保卫股可控范围之内。”吕学农像一个病魔似的,仇恨的妖风吹得他的脸扭曲失形。

“这可是你说的?我什么都不知道,我什么都没有听到……我不能和你比,如果事情败露了,你最多受到处分,我可是要掉脑袋的!”陈棋圣说着,装成一副可怜相儿。

“我是保卫股长,这件事由我来查,怎么会查到你呢?再说了,拖一段时间,我可能就去师保卫科,到时,我把你一起带走。”

吕学农伸出手来,握住陈棋圣的手,紧紧地一握,表明他们志同道合了。

杨勃兴说:“同志们!开荒播种已经胜利结束,这只是第一步工作。第二步,我们要趁热打铁、再接再厉,夺取今年大丰收。今后如何发展生产,开展多种经营,必须要有详细的计划和安排,这是第三步工作,这项工作任重而道远。我建议团里召开一次远景规划会议,把团里今后、将来规划安排好。”

史兆明说:“杨主任这个建议很重要。我们有很多工作要做,比如开荒造地、改良土壤,兴修水利、规划排灌系统、植树造林、发展畜牧业,基本建设及其他,有许多干不完的事!”

杨勃兴说:“我们不但要把团里规划安排好,还要把这支队伍建设好。最近南北疆地区出现一股逆流,民族分裂势力和土匪勾结在一起,袭扰当地军民,破坏生产,破坏新疆来之不易的和平局面。这股逆流来势凶猛。军区首长正在开会,很快会拿出一个方案。张政委要求九军所有参加生产建设部队,保持高度警惕,随时准备肩负起保卫和平秩序,保卫各民族群众生命财产安全,保卫生产建设成果的战斗。子健同志,你们一营所处地理位置比较复杂，而且那里存放着大量的武器弹药，是土匪袭击的重点目标。我建议你们拿出一个方案,在柳原建立常备值班部队,做好应付突发事件准备。”

赵子健说:“我同意杨主任意见,我们回去就把值班部队建起来。”

史兆明说:“杨主任，柳原情况我们团里研究过，也向上级部门反映过。可是,这里有个民族政策问题。对努尔兰,我们还是采取忍让的政策。这样一来,努尔兰更加猖獗,破坏我军与当地群众之间关系,给我们工作增加了困难。不过我们已经把机炮连调过去,加强柳原战斗力。”

杨勃兴坚定地说:“同志们,我们不要一说到民族问题就谈虎色变。民族分裂分子同民族群众有本质区别。几百年来,新疆各民族群众在保卫国家领土完整,维护边疆稳定,前仆后继,英勇斗争,书写了一篇篇可歌可泣的壮丽史诗。可是民族分裂分子一天都没有放弃他们的野心。特别是新疆和平解放后,他们同国外反华势力相勾结,污蔑我党民族政策。利用非法宗教欺骗蒙蔽一些不明真相群众,挑起事端,煽动民族仇恨,制造民族对立,企图达到分裂祖国的目的。这股逆流对民族和谐、社会稳定、生产发展、国家安全构成威胁。所以,我们的工作不但是屯垦戍边,而且也是维稳戍边。”

指挥员们听了杨主任的讲话,把党的民族政策精髓尽量吸收。

“同志们! 纵观历史,民族特点、民族差异、宗教信仰是人类社会客观存在。不仅过去存在,将来也会长期存在。只要有人生活的地方,就有宗教,所以,我们要把党的民族政策落到实处。”

史兆明说:“听了杨主任的话,心里亮堂多了。我们刚到边疆工作,党的民族政策对我们来说是新课题。总觉得自己对党的民族政策理解不深,掌握得不是很准。所以碰到民族问题就怕犯错误,工作起来被动得很呢!”

“是啊!我们许多干部都有这种思想。今后有时间要组织我们的干部,特别是领导干部系统学习党的民族政策,提高政策水平和领导能力。”杨勃兴说。他明天就要离开这里,还有一件未了的事挂在心上。

“兆明啊! 听说雪梅同志打了请调报告,是怎么回事?”

“杨主任,是雪梅自己的意见。我和孙启明同志商量过了,卫生队陈志军指导员去了柳原,让她去卫生队任指导员。”

王锡东、于翔龙吃了一惊。

赵子健说:“雪梅同志的工作是师里安排的,怎么说变就变了呢?到卫生队当指导员,按组织规定,是降职使用。我不知道林雪梅同志在工作中出了什么问题,请政委给我们解释清楚?”

“什么降职不降职的,雪梅愿意去卫生队工作,就让她去好了。”史兆明说。

赵子健坚持说:“政委,不能这么说!我作为团政治处主任,政治处干部调动要征求我的意见。我明确告诉你,我不同意!”

孙启明有些沉不住气,说道:“子健同志,不要太激动嘛!你不是还没有来团里工作嘛。政治处暂时有我代管,兆明同志和我商量也没有什么不对。”

杨勃兴说:“算了,都不要争了!雪梅同志下去锻炼也是件好事。我看组织股的职务还是挂着,下去代指导员,你们看怎么样?”

赵子健、王锡东、于翔龙表示同意。

杨勃兴接着说:“兆明同志,以后干部调动方面的事大家要多沟通。不要一两个人坐在一起碰个头就定了。这样不好,也有违组织原则。今天我批评你两句,雪梅同志是你的夫人,但不是你的私有财产。雪梅同志是我们军队的一名干部,对她要和对待其他干部一样,不要什么事情你都替她做主。”

史兆明点头答应:“杨主任批评得对,今后我会注意!”

突然,保卫科员闯进来报告:“杨主任、史政委,团里出大事了!”

杨勃兴问:“怎么回事?”

“营区内发现反动标语。”保卫干事说着,把标语递过来。杨勃兴接过标语扫一眼,然后翻过来用手指沾了下背面,说:“兆明,上面的糨糊还没有干,是刚贴上去的。”

孙启明忙问:“什么时候发现的?”

“刚发现,有战士看见就来保卫股报告。”

史兆明问:“就这两张吗?”

“目前就发现两张,我们的同志还在营区内四处检查。”

杨勃兴沉思了一下，说：“这应当是我们预料之中的事。我们这里刚有了和谐的大好局面，隐藏在我们内部的敌人就坐不住了，又想跳出来把水搅混。”

突然间刮起一阵狂风，闪电无声地滑了下来，接着雷声隆隆。

“要下雨了，秧苗有救了！”于翔龙惊喜地说。

雨天是战士们的休息日。

老兵打着伞，踩着雨水跌跌撞撞来到马棚。他探头朝里瞅瞅，见老班长正在往马槽里添加草料。他抖落雨伞上面的水，走进来。

“老班长，今天没出去？”

老班长对老兵的到来没有注意，抬起头，望他一眼，说：“这么大的雨水，出不去。你今天怎么也不出车？”

“下雨天，没有任务。”

“没有任务不去休息，跑到这里干什么？”

“我过来看看。老班长，我看马掌都不行了，该给马换掌了。”

“这与我有什么相干？”老班长心想，嘴上却说：“这话，你应该去跟营长说。”

“我说过了，营长说没钱，让我们坚持一下。老班长，马蹄都烂了。我们可以坚持，但马是不能坚持的，现在什么活都得靠它们干。”

老班长沉默不语。

老兵知道自己说的每一句话老班长都在听，并且听得很认真。要是往常，他会说：“好的，要多少钱？”今天，老班长却是尊口难开。

他走上前去，搬起大黑马的蹄子，看了看马掌，苦闷地说：“唉！真是糟蹋了……多漂亮的军马啊，本来拉车就可惜了，现在又让你跟着我们受苦受难。”

老班长听到这句话，心软下来说：“想给马换掌，别说这么多废话……现在换副马掌要多少钱？”

“一匹马也就是两块钱。我这里有五六匹马都等着换。”

“你准备去哪里给马换马掌？”

“克木沁，那里有最好的铁匠铺。”

老班长拍了拍大黑马脑袋，抬起眼睛望着老兵。

“你跟我来一下。”

老兵顺从地跟着老班长走。老班长进到屋里，从铺盖底下摸出两块银元。

“我这里还有两块银元，进疆时发的，没舍得用。你拿去给马换掌吧。剩下的给我带些莫合烟回来。”

“这咋行，钱是你的。”老兵说，眼睛却盯住银元，放出一丝光亮，嘴角也泛起一阵喜悦的微笑。

“拿去吧，营里就靠这几匹马干活了。”

“这可不行啊！营长知道会批评我的。”

“不要说这么多，拿去吧。反正在戈壁滩上用不着花钱。营长要是问起来，就说给我记着账呢。等营里有了钱，还给我就是了。”

老兵很感动地接了银元，他的手指都发颤了。

天空电光在闪，沉雷轰隆隆地响着。

孙启明在自己办公桌前坐了很久，那双眼睛盯着标语上的字体，总是觉得眼熟，好像在哪里见过，可是想不起来。忽然，一个闪电的刺眼的光把黑暗撕裂了。就在一刹那的闪光里，他看见门口闪进一个身影。

“谁？”

“我，吕学农。”

“是学农，案情有线索了吗？”

吕学农迈着脚步走进来，回答：“还没有，我们正在抓紧调查。”

孙启明沉默片刻，然后说：“学农呀，你说怪不怪，这几个字我好像在哪里见过？”

吕学农一听，脸部抽搐了一下。

“是……是吗？让我看看。”他拿起标语，装模作样看了起来，心里却是惊恐万状。还好，孙启明起身去倒一杯茶，没有发现他面部表情的变化。

“学农，有事吗？”

“孙副政委，我就是想不通，我们抓特务，还抓出错误来了。团部现在又出了反革命标语，我们既不能审查嫌疑人，更不能抓嫌疑人，案子还怎么破。”

“抓特务并没有错，只是我们工作方法出了问题。”

“那也不能把起义干部捧到天上去吧？你看起义的那伙人，现在一个个神气的样子，我们共产党的干部威信何在？”

“学农，不能这么说。杨勃兴同志在处理这件事上得到广大干部、战士的拥护和尊重。”

“这就对了。杨勃兴、史兆明得到了广大干部、战士的尊重，可我们呢？我们这些做具体工作的人是威信扫地……杨勃兴、史兆明拿着我们当垫脚石，树立自己的威信，这还是共产党人做的事吗？我看他们和国民党穿一条裤子还嫌肥。”

孙启明猛地拍了下桌子，明显看出他大为生气了。

“你这话出格了！什么他们、我们，你把杨勃兴、史兆明当成什么人了？当成国民党，还是当成叛徒？学农，如果你还是抱着这种错误思想不放，我看你就不适合在这支部队里工作了。”

“孙启明同志，如果我们放弃了原则和斗争，我们就不是来改造国民党，而是我们要被国民党改造了！”

孙启明听到这句话，大为震惊。

吕学农接着说：“孙副政委，你考虑过没有，在这个问题上咱们可不能认输。否则，我们再也无法抬起头，理直气壮地工作！”

孙启明沉默一会，静下心来说：“学农，你实在不愿意放弃自己观点，我也不勉强你。但是，不能带情绪去工作。你要有什么意见可以写材料报上去，走正常组织程序。”

“好吧，这条标语我拿走。”

“学农，标语先放在我这里，让我再想想。”

吕学农一怔，一种不安的恐惧使他全身发抖。

“好……好吧，你快点看，看完了早点还给我们……我……我们还等着破案用。”

大戈壁上空的雨水不容易降落，却很容易收场。

第二天，雨过天晴。彭雅莹来到聂子龙宿舍，立刻挽起袖子，把被面扯下来，把脏衣服、臭袜子、被套装满一盆，然后端上盆子出门去了。

走在路上，她常常一个劲儿地想些什么，一丝缥缈的梦幻般的微笑荡漾在她的嘴角上。这时候，眼前出现一条小河。她望着河水，眼睛里充满惊奇。因为她听后勤的人说这里是一条小溪，怎么变成小河了呢？但又忽然醒悟过来——昨晚一场大雨，山里的雨水下来，小溪里的水涨起来，成了小河。她走到小河旁，把被单泡在河水里，把衣服裤子放进河水里洗，嘴里还轻轻地哼着：

田野小河边，红莓花儿开，有一位少年真使我心爱，
可是我不能对他表白，满怀的心腹话儿没法讲出来……

这两天，聂子龙总是想入非非。想起那晚，他用满腔热情欣赏到了一个少女睡姿的美妙，而这种美妙又给他带来幸福般的梦幻。

从那一天起，他的生活似乎有点变化，每天下班，第一件功课就是去找彭雅莹。他渴望见到她，而这种渴望越来越迫切。

聂子龙来到后勤仓库，只见营部司务长和几个赶车人围着吴队长聊天——聊天内容是新闻、绯闻和小道消息。

"那个女会计漂亮得很呢。"

"是啊……是啊！"

"你们知道吧，老兵一路上给女会计唱情歌呢……什么田间小河边，红莓花儿开，有一位少年真使我心爱……瞧瞧……老兵被她迷住了。"

周围的人都哈哈大笑起来。

"还有呢……老兵车就坏了……两个人在戈壁滩待了一晚上。"

"后来呢？"

"后来，谁知道呢……"

聂子龙听了大为恼火，咬紧牙关，握紧拳头，走到吴队长跟前，照那眉飞色舞的脸狠狠给了一拳。

吴队长捂住脸，吃惊的眼睛冒着火。

"你……你干什么？"

"你敢诽谤我同学……别忘记……你是个什么东西！"

吴队长明白自己为什么挨了这一拳。他握住拳头，啐一口说："你……你小子打人……你找打啊！"

聂子龙举起拳头。吴队长毫不迟疑地赶快逃跑。当他跑到安全地带以后，远远地大喊大叫说，要找人来收拾他。

“走吧，走吧！”司务长赶紧把吴队长劝走。

几分钟后，聂子龙恢复了平静。但是，故事却留在他心里。

赵子健、刘少贤向史兆明道别的时候，史兆明说：“赵主任、刘营长，回去后尽快按照杨主任指示把值班部队搞起来。还有，下次出来把警卫员带上。”

赵子健回答：“知道了，我们回去尽快按照杨主任和团里指示，把工作布置好。”

于翔龙走过来说：“政委，我已经派警卫班战士送赵主任、刘营长回去。”

刘少贤说：“参谋长，没有这个必要。要是路上遇见土匪，我保证和教导员抓几个回来！”

史兆明听刘少贤这种轻视而不负责任的话，心里不大高兴了，眉头一皱说：“刘营长，安全还是很重要的。师里通报，最近兄弟部队又失踪了两名战士。我们可不能麻痹大意呀。你和赵主任是一线军政主官，爱惜自己就是爱惜这支部队，不能把安全看成是个人的事，知道吗？”

刘少贤听政委口气是在教训他，有点沉不住气了。

“政委、参谋长，你们放心，我们会注意的！……我们走了。”他骑上马。

“好吧！路上注意安全。”史兆明说。

赵子健、刘少贤行军礼后，双脚一使劲——马的四足立刻弹起来，向前冲去。

孙启明走来，望着渐渐远去的一团团尘土。

“赵主任、刘营长走了！”

史兆明回答：“走了。”

“政委，回去吧。”于翔龙说。

“你先走吧，我跟政委散散步。”

孙启明的话，于翔龙听了很不舒服。但是，他的眼睛已不是带着以前那种有所隐瞒的恐惧的神色，而是带着一种轻蔑的神色。

“好吧，我先走一步。”

当于翔龙离开的时候，史兆明说：“老孙啊，你这样对参谋长说话，是不是对参谋长有些不尊重啊？”

“咱们先不谈这个问题。我给你说反革命标语的事。当我见到这两张标语，就觉得上面的字体眼熟，想来想去就是想不起来。可是这两天吕学农老到我这里打听标语的事，我就觉得奇怪了。忽然觉得，反动标语有可能就是他写的。”

史兆明大吃一惊。

“不会吧，吕学农为什么要写反革命标语？他可是个老同志啊？”

“这两天我也在想这个问题，琢磨他的动机。想来想去，最后想明白了。”

“想明白什么了？”

“自打部队进疆以后，这个人私欲开始膨胀起来。今天想在团里搞参谋长当，明天又活动到师里当保卫科长，根本没把心用在工作上。‘四一五’袭击事件后，吕学农极力想表现自己，主动要求抓破案工作。本来我想等你回来之后再说。可他私下给师保卫科打报告，说不能错过办案时机。秦科长同意他的意见，我也就同意了。可是没想到他们把事情办成这样。”

“这和标语有什么关系？”

“当然有关系。这次杨主任指明我们前一段工作是错误的，吕学农迫不及待找过我几次，说杨主任批评的话过头了，是来给国民党唱颂歌，等等。当时，我想他是在气头上，发几句牢骚也就完了。我还劝过他，说一切责任都由我来承担。”

“这就是你的不对了，一个人的错误不能用袒护和包庇来解决。他如果不能深刻地认识到自己所犯的错误，就不会改正错误，最后会越陷越深。”

“是啊，现在看来是我错了，”孙启明一副沮丧的表情，仿佛很懊悔，“他这个人把仕途看得太重，去师保卫科的希望成为泡影后，他便急于想证明自己的工作是正确的。我想，他在为这事铤而走险。”

史兆明觉得他分析得有道理，惋惜地说：“一个老同志，枪林弹雨都闯过来了，怎么会堕落到这种地步！”

“政委，我找你就想问问，这件事怎么办？”

孙启明等待他回答，但是史兆明却沉默着，长久地凝视着前方。

五十

老兵牵着马来到克木沁，在铁匠铺门前停下来，把带来的六匹马拴在木桩子上。然后钻进铁匠铺里，看见铁匠铺里的人正在红红火火地打铁。这时，一个老铁匠走过来问："朋友，是给马换掌来的吧？"

"是的。"老兵说，"师傅，现在给一匹马换掌要多少钱？"

"四块钱。"

老兵吃惊地问："太贵了吧？以前不是才两块钱吗？"

"都是老皇历了。"老铁匠摇了摇头说。"解放军同志，你可能好长时间没来给马换过掌了吧？"

"是有一段时间了。可也不是这么个涨法吧？价钱一下子翻了个跟头？"

"那你就去别处打听打听，现在都是这个价。"

老兵没吭声，他知道老铁匠说出这个价，走到哪都是这个价。他径直走到堆在地上的马蹄铁前，蹲下身来，像个行家似的在那里翻来翻去。

"师傅，马蹄铁是不是打得薄了点？"

"解放军同志，这也是没有办法的事。现在废铁收不上来，而且价格天天往上涨。"

"这铁掌给马换上才能跑多少路？"

"你换不换？不换，我还回去干活呢。你下次来，价格还要往上涨。"

"师傅，便宜点。我可是六匹马，你到哪里找这样的生意。"

"那又怎样？现在生意不愁。今年不知怎么搞的，换马掌的人特别多，就是缺铁。"

"师傅，便宜点吧。涨价了我也不知道，就带了这些钱。"老兵央求道。

老铁匠无可奈何地说："好吧，看你是解放军，便宜些。走吧！我们过去看看。"

老铁匠放下手里工具，来到大黑马跟前。搬起马蹄看看，然后摇着头说："把马都跑成什么了？指甲都快磨掉了，要好好修理呢。早知道是这样，我就不给你让价了。"

老兵生怕铁匠反悔，赶紧说："麻烦师傅了！"

铁匠回到铺子里，拿起一把钳子和一把刀，叫上个伙计，对老兵说："你去把马拴到架子上。"老兵赶紧过去，把大黑马拴到架子上。

老铁匠走过来，跪在地上，腿上垫一块厚帆布，把大黑马的一只蹄子夹在自己两膝之间，然后把松动的马掌扯下来，再用钳子拔去马蹄上面的钉子，开始削马蹄指甲。老师傅削得很认真，也很仔细。

老兵蹲在一旁看了会儿老铁匠的手艺，放心了。然后来到堆放马蹄铁的地方认真挑选起来，尽可能地挑那些打得厚一些的马蹄铁。

当聂子龙的脚迈进宿舍的门，忽然停住，瞠目望着宿舍里，被子给人拆了，换洗的衣服不见了。他急忙爬到炕上翻起来，一边翻腾一边想："谁把被子拆了，衣服跑到哪儿去呢？"忽然闪出一个念头："彭雅莹来过了。"

他从惊惧中恢复过来，赶紧向门外跑。

这时候，彭雅莹洗衣服回来了。

聂子龙立刻冲上去，怒气冲冲地喊道："喂——你怎么不打声招呼，自作主张拆洗我的被子，拿走我的衣服？"

他的态度在彭雅莹心里点起一股火。

"你这个人还有没有点良心……我帮你洗衣服，不感谢也就罢了……干吗这样大喊大叫？吓死我了。"

"还差点吓死我了，我还以为衣服丢了呢。"

彭雅莹打断他的话，说："谁会偷你这些破衣服、臭袜子？"

聂子龙忽然明白自己在做什么，照这样吵下去，难免自己不说出难听话。但是，看见盆子里洗得干干净净的衣裤和被单，良心上有些不安了。

"今年军服到现在也没有发下来，不就指望这些旧衣服过日子？如果衣服裤子丢了，就得光着屁股去劳动了。把盆子给我吧。"他说，伸手去接盆子。

彭雅莹哈哈笑起来，说："你早这样说我不就明白了嘛？对不起，我事先应该给你打声招呼。子龙，把背包带拿出来，把衣服、被单挂起来晾上。"

聂子龙把背包带拉起来，同她一起把被单、衣裤搭在被带上——这会儿，他一直目不转睛地望着她，目光里又是欣赏，又是忧郁，其中，流露出喜悦，也有伤痛。是的，彭雅莹的美是他的幸福，她的故事又是他的痛苦。

这时,彭雅莹察觉到了他,顿时敛住笑容。

“子龙,望什么呀?别望着我啦,咱们回屋里去吧。”

聂子龙同她回到宿舍,把门敞开着。

“子龙,为什么不把门关上?”

“敞开些好,关上门,里面就会有故事了。”

彭雅莹却不以为然地说:“什么故事?是说我们俩搞对象吗?爱情,永恒的话题,让他们说去好了。我不怕。”

聂子龙最惶恐的是彭雅莹对她的故事竟然一无所知。如果他把故事说给她听,怕她就没这么无所顾忌了,说不定在盛怒之下还会有一场大闹,所以不敢将故事告诉她。

“子龙,你将来会找什么样的媳妇?”

“我?”他慢慢想着说:“我想和保尔一样。当我身负重伤躺在病床上时,有个姑娘真心实意来帮助我、爱护我——那就是我将来的媳妇。”

“这家伙,居然想着躺在病床上娶媳妇。他把姑娘都当成傻瓜了?”她想到这,话就到了嘴边,冲口而出:“做梦娶媳妇呢?”话一出口,她才意识到自己说了什么,吓得半天没合上嘴。

聂子龙想想:“是啊!躺在病床上要是娶不到媳妇呢?”他必须回答,而且回答得很谨慎:“我想是不可能的。”

“你还以为你是保尔呢?你真要是躺倒在病床上,碰不到像达雅这样一个善良的女人,那未免惨了点吧?”

她的话使他受了刺激,因为她扰乱了他的英雄梦。他问自己:“是啊!我为什么要倒在病床上?你瞧,我还没倒下,已经把她吓成那个样子。我真要倒下去,她还不跟个兔子似的逃跑了。”

“子龙,不要做小说梦了。看你懒的,衣服脏了、被子臭烘烘的都不知道洗。所以你也成不了英雄。”

聂子龙歪着嘴,恶意地微笑。

“我怎么没看出来?那晚上,你抓住被头咂吧嘴、嚼得那么香呢!”

“呸!”她立刻跳起来,愤怒地喊道:“快别说了,恶心死人——你这个肮脏的人!”

聂子龙忍不住哈哈大笑。

“有这么可笑吗?你这个人特别恶心,什么话都说得出来。”她知道,这都是聂子龙的玩笑话,可是,她恶心得笑不出来。

“好了,恶心话就不说了,说说雪梅姐和宝林他们?”

“你怎么不问玉洁?她可想你了,让我代问你好呢。还有宝林,已经调到团政治处宣传股,”她突然顿住了,因为她从聂子龙眼睛里察觉到一丝不可理解的情绪,那种情绪搅得他心神有些不宁。

“宝林运气就是好,幸运之神总是在眷顾他。对了,宝林现在是跟姜玉玲好还是和徐艳秋好?”

“我哪里知道,可能还没有下最后决心。这点宝林最不好了,搞得姜玉玲和徐艳秋互相猜疑。”

“是啊,宝林应该有个态度。不过这也难为宝林了,选哪一个都会得罪另外一个。”

她借题发挥:“子龙,你也别说宝林,你呢?”

“我怎么了?”

“不知你是真糊涂,还是装糊涂,难倒你不知道也有人暗恋你吗?”

他立刻想到她的故事,妒火从头顶一直燃烧到脚底。他说:“我可不想给说故事的人提供什么材料。”

“你什么意思?”

聂子龙全然不理她。

“怪不得同学都说你没良心,这话一点不错。子龙,你可要小心点,说不定有人把你也给忘了,去爱别的男人。”

“是的,让她们去吧!让他妈的去吧!喜欢什么男人,就让她喜欢去吧!你听着,”他说着,炯炯有神的眼睛如同火焰,“田间小河边,红莓花儿开,有一位少年真使我心爱……多美妙的歌?”

彭雅莹一下跳起来,怒不可遏了。

“流氓!”

聂子龙听了大为发火。

“我流氓?我可没想对你做什么……你和老兵却在戈壁滩上——那种故事,谁能够忍受得了!”他想说而又难以出口、已到唇边又被吞咽下去的话,现在统统说出来了。

彭雅莹现在才明白,原来是这么一回事了。她从不容易落泪,现在,她的眼睛里却盈满了苦水。

老铁匠打上最后一个马蹄钉，站起身来。可能是跪地时间太久，有些站不稳。伙计扶了他一把，他才稳住了身子，取下腿上帆布抖了抖，对老兵说："好了，你去检查一下。"

老兵满意地说："不用了，我一直都在看着呢。师傅，我带的是银元。"

老铁匠拿过银元看了看，在上面吹口气，放在耳边听听有没有哑板声。

银元发出"嗡嗡"的响声，欢愉在老铁匠眼睛里转动，说："银元也涨了，按市面价给你算。"他很诚实，从兜里找出几个碎钱递给老兵。

"师傅，这几匹马先放在你这里。我还要去买点东西。"老兵说。

老铁匠摆了摆手，说："马放在我这里，你就放心去吧。"

老兵来到集市上，东张西望——也许是午后，市场里空荡荡的，只有一两个闲人在市场里晃悠。

老兵来到一个摊铺前，坐在摊铺前的维吾尔族妇女问道："需要点什么吗？"老兵点了点头，他想给彭会计送件礼物，不知买什么好。

市场里本来没有什么人。忽然有个人来买东西，不知从哪里冒出一群人来。

老兵拿了一条红丝巾，边看边问："多少钱？"

妇女伸起三根手指，马上有年轻人翻译："三块。"

老兵觉得有些贵，不值这个钱。把丝巾放回原处。

旁边的年轻人立刻大喊大叫："不贵！不贵！……解放军同志，懂不懂，这不是毛巾，是丝巾。"年轻人就像他们做买卖一样，在一旁起哄，想着法儿把货卖出去。

妇女竖起两根指头。

老兵伸出一个指头。

妇女摇了摇头，嘴巴里叽里咕噜几句。老兵虽然听不大懂。但他知道一个指头的买卖是做不成的。但他喜欢讨价，一直讨不上个好价钱，自己不觉得，旁人见了可笑。

老兵决定放弃了。

围观的小伙子们又在起哄了。

"不贵！不贵！解放军同志，好好看看，这可是土耳其的进口货。"

忽然,一个维吾尔族姑娘走了过去,头上缠绕着红丝巾,那么鲜亮,那样飘逸,把老兵的眼球吸引去了。

胡慧慧乘坐何长林的大卡车,一路西去。

一种春意盎然、明媚照人的忧思笼罩在她那光彩敛去的眼睛上。一路上,她常常一个劲地在想些什么。一种缥缈的梦幻般的微笑,荡漾在她的嘴上。她仿佛在对一件醉心的事暗自兴奋,暗自激动。

这会儿,何长林却烦躁着呢。因为孕妇怕吹风,所以胡慧慧不让他打开驾驶室窗子。尽管头天还是倾盆大雨,谁知今天竟然烈日逞威,把戈壁滩上的湿气吸得干干净净。驾驶室里热得简直就像是一个蒸笼。

"该死的戈壁滩。"

胡慧慧有些难为情,朝他望了一眼,说:"何师傅,前面有几棵树,咱们停下来休息一会,透一透空气吧?"这时候,尽管何长林汗流满面,他的背湿透得好像浸在水里一样,他还是感到非常愉快。

"再往前走走,找个有水的地方给车加点水,咱们再冲冲凉。"

"咱们,什么意思呀?"她心里美滋滋地想。但是,她本能地觉出了那片刻话的意思。她为此感到恐慌,也感到喜悦。在她的想象里重温着今晨发生的事情。

昨天,她跟何长林说好,搭乘他的车去柳原。然后她就十分细心地安排了这次旅行。由于紧张、兴奋和激动,她整夜没有入眠。将近天明时,她才在床上迷糊了会儿。

忽然,门外传来汽车喇叭声。

她睁开眼,看见窗子上透进一道朝阳的光辉,洒在地面上。"该死!怎么睡着了。"她赶紧起来,穿衣服、洗脸。

何长林的大脑袋伸到窗户上,那双黑眼睛闪动着顽皮的火花。

"早晨好!"

她回过头,两支袒露的胳膊围在脑后,敏捷地把发针别在整理好的头发上,望着窗外一双含笑的黑眼睛说:"早晨好,等我一会儿,马上就好。"

"天气好极了,给你今天出行带来灿烂阳光。"

她洗完脸,梳妆打扮。

“啊,不要打扮得太漂亮……你不怕引起我的欲望?”

想到这,胡慧慧禁不住微笑,在充满溢于她的想象的幻觉中打了一会儿盹。

忽然,一只手拍着她肩头。

“别睡,快醒来!车上可不能睡,你睡过去了,会传染给我的……我要是打瞌睡,一不小心就把咱们一起送回姥姥家去了。”

她睁开眼睛,望着他,用力点点头。

自从彭雅莹哭着走了以后,聂子龙已经有两天不曾见到她了。

他在屋子里来回走着,炕头上两床被子到现在都没有缝起来。他这儿摸摸,那儿看看,心里忐忑不安。

“我又没有错,错的又不是我。”

这会儿,如果让他放弃幻想,那是不可能的;如果让他现在就去乞求她、赔礼道歉,那也是不可能的。

天越来越黑,最后一点希望也没有了。

“小心眼……不来算了……我还是把被子缝起来。”他别无选择,决定自己把被子缝起来。想到这,立刻动手,把被单铺在炕上,被单上放上棉套,棉套上面再放上被面。仔细研究了会儿,找到点感觉。

“就是这样……应该是这样……这有什么难的。”他拿出针线,双腿跪在炕上,一针一线缝了起来——他嘴里还轻轻哼唱起来:“从来没有救世主,全靠我们自己……”

“子龙,干什么呢?”

“教导员,我在缝被子呢,”他说,脸上愁容立刻消失了。“您什么时候回来的?”

“回来一会儿了。我走了才几天,你怎么变得勤快起来,把被子都洗了?”

“我会有那么勤快吗?教导员,是我同学来了,嫌我们被子脏、臭,就给拆洗了。还说要来给我们缝被子。可是后来生气了,也不来给我们缝了——教导员,您看我缝得对不对?”

赵子健笑起来,问道:“为什么生气了,你是不是欺负人家了?”

“我怎么敢欺负她，人家现在是机关里的干部，我是营里的小文教。我还没说什么，人家就长脾气了。”

“子龙，你这样缝被子是不对的，针应该斜着走——把针给我。”赵子健说，做起示范，“说说吧，你同学为什么生气了？”

“教导员，您给评个理！我们下面的干部是不是比团里干部低一等？”

“不能这么说。”赵子健回答，“在团里工作和在基层工作，都是革命需要，只是分工不同。同志之间是平等的，没有高低贵贱之分。”

“我也是这样想。”聂子龙快活地昂起头，“我们在生产一线，吃苦受累比他们多。我认为我们比他们光荣。”

“要是这样，我得找你那个同学好好谈谈，这种错误思想可是要不得。”

聂子龙迟疑了下，打了个寒噤。

“教导员，您可不能去找她。她还以为我在告她状呢，跟小人似的。”

“这不是告状，我们是同这种错误思想作斗争。如果我们干部都有这种思想，谁还会到基层去工作呢？”

赵子健用严厉的语气批评他，这可使他大为震惊——弄假成真了。他涨红脸，神经紧张起来，不知所措。

“教导员，您可别去找她。其实，我同学也没有这种思想，就因为她骂我流氓，我生气了，才这样说。”

赵子健更加吃惊，问道：“她为什么骂你是流氓？”

聂子龙是越描越黑，自己说不清楚，是天底下最倒霉不过的事儿了。“教导员，您想到哪儿去了，我会对她做什么？事情经过是这样……”

彭雅莹料到可怕的谣言降临到了她的头上，并且知道为这事聂子龙打了吴队长，因此，心中惊惧不安。果然，两三天后，她和老兵的故事在柳原到处传扬。她毫不迟疑地确信，在诽谤她的故事里，吴队长一定暗中怀着一种极为热切的欲望，而司务长又在一旁鼓动和纵容，于是，他们报复地到处传扬她和老兵的故事。

开始两天，她想给聂子龙写信，把事情经过说清楚。后来的情形是这样，谣言愈来愈变得花样繁多，稀奇古怪，她写的信对平息这些毫无根据的谗言没有任何帮助，她就不愿写下去，即使想写也很困难——今天，当她听说赵主任回来时，不知为什么，怀着一种强烈的愿望她想找赵主任去。

她正要推门,突然站住了。

“教导员,老兵不是流氓,我倒成流氓了,你给我评评这个理。”

“子龙啊,那些造谣的人所爱的只是造谣,并非真相。因此,急于想证明谣言的无稽,是毫无意义的。男人喜欢女人,女人喜欢男人,是永恒的话题——我们生产建设的口号就是建设新家园;这个家园有两层意思,第一是大家园,就是把我们柳原建设成美丽花园。第二是小家园,小家园不是现在的大兵营,大家挤在一起过日子。没有女人的家不是家,有了女人和孩子的家才是一个真正意义上的家。你同学没有说错,我们这些男子汉,今天在戈壁滩上艰苦创业,就想生活得好一些,想女人,想有个家,这是我们战士未来几年的理想,为了这个理想而在努力、在奋斗。”

“教导员,我们的理想不是共产主义吗?”

“是啊!共产主义是什么样子我们还不知道,我想要比我们现在想象的生活更加美好。我们正处在新中国建设初期,处在艰苦创业年代。我们战士想的是吃饱饭、有房子住、有衣服穿、能有个女人养儿子,这就是战士们最初始的思想,这种思想和共产主义理想并不矛盾。将来,我们不但吃饱饭,还要吃得好;不但有房子住,还要有电灯电话;不但有女人,还要把女人打扮得漂漂亮亮,养一群大胖小子——你说是吧?”

“教导员,女人不用我们打扮,她们自己就想着法儿怎样打扮。我同学发两个津贴,都买了雪花膏涂在脸上,远远就能闻到她们身上的香气。”

赵子健哈哈大笑。

“那你待在这里干什么,还不快去找你同学赔礼道歉。”

“教导员,我不能去找她。”

“为什么?”

“因为她喜欢我呀!等她气消了,自然会来的——不信你就等着瞧!”

当这些话的尾声似乎停息的时候,一阵新的激荡的热潮像是把她冰冷的心融化了——她并没有想过聂子龙会给她道歉。只要知道聂子龙心里有她,也就心满意足了……何必性急呢,这会儿就让他得意去吧!

老兵回来,把马赶进马棚,就急着要到营部去见一双他期盼、梦想中的眼睛。不料,走进营区碰见了营长,结果可想而知,营长劈头盖脸地一顿抢白:“你回来了?出去怎么不向营里报告?”

“没有来得及。”

“你哪来的钱？”

“是老班长的钱。”

“又是老班长的钱。你去司务长那里记个账，等营里有了钱还是要还给老班长。记住，以后出去要报告！”刘少贤不客气地说。

“是。”老兵回答。

“对了，食堂柴不多了，你去打一车柴火回来——你去找司务长要个人，马上走，快去快回，食堂等着用。”

“是，营长！”老兵应道，向食堂走去。

牧民们沿着山谷由冬牧场向夏牧场移动。

这是一条古老而漫长的哈萨克民族游牧图。他们一直都是沿着这条古道春天游牧而来，秋天游牧而去。可是，今年这个春天，大批牧民却被努尔兰卫队拦截在了野果子沟。于是，野果子沟这片丰美的草地上拥挤着来运草、运粮的牛车，还有赶着羊群的孩子和老人。

艾斯曼不久前来到野果子沟，就接到努尔兰命令，让他去指挥部报到。原来努尔兰也在这里。他刚巡视了装运粮草的情况，仍旧回到营地。

营地里驻扎着五六百名训练有素的骑兵，外加两门钢炮和几挺机关枪，它就是努尔兰的核心卫队。在骑士们耀武扬威的影响下，给草原牧民造成一个错觉——胜利是必然的。

努尔兰见到艾斯曼，脸上露出笑容。

“艾斯曼兄弟，你回来我们很高兴，毛勒乎部落的祖先在天之灵也高兴。”

“总指挥，我回来是告诉你一声，我对打仗已经没有什么兴趣了。”

“这不是兴趣，而是责任。”努尔兰手舞足蹈，像魔鬼的影子，“我是奉胡达的旨意，来拯救你们的灵魂。”

艾斯曼的嘴角带着坚毅，眼神抑郁、镇定。

“总指挥，我长了耳朵，还是头一次听到这么荒唐的话。共产党、解放军还没有来到草原上，牧民们的牛羊已经被你们杀了许多，我们的孩子、女人和老人却饿着肚子——你们就是这样来拯救我们的灵魂？”

“艾斯曼兄弟，你是军人，打仗就要有牺牲，你比我更懂得这个道理。

目前，牧民们是损失了些牛羊。可是等我们赶走共产党、解放军，天下的草原都是我们的，天下的牛羊都是我们的，难道还愁今后的生活好不起来吗？”

“恐怕未必。”

这时，哈斯木骑马走来，见到努尔兰立刻下马，朝他跟前走来。

“哈斯木，你好啊！事情办得怎么样？”

哈斯木走近努尔兰，右手放在心口前，鞠躬。

“事情没办成，共军已经有了提防。总指挥，我们在回来的路上抓了两个工作队员，你看怎么办？”

“留着干什么？还要管吃管住。照老规矩——杀了！”努尔兰说着，说得几乎咬牙切齿，眼睛里闪动残忍的光。

“我这就去办。”哈斯木说完，走了。

艾斯曼见哈斯木离去，便向努尔兰告辞。

回到毡房，艾斯曼看见愁眉不展、消瘦了的阿米尔汗。

她抬起疲倦的头，问道：“怎么才回来？”

艾斯曼坐下来，用久久的、痛苦的眼光望着她。

“努尔兰刚才又杀了工作队的两个解放军……解放军和我们无冤无仇，我们为什么要杀解放军呢？……血债要用血来还的！战争不可避免了！”

阿米尔汗身子打个冷颤，隐隐一阵恐惧。

“努尔兰为什么滥杀无辜呢？”

艾斯曼沉默片刻，然后说：“这就是一个民族的悲哀！

五十一

再没有哪一个下午比这天下午更长、更热的。

何长林把卡车开到一条小河边，停下。打开车门，只觉得一股凉风袭来。他拎起水桶，走下车。

“喂，下来洗洗吧。”

“啊。”胡慧慧答应一声，下了车。她朝河那边望去，河水在温暖的阳光下奔腾而去。这时,何长林赤裸着上身,站在一脚脖深的水里,做出跳河的姿势,伸展两臂,嘴里喊着什么。

她赶紧喊道:“哎,赶紧上来,雪水冰着呢……小心抽筋。”

“喂,你也下来洗一洗吧。”

胡慧慧下到河边,洗把脸。

何长林说:“把你那身衣服脱下来洗一洗,最好也把裤子洗洗。放在石头上,一会儿就晒干了。我暂且到那边等着。”

胡慧慧吃惊地望着他。

“看什么看?你不觉得你腿上那条裤子湿得跟尿了裤子似的——穿着不难受吗?”

她气得直跺脚。

“你讥笑我,没安好心!”

何长林哈哈笑起来,说:“这有什么可害羞的?你当我没见过裸体女人。城里姑娘都是这种毛病,她们本来想让男人看自己美丽的身材,可是还要说流氓、下流痞子这一类的话。所幸,我听到的是……”

她知道这些话是在揶揄她,可又感觉到话里确有几分认真的意思。她就把头一扬,打断他的话说:“还有完没完?——你滚吧!”

何长林就真的滚蛋了。

胡慧慧见何长林走了,把衣服脱下来,在河水里洗过,摊晒开来。

这段时间,何长林给水箱加了水,然后习惯地卷上莫合烟,吸着,他隔着喷出的一缕缭绕的青烟远远地望着她,心里泛起极为古怪的感触,这是一种单一的感情自身在搅动,在缠绕、在旋转,好比迷惑难解的春意和躁动正在寻找出路。

胡慧慧知道他在偷窥自己,浑身涌出一阵又奇怪又害羞的渴望。她自言自语道:“怎么,我在恋爱吗?我不能不想他,这种秘密的痴情,我对丈夫从来没有过。”她默默祈祷,让这种念头尽快烟消云散。

她突然说:“哎,把我车上外衣拿来。”

何长林认为自己耳朵出了毛病。

“什么?”

“把我外衣送过来,我有些凉。”

何长林抬起头,望着火辣辣的太阳,简直不相信自己的耳朵——他从驾驶室拿出她的外衣走过来。

胡慧慧把外衣披到肩上。

“何师傅,一起坐一会儿吧！”

他蹲下身,盘腿坐在她身旁,一动不动,仿佛像一尊石雕。她瞅他一眼,说:“何师傅,你不是说你见过不少女人,干吗还这么规矩？”

听到这话,他生性不安分的心这时候更显得不安分了。“我是见过不少,可是你和她们不一样。不知为什么头一眼我就爱上你……多少夜晚,我都梦见和你在一起。”他突然跪在地上,想去吻她。

胡慧慧红了脸,把他的嘴推到一边。

“何师傅,别……别这样呵。”

他还是不顾一切把她抱住,紧紧地抱住,激动地说:“为什么不让我吻你……这种时刻,我已经期待太久了……我……我再也无法克制住心中的欲望。”

“何师傅,不要这样……不要……”

何长林对她的话全不理睬,因为,一切欲望占据了他,缠住了他,折磨着他。他不能控制自己。所以,他像一个醉汉,不顾一切地要占有她。

忽然,肚子里的孩子踢了她一脚,她的两只黑眼睛里流露出了惊恐。她知道这是上帝派天使来惩罚她的罪恶了。她的脑袋立刻清醒,她的头也不再晕了。她使足了力推开他,并给了他一个耳光。

“你是个混蛋……是个臭流氓！”

何长林怔了一下,用手掩住脸。因为她的手指给他脸上清清楚楚留下五个红印子。他先前那股逼人的烈火只剩下火焰,灼热从脸上消失。

“你干吗这样粗暴？”

她把身子缩做一团,用短衫蒙住脸,哭起来。

“粗暴？我这是甜蜜、温柔吧！”

他脸上苍白,恳求她镇静,但是她哭得更厉害。他不知道怎样做才能安抚她。

“对不起,我控制不住自己,我爱你。”

“好丢人啊！咱们都干了些什么事……我愧对腹中的孩子……使我男人蒙受羞耻……我没脸做人……从今以后,我是一个坏女人。”

何长林一声不响地望着她。

“老天爷，饶恕我吧！”她说，抓住他的手紧按在胸前。

他把她搂在自己怀中，紧紧搂抱住她。他感到她的身子在颤抖。“不要再说了，你是一个好女人……都是我不好。”他重复说。

她的头再一次靠近他温暖的怀中，激动的情绪渐渐平息下来。她说：“你的欲望我没有办法来满足，希望来生，我一定会……”

聂子龙从三连回来，直接去后勤仓库找彭雅莹。见到彭雅莹，喜洋洋的心情马上暗淡下来。他看到的是郁郁不乐、若有所思、心不在焉的彭雅莹。看样子，她一夜都没睡，眼睛下面印着乌暗的阴影。她没对他笑，也没有同他打招呼。

“雅莹，看在老同学份上，原谅我对你的态度。”

她冷笑挂在嘴唇上：“用不着！请你以后不要说我喜欢你，我就阿弥陀佛了！”

追忆好像闪电似的在他眼睛里闪了一下，脸红了。

“谁……谁说你喜欢我？”

“自己说出的话，这么快就忘了。”

聂子龙不敢抬眼睛，又羞愧又懊恼，真没料到这句话被她偷听去了。

“没……没忘记，不就是和教导员说个玩笑嘛。”

“说玩笑，你怎么不说你喜欢我？”

他突然哽住了，咳嗽了几下。骄傲的他尽管还在微笑，但是已经显露出很不自在的表情。

她总算出了口恶气，心里舒坦多了。

“子龙，我可告诉你，别那么骄傲。现在的姑娘可不比在学校时，有多少人都在等着呢。玉洁心里有你吧？可是，她还是和参谋长……”她突然顿住了。

聂子龙的心似乎被刺了一刀，哆嗦一下，顿时敛住笑容，低下头去。

彭雅莹察觉到了他的心思，悲伤使她的心软了下来。

“子龙，你怎么了？……你说话呀！”

聂子龙沉默着。他完完全全进入另一个世界里，仿佛看见邱玉洁和于参谋长在婚礼殿堂上——当一切情绪在这个年轻人心里纠结纷扰的时候，两行热泪禁不住流了出来。

她束手无策地呆在一旁，眼泪滚落下来。

“对不起，对不起……我怎么说出这种话来，让你伤心……子龙，你心里要是还有玉洁，给她写封信，我带回去。不要叫她心里没底，让参谋长给追了去。”

他慢慢抬起头来，望着她说：“谢谢你告诉我这一切……玉洁和你们不一样，她心里是怎么想的我知道……我们一路走到新疆，她受到的苦比谁都多，现在想找个平静的港湾停泊，我们应该理解她才是。当然，参谋长是她最理想的港湾。”

“你真是这样想？”

“是的，玉洁的心靠岸了，我也就放心了……我们应该为玉洁祝福！雅莹，你们和玉洁不一样，至少，不会这样地迫切。”

她脸红起来，说：“是的，是的！你刚才把我吓坏了。”

“雅莹，我该回去了。”

“我送送你。”

她送聂子龙出来，两人默默地走着。黄昏显得无限美好，血红的霞光不但染红天边的云彩，还温存地刺激着人们的血液。

一整天，何长林都沉默寡言。这情形使胡慧慧时刻忘不掉路途中发生的一切。他要能笑一笑，或者像以前那样，开开玩笑，也许会让她感到轻松些，也许她会把不愉快的事忘记。可是，她看他的脸色整天都不自在。

时间像老太太的两只小脚，拖着沉重的身子走得那样慢，她只觉得自己在这个蒸笼一样的驾驶室里已经待了一辈子——在太阳快要落下去的时候，克木沁镇到了。

“你在车上待着，我去找人。”何长林停车、熄火，打开车门，从驾驶室跳下去——她目瞪口呆地看他走人。虽然这件事出发前说好的，何长林只能把她送到克木沁。可是这会儿，她还是想，何长林要离开她了，把她扔在一个陌生的世界里。

卡车开进小镇，这里的孩子一下都兴奋起来，围在卡车旁边，向驾驶室里的人发出愉快的微笑。孩子们搅乱了她的思绪，她开始注意这些孩子。突然，几个胆子大点的孩子爬上车头，坐在叶子板上。因为好奇心，这儿摸摸、那儿看看。

她忙喊道:“下去,你们都下去!”

孩子们望着她,都嘘她、吓唬她,把她困在驾驶室里当做一件好玩的事。这一下,她就心慌意乱、不知如何是好了。她自言自语道:“我不管了,我也管不了,随孩子们去吧。”她害怕,她躲开孩子们视线,她不愿意孩子们在她眼神里看出她在害怕。

这时,何长林回来,把孩子们驱散开。

她走出驾驶室,问道:“人找到了吗?”

何长林趴在叶子板上,查看孩子们留下的脚印。

“找到了!阿力木镇长听说你来,安排住的地方去了。你是怎么搞的,孩子们爬在车上,你也不管!”

“我管了,可是没有用,孩子们不听我的。”

何长林沉默了。他带着热切的欲望和忧郁的神情向她望一眼,说出点什么,但是声音很低,低得根本听不见。然后他拿出抹布,擦叶子板上孩子们留下的脚印。

“何师傅,咱们就要分手,请原谅我吧!”

他抬起头望着她,她的神情是自然的。因此,他搞不清楚了,她是故意装着轻松,还是已经把一切都忘了。

“不要说了,阿力木镇长来了。”何长林说。

阿力木走过来,快人快语:“是刘营长夫人吧,跟我走。”

“谢谢阿镇长,我给你们添麻烦了。”

“不要这样客气。我们和刘营长是好朋友、好兄弟。你到了这里就到了家。你先在这里休息两天,我派人送你去柳原。”

何长林对她说:“你跟阿力木镇长走吧。我也要走了。你放心待在这里,阿镇长会把你送到柳原。”

胡慧慧一下子感到无依无靠!她抬起伤感的、潮湿的眼睛,低声说:“留下来再陪陪我。”

何长林慌了神,满脸通红。“你跟阿镇长去吧,我还要赶路。”

胡慧慧用充满失望的眼睛望着他。阿力木站在一旁,见到这种情景,仿佛醒悟过来:“何师傅,还没有吃晚饭吧?咱们一起吃个饭。”

“不吃了,车队还在前面等着我呢。”

“朋友走到家门口了,哪有不吃饭的道理。走吧!”阿力木既热情又好客。

“走吧！求求你了，吃了饭再走。”胡慧慧说。

何长林为难地朝阿力木望了一眼，说：“阿力木镇长和胡老师这么诚心实意留我吃饭，我要还是坚持走，就不够朋友了。”

阿力木哈哈笑起来，说：“何师傅说得对，我们走。”

来到吐尔地大叔家，祖利比亚大妈热情地迎出来，用不熟的汉语说道：“胡老师，见到你，真是叫我们太高兴了！快进屋里去坐。”

胡慧慧微笑着点头。

“何师傅，进屋坐，等会儿饭就好。”阿力木说。

吐尔地家的客厅是砖铺的地，炕上的垫子是羊毛地毯，炕桌上一尘不染。这客厅收拾得十分整洁。

胡慧慧上到炕上坐下，望着炉边煮茶的小姑娘——那是一个漂亮的女孩子。她把目光从小姑娘身上移开，看见何长林正在和阿力木、吐尔地大叔聊天。先是聊她，说做梦都没想到胡老师会来克木沁，为了报答解放军恩情，要留她住几天。

这可不是她想要的，她的心早已飞到柳原。

祖力比亚大妈端上来几盘炒菜，并且说，炒菜是向汉族人学的，汉族人也学会了我们的抓饭和烤羊肉。她让胡老师、何师傅尝尝。

阿力木拿出一壶酒，说：“何师傅，喝点酒。”

有酒喝，何长林当然是求之不得。

阿力木骄傲地说：“尝尝我们克木沁的酒，新疆最好的酒在哪里？就在我们克木沁！在别的任何地方，你绝对喝不上这样好的酒！”

何长林笑了，心想：天底下的人都说自己家乡的酒最好喝。其实，醉人的还是这份浓浓的情。

克木沁的酒就是好喝，阿力木家的羊肉也好吃。何长林大口地吃肉、大碗地喝酒，很快酒足饭饱。他起身告辞。

“感……感谢阿……镇长……感……谢大叔……感谢大……妈……热情款待……我吃饱了……我要走了。”他醉意十足，说话时，身子不住地晃动。

胡慧慧睁大眼睛，凝视着他，心想：“他还能走得成吗？”

阿力木抬起头来，瞪着一双红红的眼睛：“何……师傅，这几天，土匪时……常在这一带出现，路上危……危险得很呢！”

“就……是因为有危险，车队在前……前面等我。我得赶……紧去与车队汇合。”

阿力木晃晃悠悠站起来，说：“我……我去送送你。”

胡慧慧赶紧起身，说：“阿镇长，还是我去。”

何长林不领情，指着胡慧慧说：“你……们谁也……别动……我……自己走。”

阿力木一言不发，给他让出路。

何长林从吐尔地大叔家出来，他走在前面，胡慧慧跟在后面。他察觉到了，他朝车跟前走去，然后在脚踏板上坐下来，说：“你过来吧。”

听到这句话，她心头一阵激动。

“喝这么多酒，还能走吗？”

“你不用担心，我酒喝得越多，就越精神。别送了，就在这里和我道别吧！”他站起来，打开车门，突然停下来。这时胡慧慧猛然抱住了他，紧紧地抱住，强忍住眼泪说：“路上小心！别忘了，回迪化来家里！”

他把她的身子转过来，用手托起她的下巴，抬起她的脸，瞅了好大一会儿，仿佛把她的容貌深深印在心里。

“唉，让一个战士带着幸福渴望离去，未免残忍了吧？”他的脸上又恢复了往日那种顽皮的笑容，“再见！”

这句话让她害怕，但是迷信引起的恐惧更加强烈。

深更半夜，刹那间集合号声冲破了暗幕。

一切发生得如此突然和意外，柳原营地一片骚动。各连指挥员不知道发生了什么事情，赶紧集合队伍。此时此刻，马友富却在做好梦：美女、金钱、草原、牛羊——他闭合的眼帘轻微颤动着，就像舞台帷幕颤动一样，慢慢打开。一个美女把盛着羊肉的盘子端上来，然后跪下，拿起羊头——他的嘴角似动非动，暗示出贪婪。

他接过姑娘手里的羊头，羊的眼睛转动起来。圆圆的、黄黄的眼球，直刺他的心窝——他从贪馋的欲望中醒来了。

“发生了什么事？”他来不及想，跟醉汉似的从舒适的被窝里爬起来，提着裤子，提上枪，往门外跑。出了门，碰见武装整齐的宋志伟指导员，急忙问道:“宋……宋指导员,出什么事了?”

“不清楚,营里吹集合号,叫我们赶紧过去!”

这时,郝铁跑来问:“连长,指导员,出什么事了?”

“快去集合队伍。”马友富命令道。他已经好久没有这样惊慌了,也好久没有这样紧张和激动过。

郝铁跑去集合队伍。

马友富系紧裤腰带,挎上手枪时,仿佛清醒过来。“是不是努尔兰来偷袭?”他这种不安和激动像马蜂刺了他一下似的,在他心上留下剧痛。自从努尔兰进山之后,他坠入表面的宁静的状态,他的心却不能得到片刻的安宁。他整天思索着应该向哪个方向走。“走自己的路虽死犹生,走别人的路危险重重。”这句格言,使他茶饭不思。怎样才算是走自己的路,这种呼声得不到回应,得不到解答。

“努尔兰要来了,难道我们这是撤离?我该怎么办?”他胡思乱想,心开始加速搏动。这时,勤务兵牵马走过来,说:“连长,队伍出发了。”

他牵住马时,忽然望见马宏兵和赖兵,满脸都是惊慌和不安。然而,他们一见到马友富,忧惧之状一扫而去。

“马连长,究竟是怎么回事?”

“谁知道,赶紧跟上队伍,到了营部就知道了。”

赖兵、马宏兵赶紧跟上队伍,连一声“是”也没说。

马友富见他俩离去,深深缓了一口气,等那颗怦怦乱跳的心平静一下,然后骑上马追赶队伍。

宋志伟、马友富带领三连队伍来到营部,只见一连、二连、机炮连队伍已经站在营部前的操场上。三连队伍走过来时,刘少贤背着手,板着严肃的面孔骂起来:“你们看看,这还像一支军队吗?如果土匪真的打过来,还不把你们一个个堵在被窝里,都给端了。”

马友富没整明白,急忙上前问:“营长,发生什么事了?”

刘少贤狠狠瞪了他一眼,没有回答他提出的问题,然后把目光投向队伍,把队列中的指挥员们统统扫一遍,好像要在这支队伍中找出几个不称职的指挥员。

当全营队伍站定后,赵子健来到队伍前,扫一眼全体战士们说:“同志们!根据团里统一布置,我们营今晚搞一次突击演习。就是告诉同志们,不要忘记我们是军人。我们在开展生产建设同时，我们还是一支保卫国防的战斗队，一支维护和平秩序的工作队。我们要时刻保持警惕，敢于向一切来犯之敌发起我们的攻击。今天一连、二连、机炮连表现不错，应该受到表彰。三连的同志们回去好好总结一下，保持常备不懈的思想，必须是我们每个指战员首先要做到的。”

宋志伟听到教导员的批评，脸红了，看了一眼马友富。

马友富却不以为然。忽然，右眼皮上下跳动起来，他想：“右眼皮跳跳，倒霉事来到。”由于迷信引起的恐惧，他赶紧撕一个小纸条，贴在眼皮上。默默期盼倒霉事尽快消逝。

赖兵站在一旁，打着哈欠问道：“连长，这是怎么一回事？”

“他妈的！今晚好不容易睡了个好觉，就这么给搅了，”他低声骂道，眼睛里闪动着愤怒的火焰，“一个疯子，一群神经病！”

黎明将要来临，地平线即将喷射而出的曙光已经把黑幕搅动了。

何长林开着大卡车一路朝公路上驶去。

此时，哈斯木带领一对人马正注视这辆车——它像一叶孤舟，在戈壁滩上漂泊。突然，哈斯木挥动手臂，向队伍发出信号，马队迅速向卡车狂奔而去。

何长林似乎听到了异样的声响，竖起耳朵仔细一听，这是一支马队发出来的轰响。他脑海里蓦地闪出一个可怕念头：“土匪！果真遇上土匪了！”

他扔掉手里的烟头，从座椅后背抽出一支卡宾枪，放在身边。

马蹄声越来越近。牧马见到这个铁家伙像受了刺激似的拼命追赶，不一会，几匹快马和卡车平行向前，骑在马背上的土匪不停地给他打着手势，叫他把车停下来。他毫不理会，继续把车朝公路上开，心想：“只要上了公路，就有办法摆脱土匪的追击。”

土匪被激怒了，端起枪朝车上射击。子弹打在车头上，闪起朵朵火花。何长林握紧方向盘，冷静地观察周围情况。当一匹马要靠近车厢时，他猛打一把方向盘，把马撞倒——骑在马背上的土匪被摔出去老远。

土匪们不敢再靠近车身，他们快速地超越卡车，然后调转马头，迎面朝驾驶室射击。子弹冲车头飞来，挡风玻璃被打碎。何长林用手把玻璃碴敲掉，手被碎玻璃扎出血来。但是，他顾不了许多，继续朝前开。突然，他发现水温在急速上升。他知道水箱被打漏了,停车只是早晚的事。

他已经做了最坏打算,把身子向车门移动。一颗子弹从车门射进来,击中他的小腿,血立刻把裤腿浸透……汽车终于发出"突突"的声响,最坏的时刻终于来到了。他一只手握住方向盘,就在车停一瞬间,他不顾一切猛地推开车门,提起卡宾枪,翻身跃到车厢上,忽然见一个土匪往车厢上爬。他一个箭步冲上前,举起枪柄把土匪打了下去。

子弹向车厢飞来。

他举枪还击,不一会,卡车前已经有三四个土匪倒在车厢底下,像死狗一样趴在地上一动不动。他在战斗的狂热中沸腾,甚至连伤口也不觉得疼了……他毫不吝啬子弹,在战斗中,带着挑战性的谩骂,把一颗颗仇恨的子弹从枪膛里射出去。只要土匪敢靠近车厢,他就把土匪打趴在那里。

一颗子弹飞来,打在他左肩上,血立刻浸出来。他的眼睛、精神立刻被浸在血色之中。他勇敢地举起枪朝土匪继续射击。

忽然,子弹打光了。

土匪听车上枪声突然停止,愣了下,马上反应过来。土匪们像一群饿狼似的猛扑上来——何长林举起枪托朝一个爬上车厢的土匪脑袋猛砸下去,土匪朝后面倒了下去。又一颗子弹击中了何长林的肚子,他用一只手捂着肚子,一只手握住枪。突然,一阵昏厥来势凶猛地袭来,他毫无知觉地倒了下去。

土匪们蜂拥着爬上车厢,低下脑袋,望着躺在血泊中的解放军战士,土匪们疯狂了,举起枪托朝他头上、身上砸去。然后,土匪们忙着翻车厢里的东西。可是,车上都是些军服。这些军服对土匪们来说毫无用处。

哈斯木气急败坏,下令把车烧了。

土匪们跳下车,把手里的火把投到车厢里——何长林在一股刺鼻的浓烟气味中苏醒。他睁开眼睛,却没有意识到自己置身于熊熊烈火之中,而是灿烂火花中,闪现出一张美丽动人的脸。

他含着微笑,平静地闭合上眼帘。

五十二

黑暗渐渐退去,胡慧慧虽然感到疲惫,可是无法入眠。她问自己:有什么不安的呢?这样安静的小屋,没有惊扰心灵的那种激情,只有在这样安静的时间里,被自己涌到心头的无数思绪所困扰。那么,令自己不安的,并不是何长林,而是自己。

她这样想了,内心开始越来越安详,后来,睡着了。

不一会,她做了一个梦。

梦深处,何长林一身新军装,是昨天早上出门才换上的,现在却斑驳一片,沾满血污和汗渍。他说在路上碰见了一群狼,狼群围攻他,他要战斗。他还拿调皮话揶揄她:"等会儿,我拿狼皮给你做件大衣,让你也变成一只人灰狼。"

忽然,她被一阵脚步声惊醒,有人推开屋子的门走进来。

"阿力木同志,快起来,出事了!"这是山西人的口音,因为她爸爸时常带这种口音对她说话。

阿力木好像得到了某种感应,坐起来。

"高书记,出什么事了?"

"今晨,土匪袭击了咱们队伍上的 辆军车。"

"啊?"阿力木大吃一惊,但是很快冷静下来,低声道:"高书记,咱们出去说。"

胡慧慧很快听到高书记出门,阿力木跟了出去,并且小心地掩上了门。随后两个人在院子里进行了长时间的交谈,她听不清他们在说什么,但是,持续的低语却表明他们正在说着严肃的话题。

她的心一下揪紧了,是不是与何长林有关?

忽然门开了,进来的是小古丽。她轻轻走过来,两只眼睛瞪得圆圆的,活像一只小鹿在黑暗里迷了路,惊恐万状。

"小古丽,你怎么过来啦?"她说,伸出手把小古丽搂在自己怀里。

"胡老师,我告诉你一件事,昨晚和您一起来的叔叔死了。"

"啊?"她虽然喊出这一声,心里一时还没有辨出味儿。愣了半晌,心头才像挨了一刀似的。嘴巴一个劲儿地念叨:“他死了……他死了……他死了!……是我害死了他……是我害死了他!”她痛苦得眼泪一股股往外涌。

忽然,她晕倒在炕上。

小古丽摇着她的肩,惊恐地叫喊:“胡老师?……胡老师……起来吧!”

胡慧慧从昏厥中醒来,睁开眼睛,只见所有的人都呆呆地望着她。

“怎么回事?”

祖利比亚大妈说:“唉,你都忘记了吗?你刚才晕过去了。”

她想起了,无力地微笑,说:“阿力木大哥,能让我去看看何师傅吗?”

阿力木说:“胡老师,要冷静……何师傅已经牺牲了……你要为肚子里的孩子着想。”

“何师傅是为我死的!”

高书记严肃地说:“胡老师,何师傅是为和平而死,是为保护国家财产而死……他很勇敢,是个优秀军人。他是因为枪里没有了子弹,所以献出了生命。我们应该为何师傅感到光荣、骄傲才是!”

胡慧慧脑袋空空如也,心想:还有什么比生命更可贵的呢?

暴乱像洪水一样泛滥开来,吞没了整个草原。

努尔兰这几天很忙,一方面,他把青壮年牧民组成一支军队;另一方面,他把老人、妇女和儿童组成一只后勤保障大军。现在,草原上几乎所有的牧民都带着全部家产加入到这个军事组织中来。

那是一个令人难忘的早晨,草原上突然响起一阵阵马蹄声,惊醒了所有的牧民。骑在马背上的传令兵用牧人一样响亮的声音喊着:“哈萨克弟兄们,快上马,去野果子沟集合。”

第一支骑兵队在惊天动地的风暴声中准备奔赴前线,

父母来送儿子,爱妻来送丈夫,孩子来送父亲,兄弟姐妹来送亲兄弟,他们血脉相连。艾斯曼站在欢送的人群当中,眼睛一眨不眨地望着这股波动的黑潮。前面,蓝天月亮旗帜在林立的旗杆上猎猎飘舞;后面,千百对马镫捶捶敲响。

吾兰和艾尔曼站在这支准备出发的队伍里,他们感到骄傲。因为,牧民们把他们称为骑士,看成是草原护卫者。当艾尔曼看见父亲、母亲、哥哥、媳妇、嫂子和姐妹时,咧开嘴笑了。

母亲含着泪说:“艾尔曼，听哥哥的话，干什么事都不要头脑发热。不要忘记,家里不但有爸爸、妈妈,还有哥哥姐姐、弟弟妹妹,还有哈依拉罕。”

艾尔曼点点头,激动得一句话也说不出来。

父亲说:“我们希望你平安回来。”

突然,哈依拉罕扑进艾尔曼怀里,紧紧抱住他,泣不成声。

艾尔曼装出抱怨的语气,对她说:“别哭了……你为我感到骄傲才是……打完仗我就回来。”

艾斯曼对弟弟说:“你看见那些旗帜,那就是‘东突斯坦’的旗帜。乌斯满、尧乐博斯、努尔兰一伙搞分裂,闹独立,却让我们哈萨克人去流血,让哈萨克人打一场根本不可能取得胜利的战争。”

艾尔曼望着那面旗帜,动摇和战栗起来。

“胡达会保佑我们!”

忽然,一片欢呼声起。努尔兰骑着一匹漂亮的枣红马走过来。一切在场的人都望着他。

“哈萨克兄弟们,伊斯兰教义上说,要摆脱异教徒的统治和压迫,只有圣战!……乌斯满,我们草原上的巴图鲁,将带领我们与共产党、解放军血战到底!”

信徒们狂热起来……

“乌斯满——巴图鲁——巴图鲁——乌斯满!”

艾斯曼心口像弹簧一样被挤压得很紧，他知道牧民们抛去了一切财产,把自己的命运同这支队伍紧密地联系在了一起。

一支冬不拉、长角号组成的乐队奏起乐曲,骑兵队出发了。

“愿草原保佑你们,愿胡达保佑你们!”

父母亲、妻子和孩子悲壮的哭声震动草原。这种草原之美和哀感天地的声调,饱含有那么多柔情的、动人肺腑的伤情离别之感,引得出征的骑士热泪哽咽。

努尔兰转过身,望见了艾斯曼。

“喂,艾斯曼兄弟,这些老人和妇女就托付给你了,你好好留神看着,不要让他们把牛羊弄丢了,更不能把他们放跑了,否则,我就要活剥你的皮。”

艾斯曼耸了耸肩。

“总指挥，这样干不好，牧民们指望这些羊生活呢，牧民们没有羊就要饿死。总指挥，什么事情都不能做得斩尽杀绝吧？”

“你这个笨蛋，你要明白，我们现在没有羊和粮食，怎么打仗。这是因为战争的需要，你要负起责任——再见！”努尔兰说。他很是得意，抽了一下坐骑，枣红马迈着轻快的步子追赶队伍去了。

艾斯曼望着他身后卷起的灰尘，然后爬到一辆四轮大车上，对乡亲们说：“乡亲们，都到这里来，我要和你们说几句话！”

骚动的人们马上安静下来，向他身边围过来。他说：“乡亲们，从今天起，我就要带领你们了……明天，你们将在刺刀和马蹄保护下，赶着羊群、赶着运粮的牛车，跟着出征队伍去受苦受难。我虽然不懂乌斯满及其走狗努尔兰宣扬的政治、权力和抱负，但我知道，他们为了所谓的政治、权力和抱负，把刚刚和平解放的新疆变成屠宰场。我们没有能力和办法制止这场战争。但我相信，胡达在他的意念里会为我们受苦受难的父老乡亲、兄弟姐妹和孩子祈福——我们为家人祈福平安，为我们草原祈福和平！”

“和平——平安——平安——和平！”人们使足所有力气大喊。

响亮的声音在草原上、在山谷里、在空气中回荡。

机要员突然失踪，赵子健和刘少贤商量了一下，立刻派出一小队人马寻找机要员。

聂子龙接到教导员通知，结束了在三连的蹲点工作，回营部报到。于是，他吃过晚饭就把宣传材料和识字本交到宋志伟手里。

“宋指导员，从明天起我就不来三连了，教导员通知我回营里工作。”

“我接到营里通知了，回去吧，有时间来连里看看。”

“宋指导员，你还得给我写几句评语呢。”

宋志伟拍了一下他的肩膀，用温和而严肃的语气说：“天快黑了，快点回去。评语过几天我给你送去。”

“好吧，我走了。”

“路上小心点！”

聂子龙知道，机要员失踪后，晚上出门听到的都是这句话。离开三连，向前眺望，远处是朦胧的田野，再远一点，是无边无际的荒野。暮色加深了，一只猫头鹰好像受到夜色的惊扰，大声地叫着，好像填满了整个黑夜。因为周围一切都非常寂静，他心里不大踏实了。

“快走！快些走！”他催促自己，加快脚步。

“兄弟，等一下！”

黑暗中突然发出响声，聂子龙心里绷紧的那根弦险些断了。他忙回头，见是刘长根，简直火冒三丈。

“你……你从哪里冒出来的？”

“我一直跟着你。”

“跟着我干什么？”

刘长根四下环顾，脸上的神色好像比他还慌张。

“兄弟，也没什么事，就是想家，让你帮着写封信。”

“就这事呀？什么时间不能说？”聂子龙冷冷地说，“好吧，过两天，我帮你写一封信就是了。”

“不……不急。”刘长根说。他颤抖的嘴唇把他焦急和慌张的心情表达出来了，“这两天，你还来我们连吗？”

“不过来了，写信的事我抽时间过来一趟，不会耽搁的。”

“写信的事不急。你要是没什么事，就不要到我们连里来了。有什么事，我会去找你。”

他不晓得刘长根的意思。

“为什么？”

“不……不为什么。我也说不清楚，你不要来就是了。”

从刘长根的嘴里说出多么自相矛盾的话，聂子龙没有再听下去，赶紧走了。

胡慧慧不停地翻身，扭过来转过去，如此周而复始。但是，她还是能听到门外祖力比亚大妈小声说话的声音。

“她快要生产了，也许是难产……古丽，你去把加米拉大婶叫过来帮忙。”

吐尔地大叔说：“还是我去吧。”

“好吧，古丽，你去把炉子生起来，烧些水，要让水滚起来。去把能找到的毛巾统统拿来，再给我找把剪刀来，一定要找到，而且要快。去吧，赶紧去找。”

小古丽领到一个任务，飞快地走了。

不一会，祖利比亚走进来，点燃炕上的灯，低下头，望着她的脸说：“胡老师，不要害怕！大妈亲自给你接生。”

“谢谢。”她轻声说。几分钟之后，她又在炕上辗转着。

祖利比亚不忍心看下去，便对她说：“胡老师，想喊就喊出来吧！这里除了我们俩，谁也听不见。”

再不会有哪一个夜晚比这个夜晚更长的了——她开始呼唤刘少贤，一遍又一遍叫他的名字。一会儿又喊几句何长林，似乎在说胡话。祖利比亚看着她如此痛苦，而自己一点办法也没有，焦急得直落泪。

“可怜的孩子，可怜的孩子！”

这时，加米拉推门进来。

祖力比亚赶紧迎上去，用维吾尔语对她说：“你怎么才来？”加米拉也用维吾尔语说：“去孩子家了，听家里人说你找我，我就赶紧回来了——产妇怎么样？”

“你去看看吧，孩子生不下来。”

加米拉来到炕前，弯下腰，看炕上的人是否醒着，说：“不能让她睡，如果不马上把孩子生下来，她和孩子都会死的。”

“我知道……我就等你来，准备给她剖腹产。”

她们的对话胡慧慧连半句都听不懂，但是，知道她们是在说自己，她强忍住痛苦，微笑着，好像听懂了一样，不时点头。

高书记走进办公室，照例同阿力木打声招呼，就在自己办公桌的座位上坐下，把他的手放到摆在他面前的文件上，在这份文件里面有敌情通报。

“阿力木同志，你准备什么时候把胡老师送走？”

“暂时走不了，她在我家生孩子呢。”

“啊？”高书记大大吃惊。

阿力木没觉得女人生孩子是什么大事。他现在考虑的是打土匪的事。

“高书记，土匪离我们这么近打劫，还是头一次。看来土匪是越来越猖獗了。我考虑咱们要不去一趟县城，找黄书记要些武器弹药，把咱们民兵武装起来。”

高书记正想着胡慧慧生孩子的事,阿力木的话他一句也没有听进去。

“你说什么?”

“我说咱们找黄书记……”

阿力木话还没说完,买尔旦闯进来,上气不接下气地说:“阿力木,你们还没有走,土匪都到小草湖了!”

“土匪到小草湖了?有多少人?”阿力木惊骇起来。

“有几千,上万人马。”

阿力木见买尔旦恐慌成那样,忍无可忍:“闭嘴!不要胡说,哪冒出来这么多土匪?”

买尔旦一怔,定了下神,说:“我……我没有胡说。山上下来的土匪有头没有尾。我们乡长让我来通知你们,赶紧转移。”

高书记问:“买尔旦同志,你是亲眼所见,还是道听途说?”

买尔旦眨了几下眼,迟疑地看着高书记的脸,问:“什……什么是道听途说?”

阿力木知道,买尔旦的汉语水平显然不能理解这句成语,解释道:“高书记问你,你是亲眼看见有那么多土匪,还是听别人传说有那么多土匪。”

“我是听山上下来的人说的。”买尔旦十分爽快地承认,“我们乡里的人都跑光了,艾菲拉带着孩子回家去了,我们还得赶紧走呢!”

“走,你们上哪去?”阿力木问。

“去县城,县城里有解放军。”买尔旦回答。

阿力木说:“高书记,我们是不是要把这个消息尽快通知黄书记和柳原的解放军?”

高书记说:“当然要通知!我现在给黄书记和刘营长写信,把情况告诉他们!你赶紧回家去看看胡老师,最好能把胡老师送走。如果送不走,要想办法把胡老师藏起来。另外,组织乡亲们转移,把能带走的财产都带走,带不走的想办法藏起来。”

一切都结束了。胡慧慧在痛苦挣扎十几个小时以后,孩子终于呱呱落地。

祖利比亚大妈忙着给这个千呼万唤才出来的孩子洗头一回澡,然后走到胡慧慧睡的房子里,她已经睡着了。她把小宝宝放在胡慧慧的身旁。

现在,她的腿跟灌了铅一般沉,由于疲乏、紧张而颤悠发软。

祖力比亚勉强走到门口,加米拉轻轻走出来,对她说:“我回去了。”

“古丽,去送送加米拉大婶。”

“不用了,孩子们忙活了一晚上,让她休息吧。”

加米拉走后,祖力比亚疲惫地走到外屋炕前,刚坐下就合上眼睛,陷入一种似睡非睡的状态。在一阵迷迷糊糊的间歇之后,忽然,一阵匆匆的脚步声把她惊醒。接着,听到艾菲拉对古丽说:“古丽,快去把你姐夫找回来,告诉买尔旦,说我找他,要他快快回来,把毛驴车也牵来。”

“姐,外面那么黑,我害怕。”

“听着,你要是不听话,我可要揍扁你了!”

古丽提起马灯,磨磨蹭蹭,好不情愿地走了。不一会,古丽又回来了,进门就说:“姐,我在阿力木哥哥那里见到买尔旦了。我刚要跟他说话,他就叫我先回来,说阿力木哥哥正在给他安排任务,要他去给解放军送信呢。买尔旦还说,等一会就把毛驴车给我们送回来。”

“什么?”艾菲拉听到这几句话,心猛地往下沉,真给气晕了。

更深夜静,聂子龙轻手轻脚地回来了。他满面红光,眼睛里闪动着不是那种快乐的光,而是让人想起黑夜中熊熊烈火燃起的红光。

“子龙,这么晚才回来,去哪里了?”

他像刚从梦中惊醒似的,说:“和同学出去走了走。教导员,还没睡呢?”

“子龙,我有话要和你谈。”

“和我?”他吃惊地说。

“子龙啊,你同学来到柳原以后,同志们反映你好像变了个人似的,干什么事都无精打采、心不在焉。”赵子健说着,注意自己的语气和措辞的妥当,“这样很不好。在同学、感情、工作上,要理性地处理好关系。”

聂子龙微微点头作为回答,脸有点泛红。

“子龙,现在外面不但很乱,而且我们内部也是人心惶惶。机要员失踪了?我们同外面的一切联系都断了……机要员是逃跑了,还是被人暗杀了,目前是活不见人死不见尸。这种时候,作为营里文教,你应该多为营里面的事着想。”

“教导员,你说机要员是逃跑了,还是被人暗杀了?”

“如果机要员是逃跑,是他个人信念的问题。虽然会给战士心里带来些负面影响,给我们生产建设带来不利因素,但是,这些不利因素我们都可以克服。现在最可怕的就是,机要员是被敌人暗杀了——如果机要员是被敌人暗杀的,说明我们柳原已经处在很危险的境地。”

聂子龙沉默了。

“子龙,没事就早点睡吧。”

“教导员,你为什么不睡?”

“严参谋明天去团部。我给团里写份材料,把这里的情况向团首长报告,还得让团里尽快派一个机要员来。”

“哦。”聂子龙沉思着答道。他用双肘支着头,躺在炕桌跟前,心绪复杂地望着赵子健出了神。

赵子健坐在煤油灯前,一笔一画写着报告——写完报告,他把报告装在牛皮信封里的时候,扫一眼聂子龙,打着呵欠,说:“子龙,怎么还不睡,想什么呢?”

他突如其来地问:“教导员,有一件事,你说奇怪不奇怪,今晚刘长根专门在我回来的路上等我。他告诉我说,这几天不要去三连。你分析一下,是什么意思?”

“不要去三连,为什么?”

“刘班长没说清楚?看他的神情好像是怕我去三连。”

赵子健立刻警觉起来,凭经验,他知道这不是件小事。

“子龙,把事情经过给我说清楚。”

聂子龙迟疑了一下,教导员批评自己的话像闪电似的在他脑袋里闪了一下,对他启示了:

“干什么事都无精打采……心不在焉……如果机要员是被敌人暗杀……柳原已经处在很危险的境地。”

他立刻打了个寒噤。

“教导员,今天我从三连回来,天已经黑了,路上碰见刘长根。他说他一直在跟着我……”

祖利比亚一家心急火燎准备转移的时候,阿力木派人送来口信,说土匪北上，克木沁险情解除了。祖利比亚、艾菲拉稍稍舒了一口气，这时，家里公鸡开始打鸣，接着，镇上公鸡都打起鸣来，宣告新一天的开始。

胡慧慧醒来，朝洒满阳光的屋内张望。忽然，她发现自己身边睡着一个婴儿，见到那一团嫩红色的小生命，仿佛昨晚的事又像银幕一般清晰、历历在目。现在，她不再想去柳原，就想回家，她要待在母亲身边。

她听见门外大车“吱吱嘎嘎”的响声，接着，听见祖利比亚大妈急促的声音：

“老头子，你去哪里了？可把我们等得急死了！”

“我去接艾菲拉，谁知路上碰见下来的难民。”

“去接艾菲拉？……艾菲拉昨晚就回来了……听说土匪已经到了他们那里……又向我们这里奔来。一家人都等着你转移呢。”

“是啊！听说柳原有个弹药库，土匪奔弹药库去了。那边难免要有一场恶仗！”

“哎呀。”艾菲拉满面惊恐，“爸，买尔旦去了柳原，路上要是碰上土匪，可怎么办呀？”

“他去柳原干什么？”

“都是这个阿力木，派他去给解放军送信。”

吐尔地大叔听说是阿力木派买尔旦去柳原，只好干咳几声说：“买尔旦真不愧是个勇敢的人。不会有事的，不会有事的。土匪去柳原，解放军会把土匪一网打尽。我饿了，你们快做些吃的，我去把马车卸了。”

胡慧慧简直不敢相信土匪敢去柳原，那要有多大胆量才行。这时，她怀疑自己的耳朵是不是听错了。她躺在炕上，觉得自己还在梦中：何长林要来接我了，接我回家……我要回到母亲身边……他为什么还不来？

祖利比亚大妈推门进来，在炕沿上坐下。

“胡老师，想吃点什么吗？”

她伸出手，把祖力比亚大妈的一只手握住，这轻轻一握，充满无限感激的心情。

“大妈，听说土匪去了柳原？”

“谁说的？你可不要胡思乱想的。柳原有那么多解放军，土匪敢去吗？”

这时，艾菲拉端着一碗鸡汤走进来。祖利比亚见来了救星，忙转移话题：“胡老师，起来喝碗鸡汤，养养奶水，等会儿婴儿醒来是要吃奶的。”

说什么来什么，睡在一旁的男婴哭了起来。

祖利比亚抱起婴儿，目光像一个老奶奶，和蔼可亲。

“孩子要奶吃了。”

胡慧慧从大妈手里接过婴儿，撩起内衣，把暗红色的乳头塞进婴儿嘴里。婴儿一双小手在她乳房上抓来抓去，小嘴使着劲咂吧不出奶水来，便把乳头从嘴里吐出来。

婴儿吃不到奶，“哇哇”地哭，胡慧慧又焦急又伤心地望着孩子的脸。

“唉，你是太悲伤了，奶水被击回去了。”祖利比亚叹口气，焦急的目光渐渐恢复平和。“胡老师，不要急，不要紧张，放平心态，好好养身子——女人没有奶水可养不活孩子！”

艾菲拉明白母亲心思，从胡慧慧手里接过婴儿。当她目光落在婴儿脸上时，脸上流露出慈母般的笑容。

她把乳头塞进婴儿嘴里，婴儿吮着饱满的乳头，甜甜的乳汁从嘴角溢了出来……

聂子龙和教导员聊了一个晚上。他把心里话统统倒出来，他的心得到安宁。在安宁中，他睡着了。

忽然一阵敲门声，聂子龙惊醒了，只见营部通信兵闯了进来。

“子龙，教导员让你赶紧去会议室。”

他匆忙坐起来，揉了揉眼睛，一骨碌爬了起来，赶紧去会议室报到。

当他来到会议室，却没有想到看到刘长根——他被绳子捆绑着，坐在一条凳子上，那张脸痛苦得扭曲变形了。

这时，刘长根见聂子龙进来，仿佛见了救命的草，忍不住哀求道：“子龙兄……救救我呀……我什么都没干……救救我！”他挣扎着想站起来，却被卫兵按住了。

聂子龙虽然想到刘长根对他隐瞒了什么，但是没想到事情这么严重。

“教导员……”

赵子健走过来，把一只手放在他肩膀上。

“子龙，过一会你什么都会明白。你准备做审讯记录。”

聂子龙这才发现会议室里还坐着刘营长、杨副教导员。他见旁边另一张桌子上放着几张纸，是准备好的。他走过去，在桌前坐下，死死盯着刘长根。这会儿,刘长根安静地坐在凳子上,不吱声了。

“刘长根,你知道我们为什么抓你吗?”刘营长开口问话。

刘长根瞪大眼睛,眼光在每个人脸上逗留一下,好像还没整明白是怎么一回事。他大惑不解地回答:“不……不知道。”

“我给你提个醒吧,马友富这两天要干什么?”

刘长根明白是怎么一回事了,吓得直哆嗦。“马……马连长的事和……和我一点关系都……都没有!营长……真没有。”

“马友富和你有没有关系我们先不说,把你知道的事情都说出来吧。”

“马连长要干……干什么……我真不知道……不过,我们排……排长说,最近山里牧民闹暴动……还……还有……有队伍要过来支援我们……让……让我们做好准备,配合前来的队……队伍夺……夺取营里的弹药库。”

聂子龙惊惧不安。一个叛徒在自己身边,竟然毫不知觉,简直就是耻辱。

刘营长接着问:“你知道哪里来的队伍?有多少人马?”

“不知道……营长,我真不知道。我是听排长说的。”他不知道该说些什么,只得停住,脑袋却在苦苦搜索。

刘少贤讥笑起来,说:“就你们几个人,也想夺营里弹药库?”

“三排长也……也在动员,具……具体情……情况,我……我……我就不清楚了。”刘长根绝望地说完后,自己也不知道为什么,“扑通”一下跪倒在地,低头认罪。

赵子健说:“把刘长根带下去!”

刘少贤望着被警卫战士带出门的刘长根,脸上显示出一种强烈憎恨的表情,说:“把赖兵和马宏兵抓起来,尽快把情况弄清楚!”

赵子健说:“我同意营长决定,从审讯来看,刘长根还不是马友富兵变中的核心人物。”

杨阳气得像一只发怒的老虎,说:“赵主任、营长,我马上回三连。我就不相信三连战士会跟着马友富搞兵变!”

赵子健沉思片刻,说:“我们现在要做最坏打算。刘营长,你去通知马友富来营里开会。杨教导员去三连,协助宋指导员控制住那里的局面。我们还要通知各连,柳原进入一级战备!”

“是！我马上回三连。”杨阳说完，起身离去。

聂子龙直愣愣地注视着赵子健，现在才明白，在他迷糊的时候，教导员神不知鬼不觉地把一切都安排好了。忽然，他脑袋掠过一个非常懊悔的念头：“昨晚，自己怎么就没有听出来三连要兵变，还要夺营里弹药库……”他两肘支在桌面上，双手像钳子一样捧着脑袋，苦苦思索。

赵子健回头，对一直发呆的聂子龙说：“子龙，从现在开始待在会议室里，哪儿也不要去，随叫随到！”

聂子龙微微地惊动了一下，由沉思中惊醒。

五十三

机要员失踪以后，营里加强了防范。马友富夺取弹药库的计划变得危险和没有希望。没有希望也就算了，可是，他还要面对更加苦恼的问题，就是努尔兰一次次派人来催他，让他没有了安全感。

快到清晨的时候，骑兵团送来消息：让他配合骑兵团、准备夺取弹药库。得到这个消息，他马上想到，现在是必须作出抉择的时候。跟着共产党，就得在戈壁滩上吃苦受累一辈子，这条路他是不会走的。跟着骑兵团，反共救国，是他的信仰，可是老蒋都跑台湾去了，信仰成了荒诞无稽的梦想。跟着努尔兰，是他最不愿意选择的路，但是，努尔兰给他指引的路，是通向财富的路径。为了金钱，他可以冒险，甚至准备牺牲自己。

在信仰和金钱方面，他选择了金钱。现在，他暗中怀着一种极其热切的愿望：借骑兵团的手，帮助努尔兰夺取弹药库。

太阳刚刚露出点头，马友富出门找赖兵、马宏兵去了。

“马排长，动员的事怎么样了？”

“连长，我已经找几个人谈过了，士兵们都说太危险。”

“太危险是什么意思？我想你还是没把道理给他们说清楚。弹药库一到手，他们个个都成为有钱人，然后回家过好日子去。”

“没说明白也不是，关键是要货真价实。我们不能光用嘴皮子说话。你说弹药库到手后兑现承诺，可士兵们说，让我们先把钱付了，才肯跟着我们去冒险。”

马友富忍不住地骂道:“这群王八蛋,故意跟我过不去!”

一种隐约失望的情绪劝他作罢。可是他是这种人:已经决定的事,决不会主动放弃。再说,上贼船容易下贼船难。他出卖了自己的灵魂,再危险,也得孤注一掷。

忽然,勤务兵气喘吁吁跑来报告:“连长,不好了!”

“什么不好了?”马友富惊愕地问。

“刘班长被营里抓起来了。”

“刘……刘长根到营部干什么去了?”

“今天一早有人带话过来,说聂子龙找他,刘长根就去了。”

马友富立刻确信,他们的事情败露了。他又惊又气地说:“他妈的!赖兵呢?”

马宏兵赶紧说:“连长,你……你忘记了,赖排长带人运沙石料去了……今天恐……恐怕回不来。连长,我们行动是不是被营里发现了?”

这时,一匹快马朝他们奔来。

勤务兵看见马友富的脸立刻变得像死人一样苍白,四肢不住地颤抖。

“连长,不要慌,他们只来了一个人。”

通信兵一阵旋风似的来到他们跟前,勒住马报告:“马连长,营长通知你立刻赶到营部会议室,参加会议。”

“是……告诉营长,我……我马上就到。”他说,尽可能地使自己声音平稳。等到通信兵的马蹄声消失之后,他才像一只兔子见到老鹰从头顶上飞过去一样,稍微松了一口气。

“连长,你真要去营里开会?”马宏兵问。

“还能去开会吗?他们已经准备好,要对我们动手了。马排长,我们赶紧走吧!”马友富说,完全像惊弓之鸟。

“弹药库呢?”马宏兵问。

“还他妈的什么弹药库,先保住命再说。对了,你赶紧去召集队伍,咱们在西戈壁见面。”

这时,勤务兵开口说话了:“马连长,你们往哪里走?”

马友富一怔,见勤务兵手里端着枪,如梦方醒地说:“你……你是保密局的人,还是努尔兰的奸细?”

“马连长,我是保密局的人。上峰有令,如果夺取弹药库计划失败,让你们立刻转移到骑兵团,等待时机。"

马友富的眼光迅速与马宏兵眼光作了交流。刹那间,马宏兵扑上去,把勤务兵打倒在地。马友富走上前去,低下头望着被打晕的勤务兵。

"连长,赶紧走吧。"马宏兵说。

马友富清醒过来,旋即落荒而逃。

马友富、马宏兵逃走了,指挥员聚在会议室打探消息。

"营长、教导员,听说马连长跑了?"

刘少贤说:"同志们,据我们得到可靠情报,马友富准备发动兵变,配合努尔兰夺取咱们营的弹药库。"

指挥员们惊呆了。

范海涛说:"营长,马连长怎么会同努尔兰同流合污呢?他俩可是死对头。这会不会是努尔兰使的离间计?"

赵子健摆摆手,尽管他满腔怒火,但还是很谨慎地问:"范连长,你认为马友富不会背叛军队、背叛人民、背叛革命吗?"

刘少贤说:"事实已经证明马友富背叛军队,背叛人民,投靠努尔兰去了。"

范海涛哑口无言。

"马友富逃跑,为什么不把他追回来?"李亚东问道。

"杨教导员已经带人去追了。"赵子健说道。"你们都先回去吧,按照营里部署,加强戒备。至于具体情况,等我们落实后会尽快通报各连。"

严参谋走进来,在赵子健耳边低语几句。

"赖兵被抓回来了。"尽管严参谋声音很小,指挥员们还是听见了,立刻涌到楼下,带着惊奇的、愤怒的眼神,望着这个被五花大绑的人。

刘少贤走过来说:"好了,你们都回去吧!把赖兵带到会议室去。"

赖兵被警卫战士带进会议室,他像受到惊吓的小狗一样,在警卫战士指定的板凳上乖乖地坐下来。

聂子龙先进到会议室,在自己座位上坐下,望一眼赖兵,见赖兵没精打采地垂着头,为内心的寒冷和恐怖而发抖。

不一会,刘少贤和赵子健进来,像审判官一样在自己座位上坐下来。随后是一阵可怕的沉默。起初有一种恐怖的暗影笼罩在会议室里,很快,这种暗影消散了。

刘少贤已经胸有成竹，不紧不慢地问："赖兵，我们把你请到这里来，不用解释什么了吧？你是个聪明人，把你所知道的一切都说出来吧？"

赖兵拼命抑制心里的恐惧，混乱的思想在脑袋里疯狂地盘旋，那种超自然的盲目力突然骚动起来。

"我说，我说了能宽大吗？"

刘少贤望一眼赵子健，说："就看你态度了。"

"我交代……我都交代……这几天，有兵变队伍来柳原……还有努尔兰，也来配合我们夺取营里弹药库。马连长让我们动员一些士兵……"

赵子健站起来，在会议室里踱来踱去，虽然不开口，但非常注意地听。他仔细观察赖兵交代问题时的神情，分析他所交代问题。现在，引起他最关注的问题是兵变两个字，心想："什么人的队伍会发生兵变？"

刘少贤咄咄逼人，以傲慢的、藐视的神情继续问："赖兵，你知道这支队伍从哪里来？有多少人？"

"不……不知道，"赖兵低着脑袋，一双贼眼茫然盯着脚尖，两只手做出一些神经紧张的动作，配合心理活动。

"你是说，兵变队伍来配合你们，这件事也是从马友富那里听说的，你并不能完全肯定有兵变队伍？"赵子健走过来，仅仅提出这样一个问题。

"我……我能肯定，因为兵变队伍派人和马连长，不！马友富联系上了。"

刘少贤问："机要员是不是你们杀害的？"

赖兵突然抬起头，发出一声急喘、恐惧的声音："营长，不是！我真不知道……"

陈棋圣三四天没有见到吕学农，就像鱼儿离开了水。

"吕学农去师部开会，怎么可能这么长的时间？"他无数次惊醒在漆黑的午夜，瞪着眼睛想这个问题。昨晚，又做个噩梦：吕学农蓬头垢面，在一片荒无人烟的土地上匆匆行走，他像一只狼，在黑夜里到处游荡。忽然，吕学农一口气跑到他身边，大声喊着："救救我，否则，我要揭发你，咱们一起死！"

陈棋圣从梦中一骨碌坐起来，惊慌地抬起头四下环顾，眼光转到陆军身上,只见陆军躺在另一张床上,鼻孔朝天,睡得呼呼的。他渐渐静下心,想着刚才的梦,心中毫不怀疑这个梦告诉他吕学农出事了!

陈棋圣再也无法入睡。他睁着眼睛,一动不动躺了很久,他几乎感觉到他可以在黑暗中看见自己眼睛闪出的恐怖光芒。

第二天一早,陆军上班以后,他便去了仓库。他像躲避瘟疫似的躲开所有人,钻进库房里,取出电台,给上面发一份电报:

野狼暴露,请求撤离。

他等待了会儿,不见上面回应。突然,他感到莫名的恐惧,赶紧离开仓库——回到宿舍,他收拾东西,准备撤退。这时候,他想到自己的撤离计划没有得到上面批准,就是擅离职守。擅离职守的后果他是知道的。他的思想渐渐显出困惑和苦恼。

"再好好想一想。"

他坐在铺上,从烟盒里取出一支烟,点燃。他一边吸烟一边思索。

"自己一切想法和行为都来源于吕学农……见不到吕学农就感到恐惧……自己是不是反应过敏?……自己慌忙撤离,会不会影响到骑兵团的兵变计划?影响马友富……如果把兵变搞砸了……弄得无法挽救……"这些,他都要仔细想一想。

突然,他听到一个人的脚步声。

他惊慌之余的第一个动作是冲到门背后,像着魔似的隔着门缝往外看,一只手不由得放在手枪套上,吓得连大气也不敢喘。脚步声越来越近,由快步转为慢步,他终于看清楚了,竟然是邱干事。

邱玉洁来到门口,朝地窝里喊道:"屋里有人吗?陈股长在吗?"

陈棋圣屏住的一口气总算喘出来,他透着门缝,一双小眼睛死死盯着门外的邱干事——屋子里没有人回应,她准备转身离去。忽然,屋里传出轻微的声响,她本能地停住脚步,轻轻推开门。

"屋里有人吗?"她一条腿迈进门栏里,她嗅到了极其轻微的香烟味儿,此外,空气中还漂浮着一股霉味。

"别动,要不我开枪了!"一个声音在说。

地窝子里光线是阴暗的,当她的目光与地窝子的光线相适应时,只见陈棋圣用一支枪顶在她的脑门上。她惊骇之余,还没有完全醒过来。

“陈……陈股长,你这是干什么?王团长找你……”

陈棋圣凶相毕露。

“谁让你闯进来——找死!”

接下来发生的事情,对邱玉洁来说简直是场梦魇。

“你……你是特务?”

“你知道得太晚了!”

陈棋圣伸出手抓住她的衣领口,用枪一步步把她逼进地窝子里来。

“放开手!你不敢开枪,枪声一响,你就跑不掉。”

“谁说的,有你这个人质,我还愁跑不掉。”

邱玉洁一时间只觉得天旋地转,恐怖使她每根汗毛立直,骨头发酥,眼睛里涌出一股恐惧的泪水。这时,她心里太恐惧,没有注意到陈棋圣已经把她逼到了墙角,并准备用背包带把她捆绑起来。

“陈……陈股长,你……你走吧!我不会告诉任何人。”

陈棋圣已经忘记了恐惧,眼睛里产生一种冷血、残忍的快感。

“你给我闭嘴!你把我当小孩子骗。”

邱玉洁知道没有退路了,顿时怒火中烧,恐惧退却了。她朝陈棋圣脸上狠狠啐了一口,发疯一样大叫起来:

“狗特务——抓特务!”

陈棋圣像受惊的猫猛扑上前,用手去堵她的嘴,没想到肮脏的手指刚伸到她的嘴边,她就不顾一切狠狠地咬住,疼得陈棋圣龇牙咧嘴——陈棋圣吓坏了,丧心病狂地举起手里的枪朝她脑壳狠狠地砸下去。

“你闭嘴……我砸死你……掐死你!”

陈棋圣直接感受到对方脑袋上的血飞溅在自己脸上。他还是不解恨,朝她屁股狠狠踢两脚,然后低下头去看,鲜红的血从她头上缓缓淌下。

在紧张和恐惧渐渐消退以后,他把邱玉洁拖到陆军床铺底下,藏起来,然后匆匆洗把脸,换件衣服,急速离开地窝子,逃之夭夭。

邵良驹终于拿到政委签字,得意扬扬来找陈棋圣算账。

他准备羞辱陈棋圣一番。心想“这个王八蛋,你当你是谁……当初欠的债,今天该还了!”他得意扬扬的时候,脸上并不笑,而是表现出他特有的那种自信和张狂。

他从容不迫地来到陈棋圣所住的地窝子,站在门口,大声喊起来:“陈棋圣,在屋里吗?”

屋子里没有动静。

他推开门,地窝子里的阴暗与外面的光明反差太大。他朝屋子里扫了一眼,什么也没看清楚。然后,犹豫不决地站在门口。在那里自言自语:“陈棋圣会去哪儿?”

他并不甘心这样轻易地放过陈棋圣。有了这种念头,他跟着了魔似的走了进去。

邵良驹在陈棋圣床上坐下,跷起二郎腿,一双小眼左顾右盼。忽然,看见床头上放着一包烟,随手拿起来看。

“骆驼牌,不抽白不抽。”他打开烟盒,里面剩了两支烟。他从烟盒里取出一支烟,叼在嘴皮上,心里的火气消了一半。他从兜里掏出火柴,正准备点火。忽然,眼光与屋子里的阴暗相适应了。

只见地面上有一滩东西,还有一股子血腥味儿。

一种不祥的预感掠过。他停止了手里的动作,低下头去,仔细看——血!再往前看,一个血人。他猛然追忆起了在阴暗中摸索走进来,不用仔细分辨,便可以肯定,自己已经嗅到了地窝子里的那股子血腥味儿了。

他感到了恐怖,真是懊悔自己怎么就稀里糊涂走进来了。

他马上意识到自己处在一个非常危险的境地,得马上离开。想到这里,正准备起身,忽然望见一双严厉、警惕的眼睛。

“陆……陆股长……不是我干的,真……不是我干的。”邵良驹惊恐的脸往上仰着,一副哀求的神情。

陆军的眼光死死盯住他,把手枪拔出来。

“邵参谋长,是不是你干的,到团里去说——走吧!”

邵良驹魂飞魄散。

“陆……陆股长,我不……不能去……你放我一马……我……”

突然一声枪响。

一刹那间,邵良驹还清醒,再一刹那间,他晕过去了。

柳原,营部会议室。

赵子健在做战争动员:“同志们!马友富勾结努尔兰一伙土匪,准备夺取我们的弹药库。马友富一伙的阴谋虽然彻底破产了,但是,敌人决不甘心失败。据我们掌握的情报,土匪很快就要来了,各连回去做好准备,只要土匪在那里出现,我们就坚决把土匪消灭在那里。我坚信,我们广大官兵是支持起义的、热爱和平的。考验我们的时候已经到来,我们要有决心、有信心,并且有勇气打好这一仗!”

指挥员们眼睛里喷出愤怒的火焰,骨子里都燃着憎恨的烈火。

“马友富这个叛徒……要让他知道叛徒的下场……土匪们来得正好,也让土匪尝尝我们厉害!”

“同志们,现在还不是声讨马友富罪行的时候。我们目前最紧迫的任务,是研究如何歼灭这股来进犯的土匪。”

哨兵进来报告:“教导员,骑兵团来人说要见你。”

指挥员们听到这个消息,情绪更加高涨。

“骑兵团这么快就来了,这下好了,我们有兄弟部队支援,土匪经得住咱们打吗?”

“骑兵团来干什么?这些土匪还不够咱们打得呢!”

这些声音融合成一种力量和自信。

赵子健接着说:“同志们,下面请营长布置各连战斗任务。我去去就来。”

刘少贤站起来,望着指挥员们说:“大家安静,我们已经很长时间没有打仗了,利用这次机会,真枪实弹地好好练兵!”

会场上立刻爆发出激烈的声音:“对,对,营长说得对!咱们真枪实弹地好好练兵!”

赵子健快步来到值班室。

骑兵团战士急忙站起来问:“你是赵教导员吧?”

“我是,你是骑兵团来的?”

战士眼睛里立刻滚出泪水,说:“教导员,骑兵团兵变了,我们政委让我赶来通知你们,让你们做好准备,并通知军首长,派部队制止骑兵团兵变!”

“你们政委呢?”

“政委说他要和骑兵团在一起,尽一切办法阻止骑兵团兵变!”战士克制住自己感情，但是他煞白的、紧张的脸和流露出来焦急的眼神，表明他被痛苦折磨着，“我出来时，我们政委和一些干部都被参谋长抓起来了。”

赵子健沉思。

“教导员，我任务已经完成，我现在要去军部报告……让军里派人救我们政委！”

“你等等，”赵子健截住他的话，面部表情更加严峻，向他投去的目光中带着隐蔽而焦急的表情，“你不要急，我们会尽快把这件事向军、师首长报告。我还没问你叫什么名字？”

“我叫袁恺。”

“袁恺同志，你估计骑兵团什么时候到？”

“政委说，就这两天。”

“好吧，你先去吃饭、休息，等会儿我还有任务交给你。”

袁恺含着泪，默默点头。

赵了健回到会议室，刘少贤正在布置作战任务。

“同志们，咱们跟努尔兰打交道不是一两天，努尔兰最有战斗力的就是他那四五百人的卫队，咱们这一次……”他突然顿住，因为他看见教导员望着他出神，“教导员，骑兵团来干什么？”

赵子健在他耳边低语几句，然后直截了当对指挥员们说：“同志们！告诉大家一个不好的消息，骑兵团兵变了，而且已经向我们柳原开来。”

这消息引起的恐慌和震惊可想而知，指挥员们发出一阵不安的骚动，但是，他们眼睛里的火焰并没有熄灭。

刘少贤望着议论的指挥员，突然用挖苦的语气说。“你们是怎么了？难道我们被一个骑兵团吓住了？……骑兵团来了又能怎样，我们照样把他们打趴下！”

指挥员们认真听着……

“同志们，虽然情况比我们预计的要坏，但是，什么样的敌人也打不垮我们！”赵子健自信而肯定地说。“我和刘营长先前布置的作战计划已经不能用了，全营从现在起停止一切生产，全部投入保卫柳原、保卫弹药库的战斗中来。下面我们把作战计划重新制定出来，准备迎接暴风雨的到来！”

这种声音，唤起指挥员们渴望战斗的热情和准备。

刘少贤说：“同志们，骑兵团有三个营，一个特务连，加上努尔兰卫队，合起来有几千人马，几乎是我们营兵力十倍。兵法上说：‘战略上蔑视敌人，战术上重视敌人。’所以我们不能小视这股敌人。同志们，骑兵团是支训练有素的队伍，努尔兰卫队又是一帮穷凶极恶的惯匪，所以，我们一定要做好打一场大仗、恶仗的准备。我的意见是放弃三连、机炮连阵地，把队伍集中在一连、二连和营部，咱们坚守两三天还是有把握的。”

三连、机炮连指挥员听了不大愿意。他们把“战术上重视敌人”这句话根本没有当一回事。小声嘀咕起来：

“为什么要放弃我们连？我们不是白忙活了一个冬天……仗打完了，还是要搞生产建设……那时，我们连是不是还得重头来？”

赵子健眼神坚定地站在地图前，认真听刘少贤讲完，然后表明自己态度。

“同志们，我看刘营长的意见还是可行，我们只有握紧拳头才能有效打击敌人。我过去给大家讲过保卫延安的故事，彭老总给我们说过的话‘人存地失，人地皆存，人失地存，人地皆失’。我们要保护好自己的力量，才能有效打击敌人。我们营现在的任务是要像一块磁石把骑兵团和土匪吸引在柳原地区。最多三天，师团部队，还有六军兄弟部队都会赶来支援我们。这一次，我们一定把土匪、骑兵团彻底消灭在柳原地区！”

“兄弟们！原先只知道来了一伙土匪，没想到又来了骑兵团。这桌酒席越来越丰富了，这下够我们吃喝的。”范连长用他那哑嗓子叫得全场都听得见。

“对，对！够咱们好好吃喝一顿！”指挥员们这些话带着一股强烈的力量和信心，坚定地流了出来。

“教导员、营长，你们放心，我们会狠狠打他狗日的！这次，让土匪和骑兵团看看咱们营的厉害！”

赵子健望着指挥员们的眼睛，在这些眼睛里燃烧着他所熟悉的那种勇敢而锐利的火焰，他用响亮的声音说：“同志们！马友富兵变是有计划、有预谋的，是和骑兵团、努尔兰勾结在一起发动的一起反革命暴乱。我们决不能轻视这股敌人。大伙赶紧回去分头准备。三连、机炮连把能带出来的东西尽可能地转移出来。”

“是！”指挥员们大声回答，这坚定的声音向大地滚滚而去。

一队人马在大戈壁、在荒野上出现了。

阿米尔汗坐在牛车上的高高的草堆上面，望着一辆辆装满粮食和草的牛车，望着羊群和赶羊的妇女和孩子，她们的面色已经不像朝霞的颜色一样，而是枯瘦，发灰，眼神混沌，走路摇摇晃晃。

阿米尔汗懂得，走在路上，这样的沉默使姐妹们的心情感到沉重。她要唱歌，于是她就唱了起来：

我的阿尔泰山哟，青青的白茫茫的山哟，
草原哟，白白的羊群哟，
我们的亲人哟，踏上遥远的征途。

她突然止住歌声，向迎面走来的吾兰问道："吾兰兄弟，你们在哪里抓的这几个俘虏？"

吾兰勒住马，得意地说："不是我们抓到的，是他们自己送上门来的。"

"他们要被送去砍头吗？"

"不是！他们认识哈斯木队长。哈斯木队长让我把他们送到努尔兰总指挥那里去。要不他们的脑袋早就没了。嫂子，我早就跟你说过了吧，咱们战无不胜！你看，仗还没有打，解放军就自动投降了！"

阿米尔汗扫一眼坐在马车上的几个人，他们被捆绑着，头上还带着套子。

"要是不打仗该有多好啊！"

"不打仗能天天吃肉吗？这几天，我们俘虏了多少羊群。"他说着笑起来。"嫂子，我得赶紧走了。"

"去吧！"阿米尔汗说。

牛车继续向前走去，阿米尔汗又唱了起来：

我的阿尔泰山哟，青青的白茫茫的山哟，
山下哟，白白的毡房哟，
冬不拉琴弦哟，为勇士们而歌唱。

吾兰押着马友富、马宏兵和两个逃兵，把他们直接送到努尔兰指挥部。

努尔兰大吃一惊:“你……你们怎么会在这里?”

“我们暴露了,刘营长带人来抓我们,我们不得不跑。”马友富垂头丧气地说,“努尔兰队长,你们这是去哪里?”

努尔兰仿佛重重地挨了一拳, 暴跳如雷:“你……你还有脸问我去哪里,你看不出我的人马正在去柳原的路上吗?这时你们逃跑出来,不是把我们的计划全都给打乱了……你……你这头蠢驴!”

马友富竭尽全力使自己保持镇静,但是心里还是惶恐不安。他很清楚自己目前的处境,他不是什么蠢驴,而是丧家犬。

“努尔兰队长,我们不跑连命都没有了,还夺什么弹药库。”

作为努尔兰的老习惯,作为没有用的人,就得“摈而弃之”,何况,这人以前还是他的对手。他瞪起眼珠子,故意找碴问:“你这么一跑,柳原共军就加强了防备,是不是这样?”

“应……应该是这样。”马友富支支吾吾回答。他现在害怕得要死,怕努尔兰对他下逐客令,然后,努尔兰什么事都会干得出来,因为他的名声实在太坏。

“柳……原肯定加强防范,但我们不用急着去。”他放出一个鱼饵,把努尔兰钓住。

“这话什么意思?”

“骑兵团已经到了柳原。让骑兵团先跟刘少贤、赵子健开打,等他们两败俱伤——这就叫:鹬蚌相争,渔人得利。”

努尔兰想了想,觉得马友富的话很有道理,他心里的气泄了,脸上流露出赞许和欢喜:“你说得很好……你留下来给我做顾问。”

五十四

这个晚上,三连战士已经从惊骇、苦闷、羞耻的空虚心理中清醒过来,变为一种愤怒、仇恨的情绪。是情绪就得发泄出来。

“杨教导员,宋指导员,你们给赵主任和营长说说,让我们留下来。我们有能力保卫住三连营区……用我们枪里的子弹叫土匪和叛徒闭上嘴。”

“我们不走！老子就在这里和土匪拼了！”

杨阳决不当场对抗战士们情绪，特别是在战士们不可理喻的时候。

“同志们！你们心情我可以理解。我们在这里生活快一年了，这里每座营房、每条大渠和拓荒地，都流淌着我们的血和汗，谁也舍不得放弃。可是，你们想过没有，全营战士都像我们三连这样，只顾保卫自己的连队，那么，弹药库谁去保卫？还有，我们就会被敌人分割开，一口一口吃掉……这是敌人希望见到的。我们现在只有握紧拳头，团结起来，才能有力量打击敌人。”

“杨教导员，我们已经决定了，无论怎样我们都不会放弃。我们要在这里打败骑兵团，消灭土匪，活捉马友富……”“打败骑兵团！消灭土匪！活捉马友富！”

这时候，赵子健走来，他的声音压倒了这阵喧扰。

“谁在这里煽风点火？”

一时间，全场毫无声息，然后一阵低语的浪潮卷过全场。

赵子健用一种非常严厉的口气说：“三连的同志们，我们已经没有时间在这里争论下去了！战斗必将是残酷的。大家知道，来犯之敌几乎是我们营的十倍兵力。我们只有保护好自己，才能打败骑兵团，消灭土匪，才能重新回来建设我们的家园。同志们！我们只有活着，只有好好活下去，才能重新回到这块土地上来。大家听从命令，赶紧撤离！”

随后是一阵沉默。起初有一层愤怒的暗影阴沉沉地笼罩在战士们脸上。停了一会之后，这层暗影渐渐消失，另有一种火焰的光在战士们眼睛里燃烧起来。

赵子健接着说下去：“同志们，那些漂亮的口号并非是真理。我们得实事求是。如果你们不肯撤离，不是在帮助我们，而是在帮助敌人。因此，在即将来到的战斗中，每个战士都要顾全大局、服从指挥。为了保卫来之不易的和平，保卫来之不易的建设成果，我们的战斗口号是：有我，柳原就在！”

战士们一腔热血地发出呼号：“有我，柳原就在！”

半小时之后，三连队伍开始有序地撤离营地。

战士每人手里都打着亮晃晃的火把，把营房照亮，把这片土地照亮。当战士们离开时，才真正感受到：这是战士们自己的土地，是他们忍受饥饿、寒冷、病痛、疲劳,用青春、热血、汗水开创出来的土地,就像自己的母亲。这是战士们唯一值得为它辛苦、为它骄傲、为它战斗、为它准备牺牲一切的土地!

战士们牢牢地抿住了嘴,为的是不使嘴唇打颤;牢牢地闭住眼睛,为的是不使眼泪流淌出来。

聂子龙回到连部, 对杨阳说:“杨教导员, 宋指导员说队伍已经出发了,叫你赶紧离开。”杨阳沉稳地说:“知道了,子龙,你先走吧,我还要通知哨兵撤下来。”

“我先走了。”聂子龙说,然后走出连部,燃起手里的火把跟上出发的队伍。在这样的行列里,耳旁听得到那种神经的、顽固的、细小的声音:“我们一定回来,任何人都休想从我们手里夺走这片土地!”

“土匪来了……土匪来了!”

呼声把人们从梦中惊醒。乡亲们一哄而出,拥到街面上,只见小草湖乡民兵队长克里木骑一匹汗淋淋的伊犁马,一阵旋风似的冲过来,向人们呼号:“乡亲们,快跑吧!土匪来了!”

一时间,乡亲们惊呆了,所有关于土匪打、砸、抢、烧、杀的传闻在他们头脑中掠过,土匪所到之处,留下的都是一片冒烟的焦土。乡亲们清醒片刻,立刻四处惊散。

忽然间, 街面上涌来一片惶惶不可终日的老百姓, 有装运家产的马车,有载着老人孩子的牛车,有赶着羊群的妇女和儿童。这人群、牛羊、车马汇成的一片喧嚣,如惊涛骇浪。

阿力木冲着乡亲们叫喊:“你们去哪里……秩序……乡亲们!”可是人群的喧嚷淹没了他的声音。

克里木见到阿力木,狠狠收住马,说:“阿力木同志,土匪袭击了小草湖,工作队同志让我通知你们赶紧撤离。”

“你知道来了多少土匪?”

“有三四百,我现在还要赶到县城去。”克里木说完,用靴刺一踢,马立刻四足弹起,飞奔而去。

阿力木站在那里想:乡亲们能往哪里去呢?谁都知道,解放军队伍不是开到边境线上,就是开进戈壁荒原。县政府临时组织起来的民兵武装根本算不上是一支防御力量。

他忽然想起胡老师来，“怎么办？赶紧回家去，找个地方把胡老师藏起来。”

这时，高书记走过来说：“阿力木同志，土匪朝克木沁来了。保护老百姓的生命财产安全是我们政府的责任。现在要尽可能动员乡亲们把粮食藏起来，把能转移的财产要转移走，能撤离的人员赶紧撤离，最大限度减少老百姓损失！”

“书记同志，事情没有你想得这么简单，乡亲们能走的都走了……你没见，现在已经乱成一锅粥了……要走的人你挡不住，不走的人，你也劝不走。”

“阿力木同志，对不走的群众要做工作，一定要做好工作。告诉乡亲们，在解放军没有到达之前，我们还没有力量消灭这股土匪。”

“好吧，我这就去做工作！”阿力木说完，匆匆离去。

艾菲拉匆匆跑回来，见吐尔地正忙着套车，可是两只手哆嗦得厉害，不听使唤了。

“爸，你在干什么？”

“你妈让我把胡老师转移走，不能让土匪给抓了去！”

“爸，咱们家的羊呢？你不把羊转移走吗？”

“老头子，你在那里磨蹭什么呢？还不赶紧套车。”母亲从窗口探出头来说。这时望见大女儿，迫不及待地说。“艾菲拉，快去把苏丽亚的衣服找出来，给胡老师换上。”

艾菲拉听到命令，急速跑回屋子里，翻箱倒柜找苏丽亚的衣服。可是，三个孩子紧紧跟在她屁股后面，一边吓得“呜呜”地哭，一边努力想抓住她飞快摆动的裙子，简直快把心慌意乱的艾菲拉逼疯了。

“你们松开手，放开我，我现在没有时间管你们，你们去找古丽。”她说，但是孩子们反而拽得更加紧了。

“听着，你们再不走，我可要揍你们了。”

祖利比亚走进胡慧慧睡的房间，见她睁着眼睛。

“大妈，你们快走吧！不要管我。”

“我的孩子，为什么说这种话呢？”祖利比亚说着，坐在她身旁，握住她的手。

“大妈，实在对不起，我拖累你们了……你们一家对我实在是太好了，即使是同胞姐妹也不可能比你们做得更好……大妈，答应我，把我的孩子一起带走。”

“我的孩子，别说这种蠢话，我们不会撇下你。”

“大妈，窝藏汉人，土匪会把你们一家人统统杀掉的。”

“那也不能撇下你……我们不能撇下你不管……我们要对得起刘营长、对得起解放军、对得起汉族同胞。”祖利比亚横下一条心，心里恐惧减去不少。“孩子，别怕，他们只不过是一帮该死的土匪罢了！”

阿力木大步流星地赶回家，进了院子看见父亲在套车，急切地问：“爸，你这是干什么？”

“你回来得正好，我们正准备把胡老师转移走。”

“爸，走不成了，附近村子都被土匪占了。凭我在队伍上的经验，土匪早就把路封了。现在路上更危险，你们还是找个地方把胡老师藏起来。马我得牵走，高书记还在等我，我们就在附近打土匪。”

“什么？”吐尔地大叔一听，手里的马轭掉在地上。

聂子龙回到营部，看见赵子健正在同严参谋、袁恺紧紧握手，并且嘱咐他们道：“路上注意安全！你们一定把信送到，这关系到弹药库的安全和柳原五百多战士的生命安危，责任重大。我想你们懂我的意思了吧？”

“是！请教导员放心，我们保证完成任务！”严参谋、袁恺把手举到帽檐上，坚定地回答。

赵子健对他们的回答是满意的。

“好！我等你们的好消息。你们快点走吧！”

严参谋、袁恺上马，用马鞭抽打在马屁股上，马猛地向前一跳，他们出发了。

赵子健回头，看见聂子龙，便问：“三连队伍都撤下来了吗？”

“报告教导员，都撤下来了。”

“好！子龙，你这次表现不错，为我们争取到了时间，有时间我再找你谈。”赵子健说着，一只有力的手拍在他肩上。

“教导员，我还干些啥？”

“这样吧！你去弹药库那边帮助抢修工事，弹药库是我们最后一道防线,也是我们的生命线。一定要把战壕挖好,修牢固了。有事我会派人找你。”赵子健说完,匆忙走了,而且走得那么快。

聂子龙赶紧朝弹药库走去。

夜幕下,传来指挥员的声音:“你们赶紧把这条战壕挖出来……这里的工事需要加固!”另外,还有十几条低沉的嗓音乱哄哄地嚷着:“排长,我们有了战壕,还要堡垒干什么?”

“当然有用,敌人打炮时,总得有个地方藏身吧。”

“我的妈,敌人还有大炮?”

“教导员说了,把工事修坚固了,才能保护好自己。”

尽管指战员们嚷嚷着,但是他们的手不会闲着,他们一会儿拿起铁锹,一会儿拿起铁镐,奋力抢修工事——战壕不断向前延伸。

聂子龙继续往前走。

“你们这里的工事离得太近,你们瞧,要是往后退,就要退到弹药库里去了。”

“连长,我们决不后退!”

“决不后退!”听到这种坚定的声音,聂子龙全身洋溢起青春的活力,燃烧起渴望战斗的激情,内心闪耀着永不熄灭的英雄梦想。

邱玉洁因失血过多,生命几度出现危险。

田队长说急需AB型血,林雪梅马上说自己是AB型血,并且毫不犹豫地献出了四百毫升的鲜血。接着,越来越多的干部、战士知道这个消息,主动来卫生队鲜血。邱玉洁及时得到了救命的鲜血……

林雪梅没法安安稳稳地休息,她强忍住头晕目眩走到急诊室门口瞧瞧,随后回来重新坐下。隔了一会儿,她又站起来……

一个小时过去了,又过了一个小时。田队长从急诊室里走出来,说:“林指导员,邱干事伤情暂时稳定了,但是我们这里的医疗条件太差,需要马上转院。”

“我们已经向师部发出求援,可是救护车迟迟不到。”

“邱干事脑里的淤血如果不及时清除,很有可能会变成植物人。”田队长叹了口气。

“我再去催一下。”林雪梅说。突然一阵晕眩,一屁股倒在凳子上。

田队长赶紧说:“指导员,指导员,你没事吧?”

“我没事。”

“你还是休息吧!我去,我和师医院祁院长熟。”

于翔龙三步并作两步跑来。他必须马上见到邱玉洁。他见到田队长,扯开嗓子喊道:“田队长,邱干事在哪儿?”

田队长还想着救护车的事。

“参谋长,救护车再不来,恐怕来不及了!”

“来不及是什么意思?……是死吗?……难道你有权决定邱干事的死吗?……我命令你们,不能放弃!……她太年轻了!”

“参谋长,我们卫生队条件有限,我们尽力了。”

“尽力了?这话什么意思?”

“林指导员,你快出来看看吧。”

林雪梅从病房出来,看见于翔龙没穿外套,袖子一直卷到肩膀上。他那白净的脸上因沾着灰尘而失去光泽。一看面容就知道他已极度疲劳,还窝着一肚子火——田队长赶紧离开了。

“参谋长,事情已经发生了,你也不要太着急。”

“玉洁怎么样了?”

“已经脱离生命危险了,现在等师里救护车转院。她现在在急诊病房,你去看看她吧!”

“我这就去,这就过去,”他说着走向病房,很快又转回身来,问:“林指导员,救护车什么时候到?”

“田队长打电话去催了。”

于翔龙进到病房,直愣愣地望着邱玉洁注视良久——邱玉洁闭着眼睛,像孩子一样安睡。于翔龙坐下来,握住她的手……他轻易不落泪,现在,他的眼睛湿润了。

“玉洁,你醒醒吧!……我不能没有你……在我的记忆中,一直把你当我的亲妹妹,有一天,我忽然发现你长大了,而且已经长成一个大姑娘……爱情悄悄走进我的心里……和你在一起的日子……我觉得快乐!掏尽心窝子里的话,总觉得没有说完……直到有一天,我对你说……”他好像一个神志不清的人说梦话那样。

他的话对她似乎有一种力量。她虽然昏迷不醒,眼皮却轻微颤动了一下，泪水便从眼角流了出来。

“你怎么流泪了？……你这样昏迷不醒，知道我心里多么痛苦啊！”他突然喊了出来，那种感情猛烈地涌上心头。“玉洁，你快些醒过来吧！快些好起来……从今往后，我会好好爱护你，好好保护你，好好照顾你一辈子！”

于翔龙用手蒙上脸，所有的悲伤都在那一刻爆发出来。

林雪梅再也掩饰不住她的心痛，泪水终于流了出来。而此刻，门口挤满了听到哭声跑来的医生和护理员。

田队长走进来，轻声说：“参谋长，救护车到了。”

于翔龙擦干眼泪，抬起头说：“林指导员，田队长，我把玉洁交给你们，我要走了。”

“你去哪里？”

“我去找陈棋圣这个王八蛋，否则，我没有脸面对玉洁。”他说。这是一种痛苦与迫切的声音，明确地表达了他以血还血的复仇情绪。

陈棋圣逃离团部后，像一只受到惊吓的野鸡飞奔逃窜。

逃跑路上，他几次机警地躲过特勤连战士的追击。但是，他知道，特勤连已经撒开了一张大网，他不能总是这么幸运，随时都有可能掉进网里去。他的思想是千头万绪的，但是，他的一切思想的归结却只有一个——冲破这张大网。可是，他觉得自己的力气越来越不行了。

“坚持住，再坚持一会儿，天就黑了。”

他把一切希望寄托在夜幕的降临。他觉得自己还在跑，其实，筋疲力尽的他，只是勉强拖着两条腿，蹒跚而行。

现在天黑了，总算是给他带来喘息的机会。

他找个安全点的地方坐下来，喘口气，一阵毫无由来的困倦袭击了他。他就好像口袋一样倒在地下了。

一阵马蹄声响。

他惊醒了，望见三个骑兵向他这里奔来。

他忽然想起了，也许发生了几秒的昏晕……也许由于过分疲劳和恐慌……来势凶猛，连他本人都无从察觉。

“现在逃走是不可能的，怎么办？”

他拔出手枪，紧紧盯着三个骑兵，由于精神的紧张而屏息着，他在思考。但是，他愈紧张地思考，他就愈想得明白，被俘与死亡对于他已经不那么遥远了。不是今天，就是明天，那么……·这无可逃避的死到底是什么？

骑兵来到这里，收住马，四下里望望。

一个战士说："班长，我们在这里休息一会，吃点东西。"

"好吧！"班长回答。

战士们下马，把马绊在一旁，然后生起火来。他们从口袋里掏出又干又硬的窝头，烤起来——班长的手指卷着莫合烟，说："你们说，陈棋圣会跑到哪里去？"

"谁知道呢，这么大的戈壁滩，藏个人还不容易。"

"保卫股的人眼睛也不知怎么长的，把咱们连长当特务抓起来，怎么就没发现陈棋圣是个特务？"

"说得也是。当初要是把陈棋圣抓起来，现在也用不着费这么大的劲到处找他。这个王八蛋，把咱们害苦了，这次让老子碰上，非把他毙了不可！"

"看你们说的，人脑门上面也没有写字。陈棋圣看起来多像个好人啊！你看咱们连长，又粗又黑，长得就像坏蛋。保卫股的人不抓他抓谁？"

战士们哈哈笑了起来。

陈棋圣趴在地上一动不敢动。骤然间，一种强烈的憎恨一时竟压倒了恐惧。他脑袋里闪出一个念头，开枪打死他们，夺取马匹！也许还有一条活路。他慢慢举起手枪，右手忽然抽起筋来。

一队骑兵开了过来，骑在马背上的陈连长问："谁让你们在这里生火？"

"报告连长，我们在这里休息、吃饭。"

"发现什么情况了没有？"

"报告连长，没有发现什么情况！"

陈连长朝四下里看看，说："你们抓紧时间，在四周再找一遍。今晚，于参谋长亲自上阵，交代我们要抓活的，绝不能让陈棋圣这小子跑了。"

"是！"战士们答道。

陈棋圣望着骑兵们渐渐远去，四周呈现死一般寂静的时候，他终于松了一口气。现在，又饥又累的他只想在寂静的满足中静睡。

忽然，戈壁滩上刮起一股风，好像地狱里所有魔鬼都跑了出来，在他耳际发出尖叫，召唤着他。

赵子健来到马房，这里已经是三连一排主阵地。

战士们没有睡、没有休息，一个晚上迅速把工事筑了起来。赵子健望着建立起来的防御阵地，稍稍松了口气。

战士们看见教导员，热情地打起招呼："教导员，土匪、骑兵团怎么还没有来，是不是吓得不敢来了？"

"你们急什么？土匪、骑兵团会来的。你们这里的工事还得加固，这里最好架一挺机关枪！"

宋志伟说："教导员，要是营里给我们连配两挺机关枪就更好了。"

"是啊，对付骑兵最有效的武器就是机关枪。宋指导员，你去找营长商量一下，把弹药库里的机枪分配到各连去，我去老班长那里看看。"

宋志伟高兴起来，挥动手喊道："走，我们抬机关枪去！"

尽管战士们累得连脑袋都不想抬起来，可是，听到"机关枪"三个字，即刻醒悟过来。他们的表现可不含糊，抢着去抬机关枪和弹药箱。

赵子健来到老班长屋子，里面没人……他又转到猪舍，几头猪躺在地上睡懒觉。见有人来，抬起头，以为是老班长给它们送食来了。有头猪懒洋洋爬起来，晃悠悠地走到食槽前，拱着槽儿要食吃。

"老班长不在这里？会去哪儿？"赵子健有些纳闷了。他朝马棚走去，忽然，看见老班长蹲在马舍旁，瞪大眼睛紧瞅着里面。

"他瞅什么呢？"赵子健走过来，弓下腰，顺着老班长视线往里瞧，问道："老班长，你在看什么呢？"

老班长赶紧"嘘"了声，轻声说："母羊要下崽了，别吓着了。"他脸上紧张和激动的神情就跟自己老婆生娃是一样的。

"这么快呀？"赵子健说，望一眼母羊，接着说："老班长，这里可是主战场，你得赶紧离开！"

"不急，不急，等母羊下了崽就走。"

"老班长，土匪、骑兵团说到就到，你可不能耽搁了。"

"不会的，不会的。"

赵子健沉思了一会儿，说："老班长，刚才我去看过了，那几头猪也长大了。马上要打仗了,是不是拿出来改善一下战士们的伙食?”

老班长一听心都收缩了,怒气冲冲地说:“那可不行,猪身上没有多少肉哩。”

“老班长,仗一旦打起来,你哪有时间喂猪呀?”

“这是我的事……教导员,这几头猪没过上什么好日子,等打完这一仗,我还想让它们过上好日子呢!”

“老班长,养猪不就是为了吃,猪还过什么好日子?”

老班长深深叹了口气,说:“这你就不懂了……我要留着它们,给我生许多小猪……将来,咱们办个养猪场。”

“好,好,老班长,你还是抓紧时间撤离吧!”

老兵装着一大车梭梭柴回来。走进营区看见战士们挖战壕、修工事,扯起嗓子问:“兄弟,你们都在干什么呢?”战士们抬起头回答:“你不知道吗?土匪和骑兵团要来了。老子在这里修工事,等着打这些王八蛋呢!”

“要打仗了?”老兵一听,兴奋若狂。男人喜欢打仗,就跟喜欢女人一样。这种心动,连他自己都觉得吃惊,他连甩几鞭,催赶马匹。

老兵在食堂门口停住车子,松了套绳。正准备进食堂,却见司务长从食堂里匆匆走出来,说:“你可回来了……你可把我们等得急死了……你知道吧,要打仗了,食堂没了柴火可就误大事了!”

“司务长,骑兵团和土匪为什么要来打咱们?”

“你还没听说,骑兵团和土匪都要来抢我们这里的弹药库。”

“弹药库?”老兵觉得有趣。“司务长,赶紧找人来卸车,我要去找营长。”

“找营长干什么?”

“当然是去打土匪!”

“哦。”司务长恍然大悟。“马房那里已经成了三连一排主阵地。营里把所有马都集中起来管理。你就把马拴在食堂门口吧。”

“好吧。”老兵把马卸去,把它们牵出去,再给马喂些草料。

司务长爬到大车上,卸着柴火,嘴巴却不停地说:“还有,什么主阵地,战壕、堡垒……什么兵临城下,困守孤城,我在小说里听过不少这种故事,可就是没见过,这回真要开开眼了,我要不是管着几百张嘴,我也找营长打土匪去。对了，那个漂亮女会计也去救护队了，女人都要上战场了，咱们爷们……”

老兵听到女会计三个字，一阵莫名的冲动惊扰了他的心。

“司务长，你一个人慢慢卸着，我还有点事。”

“哎，我还没给你讲完呢？”

“你留着自己听吧！”

老兵走在去救护队的路上，一种春意盎然的情绪笼罩在他喜悦的脸上。他对一件醉心的事暗自激动，这件事只有他一个人知道。

这时候，他遇见了刘营长。

“回来了？你这是准备去哪里？”

“报告营长，去救护队。”

“你去救护队干什么？我现在交给你一个任务，去换看押赖兵的哨兵……你给我好好留神看着，可别让赖兵、刘长根这两个叛徒跑了。”

“营长，我请求上火线！”

“上什么火线，这也是一项很重要的任务！”刘少贤用一种不容商量的口气说。

“是！”老兵坚定地回答。

五十五

哈斯木率领土匪精锐部队闯进了克木沁。

祖利比亚大妈怀里抱着小宝宝，站在院子中间，古丽紧挨在母亲身边，脑袋藏在母亲裙子下。几个土匪野蛮粗暴地从祖利比亚大妈身旁经过，闯进屋子里去，翻箱倒柜，寻找财宝。

胡慧慧、艾菲拉手里牵着孩子，站在屋子里，眼睁睁地看土匪恣意劫掠、滥施破坏，愤恨驱散了她们心头的恐惧。

一阵洗劫后，由于没有找到什么值钱的物品，土匪嘴里骂骂咧咧地把艾菲拉、胡慧慧和孩子赶出屋子——孩子们吓得痉挛的手指紧紧地拽住艾菲拉的裙裾不放。

“妈的，肯定是把东西藏起来了。”小个头土匪仍不死心。

这时,又冲进来几个土匪——为首的是个罗圈腿。他见了小个头土匪问道:“阿斯勒别克,你们找到什么没有?”

“头,这里什么都没有了。”阿斯勒别克厚颜无耻地冲着艾菲拉、胡慧慧龇牙咧嘴地笑。“只有两个小媳妇。”

“好吧,就留给你们享用吧!”罗圈腿不怀好意地说。

罗圈腿似乎对女人不大感兴趣。他进到屋里扫荡一圈,看看没有什么值钱东西,然后跑去别处搜刮财产了。

阿斯勒别克见头离去,走到胡慧慧跟前,尖利的目光在她身上扫来扫去。

一瞬间,胡慧慧只觉得天昏地暗。她几乎已经感觉到阿斯勒别克那只肮脏的手无耻地伸到她脸前,掀起她的头盖来……

“呸!”祖利比亚大妈朝着地面啐口唾沫,愤怒地说:“你们要干什么?你们把东西都抢走了,难道还要把女人的衣服都扒下来吗?”她把怀里的小宝宝抱正,并且用身子护住胡慧慧,不屈地把头昂起来。

阿斯勒别克怔了一下,马上举起手里鞭子,威胁道:“妈的,少管闲事——让开!”

“住手!”艾斯曼大吼一声,一步跨进院子里来。

阿斯勒别克说:“头,她们不肯把东西交出来,队长把这两个女人赏给了我们。”

“是吗?难道你们没有母亲,没有姐妹吗?”艾斯曼冷笑说。

阿斯勒别克吃惊地望着艾斯曼。

“你又不是我们队长,别管得那么多!”

阿斯勒别克的话还没说完,腰上就狠狠挨了艾斯曼的一脚,把他踢得晕头转向。

“你……你……给我小心点。”

阿斯勒别克捂着屁股溜走了。

祖利比亚大妈惊骇了!她望着艾斯曼,好像在哪里见过这张脸,竟一时想不起来。古丽听到争吵声,从母亲裙幅后面向外张望,她认出艾斯曼是乎尔山的朋友。突然有了勇气和说话的能力。

“妈,这个叔叔在我们家喝过酒,是乎尔山大哥的朋友。”

祖利比亚大妈想了起来,但是想不起他叫什么名字,她望着艾斯曼说:“这两个是我女儿,请你保护我的孩子。”

艾斯曼表现出相当好说话的样子。

“有我在这里,谁也别想欺负女人和孩子!”

祖利比亚大妈刚松口气,连一声“谢”字都没来得及说,突然见艾斯曼旋转身躯,来到胡慧慧面前,用马鞭掀起了她头上的盖布来。

“我的真主!”祖利比亚大妈差点惊呼出来。

艾菲拉已经吓得全身发抖,好像所有毛发倒竖起来。恐惧使她闭上了眼睛……胡慧慧却睁大眼睛,脸上呈现出一种凝滞、异样的平静。这时,她几乎忘记了什么是害怕!

“哦?我以为是苏丽亚……这可不好。”艾斯曼几乎用平静的语气在说话。“你头布可得盖好了……如果我照应不到的话,吐尔地大叔一家人的生命就难以预料了。”

一种无名的恐惧使胡慧慧全身发抖,这种恐惧完全是由艾斯曼血淋淋的话引起的。她闭上眼睛,呻吟着说:“你……你把我抓起来吧!……求求你……把我抓起来。”

“胡老师,土匪已经走了!”

胡慧慧睁开眼睛,面前竟然是祖力比亚大妈。她惊讶地呆呆地望着大妈愣了好一会,仿佛做了一场噩梦似的。

艾菲拉忽然睁开眼睛,艾斯曼已经不在院子里了——她愣了好半天,才如释重负地吁出口气,暗暗祷告:“感谢真主!……感谢真主!”因为她的双腿竟还支撑着自己身子,所以没有晕倒。

“孩子们,没事了,我们回屋里去。”

这是母亲的呼唤,这是世界上最美丽、最动听的声音。

天蒙蒙亮的时候,炊事班把饭送到阵地上,战士们累得已经没有胃口了。

杨阳走过来,推着一个个昏昏沉沉的战士说:“起来,起来,快去吃点东西,说不定什么时候仗就打起来了,吃饱肚子好打仗!”

战士们用勺子舀着烂熟的稠稀饭,狼吞虎咽地吃起来。吃罢了饭,战士们浑身困倦,四肢疲乏地睡着了。

只有聂子龙没有睡,他爬到弹药库顶上,从包里拿出笔记本和笔,很快给父母亲写了一封信。这会儿,他抬起头仰望着天空,红红的太阳从地平线上升起,它在戈壁滩上所幻成的光辉说明了今天是个晴朗的天气。

“喂,你在上面干什么呀?派你放哨呢?”彭雅莹笑着说。

聂子龙对她的到来完全没有注意。他望她一眼,低声笑起来。

“你怎么过来了?”

“我听说你在弹药库这边,我就过来了——你怎么上去的?”

“后面有个梯子。”

“你等下,我也上去。”

“你可别胡来,还是我下去吧。”

聂子龙还没来得及转过念头,她已经在爬梯子……

“小心点!”他把手伸出去,把她柔软的、美丽的,虽然有点脏的手握住——她抬起头,望着他的眼睛,眼睛里闪着莫名其妙的光辉。

“你怎么一个人躲到这里来了?”

“这里很安静,而且可以看见日出。”

她望着日出,望着阳光下延绵的处女地,带着一种极大的静谧无言的欢欣,像是在她面前出现了一个神秘的世界。在这个世界里,战士们沉醉在傲然自得的梦境里。那种沉醉,那种梦境,很难胶着在战争的阴影里——她脸上放射着温柔的光彩。

聂子龙仔细瞧着她脸上的表情,这才注意到,她眼睛里所发出的光辉,竟然这样热烈、美丽——她知道,他在看她。

“你看什么呢?”

“我看你,总是不明白,为什么你的眼睛里有一种光芒——那不是纯洁、动人、含情脉脉的光,仿佛是火焰一样,光闪闪地燃烧。”

“很好,你就闭上眼睛吧!”

“为什么?”

“小心把你的眼睛刺伤了。”

聂子龙哈哈大笑。

“喂,你怎么了?发神经吗?”彭雅莹说。

聂子龙哈哈笑着。

“喂,你是个疯子!”她举起拳头,向他腰部击去。

太阳已经升到天空上去，土匪、骑兵团一点影子也没有，指挥员们不耐烦了。他们来到营部会议室打探消息——会议室已经成了战时指挥部。

指挥员都愿意来这里和教导员、营长在一起坐会儿、谈谈心，就觉得心里有了底。赵子健也利用这个机会了解指挥员们的思想，并且鼓励他们。

“同志们，我想天黑以前，骑兵团不到，土匪也应该赶到了。大家回去抓紧这段时间好好休息……战斗一开，可就没有睡觉的时间了……还有，你们这些指导员，要把战士们英勇事迹记录下来，等打完仗，让聂子龙同志好好写几篇文章，发表到《解放报》上去，让我们的战士也光荣、光荣。”

指挥员们惊叹道：“我们也能上报纸呀？”

“当然，也许这次战斗，还能记载在咱们解放战争史上呢。”

忽然，楼道里响起一阵急促的脚步声，进来的是哨兵。

“教导员、营长，克木沁来人了，说是要见你们。”

赵子健、刘少贤听到这个消息一愣？他们现在对任何消息都十分敏感，十分认真对待，所以对克木沁来人也加倍重视。

赵子健说：“快请他们进来。”

一阵沉重脚步声，进来的是买尔旦。赵子健感到非常意外，吃惊地问：“买尔旦，你怎么来了？”

“教导员，土匪占了小草湖乡，快到克木沁了。高书记、阿力木说燃眉之急了，让你们赶快过去支援！”他一个字、一个字从嘴里吐出来，说明他带来的消息意义重大。

“土匪快到克木沁？”刘少贤疑惑地问。

“是啊！我……我这里还有高书记写给你们的信。”买尔旦说着，从怀里掏出信交给赵子健。

刘少贤倒杯热水递给买尔旦。

“买尔旦同志，喝口水……你知道有多少土匪去了克木沁？”

“不知道，我出来时土匪还没有到克木沁。不过，开到小草湖的土匪有几千人马呢！”他说到这，突然顿住。因为他想起阿力木怒斥他的情景。

刘少贤一惊，那是一种专心而镇定的惊疑。

“怎么会有这么多土匪？”

“山里牧民暴乱了……人和马，还有牛车和羊群……长长的……从头见不到尾的……刘营长,你老婆还在我家里呢。”

刘少贤大吃一惊,以为买尔旦说梦话呢。

“你在说什么?她怎么会跑到你们家里去了?”

赵子健也将信将疑,抬起头望着买尔旦。因为这件事关系太重大了,它将影响到整个战斗布局。

这件事好像跟土匪没有多大关系,所以买尔旦漫不经心回答:“我不知道!听说是来找你的……还没来得及送……”

“简直胡闹!”刘少贤大声喝道,把买尔旦给吓住了。他张大了嘴,舌头在嘴巴里打转,把后面要说的话给吓回去了。

赵子健说:“刘营长,不要急,听买尔旦把话说完。买尔旦同志,你慢慢说,这到底是怎么一回事?”

买尔旦还没回过神,问:“我……我刚才说什么了?”真是病急碰上慢郎中!赵子健提醒他说:“你说刘营长夫人到了你家?”

“是,刘营长夫人是到了我……我老婆家,”他一边回想,一边说,“听说是晚上过来的,阿力木说送嫂子来的师傅在回去路上遇见土匪给土匪打死了,她就急了,就要生……生孩子……我出来时,家里人都忙着呢。”

怒火烧穿了刘少贤的天灵盖。有一阵子,他的理智拒不接受这种现实。

“不可能!怎么会是这样?”

赵子健说:“买尔旦同志,你还没有吃饭吧?我让通信员带你去吃饭。这件事我要和刘营长商量,然后才能决定。”

“我自己带吃的,你们给我点开水就行……高书记、阿力木都说了,让你们快些去,要不就来不及了……我老婆和孩子还在克木沁等我呢。”

“我知道,我们会尽快拿出办法来。”

赵子健把买尔旦送出门后,转过身望着刘少贤——他脸上现出了苦恼不堪的神色,然后若有所思。

“刘营长,你要冷静些!咱们尽快商量一下该怎么办?”

“土匪去了克木沁,我应该想到……骑兵团虽然反共,但是绝不会和努尔兰这伙土匪同流合污。”

“刘营长,咱们研究一下,看这件事怎么解决?”

“有什么可研究的,这不明摆着的事。骑兵团、土匪都是冲弹药库来的。就算土匪暂时不来,我们对付一个骑兵团,也是敌强我弱局面,哪里还有兵力支援克木沁。”

“克木沁是一定要去的！保护老百姓生命和财产安全是我军责任。刘营长，事不宜迟，我们得尽快拿出办法来。”

“难道你疯了不成？我们保卫的不仅仅是柳原，而是弹药库！弹药库一旦被敌人夺去，我们就会成为罪人！”

突然，杨阳闯进来，说：“教导员、刘营长，为什么事吵得这么厉害？老远就能听得见。”

“杨教导员，你来得正好。土匪去了克木沁。高书记、阿力木同志请求我们支援，我和刘营长正在说这件事，我们派不派兵支援？”

杨阳说：“当然要去，不能让克木沁的群众落在土匪手里。”

“说得轻巧，柳原怎么办？弹药库怎么办？我们抢修出来的工事就这么放弃了？”刘少贤的声音像铁一样硬。

“不！柳原我们决不放弃。”赵子健说。“刘营长，土匪既然去了克木沁，说明土匪不会马上到柳原来。我们这里对付的只有骑兵团。”

“骑兵团也有一千多人马，不能轻视这股力量！”刘少贤说。

“这个情况我知道。但我要说的是，保卫延安时，我们三万多指战员抵抗住胡宗南三十万大军进攻，我们打了七天七夜。为什么？因为我们的保卫战是正义的战争，得到老百姓的支持和拥护。我们出兵去克木沁也是一样。如今克木沁老百姓处在危难当中，我们不去支援、帮助，我们会得到老百姓的真心拥护吗？我们就是守住了柳原还有什么意义呢？再说了，我就不相信，我们几百指战员对付不了一个骑兵团！”

“赵主任说得对！要不是党中央、毛主席命令我们撤离延安，我们还能坚持几天几夜。”杨阳在一旁加油使劲。

赵子健见刘少贤脸上渐渐流露出理解的表情，时机已经成熟，果断说：“我们来柳原的时候，张政委交代过，保卫当地群众生命和财产安全是我军义不容辞的责任。现在克木沁群众处于危难时刻，人民军队就是老百姓的依靠和希望，我们决不能袖手旁观！我个人意见是把一连派去，再从三连抽两个排，这样有六个排，组成加强连。你们有什么意见？”

刘少贤见教导员下了决心，说：“既然教导员决心已下，我没有意见。努尔兰是个心狠手辣、诡计多端的人，派出去的部队一定要多加小心才是！”

“我同意！”杨阳举手赞成。

赵子健说：“刘营长提醒得很对，正因为刘营长同努尔兰打过交道，我提议由刘营长和杨教导员亲自指挥这支队伍，解克木沁之危。”

黄昏，当夕阳从天际线上沉下去的时候，彭雅莹的头温存地靠在聂子龙肩膀上，听他讲保尔·柯察金故事。

大地在马蹄下呻吟，战马在喘息，战士们屹立在马镫上。

……保尔伏在马背上，向前奔跑。在他身边，骑着一匹瘦腿黑马的，正是那个……他亲眼看见这个英勇的红军战士挥起军刀，一下子就把来不及放枪的敌人砍倒了。

他说了一句话：“雅莹，你看，斜阳西沉的时候，血红的晚霞，仿佛在天空中燃烧——钢铁就是在旺火和骤冷中炼成的……雅莹，我想在这场战斗中争取加入中国共产党！”

彭雅莹吃惊地望着他。不！这不是吃惊，而是震撼——聂子龙脸红了。

“我知道，我离一个共产党员的标准还很远，但是，我一直在努力，做一个保尔那样的战士。”他抬起头，望着远方，默默朗诵保尔·柯察金名言：

人最宝贵的是生命。生命属于人只有一次，人的一生应当这样度过；当他回忆往事的时候，他不会因为虚度年华而悔恨，也不会因为碌碌无为而羞愧；在临死的时候，他能够说：“我的整个生命和全部精力，都已经献给了世界上最壮丽的事业——为人类的解放而斗争。”

他开始还羞怯，信心不足，但是渐渐地，他的朗诵鼓足了力气，回荡大戈壁，在很远的荒原上唤起回声。

聂子龙朗诵得那样感人。面对一种莫名的冲动，她感到一种无端的恐惧和喜悦。

“子龙啊，这个时候不要说死！”

突然好像听到了有人在喊聂子龙。

“喂，我在这里呢，有什么事吗？”

“文教,你干什么呢? 教导员命令你马上回营部,有任务。”

聂子龙回到营部,只见通信兵不停地进进出出,往返于各连和指挥部之间。而且,会议室里灯火通明。从这些表象可以看出来,营里一定发生了什么大事。

赵主任、刘营长、杨教导员和买尔旦一同从指挥部里走出来。赵子健依次望了那四十六名骑兵战士;战士们疲倦的脸增添了一股子生气,眼睛闪耀着永不熄灭的火花。四十六匹军马显出难以抑制的热切的欲望。

“同志们,土匪打进克木沁。解救克木沁群众的光荣任务落在你们肩上。你们是为保卫来之不易的和平而去战斗!你们是为安定有序的社会秩序而去战斗!”

杨阳把手中的红旗举了起来,范海涛发出号令:“出发——”

马蹄声唤起了所有的战士们,唤起战斗的准备或者战斗的渴望!

“祝你们凯旋,祝你们平安!”

陈志军指导员带着一连战士出发,他们向赵子健、向柳原敬礼。

赵子健说:“同志们,祝你们打胜仗!”

“赵主任,柳原就交给你们了,要保重!”刘少贤突然哽住了,伸出手握住赵子健的手,两双手紧紧地握在一起。

严参谋和袁恺来到一个岔路口,两人同时收住马。

“我们就要在这里分手,你朝这条路一直往前走,五十公里路程就可以到达师部。我要去团部求援了。”严参谋说。

“知道了,严参谋,我走了,咱们后会有期!”袁恺说完,催马朝前奔去。

“袁恺同志,路上注意安全!”

袁恺连头也不回朝前奔去,不一会,便消失了。

严参谋懂得他的心思,然后催马前进。忽然,前面出现人影,向他迎面走来。忽然,那人站住了——严参谋放缓马的脚步,机警地拔出枪。

陈棋圣筋疲力尽,已经不大用脑袋想任何问题。忽然看见迎面来了一匹马,想找个地方躲起来,已经来不及。他彻底绝望了,不想这样逃跑下去:“我投降,你们杀了我了吧!”可惜,这些话严参谋没听到。

严参谋认出了陈棋圣,把枪收起来。

“陈股长,你怎么在这里?”

“是……是严参谋，我出来执行任务……你这是去团里？”他说，刹那间，他脑袋又开始运转起来，“上帝啊！机会总算来了，让这匹马来拯救我的生命吧！”

“陈股长，土匪、骑兵团要来打柳原。我得去团部报告，不奉陪了！”

“那你快些走吧。”

“陈股长，团部见！”

这是一个稍纵即逝的机会——严参谋的坐骑刚跑出几步，陈棋圣即刻拔出手枪。一瞬间，他只想做一件事，就是举起手枪朝严参谋背后射击。一声枪响，严参谋身子摇晃一下，从马背上栽了下去。

陈棋圣疯狂地扑上去，抓住缰绳。他瞥一眼倒在地上的严参谋，只见他溅满灰尘的面孔上眼睛瞪得圆圆的——他还没有明白发生了什么事。

陈棋圣眼睛里闪出冷酷而得意的光芒。他赶紧跨上马，鞭子“啪啪”地抽在马屁股上，受惊的马突然奔跑起来。

枪声惊动了大戈壁，战士们迅速朝枪响的地方围上来。

火烧一般的伤痛将严参谋从昏迷中击醒，一股神奇的力量重新回到身上。他瞅准逃窜的陈棋圣，拔出枪、推上子弹、扣动了扳机。

枪声一响，他望见那匹马向前倒下去，

陈棋圣没来得及抽出脚，重重地摔倒在地上。他望见那匹马痛苦地喘着气，它那粗壮的、浸满了汗的身子想挣扎地从地上站立起来，可是站不起来了。陈棋圣并没有觉得自己是摔在地上，只是一条腿悬在半空中。他吓坏了，以为一条腿已经离开了自己的身子。但他发现自己完全不能动弹，是因为另一条腿压在马身下。

战士们听到枪声，加快了速度。

严参谋看见几个骑兵向他这里急速驰来。心想：“坚持住……坚持住！”已经有战士下马朝他跟前走来。

“快……报……告团首长……土匪、骑……兵团……攻击柳原……救兵！”突然，他的脑袋软弱无力地垂了下去。

陈棋圣把腿从马尸体下拔出来，朝前爬啊，爬啊！整个身子都觉得疼痛，求生的欲望比任何时候都强烈。他听见马蹄声，回头看见骑兵朝他这里驰来……他知道了什么叫穷途末路。忽然，身子疼痛似乎减轻，心中燃起消灭自己的念头：“我该走了……摆脱一切麻烦和苦恼。”他迂缓地拔出手枪、对准自己脑袋、扣动扳机。

一声枪响，他的脑袋无力地颓然垂下，鼻孔里挤出最后一丝摇曳不定的气息。

戈壁滩上在马蹄践踏之下，发出沉闷声响——骑兵团终于出现了。

赵子健平静地举起望远镜，观察敌骑兵动向，观察前沿阵地。敌骑兵的马刀在月光反射下闪着刺眼的寒光；我们的战士伏在战壕里，握紧手里的枪，紧张地、目不转睛地盯住敌骑兵。

三颗信号弹升上夜空，战斗开始了。

刹那间，骑兵团迫击炮向柳原阵地轰了起来。最初一刹那景象是非常可怕的。炮弹落在各连阵地上，到处开花，仿佛防御工事正在倒塌、崩溃。硝烟和烈火阻断了指挥员们视线。南面，是极其剧烈的爆炸声；北面，无数马匹、战刀、吼声在炮火声中喧嚣……

几分钟之后，第一梯队骑兵向三连一排阵地发起攻击。

“打！”宋志伟举起手枪，发出口令。

刹那间，战士们愕然惊醒，抬起头来。“狠狠地打！”战士们怒吼着。火光一闪，机关枪“嗒嗒嗒嗒”响起来，子弹疾风暴雨似的向敌人扫去。

赵子健目视前方，那紧张而严肃的脸略微向前伸。他明白，只要一排战士顶住敌人第一波进攻，后面是事情就好办了。他被战士们顽强、勇敢的精神及最真实、最壮烈的场景所燃烧！

杨阳带领骑兵队伍急速前进。

忽然，前面篝火一片，止像刘少贤所预料的那样，在通往克木沁的要道口，他们遭遇了土匪。显然，这里驻扎了几百土匪，他们听从了马友富的谋划，由哈斯木亲自率领，专门在这里伏击柳原来的解放军。

“准备战斗！”杨阳发出命令。

战士们虽然有备而来。但是他们知道，四十多人的骑兵要打败几百土匪骑兵，就得对土匪进行闪电式攻击，然而，这个计划没有能够实现。因为，土匪探子已经侦察到了这支骑兵队伍。这场战斗一开始，就造成一个概念，解放军这会儿成了陷阱里的老虎，惊慌失措——胜利已经是必然的。

“同志们！狭路相逢勇者胜！”杨阳大吼一声，一只手举起枪，另一只手抓紧马缰绳，迎着土匪冲上去。一瞬间，所有战士都跟着往上冲。机关枪、卡宾枪立刻响起来，子弹像秋风扫落叶，把迎面上来的土匪打得人仰马翻，掉头逃窜。

机关枪、卡宾枪的猛烈火力把西部冲破一个口子，杨阳、范海涛带领战士从这个缺口里冲了出去。

当罗圈腿向哈斯木报告说共军已经突围的时候，哈斯木扬扬得意地说：“赶紧去追，一定要把解放军骑兵消灭在戈壁滩上。”

杨阳带领骑兵队伍冲出土匪包围后，立刻同范连长作出“杀土匪一个回马枪”的决定。虽然这个决定过于冒险，但可以调动所有土匪，给刘营长打出一条安全通道。战士们接到命令，像火山爆发一样，向土匪发动反击——喊声震天动地！

哈斯木听到枪声又起，像疯子一样。

“妈的……妈的，”他大喊大叫，忽然望见了一群逃窜的惊恐万状的面孔。“妈的？……不要惊慌……顶住！”他恶狼似的咬牙切齿，拔出盒子炮，对那些贪生怕死的土匪威胁道：“听令！赶紧顶住共军……否则……统统枪毙！”

恐慌的、苦恼的、害怕的土匪已经乱成了一团。

杨阳成功地杀了个回马枪，然后像戈壁滩上的黄羊一样，轻巧伶俐地向无边无际的戈壁滩跑去。

“快追，不能让共军跑了！”哈斯木狂暴地挥舞着手里的枪。土匪们也跟哈斯木一样，举着手里的枪，脖子向前伸。

忽然，一阵子弹扫来，哈斯木以为解放军又杀回来了。“咣当”一下从马背上滚落在地，屁股摔得生疼、生疼，但他已经顾不得这些，带着惊疑、恐惧趴在地上，屁股朝天，脸埋在沙土里，一动不敢动。

“我要死了……我要死了！”他祈求胡达保佑的意愿都吓得忘记了。

不知经过多长时间，他听到有人小声说话，有人搬动他的屁股。他抬起头，只见罗圈腿、阿斯勒别克带领一队人马站在他身旁，一双双眼睛骨碌碌地转动，望着他，仿佛望着一具僵尸突然复活——惊恐万状。

哈斯木被罗圈腿、阿斯勒别克从马屁股底下扶起时，忽然发现自己耳朵流着血，差点又晕倒。

这时，吾兰、艾尔曼带领一支增援队伍赶到了。

哈斯木像只受伤的野兽，嚎叫起来："妈的，还愣在这里干什么，还不赶紧去追！"

五十六

刘少贤带领一连悄悄来到克木沁附近，队伍停了下来。现在向东面望去，能够看见不远处散散落落闪烁的火光，时明时暗，它表明了土匪所在的位置。

刘少贤举起手里望远镜观察周围情况，圆圆的镜片里完全是另外一个世界。堆堆篝火旁，妇女忙着做饭，土匪却在喝酒、吃肉。有的地方还有小伙子弹琴、姑娘们跳舞，他们仿佛沉浸在胜利的狂喜之中。

刘少贤对陈志军指导员说。"看来不是只有四五百土匪。在克木沁外围，就有近千人马。克木沁里面的情况我们还不大清楚，目前，要对克木沁里面情况进行一次侦察。"

"营长，这件事交给我，我带几个战士摸进去。"

"你对当地情况不熟悉，不能冒这个险。"刘少贤正说着，买尔旦领着阿力木来了。

"刘营长，可把你们盼来了！"

"阿力木同志，你来得好，能不能把克木沁里的情况给我们介绍一下。"

阿里木十分高兴，说："克木沁里有二三百土匪，没来得及走的老百姓现在被集中在政府院子里。镇子外面还有三四百个土匪和上千牧民群众。另外，还有近百辆牛车，上万只羊。镇子进出口都有土匪把守，通常夜里还有巡逻队。只有我们这些熟悉镇里情况的人才能带你们摸进去。"

阿力木说着，扫一眼队伍，急于行动的心情突然消失了。

"刘营长，就来了这么些人，能不能打？"

"打！"刘少贤坚定地说，"我们来就是消灭土匪，为什么不打！"

"刘营长，我们还有几十个民兵，高书记带着民兵在周围骚扰土匪。可以配合你们行动。"阿力木说，那种失望情绪很快消失了。

“很好！你们的任务就是把我们带进克木沁，给土匪一个突然性打击！这次行动必须是闪电式攻击，把土匪赶出克木沁，就达到目的。”

夜晚，当人们安睡以后，艾斯曼偷偷来看阿米尔汗。

阿米尔汗对于艾斯曼到来没有察觉，她抱膝坐着，用沉思望着远方。哈斯突然蹿出来，差一点把艾斯曼绊倒，吠叫着，跳起来扑着他的大腿，渴望着艾斯曼的手放在它脑袋上。艾斯曼把带来的几根肉骨头扔给它，抚摸着它的头说：“吃吧，看样子这两天你也没有好好吃东西了。”

阿米尔汗抬起头，望着他。

“过来坐吧。”

艾斯曼靠近她坐下来。她虽然面露微笑，两只眼睛却好像多日没吃东西的饿猫。她盯着哈斯，饥饿又在啃食她的空肚子。这会儿，她羡慕哈斯有东西吃。

“吃饭了吗？”

她显得惶惑不安，表情窘迫。

“吃了……刚吃了点。”

她没有想到，艾斯曼从她眼睛里看见了那种饥不择食的表情。

“你为什么要说谎呢？”

她像害怕似的，又说：“我……我没说谎。开饭前来了一队人马，把我们的饭吃了，我们随便吃了点。”

“不！这样不行，我给你找些吃的去。”

“别去了，黑灯瞎火的，去哪儿找吃的？”

“这样可不行，饭还是要按时吃的。哈依拉罕呢？怎么没有和你在一起？”

她想起来了，无力微笑着说：“哈依拉罕昨天去了救护队，听说有伤员下来了……哈依拉罕听伤员们说我们已经打了几个胜仗，再打一仗，战争就可以结束了。”

女人啊！总是心存希望。

“可是我们还没有遇上解放军……我们只是和民兵接了几次火……我们还没有打一场真正意义上的仗……我们的‘胜利’只不过是掠夺手无寸铁的老百姓。也许……明天或者后天，就会和解放军相遇。”

"为什么艾斯曼总是和别人说得不一样？"她想。然后眼睛潮湿，低声说："我想草原了，想爸爸妈妈，还有……"

突然，她用颤抖的嗓音哼唱起来：

我的阿尔泰山哟，青青的白茫茫的山哟，
山下哟，清清的河水哟，
父辈们生活的地方，我生命的摇篮。

她突然哽住了，哭了起来。

"孩子，不要怕，我给你们讲一个故事，"祖利比亚大妈说，借此释放孩子们心理压力。"在很远、很远的时候，我们家乡有山有水，一片绿洲。我们部落里的人在这片土地上快乐放牧、快乐种地、快乐生活……"

这个夜，孩子们在故事里甜蜜地睡着了。

艾菲拉可睡不着，给胡慧慧和古丽讲故事："在一个漆黑的夜晚，一伙盗墓贼突然闯到我们这里，挖开传说中的西王母的墓。据说，当时墓穴里面伸手不见五指。盗墓贼们点燃火把，看见墓穴里竟是虎皮、狼牙、雪豹尾巴，等等。盗墓贼们失望极了，放了一把火。结果可怕的事发生了，墓穴里竟发出野兽的啸叫……"

啊，太可怕了。

突然，震耳的枪声把四周的沉静冲破了。

胡慧慧猛然抬起头，还没有来得及明白这是怎么一回事，枪声越来越激烈。她想："是不是解放军来了……刘少贤来了……乡亲们有救了……我……"

黑夜被这劈里啪啦的枪声震动了。刘少贤知道陈志军带领的两个排被土匪发现，双方发生枪战。他当机立断，带领战士向土匪发起攻击。

土匪惊呆了，他们扔下武器，叫喊着、逃窜着，也有土匪忙着去拿枪，尖叫、谩骂、自己人互相射击，并在惊慌失措中乱窜。子弹从每个角落射了出来，马儿也惊跳起来，自行闯出去和四处逃窜的土匪践踏在受伤人的身上。

街道、巷子里到处都是呻吟，到处都是纷乱。

努尔兰正在毡房里享受快乐，搂着个胖女人的脑袋往她嘴里灌酒。突然，一阵激烈枪声使他大吃一惊。他丢掉手里的碗，推开怀里女人，急忙爬起来。不曾想双腿一软，跌倒在地。喊杀声越来越近，恐怖极了。

突然，几个卫兵闯进毡房里来，二话不说架起努尔兰就走。

胡慧慧抬头仰望火光闪闪的夜空，渴望着——渴望着什么呢？她自己还不清楚。毫无疑问，她现在不是受着恐怖的煎熬，倒是担心起刘少贤——在枪林弹雨中，在大地震天动地的轰隆声中，她害怕极了。

这时，阿力木出现在乡亲们面前，挥动手臂，大声说："乡亲们，解放军来了，解放军来打土匪了！"

艾菲拉伸出手，把胡慧慧的一只手握住，激动的热泪便从眼眶里流淌出来。

"孩子，我们回家去。"祖力比亚大妈说着，忍不住流出热泪。

胡慧慧看见几个战士打着箭步向前跑去。

十几米远，匆匆走来几个人。

"营长……营长，那么多俘虏、伤兵怎么办？"

"统统交给民兵……我们现在的任务是赶紧抢修工事，防止土匪反扑。"

胡慧慧猛然掀起盖头布，因为她听见一个非常熟悉的声音。

"少贤，是少贤吗？"

刘少贤一怔，马上反应过来。

"慧慧，是慧慧。"他展开双臂，把飞来的小鸟迎进自己怀中——她像受了惊吓的孩子，扑进他的怀里，浑身直哆嗦。

"我要回家。"

刘少贤轻轻拍了拍她的脸，像安抚一个孩子似的说："土匪把克木沁给围住了？马上又要开战了。家暂时回不去。你和祖力比亚大妈一家人待在一起，我们会保护好你们的……好了，好了，那么多人看着呢，等消灭了土匪，我们就回家去。"

陈志军对几个看景的排长说："快走！快走！别看了，我们修工事去！"

"指导员，这到底是咋回事？"蒋培新排长问。

“那是营长媳妇,走吧,咱们修工事去。”

指挥员们离去后，胡慧慧觉得他的嘴唇触及到她的头发，是那么温柔,那么亲切,她忘却了时间与空间,忘却了一切,只想着永远这样依在他的怀里。

努尔兰从慌乱中镇定下来,四下环顾,到处都是溃退下来的人马。

“卫队长,卫队长！组织人马把这股共军给我灭了！”

努尔兰没把卫队长喊来,马友富却出现在他面前。

“总指挥,如果是我没有猜错的话,应该是柳原过来的共军。”

努尔兰气急败坏地问:“柳原来的共军?骑兵团呢?你不是说骑兵团正在攻打柳原吗？……还有……还有,哈斯木呢？难道哈斯木没有发现这股共军？”

“你……你就会说‘难道’,还会说什么？”努尔兰恨恨地打断他的话说。“你不是说柳原共军自顾不暇——自顾不暇,他们怎么会突然出现在克木沁？”

“是啊！哈斯木干什么去了？”

努尔兰顿然清醒,说:“这个哈斯木,跑到哪里去了?卫兵！卫兵！快去把哈斯木给我找回来！”

“总指挥,现在派人去找哈斯木已经来不及了,我们现在最要紧的是赶紧把克木沁夺回来,把共军赶到戈壁滩上去,才能彻底消灭这股共军。”

努尔兰惊奇地望着他,因为马友富一直表现得非常冷静。突然,又响起一片喊杀声,声音是那么响亮、马蹄声是那样震撼。

“又出了什么事？”努尔兰想,他还来不及弄清楚,已经被一群卫兵簇拥着送到马背上,落荒而逃。

几乎同时,卫队长带领几只骑兵分队挡住解放军骑兵攻击。他先稳住了溃散队伍,避免了全线彻底崩溃。这时,哈斯木带着队伍赶到了,同卫队长合兵一处,向解放军骑兵发起猛烈反击。

马友富用冷酷的眼光看着这场混战。虽然哈斯木举着战刀，穷凶极恶,可是解放军骑兵队伍已经撤回克木沁。

卫队长、哈斯木白忙活一场！马友富弄不明白,诡计多端的努尔兰和他四百多人的精锐部队,竟然这么不经打——仗是没法打下去了,打下去必败无疑。

柳原战场，敌我双方打了整整一夜，我军阵地岿然不动。黎明来临时，枪炮声渐渐消停下来。

聂子龙走上露台，举目望去，那是朝阳升起来的时候，血红的云彩在天空流散。柳原，不再是欣欣向荣的胜地，而是血淋淋的战场——战争，在他心灵深处印下了牢牢的血印。

赵子健走过来说："子龙，宋指导员带话来，让你到三连一排主阵地上去。你赶紧过去，告诉宋指导员，一定要坚持到明天晚上。"

聂子龙激奋的心膨胀起来，此刻，比听到枪炮声还刺激。他赶紧回到指挥部，抓起桌子上的卡宾枪跑了出去。

他离开指挥部，看见炊事班战士担着两大桶饭菜，急匆匆赶着给前沿阵地上战士们送去。他跟上炊事班战士，大踏步向前走，他几乎在跑，越过一条战壕。清明的天空被烟幕遮暗了，透过烟幕，只见救护队员抬着几个伤兵，跌跌撞撞从一排阵地上下来——忽然，彭雅莹上气不接下气跑过来。

他叫起来："雅莹，你怎么也上去了？"

她那汗湿的脸上粘满灰尘，一双充满血的眼睛火辣辣地望着他。

"救护队都上来了，我能不来吗？——子龙，你去哪里？"

"赵主任说宋指导员找我，叫我到一排阵地上去。"

"宋指导员负伤了。"

"什么？"聂子龙吃惊地一把抓住她胳膊，露出焦灼的神色来。"宋指导员伤重吗？现在哪里？"

"伤挺重的，他不肯撤下来，还在前面战壕里呢。"

"你快下去吧，我得赶紧走了！"

他的手按在她的肩膀。她觉得到他的手在颤抖，这种颤抖使她害怕。

"子龙，要小心。"

忽然，远处传来歌声：

田野小河边，红莓花儿开，有一位少年真使我心爱，
可是我不能对他表白，满怀的心里话儿没法讲出来。

这是怎么回事?

原来老兵整晚坐在关押赖兵、刘长根屋子的门口,凝听了一晚上的枪炮声。这会儿,枪炮声歇息了,这种寂静使他感到沉重。在这样的沉默中,他不能不唱歌——歌声不但使他克服疲倦,还有一种怀着深深爱恋的心。他所爱的是女人、是生活、是土地。是的,他把这种爱唱出来——他为爱而歌唱。

最使彭雅莹惊奇的是,歌声牵引着她的思想……冷漠的老兵竟然把歌儿唱得这样动听。她不晓得老兵为什么唱得这样动情,而且现在也不晓得。确切说,是无法断定这仅仅是唱歌吗?

又是一个宁静的黄昏,于翔龙下班路过团值班室,听见值班室里面有说话声,掀起门帘朝里看,只见徐艳秋拿着话筒不知跟谁在聊天——聊得正欢。

他想说点什么……徐艳秋见参谋长伸脑袋进来,赶紧放下话筒。

"参谋长,有事吗?"

"没什么事。"于翔龙说。他见徐艳秋主动放下话筒也不好再说什么,离开值班室。

突然,两匹快马狂奔而来——骑在马背上的战士来到于翔龙跟前,猛地收住缰绳,勒得马在原地打转。

"报告参谋长,土匪、骑兵团在柳原同一营打起来了!"

于翔龙简直不敢相信。

"你说什么?请你再说一遍?"

"报告参谋长,柳原严参谋报告,一营在柳原同土匪、骑兵团打起来了,请求支援!"

"严参谋呢?"

"陈棋圣打伤了严参谋,夺走了他的马……严参谋现正在回来的路上。安指导员让我们先赶回来向团首长报告!"

"你……你们快去找王副团长、孙副政委,通知到团会议室开会。我去找史政委。"于翔龙说着,大步流星朝政委家跑去。路上,脑袋像火花似的一个念头、一个念头闪爆起来。"柳原完了……快点……快点!"这么短的路,好像跑不到头。

史兆明刚躺下，“咣当”一声，于翔龙闯进来。

“谁？”史兆明匆忙抬起头问。

“政……政委不好了，柳原出大事了！”

“参谋长，等一下，我马上就来！”史兆明急忙爬起来。顾不上点灯、顾不上提鞋，披件外衣就往门外跑。

“到底是怎么回事？”

“一营同土匪、骑兵团打起来了！”

林雪梅听到这句话愣一会，接着便听到他们脚步声远去、消失。她赶紧坐起来，揉揉眼睛，一骨碌爬起来，好像心里还惦记点什么。

她忽然想起来了，彭雅莹、聂子龙都在柳原！这时，她才惊醒过来，心开始加速跳动。

徐艳秋听见外面越来越多急促的脚步声，不知道发生了什么事。她放下话筒，站起来，走到窗户前，不耐烦地向外眺望……电话铃响起来，她赶紧转回身，拿起话筒，只听里面传来一阵骂声：“他妈的，是谁拿着话筒不放？你们团领导谁在跟前？”

她吓得成了哑巴。可是，电话那头还在大喊大叫。

她心怦怦直跳，不知所措了……

孙启明正好路过值班室。徐艳秋就像抓住根救命草，急忙喊起来：“孙……孙副政委，电话！”

孙启明还真以为是他的电话，走进来接过话筒。“喂！我是……”话没说完，就见他脸上红一阵、白一阵、青一阵、紫一阵，还不时用恨恨的眼光扫射她。

孙启明放下话筒，劈头给她一顿抢白：“你刚才给谁打电话？”

“不……不是我打，是同学打……打过来的！”

孙启明知道她在撒谎，一股怒火直冒。心想：“这丫头片子，到现在还不说实话，好吧！我倒要给她点厉害看看。”话到嘴边，见她脸上试图露出点笑容，但这一丝微笑还未触及嘴角，便低下头哭了。

“哭……哭有什么用！从现在开始，电话只准接不准往外打——这是命令！”孙启明冷冰冰说完，转身走了。

孙启明走进会议室，解开上衣扣子，说：“政委，王副团长，刚接到师里电话，骑兵团发生兵变，向柳原方向开去。据剿匪指挥部分析，如果柳原还在我军手里，一营已经打了一天一夜。还有，克木沁也发生了战斗。据剿匪指挥部分析，克木沁一带没有我军部队。在克木沁作战部队会不会也是柳原部队？”

在场的人都震惊了！

王锡东愤然骂道：“他妈的，柳原打了一天一夜，我们这里什么还都不知道，情报工作是怎么做的？”

于翔龙觉得，团长的话好像重重打在自己脸上。赶紧说：“现在说这些还有什么用？赶紧想办法吧。”他打开地图。

史兆明站在地图前沉默一会，问：“严参谋呢？”

“负伤了，听说昏迷不醒，还在后面没回来。”于翔龙回答。

史兆明接着说：“孙副政委，你去卫生队。严参谋回来立刻组织抢救，等他醒来把情况了解清楚。”

“是！”孙启明回答，赶紧离去。

突然，电话铃响了起来。史兆明拿起话筒，“我是……知道……是……我们会尽快拿出作战方案，上报师作战科……知道……是！”他放下话筒，面部表情严肃地说：“师部通报，剿匪指挥部已经派五军骑兵营、六师骑兵大队赶往克木沁……骑兵大队翻越冰达坂赶到克木沁最快也要两天时间。民族军骑兵营也有一天半路程。剿匪指挥部命令我们团组织一支作战队伍，解柳原之围！”

于翔龙、王锡东立刻振作起来。

与此同时，林雪梅来到卫生队，呆住了。因为孙启明、田队长、医护人员已经集合起来，站在卫生队门口，焦急地向前眺望。

一种紧张、沉重的气息压迫在人们的心上。现在人人都知道，柳原在打仗，柳原战友们濒临绝境。

足足等了一个钟头，总算是看见几个战士抬着担架急匆匆地跑来。

“来了，来了，快去准备。”孙启明说。

林雪梅和医护人员急忙跑上前去，只见严参谋面色煞白，胸口上凝固的血已经把军服和创面粘在一起，昏迷不醒——严参谋被直接送进准备好的急救室。

战士们大口大口喘着粗气说：“水，给弄点水喝！”

林雪梅急忙端来水，给战士倒水、递水。突然，她看见安指导员坐在一旁，衣领口敞开，袖子一直卷到胳膊肘上，胸前衣服都被血染红了。

林雪梅给他递上一碗水。

“安指导员，这是怎么回事？”

安指导员接过水杯，咕嘟咕嘟一口气喝完，然后说：“我们送来的是一营严参谋……他来团里报告柳原情况……可是陈棋圣这个王八蛋欺骗了他……不但抢走了严参谋的马，还打伤了他。”

“陈棋圣又跑了？”

“陈棋圣这次没有跑掉，自杀了！”

保卫股人匆匆赶来，说：“安指导员，这里交给我们了。参谋长命令你们赶紧回团里去，有任务！”

“知道了，林指导员我们走了。”安指导员说着，带领战士们匆匆离去。

林雪梅目送安指导员离去。然后抬起头望着灿烂的星空，真不敢相信柳原那边在打仗。

勤务兵悄悄溜过来，爬到地窝顶上，从天窗往下瞧——赖兵、刘长根躺倒在炕上呼呼大睡。他嘴里不由得骂一句：“这两个王八蛋，居然还睡得着！”

他的话似乎让赖兵有了心灵感应。他睁开眼往天窗上看，发现勤务兵趴在上面。一种本能的求生欲望随着那颗骤然间怦怦跳动的心发出了低微呼号：“救救我，救救我吧！”

“嘘——”勤务兵做了一个不出声动作，接着说：“我就是来救你们的，等会儿，你们把哨兵注意力吸引住。”他的脑袋立刻消失。

赖兵准确无误地理解了这句话意思，赶紧把刘长根推醒——刘长根还没明白怎么回事，就见赖兵拍着门，向老兵发出挑战性谩骂：“他妈的，你想把我们饿死，渴死，快给老子开门，给老子弄吃的、喝的！”

“给我闭嘴！”老兵吼着，提起枪去开门，他要用枪托让叛徒闭上嘴巴。突然，脑袋被狠狠击了一下，“扑通”一声朝前倒去。

勤务兵用钥匙打开门，冲进来说：“马连长让我救你们，快走。”

“谢谢、谢谢，还是马连长想着兄弟们！”说着，迫不及待来到老兵身旁，拾起地上的枪，赶紧溜走。

他们几乎带着惊喜和恐惧飞快逃离——刘长根跑出几步，在恐惧中意识到，自己在逃跑，去当叛徒。一种失望情绪揪住他不放。

“不能跟着赖兵逃跑，不能当叛徒……补救自己过错……但愿……但愿还来得及。”他不由放慢脚步。当赖兵、勤务兵从他眼前消失的时候，他赶紧折回来，望着老兵，想把老兵搬起来。

“我要自首、我要赎罪。”他自言自语。

“医生，医生，这里有个伤员……”

刘长根背着老兵闯进救护队，冲着里面的人喊叫。可是，医生、卫生员和送伤员的战士都忙个不停。彭雅莹听到喊声，赶紧过来，问：“是哪个连的？”

刘长根摇了摇头，目光惊讶地停留在她的脸上，觉得眼熟，不知在哪里见过。

“跟我来吧。”

她安排好一张铺板，帮刘长根把老兵放在铺板上，然后，端来一盆水，清洗老兵脸上和头上的血。忽然，她觉得这张脸眼熟，内心越来越觉得不安。低头仔细去看，惊讶地用手握住自己嘴——因为她认出这是谁了。

“大哥，你醒醒，你怎么啦？”她惊呼时，刘长根简直吓了一跳，觉得自己的罪恶即将原形毕露，他赶紧缩到一旁角落里去。

老兵嘴里发出呻吟，彭雅莹上前一步，弯下腰，抱起老兵脑袋，放进自己怀中。

“大哥，你是怎么了？你这是怎么了……我刚才还听你在唱歌、吹口琴，”她没有办法移开她的视线，眼泪滚滚而出，“我……我还想对你说……你唱得真好听……可是你怎么变成了这样？”

救护队的人都呆呆地望着她。

几分钟之后，她听到老兵发出来虚弱、颤抖的呻吟。

“小……小彭会……会计……是你吗？……我不……不会又在……做梦，我已……经做了好多……梦！这……这回不是梦吧？”

“不是梦！是我，大哥。”

“真……对不……起，没想……到……这一回不……不是梦！”

她泪如雨下。从这个时候起，她对老兵的感情添上一种怜悯的、热爱的、难料的、近乎痛苦的成分。这个痛苦的灵魂感觉到死亡来和她争夺老兵的生命。

“大哥,你想说什么?”

老兵抬起困难的手,用手指自己胸口。在她意识里,对老兵这个潜意识动作只觉得茫然。但她还是伸手,在他上衣口袋里摸啊、摸啊,可是什么东西也没有摸到——老兵好失望,努力抬起手,随即软弱无力地掉下去。

她简直不敢相信,这是她见过的最有力量的手,现在却如此软弱无力。

“大哥,你要找什么?”

老兵耗尽了所有力量,当他的手再一次抬起时,彭雅莹又朝他怀里摸。这次从他怀里摸到一个小包——她急忙把它掏出来,是团小纸卷儿。纸卷儿已经被血印红了。

“大哥,你找这个吗?”

当她和老兵目光相遇时,老兵眼睛立刻放出点光来,嘴里咕噜着:“给……给你的……戴上好……好……看。”

她急忙打开看,原来是一条红丝巾……她忽然明白了,老兵的歌声为什么牵着她的心。

“大哥……坚持住啊!……我还要听你唱红莓花儿开、还要……”

医生说:“小彭会计,人已经死了,放弃吧!”

她把老兵的头抱在怀中,像妹妹对哥哥般紧紧抱住他,用绷带在他脑袋上一圈一圈地缠着,嘴里唱着:

田野小河边,红莓花儿开,有一位少年真使我心爱。
可是我不能对他表白……

在她歌唱的时候,世界上少了一个战士,天上多了一个口琴手。

这么激烈的枪声,还是开战以来头一次。

整个晚上,妇女、老人、孩子心惊胆战,惶恐不安。人人都留心听不远处密集的枪声,可是一晚上过去了,谁也不知道胜负如何。清晨,伤兵下来了,有自己来的,有结伴来的,也有被牛车送来的。

阿米尔汗被征到救护站。

一早,她带着哈斯来到救护站,突然被视野所及的一切惊呆了。地上横七竖八躺满了伤兵,他们伤口的血污都干了结,发出痛苦的呻吟。这时,哈依拉罕见了她,立刻喊道:“嫂子,你来得正好,我这里正需要人手呢。”

阿米尔汗本来见到血就要晕倒的,现在根本顾不得了,跟着哈依拉罕给伤员清洗伤口、包扎伤口。

阿米尔汗悄悄问:“怎么这么多伤兵?”

“你不知道呀?昨晚上解放军把克木沁夺去了。”哈依拉罕低声说。“努尔兰总指挥命令哈斯木队长不惜一切代价要把克木沁夺回来。听说昨晚上打得可惨了。”

“有艾尔曼消息吗?”

“没有,”哈依拉罕咬着牙说,脸上掩饰不住忧虑之色。

一支队伍开过来,看样子赶着上前线去。人们抬起头,望着队伍中年富力强的牧民,但更多的是些老人和少年——他们摆出一副精神抖擞的样子,装出快活的神情,挥动手臂,对女人和伤兵高喊:“再见吧!”

哈依拉罕说:“嫂子你看,那不是艾斯曼大哥吗?”

阿米尔汗望见了,一个指挥官骑马快步向前跑去。仔细一看,就是艾斯曼。她立刻跳起来,喊道:“艾斯曼……艾斯曼,停一下。”

艾斯曼收住马,惊讶地说:“你怎么会在这里?”

她跑上前来,一把抓住马缰绳,气喘喘地说:“我被征到救护站来了,今天早晨才到。你是去哪里?”

“这会该轮到我倒霉了。”艾斯曼嘲笑起来说。“你没见,我们要到前面去打仗吗?听说哈斯木昨晚损失了不少人马,急需补充兵员。”

“艾斯曼,你不能去……我不让你去!”

媳妇吓成了这样,艾斯曼笑了,说:“亲爱的,你要我在危机关头当逃兵吗?这对我来说是多么大的耻辱啊!当然,我不会跟那些笨蛋一样,被野心家几句豪言壮语鼓动着去前线送命。”

阿米尔汗听着,但早已走了神。恍然中,就像从小听母亲讲故事一样:“闻听战马长嘶,刀枪铮铮,呐喊声震天动地。忽然,似见硝烟滚滚,遮天蔽日。继而,战场上鲜血淋漓,尸横遍野。”

“你……你不能死,你死了,我也活不下去。”

“看你说的,我怎么会去送死呢!”艾斯曼俯下身,像说悄悄话那样说:“你要好好活着,一定好好活着。我还等着你给我生一大群儿子呢。”

这句话，让阿米尔汗浑身上下一股热流滚动。她丢开手里缰绳，热泪把眼睛给刺痛了。这时，她听到马蹄声响了起来，全身不禁打个寒噤。

这一次，努尔兰集结许多力量，准备一举拿下克木沁。

马友富从前线悄悄溜回来，对马宏兵说："我看这个仗是没办法打下去了。妈的，一群乌合之众，再待下去，恐怕是凶多吉少。兄弟们还是快走吧！"

马宏兵还贪恋在精神的王国里，问道："为……为什么？"

"不为什么，这一仗打败了，我们的命也就留在这里了。"

"钱、草原，还有牛羊，我们现在走，不是白忙活了吗？"

马友富真是瞧不起他，心急火燎地说："现在想那些还有屁用，赶紧收拾东西走人……再不走恐怕就来不及了。"——真是来不及了，他们没有察觉到，此时做了一件非常愚蠢的事。卫队长带着十几个卫兵已经来到毡房门口，虎视眈眈望着他们。

"马连长，总指挥请你过去一下。"

马友富知道完了，一切都完了，低眉折腰："是！我这就过去。"他还想对马宏兵再说点什么，知道已经是不可能了。

马友富刚离开毡房，马宏兵见卫兵们冲进来。他不是害怕，而是本能，手疾眼快抓起身边枪，像狂怒的豹子扑向冲来的卫兵。但是几个卫兵马上围攻上来，枪托像锤子一样敲碎了他的脑袋。

两个士兵也被打得头破血流，举手投降。但卫兵们并不买他们的账，继续残暴——扑上来抓住士兵，直到把两个士兵打断了气。

毡房里的可怕景象、马宏兵和两名士兵的喊叫声就像落入陷阱、奄奄待毙的野兽——马友富完全听见了，狠狠地咬住嘴唇，让疼痛帮助自己保持清醒。谢天谢地！总算没有失去理智、没有歇斯底里发作起来。

"总指挥，马连长来了。"卫队长说，然后在努尔兰耳边小声嘀咕几句，只见努尔兰的脸上起了变化，怒形于色。

"马连长，我知道克木沁共军里有你原来的两个排，这件事为什么没有告诉我？"

马友富十分爽快地承认："是的，总指挥！可是知道了又有什么用呢？"

"不！不！你可以做他们的工作，让他们投降。"

"别说蠢话了，你们仗打成这样，你觉得会有人投降吗？"

“我们打成什么样子？”努尔兰大为恼火。“你没见我们的人马信心十足，克木沁已经处在我们围攻之下，破城只是早晚的事……你去动员你的队伍投降吧……我可以给你的士兵留条活路。”

“总指挥，还有谁会相信你的话呢？你不是已经把马排长他们杀了。既然破城是早晚的事，为什么还要我去动员他们投降呢？你用这么的卑劣手段骗取了我们对你的信任，然后，再把我们统统杀了，你复仇计划终于实现了。”

“好，好，很好！你的真面目终于暴露出来了，你是共军派来的奸细。”

“我知道你会这样说。因为，杀人是要制造借口的。”

“你说错了。马连长，你还不了解我，我杀人从来不需要借口，想杀谁就杀谁！”努尔兰回敬一句，然后挥动手。

卫兵立刻扑上来，把马友富按倒，捆起来。

马友富像受了刺激的野兽，狂暴地谩骂：“努尔兰……你是个骗子……是个流氓……你这个没有良心的东西，会遭报应。”

努尔兰被刺激得兴奋起来。

“让他闭嘴！”

不用说，卫兵们用枪托对准马友富面部，狠狠砸下去，他的嘴巴立刻闭住了。然后，卫兵们像拖条死狗一样，把一具尸体从毡房里拖了出去。

五十七

不觉得这是春的最后时节，空气清新得连一点尘垢也没有。惠莲、兰儿一路风尘，追赶春的气息，离八一七团越来越近。娘俩顺着荒凉的戈壁滩朝前望去，前面随处可以看见绿色田野，闻到泥土的清香味儿。

“妈妈！我们总算是到了！”兰儿兴奋地喊着，叫着，笑着，一直觉得像灌了铅似的疲累这会儿都置之脑后，悄悄取而代之的是一路上盘踞在心头的那股子热情，迫不及待地朝前飞去，

惠莲眼睛热辣起来，这是娘俩在十分艰难的、不眠不休的许多日夜之后，克服长久的疲倦、劳累，终于来到这里。她头脑里有过多少思绪啊！黄昏时，等待月亮爬上来，充满甜蜜梦想；黎明时，等待新的日出，开始一天

旅程。现在,这些日日夜夜都成为了过去,她们以胜利者的姿态望见到达的彼岸,该是多么激动啊!

团部门站着一排排战士。他们手里的枪上着刺刀,逼迫人的目光像一股冷气刺透了惠莲、兰儿的心脏……这里究竟发生了什么事?她们一点儿也不知道。她们走进战士中间,毫不思索、毫无意识地朝前挤。战士们却像一堵铁墙,阻碍了她们向前的路。

“你们是干什么的?”战士问。

惠莲、兰儿一震,没来得及回答。

队伍中突然传来史兆明声音,很坚决,很响亮。“同志们!都准备好了吗?我们马上出发了!”

李宝林、徐艳秋匆匆走来,他们是来要求参战,而没有得到批准的那种焦虑心情。

“我们去找政委。我们应该去柳原,我们应该到前线去,把歌声带给前线战友们!”

徐艳秋跟在他身后,说:“宝林,你等等我,我也要去——雅莹、子龙都在柳原。”但是,她的声音被淹没在人潮里。

“同志们!我们柳原的战友们跟土匪、骑兵团打了一天一夜,我们要尽快赶到柳原去支援我们的战友,坚决消灭土匪!坚决消灭叛军!用我们的坚强和勇敢奋勇前进!”

很长的旗杆上飘动一面红旗,在空中一闪,只见所有战士目光昂然望着前面摇曳招展的红旗。

“前进,前进——兄弟们!”

战士们呐喊着,跟着红旗大踏步向前走。

兰儿急切地对母亲说:“妈,那不是史大哥吗?”惠莲也认出史兆明来,踮起脚尖,挥动双手,迫切喊道:“史同志,史同志——”她极力想让史兆明听到;可是,他没有听到;她极力想使史兆明看见,可是,他没有看见。

惠莲紧紧抓住兰儿的手向前挤,但是被迎面涌来的队伍挤得朝后退去。

林雪梅带领卫生队赶来时,史兆明已经带领队伍出发了——她赶紧招呼队员们跟上。可是李宝林、徐艳秋却拦住她,迫切地说:“雪梅姐,参谋长不同意我们去柳原,我们和你一起走。”

林雪梅愠怒地说:“都什么时候了,赶紧回去,一切行动听指挥。”

兰儿看见林雪梅,用手推了她一下:“雪梅姐!”

林雪梅猛地回头,望着她们惊呼道:“兰儿、惠莲嫂!你……你们怎么会在这里?你们什么时候到的?”

“我们刚到,看见史大哥,没有追上。”兰儿激动地说。

“惠莲嫂、兰儿,你们先在团里住下。柳原正在打仗,我们要去支援柳原。你们等我回来。宝林、艳秋,你们帮我照顾好惠莲嫂和兰儿。”

“老班长?”惠莲急切地问。

“老班长在柳原呢!”李宝林的话比思想来得快。

惠莲心里猛烈震动了一下,仿佛刚从梦中惊醒似的。一瞬间,她毫不犹豫地、差不多是毫无意识地抓住兰儿的手,用细碎的脚步跟上队伍。

晚上八点,刘长根吃过晚饭被战士带到指挥部。尽管指挥部桌子上点着盏煤油灯,但是屋子里很暗,他意识到自己又回来了,血液顿时涌上头来。

赵子健开始询问:“刘长根,你们是怎么逃跑出来的?”

“是……是我们连勤务兵……把我们放了,”刘长根一开始就像罪人那样,心乱如麻,语无伦次。然而,他还是把事情经过交代出来。

“你为什么没有跑?”

“教导员,我不想跑,我不能当叛徒!”

“这是你心里话?”

“是我心里话,我不能跟着土匪打自己队伍。教导员,给我一次赎罪机会吧!”刘长根恳求说,他的嘴皮哆嗦着。

赵子健有些疑虑,不知道怎么办才好。他望着刘长根,这个小伙子交代问题时,脸上流露出痛苦的神情。说明了什么呢?他反复思考后,严厉地说:“刘长根,根据我军纪律,你犯了叛逃罪……你懂吗?叛逃罪!”他说到这,顿了下。“叛逃,战场上我可以随时执行纪律——你知道什么是纪律吗?就是枪毙!”

刘长根神情紧张。

赵子健一直讲下去,“死,对有些人来说不觉得可怕。可怕的是有些人死得毫无意义,甚至死得可耻,死得令人痛恨,给父母、给兄弟姐妹、给朋友带来耻辱。”

刘长根这会儿再也压不住他心底的悔恨，蓄势已久的泪水终于从眼眶里滚落出来。他忏悔，可是苦于没有人愿意听。

“但是可以肯定，在紧要关头，你没有跟着赖兵、勤务兵逃跑，说明你有悔过表现。”他用严肃的语调说，“好吧！我相信你一次。你去救护队帮忙，这就去！这是最后一次机会，希望你珍惜！”

刘长根瞪着眼睛望着教导员，似乎疑心自己听错了。正在他发呆的时候，赵子健走过来握住他的手说：“去吧！还是那句话，我们相信你！”

这是一双温暖而强有力的手。

“教导员，有你句话就行了，我觉得我被公正审判了！”

突然，刺耳的炮弹声拖着长长的光芒划破黑暗射过来。指挥部里晃动起来，有些物体落了下来，几根柱子砸在地板上。赵子健立刻来到露台上，目视这个被炮火撕裂的夜空，心想：战斗又开始了！

炮弹划亮夜空，接着是一连串爆炸，大地为之摇动起来。但炮声仿佛与这里全不相干，老班长蹲在猪舍旁，把手里仅有的两个玉米窝头给母羊喂了吃。再瞅一眼猪儿们，那惊恐的眼睛在可怜兮兮地望着他——老班长抬起手，轻轻拍拍那张皱巴巴的黑脸，说：“忍忍吧！等仗打完，我就给你找吃的去。”

忽然，他被一阵脚步声所惊动，抬起头四下张望，仿佛透过暗暗夜幕看见什么似的。脚步声由急步转为走步，渐渐慢下来。

“是谁这么偷偷摸摸的？”老班长暗想，凭以往战斗经验，觉得不是什么好事。

他悄没声儿地抓起身边的枪，把子弹推进枪膛里，迅速而无声地走到门口，往外看，竟然是小股敌人偷袭指挥部。脚步愈来愈近。突然，这股敌人停下来不走了。

老班长惊骇之余，第一个动作就是躲在门后，悄悄观察。

两个侦察兵端起枪，鬼鬼祟祟跨进房子里来，四颗小眼珠左顾右盼。他们来到老班长刚才待过的地方，只见几头猪和羊，便低声骂一句：“妈的。”侦察兵折回身，脚步声越来越响，胆子越来越大。

“别动，再动我就开枪了！”老班长大吼一声。侦察兵惊呆了，只见对面站着个人，身体像拉紧的弓弦，手里端着枪。“把枪放下！把枪放下……”

侦察兵刚要端起枪，老班长已经扣动扳机。一声枪响，惊动了夜幕，所产生的效果使敌人不寒而栗。

刹那间，敌人从惊恐中定下神，立刻朝老班长恶狠狠地扑来。

老班长所面对的显然是二三十个敌人。他有战斗经验，每打一枪换个地方，并高声叫喊："敌人来了、敌人来了！"

即使最凶狠的敌人，听见这样的喊声对此也不能无动于衷。

枪声惊动了指挥部。

赵子健立即命令警卫班战士增援。救护队员们也自觉拿起武器，他们知道敌人已经到了跟前。

"敌人偷袭我们的指挥部！"

几乎与这同时，聂子龙带领部分战士，郝铁带着机炮连战士，从四面八方赶来，把这股敌人包围住了。

老班长把敌人注意力完全吸引到他这里来，并高声叫喊、高声谩骂："兔崽子们！……老爷子在这里……你们过来吧！"这声音面对着死亡时，仿佛比死亡更加顽强。

敌人把老班长围了起来。老班长端起枪，背靠墙面，面朝敌人，毫不畏惧，巍然屹立在那里，整个墙壁成了黑暗中一副超自然奇伟的图像——敌人疯狂了，扣动枪机，老班长双膝往下一沉，跪倒在地，随即又顽强站立起来，鲜血从身体流淌了出来。忽然，他昂起了头，看见战友们冲了过来。

赖兵、勤务兵立刻放下武器，大声求饶，"不要打了，我们投降，我们投降！"战士们的心被愤怒的烈火燃烧着，大声喊："我们不许你们投降……不许投降！"一排排仇恨的子弹从枪膛里射出去。

赖兵、勤务兵死得很难看，临死前的躯壳贴着地面往前爬啊！爬啊！从一具尸体爬向另一具尸体。他们不想死，可是，地狱大门已经向他们敞开。

聂子龙扑上来，抱住老班长身子，呼号："老班长……你醒醒、你醒醒呵！"老班长慢慢睁开眼睛，面带微笑，说："子龙，告……诉教导员……我……我已经……没……没有东西……喂……拿去……让战士们……填饱肚子……狠……狠打土匪！"

战士们强忍住泪水，把身上仅有的窝头丢到猪槽里去。老班长很感动、很激动。突然，说一句："她……"抬起手指向前方，脑袋却垂了下去。

"老班长——"

一阵悲壮的哭声震动大地……

拂晓，克木沁方向还能听见枪声，但是没有那么激烈了。

“阿米尔汗，伤兵下来了，起来干活了！”

阿米尔汗醒来，只觉得一种令人窒息的恐惧压迫着自己。昨晚她就是带着这份恐惧睡下。她迷迷糊糊地想，“昨晚睡下的时候，心里惦记着什么呢？哦，对了，惦记艾斯曼，不知他现在怎么样了？”

她匆忙坐起来，揉揉眼睛，于是，昨天的重负又压到她那颗焦急的心上。她悄悄溜出救护站——她是打定主意去找艾斯曼。就在这时，她听到几个走过来的伤兵说着什么：

“终于开始反攻了！我们昨晚在努尔兰总指挥亲自督战下，已经打进克木沁里去了！”

“真的吗？”她忽然觉得眼前一亮，上前打探。

就在这时，老山羊赶着牛车经过，一眼就注意到了她。

“阿米尔汗，你这是去哪里？”

“听说我们的队伍打进克木沁了？那是多么了不起的事啊！”

“你听谁说的？我刚从前面下来——还在打呢。”

她这才注意到，老山羊牛车上坐着三四个受重伤和两个快死去的人，滴滴答答的血一路洒落在荒凉的土地上。

“你……你看见艾斯曼了吗？”

“艾斯曼已经担任前线指挥官了，你赶紧回救护站去吧。”

“怎么可能呢？艾斯曼说过：碰上解放军，我们只有被歼灭的份儿，他又没昏，怎么会去当指挥官呢？”阿米尔汗嚷了起来。

“阿米尔汗，这话可要放进肚子里，千万别冲外人说。要是让努尔兰知道了，麻烦可就来了。”

老山羊牵着牛来到救护站，把车停下。

“阿米尔汗，给我点水喝！”

“给我点水喝吧！”顿时，伤兵都嚷嚷着要水喝。

阿米尔汗这才意识到，自己不知不觉跟着老山羊重新回到救护站，她赶紧去找水桶，打来水，手执水勺，给伤兵送水。重伤员连头都抬不起来，阿米尔汗只好托起他们脑袋，让他们枯焦的嘴唇能沾几滴水。

忽然，她发现车上躺着满脸、满身是土，快要死去的年轻人竟然是吾兰。

她喊了起来："吾兰，醒醒……艾尔曼呢？"

"艾……艾尔曼跟……哈斯……木……去柳原……嫂子，救救我……救……救我吧！"吾兰说着，脑袋一歪，靠在阿米尔汗肩膀上。

"哈依拉罕，快过来，快过来！"

哈依拉罕听见阿米尔汗喊叫声，急忙跑来问："嫂子，出了什么事？"她惊慌失措地朝车上扫一眼，说："哎呀，这不是吾兰吗？嫂子，快把吾兰抬下车！"

她爬上车，抱起吾兰的双腿，同阿米尔汗一起把吾兰弄下车。然后气喘吁吁地说："嫂子，以后不要这样大惊小怪，我还以为艾……"话刚出口，她才意识到自己说了些啥，吓得半天没合上嘴。

阿米尔汗惊讶地说："哎呀！看你都说些啥？这种事连想都不能想。刚才吾兰说艾尔曼跟哈斯木去柳原了，你快去！快去做个祷告，祈福艾尔曼平安！"

"你替我做吧，你没见我有多忙。你去打点水，给吾兰洗洗伤口，我去找大夫。"

"我们为什么要打仗？真是的，这仗又不是我们要打，为什么要我们的男人流血，让我们女人累死累活。"阿米尔汗愤愤地说着，提上水桶打水去了。

太阳落下去，暮色一片苍凉。

一排又一次打退敌人进攻，聂子龙遵照宋指导员命令，抓紧时间抢修工事，检查伤亡情况。这里除了弹药大量消耗外，一排已经减员过半。他走到阵地前，看见几个战士抢修工事。哨兵伏在掩体里，一动不动，眼睛紧紧盯住前方。他从战壕里向前眺望，黑暗中有一片火光，那火光一窜一跳在闪动，表明敌营所在地。

"敌人正在吃饭，你们抓紧时间休息。"聂子龙说。

"好吧，我睡一会儿。"

聂子龙虽然看不清那些战士们面容，但听见他们疲惫的声音。他知道许多战士已经两天两夜没合眼，他有责任让战士们睡一会儿。他站在掩体里，眼睛凝视夜空，微风掠过阵地上空，带着浓浓的硝烟味儿。

战壕里还有战士低语声。原来这些战士并不酣睡，他们不时地醒来，说说话，观察一会儿敌情，然后又睡去。

“你们睡，我不能睡，我给你们放哨！”不远处传来一个声音，聂子龙马上辨出这个声音，“那不是刘长根吗？他怎么会在这里？”他心里虽这样想，可并未马上对他发问，而是端起枪，朝他跟前走去。

刘长根见到聂子龙，刚要张嘴，见他手里端着枪，面色吓得煞白。

“刘长根，你怎么会在这里？”

一个战士说：“刘班长是给教导员放出来的，让他戴罪立功。”

“你来插什么嘴，我问刘长根。”

刘长根满脸涨得绯红。

“是……是这样，教导员说给我一次机会。”

聂子龙把枪收起来，问：“你什么时候来的？”

刘长根见聂子龙收起枪，才放心了，说：“我……我是跟救护队一起上来的，见阵地上都是我们排里的人，我就留下来。兄弟，你也在这里？”

聂子龙脸上流露出赞许和欢迎的表情。

忽然，身后传来一点响声，轻的仿佛只不过是一个幻觉。但是还是引起聂子龙警惕。

“什么人？”

“是我，齐指导员。”夜幕里传来清脆的声音。

“走出来，让我看是不是齐指导员？”

齐俊杰像一只猫似的跳进战壕里，然后把手枪收进枪套里，气喘吁吁地问：“子龙，宋指导员在哪里？”

聂子龙一脸惊喜，说：“齐指导员，我带你去。”

聂子龙带齐俊杰来到宋志伟跟前。齐俊杰赶紧蹲下身，握住宋志伟的手，说：“宋指导员，伤怎么样了？”

“还行……还能坚持，你怎么来了？”宋志伟说。

“教导员让我代表营党支部通知你，党支部批准郝铁、聂子龙等同志加入中国共产党，我来征求你的意见……如果你要是没有什么意见，我们就在这里为他们举行入党宣誓。”

聂子龙听到这话，只觉得自己像通了电似的，顿时遍体上下一阵激动，竟有千言万语，满心的话儿要说，可是半个字也说不出来，只管怔怔地瞅着他们。

“我没有意见,这也是我的心愿!”宋志伟一面说,一面坐起来。“通知郝排长,聂子龙过来吧。”

“宋指导员,你带领新入党的同志宣誓。”

“我接受组织上交给我的光荣任务!”宋志伟说,他很严肃、庄重地整理身上军服、军帽。齐俊杰握住他的手,轻声说:“宋指导员,我已经派人通知郝铁同志。还有一件事,教导员说,入党仪式举行完,任命聂子龙同志代理三连一排长,命令你撤下去。”

“我不能走,我还能坚持!”

“下去吧!这是命令。再说你不走,是不是不放心聂子龙同志?”

齐俊杰恳切、坚定的话语使宋志伟不好再坚持自己意见。他握住聂子龙的手说:“子龙,这里就交给你了,一定要坚守住阵地,哪怕只剩下一个人。”

聂子龙含着泪,说:“指导员,你放心走吧!只要我还活着,阵地就在!”

这时,郝铁和几个入党的同志赶来了。

“好!同志们都到齐了,现在我宣布入党宣誓开始。”齐俊杰说着,点燃一盏灯,交给宋志伟,然后从怀里掏出一面党的旗帜,举起来。聂子龙身上的血沸腾起来。

宋志伟从容不迫,和每一位新入党的同志握手,然后说:“同志们,在这次战斗中你们表现很勇敢,也很坚强……营党支部研究决定,批准郝铁、聂子龙等同志加入中国共产党。从现在起,你们正式成为一名中国共产党的预备党员。”

聂子龙热泪盈眶了,他仿佛觉得自己是在做梦。

宋志伟庄严地握起拳头,所有新入党的同志握起拳头。他不能不相信,自己已经站在党旗下面,向伟大的党宣誓:

我自愿加入中国共产党,拥护党的纲领,遵守党的章程,履行党员义务,执行党的决定,严守党的纪律,保守党的秘密,对党忠诚,积极工作,为共产主义奋斗终生,随时准备为党和人民牺牲一切,永不叛党。

每个战士面部表情肃穆而庄严、庄严而激动……

土匪终于打进克木沁，打进去的原因很简单，就是把手无寸铁的群众抓来用作挡箭牌。努尔兰举着望远镜，观察战场情况，那种狂热的情绪鼓动着他。

“只要战斗一结束，就可以腾出手来对付前来增援的共军。”

忽然，侦察兵骑马急速朝努尔兰跑来，马未立稳，就大声惊呼：“总指挥，不好了！解放军一支骑兵队伍到了。”

努尔兰见到侦察兵这种惊慌失措的样子就烦，喝道：“慌什么，来了多少共军？”

“有……有三百多人马。”

努尔兰并不把三四百解放军放进眼里，怒气冲冲地说：“他妈的，就来这么几个解放军，把你们吓成这个样子……通知艾斯曼，把这支共军骑兵给我灭了。”

“是。”传令兵骑马立刻跑去通知艾斯曼。

努尔兰见传令兵走了，再举起手里望远镜。突然发现打进克木沁的队伍被解放军战士逐步地赶出来。他简直气疯了，挥舞拳头，歇斯底里地大喊大叫起来：“不！不！妈的，一群酒囊饭袋。命令，不许后退！”

杨阳、高书记、陈指导员带领战士从土匪后面发起了攻击。但是没有比一群惊慌失措的老人、妇女、孩子更可怜、更可怕的事。她们惊慌失措地尖叫、逃窜。突然的混乱给战士们反击制造了麻烦。

杨阳大声地喊：“乡亲们，快趴下！”战士们急切解救群众，没能有效地打击土匪。土匪很快进行抵抗和反击。杨阳带领战士们既要掩护群众撤退，又要打击土匪，这里进行着一场惨烈的混战。每一条街道，每一座房屋都成了双方争夺战。

努尔兰刚松一口气，又一个侦察兵骑马狂奔而来。“报告总指挥，一支七八百人的解放军骑兵队伍从南山下来了。”

“解放军增援队伍这么快赶来了……怎么办？”努尔兰已经没法安安稳稳地指挥克木沁的战斗，而且面对紧迫的问题。他狠狠咬一咬嘴唇，颧骨顿时隆起。他脸上神色很快恢复到原先的冷静与冷酷。命令卫队长：“通知队伍向柳原撤退，与哈斯木汇合。还有，不要忘了把阿米尔汗带上。”

“为什么？”卫队长不解地问。

“只有把阿米尔汗带走,艾斯曼才会奋不顾身挡住解放军,我们才好脱身。”

卫队长心领神会,带着几个卫兵去了。留下来的卫兵开始收拾东西、收起毡房,准备撤退。事实上,撤退已经开始。老人、妇女、儿童赶着羊群匆匆上路,由于疲惫劳顿,面部显得毫无表情。

溃退下来的土匪,个个蓬头垢面,胡子拉碴。枪背在肩上,骑马跑得比谁都快,成群结队的大逃亡开始了。

艾斯曼接到命令后,来到救护队和阿米尔汗告别。

没想到救护站,活像一个蜂窝刚被捣毁似的。伤兵躺倒在地上,已经无人照料。女人在混乱中喊着、哭着、呼号自己的孩子和受伤的丈夫;老人乞求大夫把负伤的孩子装上马车、牛车带走。

阿米尔汗来找老山羊,希望他把吾兰带走,老山羊说什么都不干。

“拉一个快死的人,不如拉几个能活的人。”

忽然,阿米尔汗望见了艾斯曼,两眼惊骇地瞪得滚圆,急迫地问:“你怎么还没有走?我们马上要撤退了。”

“往哪里走,到处都是解放军。你们最好是把吾兰留下来,说不定还能留下条命。”

阿米尔汗简直不敢相信。

“是啊!你和哈依拉罕都应该留下来,照顾那些走不了的伤病员……解放军优待俘虏,还给伤病员治病。”

这时,卫队长手里执鞭,看见艾斯曼正和阿米尔汗在一起,便带领几个卫兵冲过来,恼羞成怒地说:“艾斯曼队长,你怎么还在这里磨磨蹭蹭?难道没有接到命令吗?”

“急什么,解放军不是还没有到嘛。”

“你还是快走吧,总指挥命令我们把阿米尔汗带走。”

“为什么?她是我女人!”

“艾斯曼队长,不要激动,我们会保护好你女人……只要你在前面好好打,你的女人就会安全,就会享受荣华富贵!否则……”

“收起你的那一套吧!”艾斯曼喝道,一步一步慢慢地向后退,用身子护住阿米尔汗,右手不由自主往腰间摸去。

“你想干什么?想干什么,别胡来!”卫队长说着,那对眼睛表明他既紧张又害怕。

阿米尔汗脑子动得不快，有短短一会儿，她什么也没有弄明白。当她看见艾斯曼去摸腰间手枪，她感到了害怕、困惑，她急速向艾斯曼瞟上一眼，眼光又落到卫队长身上。她十分了解自己男人，知道他要做什么。

“不许你们伤害艾斯曼，我跟你们走！”

艾斯曼迟疑一刹那间，卫兵立刻冲上去，把他按倒，把阿米尔汗捆绑起来。

突然，哈斯愤怒地站立起来，嘴里“呼哧、呼哧”，可是没人理会它。发狂的哈斯向卫队长身上猛扑上去，一口咬住他手腕，把他拖倒在地，好像要把他撕成碎片似的。

“该死的，”卫队长嚎叫起来，鞭子落在地上……他痛得无可想象，龇牙咧嘴“嗷嗷”直叫。简直从来没有人听到过如此凄惨的喊叫声。

卫兵们立刻冲过来，用枪托、刺刀捅向哈斯。

艾斯曼的脸因为激怒而变了色，脸颊苍白，下颚发抖……卫队长从哈斯嘴里挣脱出来，掏出手枪照哈斯脑袋“砰砰”两枪，哈斯倒下去，头上涌出一股鲜红的血，然而，两只眼睛却瞪得大大的，用它那好像会说话的眼睛凝视着它的主人，忽然，头一歪，鼻孔喘出最后一丝气息。

阿米尔汗很害怕，害怕使她身上每根毛发都在颤抖。一声枪响，她听到艾斯曼痛苦的喊叫声，便失去了知觉。卫兵们冲过来，用枪托朝艾斯曼身上、屁股上砸去，竟像哈萨克女人手里的棒槌在河边洗羊毛那样。

卫队长一只手捂住另一只血淋淋的手，杀气腾腾地在哈斯身上狠踢两脚，然后对卫兵说：“算了，算了，留下艾斯曼一条狗命，还要让他去打解放军。”

卫兵们停下手，低着脑袋欣赏他们的战果。

卫队长拎着枪走过来，在艾斯曼脑袋上晃来晃去，恶狠狠地说：“他妈的，老子真想枪毙了你！”

艾斯曼挣扎着想从地上站起来，可是他站不起来，伤痛和痛苦竟使他昏迷过去。

五十八

乎尔山骑兵营来到克木沁前，侦察兵回来报告："营长同志，克木沁还在战斗！克木沁还在我军手里！"

这消息，让所有骑兵战士热血沸腾。

乎尔山眼里闪动着狂热的光辉，从刀鞘抽出战刀，大声呼号："同志们！克木沁还在我军手里，准备战斗！"

几百只手把战刀举到头顶，响亮的喊声震动大地："战斗！战斗！"

忽然间，迎面出现一支队伍，挡在骑兵营前面。

"全体听令！"乎尔山举起手中战刀。所有骑兵战士都晓得自己营长要说什么，刹那间的火花，把他们的心给刺透了。激情和愤怒支配了战士，他们举起手里战刀，等营长一声令下。

艾斯曼看见解放军骑兵迎面而来，立刻把队伍布置成散兵线，像堵墙似的横在乎尔山骑兵面前。对方排兵布阵，这是艾斯曼所熟悉的战斗队形。他眼睛一亮，知道是乎尔山来了。忽然，悲喜交加的情感油然而生。

"不要慌……归队……"艾斯曼大声喝道。他拔出手枪，对那些不听从指挥的牧民进行威胁。于是，沉默的、苦恼的、害怕的、挤成团的牧民，刚才还自以为是、自由散漫、不守纪律，便忽然转到顺从的、守纪律的、一切听从指挥的行动上来。

"队伍听令！我们面前是乎尔山骑兵营。我们要挡住乎尔山，那是不可能的——我们不想死，不想被屠杀；没有别的选择，我们只能谈判。我现在去谈判，在我没有回来之前，所有的人都必须听从木合买提指挥。要无条件听从他的命令。"艾斯曼说完，双脚一踢马肚子，马儿就向鸟儿归巢似的，向前奔去。

"胡尔山同志，等一等，土匪那边有人过来了。"骑兵营教导员说。

乎尔山愣住了，他认出那匹马和它的主人。

艾斯曼骑马来到两支队伍中间，用喇叭筒一般的声音大叫着："乎尔山兄弟，过来谈谈。"

"教导员，是我一个老战友，我去会会他。"

教导员没弄清是怎么回事，乎尔山坐骑早已弹了出去。两个老战友在两支队伍中间相遇。乎尔山讥笑起来，说："艾斯曼兄弟，怎么还没开打就鼻青脸肿了？看来当土匪还有这种好处。"

艾斯曼并不生气。

"乎尔山兄弟，我没有当土匪！我只是为了我们父老兄弟、女人和孩子。我们不想打仗！乎尔山营长，请你们回去吧！"

乎尔山觉得莫名其妙。

"艾斯曼，你没糊涂吧？放下武器的应该是你们。"

"不要说了，这也是没办法的事。我们的老人、女人和孩子都在努尔兰手里。乎尔山兄弟，如果你硬要冲我们这道防线，对不住，咱们只好在战场上相见！"

"艾斯曼兄弟，你清醒一点吧。就你那几条破枪，也想与我在战场上相见？"

"乎尔山，你听着！站在我身后都是我的牧民兄弟，我们是为老人、女人和孩子而战。我的兄弟们不会让我放下手里武器！"艾斯曼说完，立刻拨转马头，接着，低声说一句："兄弟，我的戏演完了，后面看你们的。"

乎尔山一怔："什么意思？"

教导员见乎尔山回来，赶紧迎上去问："乎尔山同志，谈得怎么样？"

"不怎么样！他说他的戏演完了，什么意思？"

"乎尔山同志，看样子你这个老战友心里有苦衷啊！"

乎尔山忽然明白，艾斯曼的戏是演给队伍里的奸细、演给努尔兰看的。于是发出命令："同志们，准备发起冲锋，枪都朝天上打！"

刹那间，枪声四起，喊杀声惊天动地。

一队人马在阵阵尘烟和滚滚气浪中出现了。

赵子健从望远镜里观察到这种情况，果断命令："通信兵，立刻通知郝排长、聂子龙撤下来，大批土匪就要到了。"

"是！"通信兵急速离去。穿越子弹封锁的戈壁滩，先来到郝铁阵地上，传达完教导员命令，然后朝一排阵地上跑去。

聂子龙和他的战友们刚结束一次短暂而激烈的战斗，坐在战壕里歇息。

通信兵在战壕里找到聂子龙。

“聂排长，教导员命令你们立即撤出阵地，大批土匪马上就到了！”

“你没传达错吧？”

“教导员命令一排马上撤出阵地。”通信兵再次重复一遍。现在，撤退是非常紧急而且不可避免的。聂子龙把班长召集在一起，把命令传达给他们，并且要求不许留下一件武器，留下一个伤员。

他和一班留下来，掩护二班、三班和伤员撤退，任务布置好，他下达命令：“好了，开始行动吧！”

二班、三班开始撤退，由于三四个伤员拖累，行动很慢。这时间，枪声四起，聂子龙听到枪声，一切来得太突然了。他端起枪，立即转向撤退的战士，深切而强有力地喊道：“快冲出去。”

筋疲力尽的战士，加快速度奔跑起来。

刹那间，土匪骑兵追来了。聂子龙端起机关枪猛烈射击。他意识不到自己，只觉得自己还活着，还端着枪——两个土匪跌落马下。

这时，刘长根沿着战壕急匆匆跑过来。

“兄弟，郝排长已经撤下去了，阵地上就剩我们了，赶紧撤吧？”

聂子龙望一眼四排阵地，郝排长果然撤下去了。按照战术规定，部队撤退时，两个阵地之间互相交替掩护，这些战术完全被忽视了。

事实是，一排阵地完全成了孤岛。

“我们走。”聂子龙果断命令。他把几颗手榴弹塞进重机枪底座，拉响导火索，飞似的奔跑起来。一声巨响，闪爆的弹片顺着看不见的抛物线纷纷落下。硝烟还未散去，土匪骑兵又出现了。

聂子龙知道，由于自己耽搁，落在了所有战士后面。他意识到背后有奔跑的马蹄声，而且离他越来越近。他立刻滚进一个弹坑，举起枪，向冲来的土匪射击——土匪扑通一声从马背上滚落在地下，一动不动。

“兄弟快跑，土匪上来了！”刘长根喊着。端起手里的枪，向聂子龙这里狂奔而来。

聂子龙迅速弹起来，两条腿就像加速运动的活塞那样转动。他拼着命奔跑，使得两叶肺片要爆炸似的。他第一次觉得自己陷入恐怖与死亡深渊。

眼前出现一个弹坑。由于恐怖的缘故、由于精疲力竭的缘故，仿佛觉得弹坑是掩体、是避风港。他毫不犹豫地滚进弹坑里，抱着枪大口喘粗气。那片刻间，气顺不过来，脑袋晕晕沉沉，而且恶心得要吐。

忽然，土匪的马到了跟前，大刀片在他眼前晃来晃去。他虽然有点害怕，但决不许土匪大刀在他脑袋上晃来晃去。他抬起枪，一梭子弹把土匪打下马，最可怕的是，他来不及装子弹，又一个土匪出现在面前。

刘长根出现了，一枪把土匪射下马。但是，他没有顾及到身后的土匪。土匪举着大刀片恶狠狠地朝他身上砍下去。

“刘班长——”聂子龙大喊一声，从弹坑里弹跳起来。

通信兵一把按住他，说：“聂排长，刘班长不行了，咱们赶紧走吧！”这时，大批土匪冲上来，聂子龙、通信兵同时举枪射击。可是土匪越来越多。

突然，机关枪“哒嗒哒”响起来。郝排长带领战士回来支援他们了。

于翔龙率领骑兵队来到柳原跟前，但柳原方向已经听不见枪炮声。

“停止前进！”参谋长命令顺着队伍传下去，于是队伍停下来不走了。

安指导员骑马过来，问道：“参谋长，为什么不走了？”

“柳原方向没有枪声，里面情况不明。一旦柳原失手，这里土匪和骑兵团加起来有几千号人马，我们冒失闯进去，无疑虎口送食。通知战士们下马休息，等待命令。”

“是。”安指导员回答。

几分钟之后，侦察兵回来报告：“参谋长，柳原进不去，里面情况不明，但是骑兵团正准备撤离。”

“撤离什么意思？难道战场都打扫完了吗？”

“我们侦察，骑兵团在收起帐篷，备马，营地一片乱哄哄的。”

指战员们满腔的怒火燃烧起来。

“参谋长，不能让骑兵团就这么跑了，让我们打进柳原，消灭土匪、消灭骑兵团，为一营战士们报仇！”

于翔龙咬紧牙关，沉默不语。因为他觉得自己带来这支人马和骑兵团交手，取胜没有什么把握。既然柳原失守，他要对这支队伍负起责任。

突然间，火光一闪，枪声大作。

于翔龙抬起头，所有指战员都抬起头——柳原还在我军手里！

枪声刺进战士们心里，使战士们的心里就颤动起来、燃烧起来。不等参谋长命令,战士们便迅速踏镫上马,端起枪,身子向前伸展,仿佛如狂暴的长矛,准备向敌人刺去。

骑兵团侦察到解放军增援队伍陆续赶到,无心再战。

团长黯然神伤地命令参谋长:“把所有炮弹扔到柳原战场上去，通知部队立即撤出战斗。”参谋长呆头呆脑地问:“我们为什么不打了?弹药库不是快拿下来了吗?”

“共军增援部队已经到了,我们还打得赢吗?趁土匪还没有反应过来,我们赶紧走吧!”骑兵团长说完这些话后,参谋们立刻收拾起地图和杂乱的东西,一心只想逃跑,因而增加了场面的混乱。

几声炮响过后,骑兵团悄然退出战斗。

哈斯木带领土匪如狼似虎地向弹药库扑来，决心抢在骑兵团前把弹药库夺下来。忽然,他得到情报,骑兵团撤走了,哈斯木简直不敢相信,绞尽脑汁地想:“眼看到嘴的肥肉不吃了,难道还有这种傻瓜?”

想着、想着,冷不丁地发出狂笑,每笑一声,马屁股跟着颤动一下。

“天底下竟有这种好事!”

哈斯木咧开的大嘴还没有合拢,突然,冲锋号响起,只见解放军骑兵从四面八方冲杀过来,他的精锐部队立刻土崩瓦解。

哈斯木赶紧逃窜,在逃命中,终于明白了什么是——乐极生悲!

柳原阵地上一片激动的欢呼声:“援军到了……我们援军到了……我们胜利了……我们终于胜利了!”

“是啊,我们胜利了!”聂子龙眼睛里闪耀着激动的、喜悦的、胜利的光辉。

谢树仁率领骑兵大队来到克木沁，战场上到处是厮杀景象。显而易见,这场战斗给解放军战士、给克木沁人民已经戴上了胜利的桂冠。

杨阳清清楚楚看见了骑兵大队迎风招展的红旗，眼睛里充满热辣的泪水。

忽然,大约相距五十来米远的样子,六七个土匪把阿力木和几个群众围住了。阿力木手里握着枪杆,掩护群众退到一堵墙面前,便没有地方可退。土匪刺刀冷酷地放着光,对准了阿力木和乡亲们的胸口。

阿力木紧张地握紧枪,面对土匪说:“不许过来! 过来我就开枪! ”

杨阳打了一个颤,咬着牙,端起枪立刻冲上去。

穷凶极恶的土匪根本不理会阿力木的警告,慢慢靠近他们,眼看着一场残酷搏斗就要开始。一个土匪冲上来, 在刺刀还没有碰到乡亲们身上时,阿力木开枪放倒土匪。其他土匪蜂拥而上,几拳把阿力木打倒在地。

杨阳冲过来,一排子弹射倒两个土匪。“乡亲们快走!”他大喊着,把土匪吸引到自己身边。乡亲们抬起阿力木就跑,并且跑得非常快。这种撤退非常紧急而且非常及时。乡亲们脱离险境后,杨阳一身轻松,准备战斗了。

土匪先下手,一个土匪挥起枪柄,照杨阳身上砸。

杨阳急忙闪开,反手狠狠给土匪一击。枪柄打在土匪身上,反弹力十分猛烈,竟使自己后退几步。土匪却稳稳地站在原地,昂着头,脸上露出狰狞的笑。

土匪们发出“嗷嗷”的野兽般的吼叫声,而且同时还做出一种恶狼捕食动作。杨阳临危不惧,一步一步向后退,等待机会。土匪猛扑过来,他像豹子一样敏捷闪到一边。但是,土匪刺刀擦伤了他的面颊。

杨阳感觉得到自己的脸火辣辣地烧。他被激怒了,举起枪对准土匪面部狠狠砸下去。由于向前冲力的推动,他和土匪一起倒在地上,同时,他的双手紧紧卡住对方脖子。但是他没有发现被他卡住脖子的土匪早已经失去了知觉。

狂暴的土匪立刻扑上来,扼住杨阳脖子,用刀尖刺穿他的喉咙。杨阳喉咙里立刻发出“咕嘟咕嘟”的声响,谁也不知道他在最后说些什么,但是,他眼睛里闪耀着骄傲和胜利的光辉——他拉响了身上的手榴弹。

突然间,刘少贤听看见大地一声闪爆,惊呆了。

努尔兰站在毡房外,今天早晨迎接他的是一团滚滚烟尘。

尘土中传来一阵纷沓的脚步声。成千上万的牧民、老人、妇女和儿童如潮涌来。他们有徒步走的,有骑马的,有赶牛车和赶着羊群的。无论女人、儿童、老头、老太婆以及受了伤的年轻人,都一股脑儿地涌入去柳原的人流中,这些人还心存希望。

柳原方向的轰隆之声传入努尔兰耳朵里,声音既沉闷又无力,犹如暴风雨来临前的一阵闷雷。

“哈斯木还没有把弹药库打下来？”这是努尔兰的第一个念头。

努尔兰计划在这里布置一道新防线，再给哈斯木争取一点时间。随后他明白：“不！这不是枪炮声，而是暴风雨将要来了。”

努尔兰回到毡房，才发现托盘里的早餐原封未动，便喊道：“阿米尔汗，快去热饭。”

“是，”阿米尔汗回答，端起托盘出去了。

桌上放一瓶威士忌，据说是尧乐博斯送给乌斯满。因为作战有功，乌斯满又赏给他。所以，他一直没舍得喝。今天不知什么原因，他特别想喝。于是，他打开酒瓶，浓烈的酒味迫使他把酒瓶放到自己唇边，深深吸了一口气，然后很快喝了一口，辣乎乎的液体顺着他的喉咙一直流淌到肚子里，真是舒服极了。

这时，乌斯满传令兵送来一封急信。

努尔兰打开看，脸上的筋抽动起来。原来乌斯满被解放军剿匪部队打垮了。乌斯满命令他带领队伍转移到黑戈壁，然后进入甘肃、青海、新疆三省交界山区，在那里与乌斯满率领的残部汇合。

他简直不敢相信，不禁脱口而出：“这怎么可能……这怎么可能呢？我们的巴图鲁乌斯满怎么会失败呢？”然而，信上写得清清楚楚。

卫队长匆匆走进来报告：“总指挥，哈斯木逃走了。”

努尔兰又是一惊。

“不！不可能啊，柳原方向还有枪炮声。”

“是的，柳原是有枪炮声，那是我们兄弟在作最后抵抗……哈斯木得知解放军援军到了，撇下兄弟们带着十几个亲信逃走了。”

“他妈的，这个王八蛋……这条癞皮狗……这？”努尔兰突然顿住，因为，他想起这都是他教导出的“战士”。唉！丧家犬何必骂流浪狗。

目前大势所趋，他得赶紧走。

“卫队长，你赶紧准备一下，天黑之前我们也得离开这里。对了，不要带太多人马。”

“兄弟们怎么办？”

“让兄弟们和共军继续打吧，‘胡达’保佑他们！”

阿米尔汗端着早餐正准备往毡房里送，听到努尔兰这句话，差点惊呼出声。

“这个魔鬼，把所有牧民、伤兵、老人、妇女和孩子统统抛弃了。可是艾斯曼却浑然不觉。”

她得赶紧逃走，把情况告诉艾斯曼。

聂子龙带领战士追击残匪。

柳原之夜，美丽而又恐怖。戈壁滩上处处呈现着羊群的黑影，它们太劳累了，这会儿，卧在地上半醒不醒地打着盹儿。

“哪里来这么多羊群？”聂子龙大为吃惊。

“排长，怎么办？”

聂子龙起初没有讲话，他在思考。接着，像是回答他自己的思路似的，坚决说：“是土匪丢下的羊，咱们把羊赶回去，不就有肉吃了嘛。”

“排长，把羊赶回去能吃吗？”

“怎么不能吃，我们不是有一首歌，这样唱，”聂子龙不大用脑子想，唱了起来：

没有吃、没有穿，敌人给我们送上前，
没有枪、没有炮，敌人给我们造。

唱了两句，他便来个急刹车，问道：“你们说，我们现在是不是没有吃的，土匪给我们送羊来了？”

“排长说得对！”战士们用喜悦回答他。

忽然，一道闪电无声滑落下来，不一会儿，阵阵雷声滚滚而来。

“排长，要下雨了。”

羊群立刻骚动起来。

“赶快去赶羊！”聂子龙大吼一声，战士们立刻冲出去。那些羊活动得更欢了，四处乱窜乱闯。

荒原之上雷声隆隆……

努尔兰带着卫队长和三个亲信落荒而逃。一路上，他都在考虑去不去黑戈壁。因为他的队伍被打垮了，怎么有脸去见乌斯满。不如先回乌龙布拉克去，等待时机。眼看就要进山了，这才算是松了一口气。

突然,他收紧缰绳,哈哈大笑起来。

魔鬼的笑声让卫队长感到了不安。

"总指挥,你笑什么?"

"老天爷都在眷顾我们。这么大的雨,谁还来追赶我们呢?卫队长,我们找个地方歇一歇,吃点东西,天亮再走!"

蓝色的闪电,把一群人照得雪亮。

"总指挥,快瞧,那是什么?"

努尔兰探起身,伸长脑袋仔细看,吃惊得双眼瞪得直直的。因为他看清楚了,艾斯曼带领一伙牧民挡住了他要走的路。努尔兰使劲压制他那狰狞的、惶恐的心,渐渐稳住情绪。

"艾斯曼兄弟,你怎么会在这里?你不是在前面……"

"总指挥,兄弟们都在前面打仗,不知你跑到这里干什么来了?不会又是'胡达'把你召唤到这里?"

"不!不!乌斯满巴鲁图招我回去……乌斯满在伊吾、在巴里坤打了大胜仗。千千万万的兄弟纷纷开往这里,准备迎头痛击共军。我是去迎接乌斯满。"努尔兰说着,连他自己都不相信这些话。他却暗暗给卫队长使了个眼色。

卫队长见到艾斯曼,浑身哆嗦,不知所措。此时,见到努尔兰递来的眼色,伸手去摸屁股后面的枪——艾斯曼手疾眼快,抬起手里的枪把卫队长射下马,再扫一眼他的脸,原先长眼睛的地方,现在是一个血肉模糊的黑洞。

三个亲信吓得赶紧举手投降。

努尔兰顿时毛骨悚然,身子一个劲地哆嗦。

"艾……艾斯曼,咱们……可……可是兄弟!"

艾斯曼下马,走到努尔兰跟前。

"牧人不会与豺狼成为兄弟!"

努尔兰充满恐惧的眼睛睁得老大。他想开口说话,可是喉咙里发不出声。艾斯曼把他从马背上拎起来,握紧拳头咆哮道:"这一拳,是替哈斯报仇!"这是可怕的一击。努尔兰鼻孔里立刻冒出了血,他一面哀叫,一面举起双手。

"这一拳,是替阿米尔汗和无家可归的乡亲们!"

艾斯曼又狠狠一击，努尔兰四脚朝天，眼冒金星。艾斯曼再上前一步，拎起努尔兰，又是猛烈一击。

“这一拳，是为无辜负伤和死去的兄弟们！”

“求求你们……饶了我吧！”

谁也没有见过在草原横行霸道的努尔兰竟然也会发出哀鸣。牧民们怒不可遏地冲上来，用枪托砸、用马蹄狠狠踩踏，把努尔兰捣成了一堆碎骨头的肉酱。

五十九

狂风暴雨在黎明时歇息了。

县委黄书记带领工作队和救护队赶到克木沁，立刻召集会议，研究安抚牧民，抢救伤员事宜。

黄书记说：“同志们，现在最重要的工作就是做好牧民思想工作、安排好牧民生活。甄别牧民与土匪，让牧民尽快回到牧场恢复生产。阿力木同志带领工作队去柳原，那里还有大批牧民。你们要利用这次有利时机，宣传党的民族政策，开展减租反霸斗争，实行牧区民主改革。”

阿力木激动地说：“太好了！我尽快去柳原。黄书记，捡回来的羊怎么办？”

“是牧民的羊要还给牧民。是土匪的羊，批评教育后也要给他们生活出路。恶霸的羊一律没收，分给穷苦牧民，使牧民群众尽快过上好日子。”

这时，吐尔地大叔突然闯进来，愤愤地说：“阿力木，我们家的羊被土匪抢走了，我拾来的羊，工作队要收走，你给评个理。”

阿力木生气地说：“爸，我们正在开会，你先回去。”

高书记说：“大叔，不要着急，有话慢慢说。这是咱们县委的黄书记。”

黄书记已经站起身，上前握住吐尔地大叔的手说：“老人家，你们家的事我都听说了。你们一家人拼着命救刘营长的夫人和孩子，很勇敢也很光荣。你们一家是我们县里拥军模范，我代表政府感谢你们！”

什么是拥军模范，吐尔地大叔虽然不懂，但他知道得到黄书记表扬就一定是好事。他激动地握住黄书记的手，感到光荣和骄傲。

“黄书记,我们家的羊?”

“大叔,我们正在开会研究,群众的损失政府一定补偿。”

阿力木说:“爸,都听见了吧,把羊交给工作队同志,家里的损失政府会补偿的。”

“好!我相信政府,相信黄书记。我这就回家去把羊交给工作队同志。”

这时,刘少贤走进来说:“黄书记、高书记、阿力木同志,我们任务已经完成了,要回去了。”

黄书记说:“刘营长,我代表全县各族人民谢谢你们啊!没有你们坚强和勇敢,我们老百姓损失可就大了。”

“黄书记,没有克木沁群众支持和帮助,没有高书记和阿力木同志配合,我们要打胜这一仗是很困难的,我们也要感谢克木沁群众的支持和帮助。”

黄书记说:“同志们,我们一起去送送解放军同志。”

祖利比亚、艾菲拉、小古丽来给胡慧慧和战士们送行。胡慧慧同祖利比亚大妈、艾菲拉告别时,竟忍不住哭了,眼睛都哭红了——全镇的乡亲们都出来了,老头、老太太流着热泪,握住战士们的手恋恋不舍。

女人擦着脸上泪水,眼睛放射出喜悦的、复活的青春光芒。

陈志军看见黄书记、高书记、阿力木、刘营长走过来,立刻跑上前报告:“黄书记、刘营长,队伍集合完毕,请指示!”

刘营长请黄书记给战士们讲几句话。

黄书记对身旁阿力木说:“阿力木同志,你代表我们讲几句。”

阿力木激动地向前迈出一步,发出肺腑之言:“解放军同志,你们打了一场大胜仗!你们用生命保卫了和平,保卫了人民群众生命和财产。每当危难时刻,方显出解放军伟大和光荣。我们深深知道,新疆和平安定生活来之不易,新疆各民族团结来之不易,解放军是各民族群众和平生活的保卫者,民族团结的维护者,幸福生活的建设者。新疆各族儿女和解放军一万年也不能分离!”他讲到这里,竟忍不住流出眼泪。

买尔旦大声喊起来:“万岁!万岁!解放军万岁!民族团结万岁!”

乡亲们立刻发出雷鸣般的致谢声,经久不息。

聂子龙带领战士们忙活一晚上,赶回来上千只羊。虽然羊肉没吃上,几名战士被雨淋感冒不说，还得把羊给牧民送回去。

回来路上，天已经黑了。聂子龙走在前头，战士们跟在后面。

“排长，你唱的什么歌？让我们白忙活一晚上。”

聂子龙知道战士们这话是在揶揄他，可又觉得战士们的话也确有几分认真。

“这首歌是教导员教我的。教导员说，过去每打一次胜仗，就把从敌人那里缴获来的东西统统拿出来改善战士生活。”

“那教导员还叫我们把羊给牧民送回去？”

“因为羊是牧民的，不是土匪的，所以我们就得送回去。”聂子龙说，好容易才忍住，没笑出声来。

“排长，我们再也不信你的话了。”

“信不信是你们的事，但是要遵守三大纪律、八项注意。”

战士们虽然有说有笑，这只不过是一层表象，骨子里疲倦、紧张才是真格的。因为这两天，土匪虽然消灭了，可是散兵游勇到处放冷枪。白天袭击牧民群众，晚上袭击执勤战士，如今天一黑，战士们神经都绷得很紧。

“排长，快瞧，那边来了好些人马，是不是咱们团大部队到了？”

黑暗中闪动着一串串火把，向柳原开过来。

“排长，是我们团的队伍，是我们团的队伍到了！”战士们激动得直嚷嚷，立刻踩着泥水向自己的队伍跑去。

史兆明带领队伍迈着坚韧而豪迈的步伐走来。他们手里火把燃得正旺，照出他们身上汗渍、照出他们面孔上尘土、照出他们喜悦和自豪的神情。

赵子健、于翔龙、宋志伟等指挥员向迎面走来的史兆明行庄严军礼——队伍一下乱了套，大队人马刚停下。柳原战士们一拥而上，敬礼、握手、拥抱。那种激情是难以形容的。

史兆明眼里闪耀着胜利的喜悦，望着全体指战员，大声说：“同志们！柳原保卫战的胜利、克木沁保卫战的胜利，是我们党的胜利！是人民军队的胜利！是全疆各民族人民的胜利！是不怕牺牲、勇往直前的战士们的胜利！”

“胜利！……胜利！……胜利！”

热血沸腾了，一阵新的激荡的浪潮震动大地。

史兆明接着说：“我们胜利了！但是，我们有些指战员在这场战斗中，献出了宝贵生命。他们死的光荣、死的伟大！他们的精神会更加激励我们奋斗。同志们，把牺牲同志们未尽的事业坚持到底！我现在命令你们，重新拿起生产建设的武器，恢复生产，重建家园……"

聂子龙心潮澎湃："是啊！战友们的鲜血不会白流，我们的土地、我们的家园……我们必须为它辛苦、为它而战，战而必须胜之！"

"子龙，子龙！"

他回头，简直不能相信，甚至惊叫起来："雪梅姐，你怎么来了？"深受震动与感动的他，向林雪梅伸出手去，两人第一次拥抱在一起。

"子龙……没想到……我们又见面了。"她说着，忍不住流泪了，"你们……活着就好，活着就好！"

"雪梅姐，没想到你会来……没想到，"他说着，热泪满面。

"我想你们……担心你们……路上……我不断默默祈祷，"她战栗的声音，每分每秒里都增添了更多感情。"我的整个生命全都集中于一点……那就是去柳原……在你们身边同你们一起战斗！"

"雪梅姐——"他哽住了，他弯腰，嘴唇贴在她的手背上，吻着它，极力想隐藏住他的激动，他知道那种激动是没来由的，虽然他抑制不住。

林雪梅脸红了，把手缩回来。

"子龙，长大了，像一个真正的男子汉。"

他们的神情让彭雅莹大吃一惊，幸而她不知道这种神情的真实意义，否则，她要惊骇了。"咚咚"的战鼓响了起来——不！这不是战鼓，而是乐鼓。

"雪梅姐、子龙，跳舞去。"彭雅莹说。

林雪梅眼光盯着他。记忆像闪电一样在他眼里闪了一下——吐鲁番那个夜晚、那场舞会……多么地尴尬……多么地狼狈……然而又是多么地渴望……终于和雪梅姐牵手，一起跳舞。

也许，这就是一种期待吧！

林雪梅说："子龙，我们跳舞去。"

于是，他们和战士一同舞起来。兰儿也加入到舞起来的战士中间。战士们喊着、叫着、笑着，每个战士都尽力去挽住彭雅莹、兰儿的胳膊转上一圈，是他们今晚的幸福。瞧，有两个小伙子一齐把彭雅莹抓住，并把她夹在中间，转了起来。

“快停下，我要转晕了。”她挣扎着，仰起头哈哈大笑，带着笑声呼唤聂子龙和雪梅姐来救援。

听见她的笑声、喊叫声，聂子龙第一次感觉到，有一种新的东西在他心中觉醒，这种东西是不可以克制的，也是一种要求，要把它表现出来。是的，要求表现，不仅自己要表现，而且感觉到，我们不但热爱这片土地，热爱家园，我们还要对人们述说出，我们也热爱女人——有了女人，这片土地上的男人才能永远快乐地生活。

这一次，他竟忘了保护她不被战士们“侵犯”的责任。

林雪梅注意到了他，便也不笑了。

“子龙，想什么呢？”

“也许是因为前些日子，我们的视线一直被战场硝烟所弥漫，炮弹曾在我们心里迸出如雨的火花——那是英雄的梦。然而，却忘记夜空中的星星并没有被战火所焚化。”

她抬起头来看，是啊！今夜星光灿烂。

一个昏暗的下午，蒙蒙细雨飘落下来。这是一种使人无法辨别的极细的毛毛雨，不停地把悲情点点滴滴斜着飘下来。赋有使命的指战员默默立在墓地旁，准备为牺牲的战友下葬。

杨勃兴来了，史兆明、赵子健、于翔龙、刘少贤等指挥员来到墓地。阿力木带领工作队的同志也赶来给烈士们送行。

杨阳、老班长、何长林、老兵、刘长根等二十六位战士遗体被抬了过来。指战员们向战友告别，每张脸都沉浸在悲痛当中。

乡亲们向最可爱的人祈祷、诀别。

顷刻间，战士们听得见仰天拍地的哭喊声……

胡慧慧抑制不住心中的悲情，一面哭泣，一面倾诉：“何师傅……你死得好惨……都是为了我……你走了……怎能叫我安心！”

刘少贤挽住她胳膊，扶着她，不让她倒下去。

彭雅莹把手里的红丝巾系在老兵的脖子上，突然感到一阵撕裂般的心痛，面颊淌下一串滚热的泪水，直达微微颤抖的唇边。

“大哥，我们说好了不流泪，可我还是忍不住流出了泪……今天，和你一样勇敢的战友们同你一道上路。大哥，一路走好！”

惠莲嫂跪在老班长身边，拍打老班长的脸，仿佛在唤醒他。

“老哥呀，你怎么走了呢？……我们娘儿俩千里迢迢来找你……你却不声不响地离去，不声不响地走了……这是为什么呀！……你睁开眼睛看看我吧！……你这个老东西……为什么不说话……为什么不等我们呢？”

号啕、哽咽、哀诉，闷雷般的声音惊动悲情的天空。

林雪梅抹去脸上的泪，扶起惠莲嫂说：“嫂子，老班长知道你们来看他了……老班长听到这么多知心的话儿，在天上也会流着快乐的眼泪。”

杨勃兴来到杨阳遗体旁，蹲下身仔细看着，用手摸摸残缺的遗体，然后把手里的一束鲜花放在他的胸前。这时，他记忆起许多往事，沙家店战役，他身负重伤，杨阳遵照王司令员命令，背着他一路小跑，喘着粗气说：“教导员……要挺住啊！……野战医院快到了……马上就到了……”

杨勃兴从记忆中醒来，轻轻抹去眼角上的泪，然后站起来，走到每个烈士身前，默默把手里的鲜花放在烈士们胸前。

“同志们，王震司令员和张政委让我代表他们及全军指战员向英勇牺牲的战友们致敬！”他庄严肃穆地把手举在帽檐上。

指战员们举起手，向牺牲的战友们致敬。

“同志们，我们二十六位战友长眠在这片土地上。他们用鲜血和生命谱写了一曲保卫祖国、保卫和平、保卫边疆各民族群众生命和财产安全，保卫生产建设的壮歌。他们为军旗添彩，我们为他们骄傲，他们为国旗争辉，我们为他们自豪，烈士们的血不会白流……”

杨主任的悲壮悼词，苍天为之动情，大地为之悲痛。

追悼会后，林雪梅去看胡慧慧。

林雪梅敲门进去，斜阳的余晖照在了她的脸上。她看见胡慧慧手里抱着婴儿，在地上走来走去。当胡慧慧看见林雪梅时，“啊”了一声，站住了——她变得多么不同，忧思笼罩在她光彩敛去的脸上，显得分外憔悴。

林雪梅的心微微一颤。

“慧慧，这是你的孩子？”

“是的。”

“让我抱抱，让阿姨看看。”林雪梅说着，从她手里接过婴儿，情不自禁低头仔细瞧着孩子的脸，自言自语：“多漂亮的一双黑眼睛。”

胡慧慧听到这句话,脸上微微泛起一片红晕。

“雪梅姐,你坐,我有话要对你说。”

“我知道。”林雪梅说。因为在追悼会那天,她什么都看见了。“事情都已经过去了,就不要想那么多了。”她安慰她,坐下了。

“我也这样想,”她声音发颤说,“不知是什么缘故,我就想说出来,心里才觉得舒服一点……可是又不能……”

“那你就说出来吧。”

胡慧慧瞧着林雪梅,仿佛竭力回想什么,然后,脸又微微涨红了,终于说:“他是我朋友。因为少贤不在家,他经常来家里帮助我……”她把故事全讲给林雪梅听。讲完了,她一脉泪泉从黑眼睛中迸出,把压缩的心苏解了。

林雪梅也不知怎的,想到了聂子龙,她不得不承认曾经也有过这种情感。为什么女人都会执拗地去追求不会有结局的情感呢?可能是青春期按捺不住爱的冲动。这种爱在不会有结果后,也就是终点。

“慧慧,我理解——爱情不是别的,是属于青春的心灵。但我们不应该在爱的冲动下迷失自己。因为,爱在痛苦和快乐的时候,应该辨明是非、服从理性;要知道没有雷雨,不见彩虹。对待爱情就像母亲对孩子一样,只有身处在自我认识的最高境界,一个人才能领悟什么是真正的爱。”

听到这些话,胡慧慧心里的阴影渐渐消失了,脸上表情也变了,阴霾和羞涩被一种宁静和喜悦所代替。

“雪梅姐,你说得那样好,你是不是也……”

“是的,我曾经也遇见过,也很纠结,现在已经烟消云散了。”姐妹俩相互交换了温存的眼神。可是这眼神显然不能加以特殊的解释,只是在姐妹俩的心灵里开了扇窗户,互相坦然揭示自己内心世界的秘密……

此刻,婴儿在林雪梅怀中甜蜜地睡着了。

这时,有人来敲门。

“林指导员,惠莲嫂突然改变主意了,决定留在柳原。你去看看吧。”

林雪梅站起来,把怀中的婴儿还给她说:“我走了。”胡慧慧一边接过孩子,一边匆忙说:“太遗憾了,话儿还没说完呢。”一种春意盎然的微笑荡漾在她的嘴角上——从前那个胡慧慧又回来了。

“再见!”林雪梅微微一笑说,然后离去。

林雪梅赶回卫生队。

"惠莲嫂,这是怎么回事?为什么不走了?"

她勉强地笑了一下,一句话也不说。

"惠莲嫂,昨天我们不是说好了要跟我们一起走。你不用担心,我和政委会照顾好你和兰儿。"

"雪梅呀,老班长工作的地方我去看过了,没想到……"她说着,又不说了,泪水从她眼里流下来。

"你留下来,兰儿怎么办?"

"兰儿跟你们走,让她去当解放军。我要留下来,把老班长没做完的事接着做下去。"

"惠莲嫂,这里生活很艰苦。你一个人留下来,生活很不方便。"林雪梅说,紧紧握住她的手。

悲痛的泪水从惠莲嫂脸上消失了,但是另外一种不同的神色替代了她脸上刚才的表情。

"你说这里生活苦,是吧?雪梅呀,我什么样的苦没吃过,什么样的罪没受过……我决心已下,就别说了。"

林雪梅沉默了。

兰儿站在门外,全部谈话她听到了。她闯进屋子里来,跪在母亲面前,抓住了母亲的手,泪如雨下。

"娘!你不走,我也不走,我要和你在一起。"

这里实在没有人能够描绘出那种感动、怜悯的景象,惠莲很长时间没有经历过这种感情的猛烈冲击,她的心颤抖起来。她克制不住这种感情,默默地把手放在兰儿头上,两行热泪从眼睛里滚落下来。

哨声响起来。

惠莲嫂身子打个颤,把兰儿一推,说:"你们赶紧走吧!"

林雪梅望一眼惠莲嫂,拉起兰儿说:"兰儿,不要让母亲为难,我们走吧!"

兰儿用绝望的声音大声喊道:"不!我要和娘在一起。"

"走吧,你要是娘的孩子,就听娘的话。"惠莲嫂说着,用痉挛的双手推动兰儿。

聂子龙赶到救护队，雪梅姐、彭雅莹已经走了。

“卫生队离开多长时间？”

“聂排长，你可回来了，卫生队走了一个多钟头。林指导员和彭会计临走时没见到你，给你留下一封信。”

聂子龙没等卫生员把话说完，拿过信，转身就走。

聂子龙迫不及待离开救护站，已经大步在路上，不，似乎在跑。可是，他怎么也不能清醒过来，这一切就像发生在梦中——只有那长年累月用整个心灵怀念过、尝够了相思之苦的人，才能够这样热爱自己梦中的人。

牧民重新回到草原上。

阿米尔汗像往常一样，从山冈赶羊群下山。红日轻柔地落进雪山后面，在山里有一个年轻的哈萨克，好像纵马追赶落日。

我的阿尔泰山哟，青青的白茫茫的山哟。
山里哟，来了共产党、解放军，
草原上牧民哟，过上了幸福、美好的生活。

歌声忽然停了。阿米尔汗看见哈依拉罕两臂抱着前胸，像石头一样坐着。她听见阿米尔汗的歌，抬起头来。

“哈依拉罕，有艾尔曼的消息吗？”

“没有。”她唉声叹气。她望着美丽的草原，心似乎停止了跳动。她仿佛觉得整个草场都被抹去，一切变为阴沉沉而毫无生气的、原始的、无色的苍茫之中。

哈依拉罕无意间看见一匹骏马向她们这里奔来。

“阿米尔汗，你看，艾斯曼大哥回来了！”

阿米尔汗立刻弹起来，按捺不住骚动起来的心，挥动着手里牧羊鞭，热泪盈眶。

“艾斯曼——”

艾斯曼听见呼喊声，从马背上滚下来，他一边笑，一边大步走来。当他走近阿米尔汗身边时，伸出双手去迎接她的拥抱，突然，阿米尔汗举起手里牧羊鞭子，朝他身上抽来……她抽啊，哭啊，喊啊，笑啊，然后扑进艾斯曼怀抱。

艾斯曼紧紧抱住她，忽然望见哈依拉罕，悄悄地问："哈依拉罕怎么了？"

"哈依拉罕天天盼着艾尔曼回来，可是艾尔曼一点消息都没有。"

"我已经打听到了，艾尔曼跟着哈斯木逃往黑戈壁了。"

阿米尔汗不知道说什么好。

"吾兰现在怎么样了？"

"吾兰被解放军救活了。没想到解放军没把吾兰当土匪，反而那么多解放军还给他输了血。他住在县城医院里养伤呢。艾斯曼，你说得对，当时要是让老山羊把吾兰带走，说不定吾兰就死在路上了。"

"当时你们都不相信我的话。"

"我相信，"阿米尔汗赶快说，怕说慢了，自己同那些不相信解放军的人同流合污了。然后还不好意思地笑起来，"艾斯曼，工作队要进山了，木合买提报名参加了工作队，他们都盼着你回来呢。"

"我暂时还不能回来。"艾斯曼失望地说，"我回来看看你，看了你就走。"

"为什么呀？"

"我要去找艾尔曼，一定把艾尔曼找回来，无论有多少艰难险阻，我都要把艾尔曼找回来！"

空气沉闷了，生命的气息似乎隐退到草地下面去了。阿米尔汗的手无力垂下来，挨近艾斯曼，将头轻轻靠在他的肩上，强忍住泪眼泪，说："去吧，去把艾尔曼找来，否则一家人没法过上安宁的生活！"

哈依拉罕听到这些话，低下头哭了。

天刚黑，在柳原会议室里，杨勃兴要离开柳原，正和同志们话别。

"同志们，告诉大家一个好消息，谢树仁率领的骑兵大队把骑兵团包围住，骑兵团投降是早晚的事。另外，民族军骑兵营与六军兄弟部队把乌斯满、尧乐博斯赶进黑戈壁，土匪已经无路可逃。"

"没想到，形势发展这么快！"指挥员们感叹道。

"是啊，通过这次血的洗礼，边疆各族人民将更加团结，社会秩序更加稳定。我们还清除了队伍中的害群之马。吕学农被开除党籍、军籍，送劳改农场劳动改造。韩守义、邵良驹不但贪污腐化，生活堕落，还绑架儿童、敲诈勒索商人，干了许多坏事，罪不可饶！”杨勃兴又热情奔放地说，“边疆各族人民将会看见，幸福生活将如太阳在东方升起那样，普照大地，迅速涤荡一切反动派留下来的污泥浊水，治理好战争创伤，建设起一个团结和睦、繁荣富强的新疆。”

六十

这是一个收获季节，田野里闪动金色的光泽。

麦田前面红旗招展，后面是成百上千人的战士，他们戴草帽，挥舞手中镰刀，仿佛人们在飞、镰刀在飞、麦穗在飞扬，就连雀儿也煽动起快乐的翅膀，在麦头、在田埂处飞来飞去，“唧唧喳喳”唱着丰收喜悦的欢歌。

到中午的时候，炎炎的太阳高悬在当空，熊熊地燎烧着大地。彭雅莹伸直了腰，深深地舒了一口气，向四周望一眼。她们来到这里快一年，眼睛里已经看惯了白茫茫的雪域，看惯了荒凉粗犷的大戈壁滩，看惯了一望无垠的沙丘。如今，这里仿佛换了一个新天地：麦浪滚滚，菜花飘香，处处一派丰收景象。

“雅莹姐姐，我渴得不行了，我要去喝水！”兰儿说着，直起腰来，朝地头走去。湿漉漉的花布衫贴在少女的乳房上，黑色裤子紧紧裹在圆圆屁股上，走起路来，小屁股一扭一扭的，还觉得自己扭得有多美呢。

徐艳秋抬起头，擦一把脸上的汗，望着兰儿的背影，说：“这个小妖精，哪是去喝水，分明是给男同志扭屁股去了。”

彭雅莹哈哈大笑，笑得把手里的一捆麦子掉在了地上。

“她……她还是个孩子，这样说兰儿不好。好了，咱们也去休息一会。”

她俩来到一处麦垛阴影下面，躲避火一样的太阳去了。

“雅莹，听说参谋长调到骑兵团当团长，走时和玉洁把婚事办了。”

“不知道玉洁的伤怎么样了？”

“听说好多了，团里准备派车去接她和姜玉玲。雅莹，这件事是不是要通知一下聂子龙？”

“听说他还在工作队，不知道回来没有？”

“听说王团长这次也扶正了，你和他的事怎么样了？”

“我是不会嫁给王团长的。”

“别把话说绝了，雅莹，我看赵主任不会善罢甘休。”

“我已经想好，知道怎么对付他了。”彭雅莹说，脸上显出一丝笑容，“你和孙政委的事怎么办？”

兰儿不知什么时候回来了，在一旁忍不住地问：“艳秋姐，你和孙政委怎么了？”

徐艳秋大吃一惊，赶紧说：“去，去，大人说话，小孩子别插嘴。再说了，你一个小孩子，整得那么明白干什么？”

兰儿生气了，撅起嘴躲到一边不吱声了。

徐艳秋接着说：“说实话，我知道孙副政委为革命吃过苦、流过血、负过伤。每当听他讲起保卫延安的故事，我就激动得热血沸腾，可是想到要和他结婚，就什么感觉都没有了。”

彭雅莹忍住笑，说：“你一会儿热血沸腾，一会儿什么感觉都没有，那你就听赵主任的话，他不是说了，只要两个人睡在一张床上，什么感觉都会有的。”

徐艳秋知道她是玩笑话，可是玩笑话她照例会生一肚子气。

“没想到，你也是个‘流氓’。”

她哈哈笑起来，好不容易忍住说：“这话可不是我说的，是赵主任说的。他好像很有经验似的。艳秋，你说，赵主任结过婚没有？”

“这？我就不知道了，好像没有。”

彭雅莹和徐艳秋说悄悄话，简直不是说话，而是一种心心相印，她俩对即将踏上未知的婚姻旅途既喜欢又恐惧。

“赵子健还没结婚，只要他没结婚，就好办。”她暗暗想，眼里闪出快乐火花。因为，她追忆起赵子健同她的一次谈话。

会议室里，赵子健露出格外严峻的脸色。

“小彭同志，我上次和你的谈话想好了没有？一个月过去了，总得给我一个态度吧？”

她垂着头，默不吱声。

“你说话呀，什么时候变成哑巴了？”赵子健在会议室来回踱着。他下定决心：她不吱声，他也有办法让她表态。他走到她身旁，说：“小彭同志，你不说话，我认为你就算是默认，等秋粮打完就和王团长把婚事办了。”

她的心猛地往下一沉，心想："自己真够愚蠢的，竟然没考虑到不说话算是默认。默认不就是同意？"她一时被气晕了，连赵子健在说些什么也顾不上听，大吼一声："我不同意！"

赵子健吁了一口气。他不怕彭雅莹发怒，就怕她不开口说话。只要她开口说话，他认为还有办法，不管用什么办法。

"为什么？"

她喝道："没有爱情的婚姻，怎么在一起生活？"

"爱情？什么是爱情？"

"爱情是一种心心相印，是你心中有我、我心中有你的那种激情，是那种闭上眼睛就梦见他，睁开眼睛就想念他的感觉。"

突然，仿佛一个雷声直冲她的耳鼓，她震惊了。因为，赵子健强有力的手拍在桌面上，这比她听到过的任何声响都可怕。

"小彭同志，什么是爱情？爱情首先是无产阶级感情，战友之间友情，无私奉献的革命热情。什么你心中有我、我心中有你，什么闭上眼睛梦见你、睁开眼睛想念你，这是什么？这是资产阶级爱情观！"

她因为冰凉的内心的恐惧而颤抖。

"你心里有没有老同志，你还是一个革命者吗？还是一名解放军战士吗？我可以认真地告诉你，当你穿上这身军装时，就把你的一切，包括你的生命都交给了人民军队。你的爱情与无产阶级感情、战友之情相比，算得了什么！"

她忍住眼睛里的泪水，说："赵主任……不像你说的那样。王团长是我尊敬的首长……我敬爱他就像敬爱自己的父亲、母亲一样，这种感情和结婚是两回事啊？……结婚是要有爱情，激情、有感觉和感受的那种……"

"什么感觉？什么感受？只要两个人睡到一张铺上，什么感受、感觉都会有的。"

她目瞪口呆，两颗泪珠挂在眼睫毛上，简直就是放大镜。

"赵……赵主任，你说什么？你不讲道理。"

"小彭同志，我不讲道理？我们老同志在战争年代为民族的解放事业流血牺牲，在和平年代保卫国防，建设边疆。他们来到大戈壁、大荒原，流血流汗。老战士们失去了你们想要的青春与年华。这些老同志和谁去讲这个理？你理解他们的感情、感受吗？小彭同志呀！他们也是有血、有肉、有感情的人啊！……只要这些老同志心里面有了你，这就足够了……难道你不能为老同志牺牲点什么吗？”

“赵主任，这哪里是牺牲点什么，这是残忍。”

听到这话，赵子健用充满失望的眼睛凝视着她，并且坚定地说：“小彭同志，为了可爱的祖国，为了人民军队，为了军垦事业的伟大复兴，为了边疆的繁荣富强，为了活着的老同志明天能够流着幸福眼泪快乐生活，我就是‘残忍’，我也会毫不融情！”

这是什么回声？在他声调中有那么多坚定的、柔情的、动人肺腑的真情实感和热爱。她有这样一种感觉，仿佛雷雨过后第一次看见彩虹。

徐艳秋抬起眼睛望着她，她眼睛里闪着莫名其妙的光辉。

“雅莹，你在想什么？”

“艳秋，你说赵主任平时看起来有修养、有水平，可是到了关键时刻，说出的话会怎么那样粗野呢？……再说，赵主任也没有结过婚，他哪来这么多感觉和感受？”

徐艳秋笑起来，说：“谁说的，没结过婚就没有感觉了……我怎么觉得……”

“行了，咱们也不要埋怨赵主任了。反正扯到革命、理想、感情，真理都在赵主任那边。对了，他替团长那么卖劲，为什么不替自己想呢？”

“怎么，你想改换门庭？”

“谁要改换门庭？”孙启明问。

她俩简直大吃一惊，不知孙副政委从哪里冒了出来。

彭雅莹说：“孙……孙副政委？你吓死我们了！你怎么会到这里来？”

“我怎么不能来？”孙启明坦诚相见说，“你们没看见，那片地的麦子收割完了，战士们回去午休了……太阳落山时，我们就要开割这块地上的麦子。对了，你们俩在说什么呢？”

徐艳秋赶紧说：“没……没说什么，我们在交流割麦子的经验。”

孙启明笑起来，知道她在说谎，只好点了点头，说：“很好！你们应该多交流。麦子眼看就要收割完了，今年丰收已成定局。我们今后的日子会越来越好啊！”

“孙政委，听说团里马上要打土坯盖房子？”彭雅莹问，她有意转个话题。

“是啊！”孙启明很乐意把话谈下去，“团里是有这个计划。今年先把团部、卫生队及食堂建设起来。当然，也要盖一些干部、战士宿舍。”

这些话，他是说给徐艳秋听。

“到时候幸福生活就会来临。孙政委，我和艳秋同志已经交流完了，现在我要回去值班，你们俩交流吧。”彭雅莹说着，起身离去。

“哎，雅莹，”徐艳秋急忙喊，彭雅莹却像没听见似的走人了。

徐艳秋心里的希望落空了。

赵子健坐在田埂上，看聂子龙捎来的信：

赵主任：

接到您的信我就从山里回来了。这些天营里很忙，宋教导员不批我的假。所以要等忙过这个时节，我才能回团里去。

聂子龙

赵子健看完信，抬起头，看见彭雅莹走过来，他赶紧把信收起来。

“小彭同志，你这是去哪里？”

彭雅莹一愣，这会儿，她最不想见到的人却恰恰遇见了，现在想躲都来不及了。忽然，她想起自己心里的计谋，黑眼睛闪动起调皮的火焰。

“赵主任，我回去值班。”

“哦？”他看看手表，说：“还有点时间，咱们聊一会。”

“赵主任，我今天真的很累，咱们另外找时间吧？”

“小彭呵！就两句话，不耽误你值班。那天是我态度不好，今天向你道歉。这两天，我也一直在想，王团长岁数是大了点。可是，这不是你拒绝他的理由，”他一边说，一边跟着她往回走。

她根本没有把他的话往心里去，而是内心深处有个非常、非常执著的计谋。她相信只要自己一开口，赵主任的末日就到了，现在让他得意去吧！

“赵主任，我知道你都是为了我好。那天我不该惹你生气，大人不计小人过。”

“好，好！知道就好！小彭同志，女同志早晚是要嫁人的，找一个什么样的人，对你今后生活很重要。王团长这个人……”

“赵主任，我知道你要说什么。”她打断他的话，脸上一副幸灾乐祸的神情，“以前的事我不怪你，现在我想通了，我决定嫁人了！”

赵子健一愣，仔细观察她面色，忽然觉得柳暗花明又一村了。

“我就知道你是一个懂道理的人、一个顾全大局的人，一个有思想觉悟的人……决定了就好，决定了就好！”

赵子健激动得就跟自己讨到老婆一样。

“那我就不说什么了。小彭同志，是你亲自去告诉王团长呢，还是我去？”

赵子健把一串高帽子扣在她脑袋上，她可并不糊涂，刻意装成认真的神情，说：“赵主任，你先不要急着表扬我，我可没有你想得那么高尚。我不是想嫁给王团长。”

赵子健的心“咯噔”沉了下去，笑脸没了归宿。

“你……你刚才不是答应好好的吗？怎么变卦了呢？”

“谁说我变卦了，我从来没有答应过你要嫁给王团长……赵主任，你这么关心别人，为什么不关心你自己呢？我决定了，要嫁就嫁给你这样的人。”

赵子健还没有反应过来，呆头呆脑地问：“你……你再说一遍，你要嫁给谁？”

“我要嫁给你。”

她话说完了，就等着他的末日了。

赵子健吃惊得只有两眼干瞪的份儿了。他受窘的表情果然跟她想象的一模一样——她心里美滋滋的。

赵子健只觉得耳根发烧，忽然，他抬起一只手，直抠脑门，并且把嘴咧开哈哈大笑。

不对头了，完全不应该是这样的，他发出来的笑声简直使她心慌意乱。

“赵……赵主任，你笑什么？我是认真的。”

赵子健知道她不是这样想的，她从来没有这样想过，当然谈不上“认真”二字。“小彭同志，我知道你说的是气话，是没有用脑子想过的话。只要你稍稍动点脑子，就不会说这样的话……你了解我吗？你要是嫁给我，我家里的婆娘和孩子怎么办？难道你让她们去当孤儿寡母吗？我想，那不是你的意愿。”

“赵……主任，你别逗我了，你怎么会有老婆和孩子呢？”

“我怎么不能有老婆和孩子呢？实话告诉你，我儿子可以推动磨盘了。”

“怪……怪不得这么有经验。”她突然觉察出来了，可是已经晚了。现在，她不但颜面丢尽、无地自容，而且计谋也彻底失败。

赵子健得意耀眼的光辉化为一团宁静后，说：“小彭同志，我知道你不是有意的，就当我什么也没听见。咱们今天先谈到这里。还是那句话，你回去好好想想，尽快给我答复。”

没有哪一个下午过得这样迂缓。

好不容易熬到下班时间，彭雅莹赶快往宿舍里跑，连她自己都不知道这是为了什么，只是有种模糊的、隐隐约约的、无以名状的恐惧。

徐艳秋见她回来，说：“雅莹，食堂开饭了，咱们打饭去。”

“你去吧，我不想吃。”她说着，一骨碌钻进被窝里。

“哎，你怎么躺下了？”

“我病了。”

“病了？”徐艳秋怀疑她又在说胡话。“雅莹同志，你要是想偷懒，我就帮你把饭打回来。”

彭雅莹一骨碌爬起来，说：“艳秋呀，今天真是丢死人了，真没有脸去吃饭了。现在就想找个地洞钻进去。”她用手捂住脸，叫了起来，“要是有地洞，今天你就见不到我了！”

徐艳秋吃惊地问：“又怎么啦？咱们住地窝子还不够，你还想住到地洞里去？”

这会儿，彭雅莹把压在自己心里的事统统说出来，才觉得痛快。“艳秋呀，今天下午与你分手后，就碰见赵主任……他还是动员我嫁给王团长。我对他说：我不想嫁给王团长，我要嫁就嫁给他，你知道他说什么吗？”

“这我哪里知道？我想赵主任一定是心花怒放。”

“胡说！赵主任有老婆……还说儿子能推磨盘。臊得我当场就想找个地缝钻进去……艳秋呀，要是有地洞，今天你就见不到我了。”

徐艳秋哈哈笑起来，说：“那你还回来干什么？”

“你这个没心没肺的。”彭雅莹在沮丧之余,已经渐渐平静下来,“艳秋,不说这些了。赵主任说推磨盘是啥意思?”

“这个你都不知道啊?就是咱们乡下磨豆子的石盘。”徐艳秋说,那双眼睛竟跟孩子的眼睛一样淘气,“你不记得了,我家院子里就有一个。”

彭雅莹恍然大悟,哈哈大笑。说到头,确实可笑,笑自己竟然愚到石磨都不知道是个什么东西。

“艳秋,我记得你家的石盘不是用毛驴拉吗?”

徐艳秋又哈哈大笑,笑得嘴角都咧到耳朵根子上去了。

“你这个臭丫头,有那么好笑吗?”彭雅莹叹口气。

徐艳秋拭了拭眼角的泪水,说:“雅莹,看来你真是病了,还病得不轻呢——我去打饭了。”

“艳秋,新军服到了,后勤处通知我们把旧军服交上去。”

“早就该发了。”

“是啊,柳原一仗,子龙他们早就换新军服了。现在搞生产,衣服裤子都挺费的。这次在柳原,子龙的裤子破了,我给他补,连块布都不好找。我想,旧衣服咱们就不上交了,留着补衣服裤子用。”

“这样行吗?旧军服交上去是要登记的。”

“咋不行,这件事我来想办法。好了,咱们去吃饭吧。”

“你不怕丢人了?”

“不怕!反正把脸丢到戈壁滩上去了,也就无所谓了。”彭雅莹说。她现在觉得自己脸皮越磨越厚,什么丢人现眼、被人笑话,统统抛到脑后面去,她谋划着下一次“复仇”。

聂子龙骑马一路南下。途中他一直在想,赵主任为什么这样急着招他回团里来?尽管他不知道这次回来做什么,但是他还是想回来,看看团里发生了怎样变化。他还想见雪梅姐、彭雅莹,所以,心里燃烧着一种难以克制的喜悦。

太阳快要落下去的时候,他终于走近团部。

他记得当初离开团里时,这里还是一片茫茫荒野。如今,团部方圆几公里之内,条田连成一片。各连盖起了新房,渐渐变成了村子,道路也是四通八达。

炮台之夜是美丽的。收割后的麦田里，呈现拾麦穗的人影。他知道，这些拾来的麦穗可以换成白面馒头票，所以，人们有时间都主动来地里拾麦穗。成群的麻雀不时像一片乌云从麦茬里腾空而起，又像下冰雹似的纷纷散落下去。仿佛告诉人们，田野里还有它们的存在。

聂子龙来到赵子健办公室门口，听见里面有人说话：

“陆军同志，这次师里给了我们团三十个回老家找媳妇的名额。团里研究将这三十个名额给那些年纪大、工作表现好的老同志。团里决定，这次由你带队回去，争取在开春前完成任务，保证按时返回部队。”

聂子龙推开门，伸进脑袋，使得赵子健十分惊讶。

“陆军同志，咱们就谈到这里，你回去准备。子龙，你来了。怎么，营里工作都忙完了？”

“夏收结束，宋教导员通知我，我就赶来了。”

“回来就好！快坐，吃饭了没有？”

“路上吃过了。”

陆军见赵子健只顾跟聂子龙说话，便找个机会插句话：“赵主任，你们谈，我走了。”

赵子健回头看，陆军还站在原地，脸上有点难为情，赶紧说：“好，好，陆军同志，你把这些老同志组织起来，临走前，我还要和每个人谈一次话。”

“是！”陆军回答完，离开办公室。

赵子健接着说：“子龙啊，是这样，有件事我一直解决不了，所以请你过来帮忙。”这时候，聂子龙被一种不可理解的感情搅动得心神不宁。

一个钟点以后，聂子龙从赵子健办公室走出来，脑袋昏昏沉沉的。

他牵着疲倦的马，低头走着。他第一次感到自己是多么无依无靠，感到多么恐惧！他慢慢地走着，田野里吹来一股麦香气味。太阳已经落下去，周围一个人都没有，只有劳累了一天的田野。

“不能就这样离去，要去见见雪梅姐。”

就这样，他来到林雪梅家门口，用手推开门，屋子里有亮光，一盏小煤油灯在炕头上燃着。当林雪梅看见聂子龙像鬼魂似的突然出现在门口时，不禁失声喊道：“天啊！你是从哪儿冒出来的？”

他走进来，像梦游者似的，一声不响。

突然,他见桌上放着一把菜刀,他立刻抓起来。一切发生得如此突然和意外。他举起菜刀在案板上狠狠剁几下,然后把菜刀丢在一旁,提起水桶,把桶里的水统统浇在自己脑袋上,突然,一屁股坐下来。

"子龙,你……你这是干什么?"

林雪梅扑上去,怒不可遏地挥起拳头,使出全身力气狠狠地捶打他,打得他像喝醉酒似的,脑袋左右摇晃。顷刻间,她又抱住他脑袋,哭了起来。

"子龙,你是怎么啦?"

他在与情感较量,一切情绪都需要发泄。当他的脑袋被搂在林雪梅怀里时,情绪渐渐平静了下来。

"雪梅姐,现在没事了,真的没事了。政委呢?"

"去师里开会了,"她抹着眼泪,嘴唇哆嗦,"子龙,你……你什么时候到的,吃饭了没有?姐去给你做。"

"不用了。雪梅姐,你坐下,我有话想对你说。"

她坐下了。

他两只手向她伸去,握住她的手,用力紧握。她觉得手都被捏痛了,但她知道,他的一切感情、情绪,这时都聚在手里。

"雪梅姐,赵主任都和我谈了,让我做雅莹工作……我不知道自己还有没有那种勇气去见雅莹……见到她,又该说些什么呢?……我说:你嫁给王团长吧,我还是个男人吗?"这个骄傲的男孩子在为爱痛苦,为爱发泄自己的情绪。

"我知道,你挺难的。"

"赵主任也是这样说,"他沉默了一会儿,接着平心静气地说:"雪梅姐,我在你这里写封信,你替我交给雅莹……家里还有吃的吗?……给我搞点,我带在路上……随便什么都可以的。"

"子龙,玉洁要回来了,和参谋长结婚,然后一起去骑兵团工作。以后见面就难了。你在这里多住几天,送送玉洁,再和雅莹好好谈谈。"

"雪梅姐,我不去见她们了,我今晚就得走。我待着这里,只会给你们添乱,你们也为我伤心……你看,你又哭了。"

林雪梅的眼泪反而使得聂子龙心里煎熬的痛苦渐渐地减轻。他凝视着她,用手指轻轻抹去她脸上泪水。真是奇怪,从前,只要靠近她身边,他就会激动得浑身颤抖,而现在,他只感到一种奇妙的温馨和满足。

林雪梅非常感动,也非常难受,这种矛盾的心情使她的情感为了聂子龙第一次感到痛苦。她几次对他说:逃避不是个办法,应该留下来把这段感情做个了断。可是她的感情和诚意都不能打动他。

“好,你写吧!我这就给你弄吃的去。”

第二天一早,林雪梅醒来时,天气突然变坏了,外面刮起悠悠忽忽的西北风。

她还以为是梦,昨晚上送走聂子龙,天气还好好的呢。忽然,门“啪嗒啪嗒”地响起来,仿佛耳朵里灌进来的都是风的呼声。

忽然,一阵轰鸣滚进地窝子,犹如暴风雨来临前一阵闷雷。

“要下雨了!”她想。照例,她起床之前总要留恋一会儿枕头,现在却一骨碌爬起来,披上外衣,匆匆跑出门去。

迅疾的西北风从戈壁滩吹来,卷起麦秸团团打转。一场暴风雨就要来临。

“子龙这会儿走到哪里了?会遭到暴风雨吗?”她总是这样想,不祥预感就越强烈。她抱怨起自己,昨晚,为什么没有坚持把他留下来。

“林指导员,政委他们开着拖拉机回来了,你不去看看吗?”

“拖拉机?”她旋即明白,原来是拖拉机声响。她赶紧回屋,换件衣服,往团部走去。越往前走,轰隆隆的声音就越来越响。

战士们从四面八方跑来,这种毫无秩序的行动都有一个方向。战士们跑去看拖拉机。那三个巨大的铁疙瘩停靠在团部门口。铁疙瘩后面带着几把犁刀,谁也不知道这家伙怎么使。

人们静默着,倾听铁疙瘩喘粗气般的声响。

林雪梅挤进人群,望见邱玉洁。

“她们回来了,她们真的回来了。”林雪梅情不自禁迎上去。邱玉洁愣了一下,立刻迎上去,紧紧和林雪梅拥抱在一起。

“雪梅姐,我想你们,我真的很想你们!”

林雪梅的眼泪不知不觉夺眶而出,顺着脸颊缓缓流下。

“我们也想你……回来就好……回来就好……伤好了吗?”她惊讶地发现,邱玉洁头上漂亮的长发已经变成男式短发,比以前显得精干、漂亮。

彭雅莹、徐艳秋、兰儿也赶来,见到邱玉洁、姜玉玲,大伙儿紧紧拥抱在一起。

“玉洁,你还是那么漂亮,”彭雅莹鼻子一酸,但她竭力克制住自己感情,忍住眼泪。“听说你要和参谋长结婚了,你心中美好的愿望终于要实现了。”

邱玉洁点着头,说:“谢谢!雅莹,我都听说了,你和子龙在柳原跟土匪打了一仗,你们都很勇敢。”

徐艳秋在和姜玉玲说话,两人也是热泪汪汪……

林雪梅想起聂子龙来,她把口袋里的信摸了又摸,脑袋却在一个劲儿地胡思乱想:“这时把信交给彭雅莹,说不定她会有多么痛苦呢。”如果让她把信藏起来,那也是不可能的。现在,她的想法是这样混乱、忐忑不安,在这种情形下,她有主意也不能够实行。

这时,史兆明走过来说:“同志们,王司令员给我们团三台拖拉机。听说它们比十几头牛都厉害呐!”

战士们立刻嚷嚷起来:“政委,把它们弄到地里去,看它厉害,还是我们坎土曼厉害!”

史兆明微笑着,问:“师傅,准备好了没有?”

师傅点了下头,那神情就像是准备战斗的公牛,热血沸腾。

“王团长,下命令吧!”

王锡东带着无比激动、无比喜悦的心情,挥动手臂,大喊一声:“同志们,出发——”拖拉机“吐吐”响起来,屁股冒起黑烟,向大田里奔去。刹那间,战士们心中燃起熊熊烈火。他们跟着拖拉机后面向前奔跑。拖拉机开到地头,慢慢放下犁刀。战士们屏息凝神,专注地盯着。

忽然一声轰鸣,土地像浪花一样翻腾开来,震撼了战士们的灵魂。战士们稍微怔了下,以难以置信的热情欢腾起来。他们跟着拖拉机后面跑啊!跑啊!跑啊!谁也顾不上谁,处处是可以看得见的激动之情显在脸上。

史兆明、王锡东、于翔龙、孙启明跟着拖拉机跑了一趟又一趟。孙启明跑不动,停下来,喘着粗气,招呼史兆明。

“政委……跑不动了……这家伙真厉害……比坎土曼厉害多了……上千亩的荒地它轻轻地一挖就翻开……有了这家伙,我们可以开多少荒地,建多大农场啊!”

“是啊!王司令员、张政委说,这样的农业机械我们以后会越来越多,我们军垦事业的目标就是要办机械化大农场,我们军垦人的希望在丰饶的田野上！”

战士们跑着、喊着、笑着。他们把生活的热情全都聚了起来，在这激动时刻倾泻出来。几个连长、排长把衣服一甩，跑来找史兆明，王锡东。

“团长，政委，我们不干了！我们现在打报告，去开拖……铁牛，对，铁牛！”他们这种如痴如醉的欢乐，这种内心深处的激动，使史兆明、王锡东相信，幸福已经在战士们心里滋长起来。

彭雅莹跟着“铁牛”跑啊，笑啊，已经把徐艳秋、兰儿甩出去一大截。机会来了，林雪梅急忙迎上去，说：“雅莹，歇会吧。这是子龙给你的信。”

“子龙这时候来信了？”

真是奇怪，她的心却不感到激动，而是忐忑不安地狂跳。她急忙拆开信看道：

雅莹：

你好！

这个夜晚我没有和你打招呼，就悄悄离开了，像孤独的孩子找不到回家的路一样。从这一点上看，爱情中有许多非理性东西。爱情不全是用幸福堆积起来的天堂，因为我们生活中还有战友、责任、劳动和辛苦。母亲曾经对我说：有爱就有痛，为爱而痛就够了。我们不能昧着良心在痛苦中生活一辈子。赵主任说得好，人的一生不全是为了爱情而活，爱情只是生活中一部分。老同志昨天为祖国、为人民的解放事业流血牺牲；今天为保国防、建边疆，流血流汗，他们是值得我们尊重和热爱的。即使为了爱，我们也要爱得光明磊落、爱得坦坦荡荡、爱得问心无愧。让老同志流淌幸福的眼泪快乐地生活，是党、是军队，是我们年轻人的责任。雅莹，用热情奉献自己的爱，就会得到爱情，就会得到更多爱。

聂子龙

她怔怔地瞅了会儿手里的信，眼睛里含着泪光，一动不动地立在那里发呆。她突然跪倒在地，呼喊着：“聂子龙……聂子龙……你是个混蛋！”她终于忍不住，号啕大哭起来。

顷刻间，暴雨倾泻下来。

结　　尾

1951年的春节快要到了,各连抢着把羊粪运回来。

这期间,聂子龙带领一排战士一趟一趟去运羊粪,今天是最后一趟,把羊粪运回连里就准备过年了。可是,谁都没有想到在回来的路上起了风,而且造成这样大的风雪,周围一切景物完全消失于混沌和昏暗之中。虽然分辨不出回去的路,但是,战士们毫不畏惧,拉着爬犁顽强和暴风雪抗争。

"排长,寒流来了,咱们赶紧找个大坑避一避。"一个裹着棉大衣、满身是雪的人走过来大声说。聂子龙抬起头看,立刻认出了三班长的面孔。

"为什么不走?"

"这么大的暴风雪、这么强冷的寒流,会冻死人的。排长,咱们赶紧躲一躲吧,等暴风雪停了咱们再走。"

原本天黑以前可以回到连队,碰到这样的天,看样子是回不去了。于是,聂子龙下令队伍停下来,躲避暴风雪。

战士们用梭梭柴取火,大伙儿挤在火跟前,打着牙颤,尽力想把那从破大衣缝里伸进来的寒风的魔爪与疲倦摆脱开来。

聂子龙到各班走了一圈,吩咐道:"都不许打瞌睡、不许睡觉,冻僵了,起来活动活动。"

"排长,过来坐坐吧。"三班长说。

聂子龙坐下,伸出手掌取暖。

"排长,你是和我们一起过年,还是回团部和女朋友过年?"

"当然是和你们在一起。"

"排长,还是你好,这么年轻就有了女朋友。"

"也许吧?"

"排长,给我们讲讲你和女朋友的故事吧?"

他带着幻想的神情,说:"你们想听什么哪?……我给你们从我参军说起吧……有一天,我们学校里来了一支队伍,而且领头的是一位女同志……可能就在那个时候,我的心灵中产生一种强烈的热爱,也可能在西征旅途上……"

吼叫了一夜的风暴，吼累了，天亮时，歇了下来。

聂子龙回到连队，齐指导员就迎上来说："聂排长，你们可回来了！昨晚等了你们一个晚上。教导员整晚都没合眼，说你们排今天再不回来，就要派人去找你们。"

"老兵们说，遇到这样的暴风雪要想法子躲一躲。"

"是啊，我们知道你们可能去躲暴风雪了，可是还是担心啊！对了，教导员通知你回来后，马上去营部报到。"

"去营部报到？"

"是啊！听说团里给咱们营分配了一个上大学名额。当然，你是咱们营最有学问的人。刘营长本来今天要去团里报到，接到通知，就等着和你一起走。好了，你赶紧准备一下。"

聂子龙迫不及待地去营部报到，途中，来到一座烈士墓前。一块戈壁石雕刻成的墓碑，碑上镌有这样一句话：

生前，你们用信念谱写国防巩固、社会和谐、边疆繁荣的新乐章；死后，你们用生命染红和平、团结、友爱的旗帜。这时候，我们才知道，思念让我们不能分离。

"思念让我们不能分离。"没有任何话能比这句话更能激起他对往事的追忆。是啊！熬过近一年的饥饿、伤病、辛劳，凭着甘愿承受所有苦难，为边疆各族人民谋幸福的愿望，为之奋斗的事业终于在这片土地上开花结果。

第二天中午，马车进了团部，直到车停下，聂子龙才猛醒过来。

"子龙，咱们在这里分手了。"刘少贤说。

他从车上跳下来，拿起背包，挥手向刘少贤告别："参谋长再见！"

"子龙，到了迪化城来家里玩。"

"我会去的。"聂子龙回答。他知道团里批了刘少贤参谋长一个月假。他站在原地，直到马车走远，这才提起背包朝团部走去。

团部里冷冷清清,所有的门都关着。他去值班室问道:“同志,政治处怎么没有人上班?”

值班干部睁大了眼睛,说:“怎么,你不知道今天是咱们团的大喜日子,机关里的人去食堂参加王团长和孙政委的婚礼了。”

聂子龙听到这个消息,心还是被刺了一下似的。虽然,他急切地期待着彭雅莹和王团长结婚或者行将结婚的消息。四个月过去了,他以为自己对这件事会释然于心,美好的记忆渐渐被艰苦的劳作所掩盖。现在看来还是不能释然于心,而且想起这件事,对自己所扮演的角色就感到羞愧而难受,尽管他常常对自己说,这并不能归咎于他。

当他来到食堂时,婚礼刚刚开始。

史政委正在主持婚礼:“向伟大领袖毛主席一鞠躬、向战士们二鞠躬、向大戈壁三鞠躬——夫妻对拜!”

他注意到,彭雅莹、徐艳秋身穿新军服,胸戴大红花,默默地、喜洋洋地一个坐在王团长身边,一个坐在孙副政委身边。两人面色、眼神都是一模一样,甜蜜、温柔、美丽。他才感觉到他从前并没有看出彭雅莹的全部魅力。

姜玉玲、兰儿两位伴娘退场。

阎宝强赶紧搬过一条凳子,请姜玉玲坐。姜玉玲瞅了一眼阎宝强,脸突然红了,低声说:“谢谢!”这柔软的声音把阎宝强的心都收去了,只觉得自己的幸福从眼睛流淌到胸怀。

兰儿走到林雪梅身旁,面色还是那么喜气洋洋,觉得自己比新娘子还美呢。林雪梅把她搂进怀里,开玩笑说:“兰儿,结婚好不好呀?”

“好!我也想结婚。”

“你才多大呀?”

“雪梅姐,我不小了,姐姐比我大不了多少。”

林雪梅继续开玩笑,问:“说说吧,你喜欢上哪位兵哥哥啦?”

兰儿心头一动,把手指向一旁。她的目光顺着兰儿的手指望去,震住了。因为,她望见聂子龙那双固执的眼睛盯住彭雅莹,脸上除了虔诚和羡慕,眼睛里还闪动着泪花花。

“哎呀,他怎么回来了?”

这时,安指导员大声说:“同志们,让新娘子给我们唱首歌好不好!‘呱唧呱唧'来一个！"他的话还没说完，欢呼声就爆发了。

彭雅莹牵住徐艳秋的手，走上前。

"同志们，战友们，今天是我和王团长、艳秋和孙政委结婚的日子，也是我们幸福生活的开始。我们真的很高兴。今天，我和艳秋把我们心中最喜欢的歌献给你们！"她说着，唱了起来：

正当梨花开遍了天涯，河上飘着柔曼的轻纱，
喀秋莎站在峻峭的岸上，歌声好像明媚的春光。

聂子龙出神地望着她们的时候，眼睛里满是甜蜜追忆：

县城中学，他俩第一次相见，学校礼堂，他俩一个扮演朱丽叶、一个扮演罗密欧；在老彭家牛肉面馆，第一次见到雪梅姐；在洮河边，她叫着、喊着、笑着，和同学互相往水里推；在大戈壁，她的脸上淌下汗水；在暴风雪中，他俩手牵着手……

"同志，你是新来的吧？"

他猛然清醒，只见战士们正在搬桌子、凳子，把炒猪杂、红烧肉、清炖鸡摆了一大桌。

"自我介绍，我是特务连陈连长。今天是我们团大喜的日子。同志，等会儿你可要好好吃、好好喝啊！"他像招呼熟人那样。

"谢谢！"

陈连长在他身旁坐下，提起酒壶，斟满一碗酒，痛快地喝下去："你要喝吗？"

聂子龙马上变得快活起来。"喜酒，当然要喝。"

陈连长很高兴，给他斟满一碗酒。

聂子龙端起酒碗，猛地把碗里的酒一饮而尽。他喝得太快了，呛住了，于是又咳嗽又打呃，眼泪也流了出来。

"小同志，慢点喝！"陈连长说着，再给他倒上一碗酒。

他端起碗，一口气又把酒喝下去。这火似的液体在他身上滚动、在他心里燃烧起来，这团可心宜人的热火产生的感觉真是妙不可言。

"小同志，吃点菜。"陈连长显得格外热情。

他已经红光满面，发出失态的傻笑。

“陈连长……告诉你一个秘密……新娘子是我老乡……是我同学。”

“哦？”陈连长恍然大悟。“原来是这样！小伙子，为你同学的幸福干杯！”

他伸手去拿酒碗，突然一头扎倒在陈连长怀中。

“小伙子……小伙子。”陈连长连叫几声。

林雪梅走过来，说：“陈连长，找个人帮忙，把他送到招待所去。”

第二天下午，聂子龙从晕乎乎中醒来。

“子龙，你终于醒了。”

这温柔的、暖心窝子的话，进入他的耳中来。他慢慢抬起身，用呆呆的眼睛环顾四周，只见林雪梅坐在自己身边，一动不动望着他。这是一间地窝子，炉火在烧着，炉上一壶水翻滚着。

“怎么回事？……这是在哪里？”

“你忘记了吗？你昨天喝多了……没想到你醉成这样，现在感觉好点吗？”

他想起来了，无力地微笑着。

“好点了。雪梅姐，我要喝茶。”

“早就给你准备好了。”

她起身，端来一杯热茶，扶他起来喝水。忽然，他意识到了自己身上衣服没了，裤子也没了。他脸红了，推开她的手。

“我……我衣服呢？”

“我给你洗了，没见吐得到处都是。”

“是你？”

“这有什么呢，你不是我弟弟吗？”

“不是因为……怕对你有些不方便。”

“子龙，我是结过婚的女人，有什么不方便。没想到你这么浪漫的人，也这么封建——想吃点什么吗？”

他看见林雪梅疲倦的样子，知道她一晚上都没睡。

“雪梅姐，你休息一会儿吧。”

“好吧，你起来吃点东西，我眯上一会儿。”她躺下，很快进入梦乡，迷糊的意识里出现了洮河岸边的景象，她听见聂子龙的笑声、喊叫声：“雪梅姐,快跑呀!”

“抓住她,把她拖到水里去!”

“子龙,救救我。”

她没命地往河岸上跑去……在彭雅莹、姜玉玲的追赶下,她飞进水里。她带着散乱的湿湿的头发从水里爬出来,湿漉漉的白衬衫贴着乳房,她却毫无察觉。只见一双黑眼睛贪婪地盯着她。

突然,一阵喧闹的锣鼓声,她惊醒了。睁开眼,看见一双黑眼睛正在望着她。他的举止使她吃惊,问道:“我睡着了吗?”

“你是太累了。”他回答。

她想起来了,刚才做了一个梦,梦见的就是这双黑眼睛——真是撩人的眼睛呀!她的脸红了起来。

“你听见锣鼓声了吗?”

“听见了。”

“是不是赵主任接山东女兵回来了,咱们去看看吧。”她一边说,一边坐起来,捋平头发,然后从炕上下来。

“子龙,要不你就不走了,过两天还有湖南女兵要来,姐给你找个好的。”

他知道雪梅姐开玩笑。

“你说了也不算,目前娶媳妇还轮不到我。趁年轻,我还是去读书,要是有好的你给我留着。”

林雪梅听着,笑着,不置可否……

聂子龙、林雪梅来到团部门口,只见这里已经来了许多老兵。他们望着山东女兵,小声嘀嘀咕咕,评头论足。其实,老兵们没有品出什么来,只觉得女兵个个美得令人眼花缭乱,个个美若天仙。

史政委、王团长、孙副政委正和女兵们一一握手、亲切交谈。

聂子龙的目光从首长肩头望过去,只见这些山东女兵身穿棉大衣,脑袋上压顶厚厚的棉军帽。虽然看不清她们长得什么模样,却能瞧见她们的眼神都是一模一样的,充满对新生活的满腔好奇。

彭雅莹走到女兵面前,显然是个指挥官。她把女兵召集起来,排好队以后,开始她的发言:“同志们!欢迎你们来我们八一七团工作。你们的到来给我们军营添了彩生了辉,使我们的生活充满阳光,使我们的老兵热泪盈眶。”

女兵们听不明白了、迷惑了,为什么老兵热泪盈眶?而那些年轻、帅气些的小伙子,为什么就不能热泪盈眶呢?

聂子龙目不转睛地注视彭雅莹,被一种喜悦的、激动的感情所袭击。他看得出来,她从新生活里得到无限快乐。她的声音是温和的、有感情的、带着洮河的乡土气息。

"子龙,看上了哪一个?"林雪梅问。

这会儿,他的心思不在女兵身上,心不在焉地回答:"看上去都不错……雪梅姐,她们怎么长得都一模一样啊?"他那痴呆的表情引得林雪梅抿着嘴笑。

"看把你美的,你就在这里好好瞅吧!我有事先走了。"

忽然,彭雅莹望见聂子龙,看见他喜悦的面孔和眼睛里闪动着的热烈的光辉,话语骤然停住,凝视他好一会。刚才激励她的那股子热情和脸上灿烂的阳光顿然消失。她虽然不完全理解这种感情,但她几乎可以肯定,他的突然出现,对她心里已经泯灭的感情又是一次撞击。

女兵们注意力被分散开来,窃窃私语起来。一瞬间,彭雅莹好像征服了一切情感障碍,目光重新回到女兵身上——她很坦白、很圆熟地把女兵目光统统收回来。

"女兵们注意了!今天就说到这里,散会后我带你们去宿舍。晚上,团首长不但请你们吃饭,还开一场舞会。散会!"她用高亢有力的声音结束了她的讲话,余音在空气中回荡。老兵们等待这一时刻太久,他们立刻涌上去和女兵们握手,激动得脸都涨红了。

彭雅莹走过来,问:"子龙,什么时候到的?"

"昨天中午就到了,你们的喜酒我都赶着喝上了。"

但她怀疑得很。"是吗?我怎么没看见你?"

"我……我还没怎么喝,就被人灌倒了,刚刚醒来。"

"看样子醉得不轻呢?"她挖苦道。

徐艳秋走过来,半信半疑地问:"子龙,你说的是真话?我们一直认为你把我们都忘记了。"

"怎么会呢?我一直想念你们。我怎么没见到宝林?"

徐艳秋抱怨起来说:"你不知道呀,宝林两个月前就调到军文工团去了。他走时还说要和寒冰一起来参加我们婚礼。可是到今天也没见到人。

你们男同学对承诺、战友、老乡简直就不当一回事。”

“那是李宝林和张寒冰，我不是这样。”

“子龙，不说这些了。你到迪化去上学，不要像宝林和寒冰那样，把我们给忘了。”彭雅莹说，眼睛里那种冷漠的目光已完全消失了，充满祈望和羡慕的表情。

“谁说我们把你们忘记了？”

徐艳秋“啊呀”了一声，因为她看见李宝林、张寒冰两张满面春风的脸了。

欢迎女兵大会在团部食堂举行。

各连指挥员和老战士代表黄昏时就赶到了，直到天黑欢迎会还没有开始。

“兆明，欢迎会要不就开始吧，我一个人在这里等就行了。”孙启明说。就在这个时候，在阴霾里好像有一束若隐若现的灯光在闪烁、微颤、摆动。

“兆明，是不是谢团长的车？”林雪梅问。

“应该是吧，”史兆明说，眼睛死死盯着那飘移的灯光。

不一会儿，一辆草绿色吉普车驶进营区，在团部门前停下来。史兆明、孙启明、林雪梅赶紧迎上去，打开车门。谢树仁从车里钻出来，问：“这里是八一七团吗？”

史兆明、孙启明向老战友敬礼、握手、拥抱，表示欢迎。

“老谢，接到军区电话，我们就一直在这里等你，怎么现在才到？”

“看样子是找到了，你们这里本来就不好找，碰上个大雾天，就更不好找。我们兜了好大一个圈子，要再……”谢树仁说着，跺了跺脚，看样子真是冻坏了。

“老谢，走吧，进食堂去暖和暖和！”孙启明说。

这时候，发生了一件令在场的人特别是史兆明没有料到的事。从吉普车上下来一位女军人，不仅向他嫣然一笑，还向他敬礼。史兆明回礼时，呆住了。

“邬静格姑娘，怎么可能呢？”

她的脸虽然冻得通红，望见史兆明时，还是充满甜蜜蜜的笑容：“史政委，你不会这么快就把我忘了吧？”

“怎么会呢？”

“兆明呀，不要姑娘、姑娘叫，她已经是我老婆了，叫嫂子。”谢树仁说。他还是老样子，眼睛里闪动着顽皮的火花。

“哦？”史兆明恍然大悟，“我想应该是这样的，邬静格嫂子！”他说到这，故意哈哈大笑，笑得脸都红了。

邬静格瞪他一眼，脸也红了。这一眼就好像随风飘舞的雪花，带着一丝冷冷的美。这种美让林雪梅注意到了。她脸上虽然微笑，但不知为什么心里总觉得被刺了一刀。

忽然，食堂里忽然响起歌声：

我们新疆好地方啊，天山南北好牧场，
戈壁沙滩变粮田，积雪溶化灌农庄……

孙启明握住谢树仁的手，两人亲密无间地向食堂走去。

林雪梅挽住邬静格的胳膊跟在后面。

他们走进食堂，歌声戛然而止，全场战士“哗”的一声起立，爆发出热烈的掌声，仿佛一阵海啸向他们袭来。

“欢迎谢团长光临！”王锡东、赵子健上前，敬礼、握手。

“老谢，这是我们团王锡东团长、政治处赵子健主任。”孙启明介绍说。

“王团长我们早已是老朋友、老熟人了。赵主任我还是头一回见面。”谢树仁笑逐颜开，笑得连眼角都起了皱纹。

“同志们，我们的客人到了。这就是我和孙启明同志的老战友谢树仁团长和他夫人邬静格同志。他们即将到朝鲜战场上去参加伟大的抗美援朝战争。我们请谢团长给我们大家讲几句话好不好？”

“好！”一阵雷鸣般掌声。

谢树仁受到英雄般的欢迎，这股热情仿佛把身上的寒气都驱走了。他像所有战士一样，握紧拳头，眼睛里闪着炽热的光辉。

“同志们，我来这里是看老战友并和老战友告别，我不是来讲话的，但既然兆明同志让我给大伙讲几句，我就讲几句。”

他稍微停顿一下。战士们从他脸上看到骄傲和汹涌奔腾的激情。

“同志们，我去朝鲜战场，是我的光荣！我们军人不是为了打仗而存在，我们是为了保卫和平而去打仗。大家都知道，我们已经用枪杆子打出一个新中国，我们正在用坎土曼建设一个新中国。可是帝国主义不让中国人民享受和平生活，不让我们建设一个强大、繁荣的新中国。一百年来，帝国主义列强欺负我们中国人已经欺负惯了，他们想怎么欺负我们中国人就怎么欺负，他们想什么时候来欺负我们中国人就什么时候来。今天，帝国主义又把战火燃烧到鸭绿江边，我们军人不去流血，就是死亡；我们军人不去战斗，就被毁灭；我们军人不去牺牲，我们的父老乡亲、兄弟姐妹就再当亡国奴！今天，我们有了可爱的祖国，有了八年抗战和三年解放战争建立起来的强大的人民军队，有热爱和平的各族人民支持，我们勇敢地拿起武器，用军人的热血和生命保卫和平，保卫家乡，保卫新中国！”

这是战鼓、这是军号，这是甘愿为祖国、为人民、为和平准备牺牲的战士的心声。他们像所有人民英雄一样，自傲地扛起战旗，接受祖国和人民的重托。

女兵听见乡音就像听到大海的浪涛，听到激荡雄浑的交响乐，惊心动魄、热血沸腾。她们热泪盈眶，把激情、掌声一次次送给自己老乡——谢树仁团长。

邬静格竟忍不住流出眼泪，低声对史兆明说：“我真的很感动，也很高兴，为自己的丈夫感到骄傲和自豪！”

林雪梅悄悄来到聂子龙身边，低声说：“子龙，这是你的组织关系，我给你办好了。明天一早坐谢团长的车走，去了迪化好好学习！”

聂子龙点着头。

突然，会场上响起战士们洪亮的歌声：

雄赳赳，气昂昂，跨过鸭绿江，
保和平，为祖国，就是保家乡，
……

完稿于二〇〇九年五月十六日